中国国际广播电台人才工程资助项目

在富饶的土地上

[土耳其] 奥尔汗·凯马尔 著

夏勇敏 译

中国国际广播出版社

图书在版编目（CIP）数据

在富饶的土地上 /（土）凯马尔著；夏勇敏译. —北京：中国国际广播出版社，2012.8
（小人物的故事系列）
ISBN 978-7-5078-3464-2

Ⅰ.①在… Ⅱ.①凯…②夏… Ⅲ.①长篇小说－土耳其－现代 Ⅳ.①I374.45

中国版本图书馆CIP数据核字（2012）第167074号

著作权合同登记号　图字：01-2011-0489号

在富饶的土地上

著　者	[土耳其] 奥尔汗·凯马尔
译　者	夏勇敏
责任编辑	何宗思
版式设计	国广设计室
责任校对	徐秀英
出版发行	中国国际广播出版社（83139469　83139489[传真]）
社　址	北京复兴门外大街2号（国家广电总局内）
	邮编：100866
网　址	www.chirp.com.cn
经　销	新华书店
印　刷	环球印刷（北京）有限公司
开　本	850×1168　1/32
字　数	300千字
印　张	17.25
版　次	2012年8月 北京第一版
印　次	2012年8月 第一次印刷
书　号	ISBN 978-7-5078-3464-2 / Ⅰ·321
定　价	39.80元

国际广播版图书　版权所有　盗版必究
（如果发现印装质量问题，本社负责调换）

作者简介

奥尔汗·凯马尔，土耳其著名作家。真名迈哈迈德·拉希特·厄于特居，1914年9月15日出生于土耳其东南部阿达纳省杰伊汉县。其父阿卜杜卡迪尔·凯马利曾是土耳其第一届大国民议会议员，出任过司法部长，曾在阿达纳创立人民共和党，后因该党遭取缔举家移居贝鲁特。奥尔汗·凯马尔也因此被迫中断了初中最后一年的学业。1932年回到土耳其之后，曾在轧花场当过搬运工、机工和仓库保管员。1938年在服兵役期间因触犯土耳其《刑法》被判5年监禁。1940年在狱中与土耳其著名左翼诗人纳齐姆·希克梅特的相识与相交，成了他文学生涯的一个重要转折点。1943年出狱并于1951年定居伊斯坦布尔，从此以写作为生。1966年再次被捕，遭到35天的监禁。1968年被判无罪。两年之后，应邀前往保加利亚首都索非亚并卒于此。

奥尔汗·凯马尔的文学创作生涯始于诗歌，后在纳齐姆·希克梅特的影响之下，开始写作散文，之后又开始故事、剧本和小说的创作。他是一位丰产的作家，在土耳其国内屡获大奖，并于1967年获安卡拉艺术爱好者协会最佳剧作家奖，其多部作品被搬上了话剧舞台。在他去世后，其家人于1972年设立一年一度的"奥尔汗·凯马尔小说奖"。

其作品以反映土耳其社会底层的劳动人民，尤其是农民生活为主，代表作有《父亲的家园》、《流浪的岁月》、《杰米莱》、《在富饶的土地上》、《穆尔塔扎》、《第72号牢房》、《红色的耳环与巴比伦塔》、《头等大事是面包》等。

1

C村是阿纳多卢①中部的一个有着 80 户人家的村庄。像往年一样,村里的男人们为了打工,此时已经散落到了各个有用工需求的地方:八九个人去了开塞利②纺织厂,四五个人去了锡瓦斯③水泥厂的修理车间;而他们中的三个踏上了去往屈库鲁瓦④的旅途。

这三个人是外号叫"无可救药"的尤素福、外号叫"嘴上没毛"的哈桑和外号叫"摔跤手"的阿里。他们仨在村里是邻居,从小滚打在一起。稍微长大一点儿,这个三人组合要么一起到这家或那家的田里帮帮工,要么一起上山砍柴,基本上没有分开过。只不过"无药可救"尤素福曾经去锡瓦斯的修理车间当过两个月的搬运工,而其他两人这还是第一次离开村子。

他们每人的肩上都扛着白色的布袋,胳膊底下夹着像军大衣一样卷起来用粗绳扎得紧紧的被子,沿铁路走着。

---

① 小亚细亚半岛,指土耳其在亚洲的部分。
② Kayseri:土耳其中部重要的工业城市。
③ Sivas:土耳其中部重要的商业城市。
④ Çukurova:土耳其南部地中海沿岸的狭长地区,是土耳其农业最为发达的区域。

从锡瓦斯开来的火车会在离村子三个钟头路程之外的那个小得不能再小的火车站停靠几分钟。

三个伙伴到达火车站的时候,已经是半夜了。粗野的狂风肆虐着周围的一切,天空中是愤怒、漆黑的云。

他们中个子最高的"无药可救"尤素福堵上一个鼻孔,用尽全力擤了一擤另一个鼻孔,用手背擦了擦鼻子,然后靠近了手里提着一盏绿色信号灯的火车站扳道工:

"老乡,火车会晚到吗?"

"嘴上没毛"哈桑和"摔跤手"阿里也凑了过来。

肚子正疼得要命的扳道工没容他们插嘴:

"火车啥时候来,你们就啥时候上!"

说完,扳道工径直走进了扳道房。

"嘴上没毛"哈桑和"摔跤手"阿里在扳道房的墙根下蹲了下来。"无药可救"尤素福盘腿坐在了他们对面。三个人都点上了烟。

个头瘦小的"嘴上没毛"哈桑说:"咱睡会儿吧。"

尤素福立刻把他的话给堵了回去:

"你就知道睡,也不想想,咱离开村子,可是为了托安拉的福,去屈库鲁瓦的!"

膀大腰圆的"摔跤手"阿里接着他的话茬说:

"但愿咱能平平安安地到屈库鲁瓦。"

"无药可救"尤素福这回擤了一下另一个鼻孔:

"念着安拉的人怎么会得不到保佑呢?安拉肯定会保佑

咱平平安安地到那儿的。不过兄弟们，到了城里咱可不能忘了本，得相互照应着。要问为什么嘛，因为城里跟咱乡下可不一样，城里人会像妖精那样缠住咱乡下人，所以咱们要好好抱成团儿，不要耳根子软。咱得有福同享，有难同当！"

"当然啦。""摔跤手"阿里说，"咋能耳根子软呢？咱可是出门在外了……"

"俺大伯常说，小子们哪，要是你们去了外乡，千万要管好自己，别想家。要是老想家，你们可就惨了。"

"嘴上没毛"哈桑叹了口气：

"你大伯真可怜，成天想着家，可到头来……"

"到头来还是死在了外乡。不过，俺大伯的婆娘……女人就得像她那样。多守妇道呀。村子里那么多人想勾引她，可你们见她跟了哪个男人了吗？"

"嘴上没毛"哈桑和"摔跤手"阿里差点儿就笑出声了，最终还是忍住了。

而尤素福则给自己的问题作了回答：

"她可不会跟的。为什么不会跟？因为她是老脑筋，绝对守妇道！"

肆虐的风，翻滚的云……当尤素福起身去撒尿的时候，"嘴上没毛"哈桑低声坏笑了起来：

"他大伯的婆娘，你听到了吗，阿里？"

阿里也笑了：

"她守妇道吗?"

他们想起了那个天空布满了星星、透明的夏夜。那是八月中旬一个炎热的夜晚。他们在干枯了的小河沟里把她和布贩子一起逮了个正着。布贩子吓得逃了,可杜杜大姐却没有怕,甚至躺在地上连挣扎都没有挣扎一下。先是"摔跤手"阿里办完了事,然后是"嘴上没毛"哈桑。

"嘴上没毛"哈桑叹了口气:

"她可真是个来劲的女人呢!"

"她哪里只是来劲啊,简直就像个面团儿……"

"她那时咋说来着?她说,你们两个浑小子,要是敢跟别人讲,看俺不宰了你们。"

"她就是这么说的,这个不要脸的婆娘!"

"那事真该放在现在做。嗯?你说呢?"

"还得把尤素福给支开,那样才过瘾。"

"当然啦。"

这时,尤素福一边系着裤带,一边走了过来:

"这离乡背井的滋味啊。"他说道,"还有比离乡背井更糟糕的事吗?比不信神还糟糕……"

他此时想起了自己把包裹甩到肩上走出家门的那一刻。可哈桑没听懂:

"为啥?"

"糟糕透顶,让人心里老是放不下。俺在锡瓦斯的时候,心里就老惦着乡下。就拿俺大伯来说吧。他常说,如果你离开了家,就得在心里把家忘了。他嘴上是这么说的,可他自己做到了吗?怎么可能?他常说:家乡就是家乡,跟别地儿不一样……"

他从地上捡起一块石头,朝黑暗中扔去。

哈桑也想起了离家时的情景,心里涌起一阵隐隐的痛:

"没错。让人的心里怪怪的。罢了,既然已经出来了,但愿咱们能找到份好工作……"

"有安拉的保佑,咱能找到的。是安拉让咱们抛下妻儿老小,离开家乡的……"

"没错,是他让咱们抛下妻儿老小,离开家乡的……"

"接下来就看咱的运气了!"

"这事也有好的一面……"

"摔跤手"阿里抬头向天空望去。月亮跟前涌动着的漆黑的云看起来很恐怖。他害怕了。

"狗日的尤素福。"他说,"你瞧瞧天上的云。"

另外两个人都抬起了头。

"云怎么了?"

"黑糊糊的。"

"那是安拉的云。"

"没错!尤素福。"

"是吗?"

"咱们的安拉是在那些云上面吗?"

尤素福其实也不知道,可他还是说了一句:"安拉恕罪!"

"难不成俺这话是罪过?"

尤素福转了转脑袋。管它是罪过还是积德呢。他看了看哈桑:

"你知道俺那小子吗?"他说,"今年突然就蔫了。去年还是结结实实的呢……"

哈桑点了点头:

"那是因为田里的庄稼长了黑虫了。俺家的艾米娜也这样。这还不算。你是没瞧见,俺走的时候,她看俺的眼神哪,那叫个伤心。唉,俺总也忘不掉。你知道她说啥了吗?"

"说啥了?"

"她说:爹呀,回来的时候给俺带一个发卡,还有一把上面有花纹的梳子,成不?她是趁她娘不在的时候跟俺说的。她很怕她娘……"

尤素福狡黠地眨了眨眼:

"那么,他娘要啥了?"

"啥也没要。不是俺吹牛,这么多年的夫妻,她从来没有要过啥。为了俺,她啥都能省!"

"跟俺老婆一样。"

"要是俺赚了大钱的话……"

"你想干啥?"

"俺知道自己该干啥。你呢?"

"俺？俺要买一只好的煤油炉，兄弟，让村里的人都眼红。"

"煤油炉是啥玩意儿？"

"无可救药"尤素福自豪地笑了起来：

"你肯定不懂的！煤油炉有个泵。只要你一摁，就会喷火，还会像蛇吐信子一样咝咝响。在锡瓦斯修理车间当搬运工的时候，俺们有个领班，那可是个好人。别看他从来不做礼拜，可心眼好着呢。他就有一只煤油炉，只要点上火，要是想做饭，就往上面放上个锅。要是想烧水，就放上个铁桶，一眨眼的事儿。听说买一只炉子得花15、20张钞票呢……"

哈桑睁大了眼睛：

"要15、20张钞票哪？"

"你当是啥啊！"

"这也太贵了吧！"

"俺也是听人家这么说的。而且还有泵，只要一摁，就会喷火。俺们的领班把火这么一点上……"

"你说还会像蛇吐信子一样咝咝地响？"

"俺起誓，就像是蛇吐信子一样。"

"你说，尤素福，人家说的城市是不是一个怪物？"

"瞧你这话说的，你这个嘴上没毛的东西！一到晚上，街上的电灯都会亮起来，照得像白天一样，可亮堂着呢。那些汽车，那些女人，怎么说呢，亲爱的，说是说不清的。

你第一次去的话，肯定会傻了眼的。你连自己姓啥都会忘了，眼睛也会顾不过来。不过兄弟们，咱们可不能忘了本，别上城里人的当啊。俺敢用俺妈的名节起誓，他们迟早会把咱们变成只知道挣钱的人！"

"有安拉的保佑，咱们不会有事的。城里人怕啥……"

"那是一定的。"

"咱们比兄弟还要亲。对不？"

"那当然啦，亲爱的。还有比咱们更亲的吗？"

"咱可以把城里人给骗了。对不？"

"骗是可以骗的，可他们毕竟是城里人……城里人比鬼还精。你知道城里人吗？"

他们看了看"摔跤手"阿里。他的脸在黎明前的黑暗中看不太清楚。可尽管如此，他们知道他是在想着心事。尤素福说：

"兄弟，在想啥呢？"

"摔跤手"阿里晃了晃身体。

"肯定是在想阿伊谢。""嘴上没毛"哈桑知趣地压低了声音，"难为他了。咱们也就罢了，他要放下可太不容易了……"

"他也算是结了婚呀……"

"可他不还只是订了婚嘛。"

"有什么不一样呢？订了婚，不就等于结了一半的婚了嘛……"

看着"摔跤手"阿里充耳不闻的样子,尤素福来了劲:"是不是这样啊,兄弟?"

"摔跤手"阿里点上一根烟猛吸了一大口,然后把满满的一口烟朝着天空吐了出去。

"俺大伯常说,"尤素福说道,"他常说,你离开了家,就得把家乡给忘了。如果忘不了,那你就难受去吧。活儿干不好,整天像丢了魂似的。咱们出来,不都是为了挣点面包钱吗?"

"嘴上没毛"哈桑说:

"这还用得着你说,尤素福?这是咱的命。不然咱们为什么要抛下老婆孩子呢?"

"出门在外的时候,一想家,你就完了。就说俺大伯,嘴上没毛,你说他是啥样的人?他不是个大丈夫吗?连他那样的能人,不也死在外乡了吗?听跟他在一起的人回来说,那个可怜人临死的时候还在不停地念叨着要回家!"

三个人都变得古怪了起来,朝着远方、很远很远的远方望去;可除了浓重的夜色,他们什么也看不见。

"只要你的脚习惯了闯荡,你想让它停,它都停不下来的。你会一直走下去。外乡会把你的魂勾走,你再也停不下来,绝对停不下来,你只能接着走下去。如果不离开家,乡下这地方会让你浑身不自在,简直就没法待。不管是大麻也好,还是绳套也好,都留不住你,你终归会走的。走了,你就能安稳了吗?绝对不可能的。这下子该轮到家乡让你魂不守舍了,你会觉得家乡像花儿一样好闻,每天夜里都会梦见它。你会数着日子,猴急地盼着早点回家。回去是可以的,可你那只是为了回家而回家。一两天,三五天……俺可跟你说,兄弟,过不了多久,你的魂又会被外乡勾走的。家乡还会让你难受,你的心还会皱起来,变得像核桃壳那样皱。你会后悔为什么回来。只要闯荡过一次,你就再也不能罢手了!"

"为啥?"

"因为你不再是从前的你了。在外乡闯荡的时候,家乡会召唤你;回到了家,外乡又会让你心里痒痒的。习惯了城里的人,在村里是待不住的。俺不就是一个例子嘛!要是没有去过锡瓦斯,俺怎么会想着去屈库鲁瓦呀!"

"……"

"可屈库鲁瓦……"

正在这时,天空裂开了一道缝,亮起了一道闪电,把四周照得幽蓝幽蓝的。借着这瞬间即逝的蓝光,"无可救药"尤素福看清了"摔跤手"阿里,他可不喜欢阿里那副沉思的样子。

"感谢安拉,"他就着闪电说,"咱乡亲的工厂……"

"咋了?""嘴上没毛"哈桑问。

"大家不都在说嘛……"

"没错。他总不会不认咱吧!"

"咋会呢?怎么着他都是咱乡亲。乡亲还能错得了?只要他看到咱,知道了咱是谁……"

"他肯定会说:啊哟,是俺乡亲们来了……他凭啥要去帮城里人,却不帮咱呢?"

"当然啦。有脑子的人都明白谁近谁远……"

"乡亲就是亲戚。要是俺,既然有乡亲在,为啥还要雇城里人呢?嘴上没毛,要是你的话,会雇他们吗?"

"咋会啊,尤素福!俺肯定会说,乡亲,你就在这里干吧。你刚才说他的工厂很大?"

"那还用说?俺在锡瓦斯的时候,俺们车间有个领班,是他告诉俺的。他说,咱乡亲的钱多得都堆成了山!"

"愿安拉让他更有钱!谁能跟咱乡亲比啊!"

"可能吗?"

"当然不可能啦!"

"你刚才说,赚了钱的话要干啥来着?"

"俺知道自己要干啥……"

"会像蛇吐信子一样咝咝地喷火?尤素福,你是说乡下人见了那玩意儿都会当成是蛇?"

"只有村长不会!"

"村长……当然啦,人家是村长嘛。秋天还要给他儿子娶亲呢!"

他停了下来,想了一想,然后说:"尤素福。"

"啥?"

"要不俺也豁出 20 张钞票?"

"为啥?"

"俺得气气他!"

"你是说真的?"

"俺发誓。咱俩瞒着村长,把全村的人都叫到咱家的牲口棚里,咱俩一人一边把煤油炉这么一点,他们肯定会当是两条蛇的!"

"……"

"……"

半夜两点钟,雨下得正大的时候,火车从远处鸣着笛开来。在火车停下的短短几分钟里,他们湿漉漉地登上了拥挤不堪的三等车厢。

火车上的人比肩接踵。

他们把包袱和被子放在厕所门口,在车厢顶上的灯泡散发出的橘黄色灯光下坐了下来。

他们每人点上一根烟。突然间,"摔跤手"阿里再也无法控制自己的情绪,用一只手掩在耳朵上唱了起来:

咱们的山啊又宽又高
咱们的家啊充满悲伤
咱们的妈啊,为什么要生下咱
…………

2

漆黑的夜空不时被蓝色的闪电照亮,在如注的雨中,满载着民工的列车,带着明亮的车窗,在原野中向着屈库鲁瓦疾驰着。

"摔跤手"阿里一动不动地坐着,聆听着车轮在铁轨上发出的"咔嗒"声。

过了一阵儿,他说道:"人原来是只没有翅膀的鸟啊。"

随着"咔嗒"声摇来晃去的"嘴上没毛"哈桑抬起了头,微微一笑:

"没错。"

"无药可救"尤素福也是这么想的,不过他已经被冻得手脚冰凉。

"哎哟,"他说,"天咋这么冷呢!"

"是啊,真冷。"

"要不咱把被子解开吧?"

"那就赶紧解呀!还愣着干吗?"

他们便把像军大衣一样打了卷儿、用麻绳扎得紧紧的被子打开,裹在了身上。

"摔跤手"阿里无限惬意地把眼闭上,然后又睁开:

"哎!但愿咱们能快点到屈库鲁瓦。"

"快了。"尤素福说。

哈桑好奇地问道：

"尤素福，那边现在是不是天晴得很啊？"

尤素福煞有介事地点了点头说：

"当然晴得很啦！"

这时候，他们之前根本没有在意到的、紧挨着他们抽烟的一个小伙子好奇地问：

"你们是去屈库鲁瓦吗？"

他们仨，尤其是尤素福冷冷地打量了一下这个小伙子。此人打扮得干干净净，下身穿着一条机织布的马裤，上身穿着一件宽松的深蓝色毛料西装。西装的手巾袋里，插着一支带挂钩的黄色铅笔。"无可救药"尤素福用眼神暗示了一下两个伙伴："这小子像个城里人。你们别插嘴，俺马上让他招供！"然后转头对小伙子说：

"俺们是去屈库鲁瓦！"

"俺也是。那可是个好地方，就是大冬天，那里也总是大晴天。那里的水是甜的，面包多得很……"

"你去那儿干吗？"

小伙子的鼻尖因为自豪而发亮：

"你是问俺？"

"问的就是你。"

"俺爷在那儿！"

"摔跤手"阿里一下子来了火：

"俺们也有！"

尤素福对自己伙伴的忍耐已经接近了极点：

"你闭嘴！"

说完，把头转向了小伙子：

"原来是你爷在那儿。"

"对呀，那里有俺爷。俺每年都去。你们要是看到俺爷的庄园的话……那叫大呀。那些家伙每年都要种六千亩地，连山上的石头缝里都长满了庄稼。俺爷的老婆，可不是大老婆，是小的，那可是个漂亮娘们儿。去年，她跟俺说：你要每年都来呀！她就是这么说的。"

说着，小伙子指了指穿在毛料西装里面的白衬衫，接着说道：

"看见这件衬衫没有？这可是俺爷的！"

阿里再次忍不住了：

"既然是你爷的，为啥穿在你身上呢？"

小伙子哧哧地笑了：

"俺姐给的。是俺爷非让她给的！"

尤素福往前探了探身子，仔细瞧了瞧那件衬衫，还煞有介事地摸了摸。然后说道：

"衬衫不错！"

"哪里只是不错哦？是真正绅士的衬衫。那家伙，一件衬衫只穿一次，绝对不会穿第二次，还有他的那些西装、鞋、金表、烟嘴，连他的烟盒都是纯金的！"

"摔跤手"阿里的血早已经全涌到头顶上了:

"你那个爷有工厂吗?"

小伙子正要回答,"无可救药"尤素福把话给岔开了:

"好汉,你叫啥?"

"俺叫啥?俺叫维里!"

"你家在哪个村?"

"俺吗?俺家在锡瓦斯乡下。"

"嘴上没毛"哈桑问:"你成家了没?"

"俺吗?还没成家。俺今年刚过了服兵役的体检。你看看!"

他从西装里面的口袋中掏出了身份证。身份证用白色的棉绳牢牢地扎着。他解开绳子,把身份证打开给他们看。"无可救药"尤素福拿了过来,装着识字的样子看了起来。

维里说:"你拿倒了。"

尤素福立刻纠正了过来:

"俺知道!"

维里根本就没在意尤素福说的话。他从口袋里掏出一沓照片给大家看:

"这些是在屈库鲁瓦乡下照的。瞧,脱粒机!"

"嘴上没毛"哈桑:

"脱粒机是啥?"

"就是打谷机。"维里说。尤素福立刻把话接了过去:

"没错,是打谷机。你不懂的!"

阿里说："你从前懂吗?"

尤素福狠狠地瞪了他一眼：

"俺不懂？俺咋能不懂呢？"

维里指了指照片上的自己说："看到俺了没?"

哈桑点了点头：

"看到了。"

"你瞧瞧俺，站在俺旁边的是师傅。他可是个了不起的师傅哦，对机器门儿清。那个是咱的工头。可不瞒你们说……"

"啥?"阿里问道。

"他可是坏透了。一到发工钱的日子，他总是从东家那里把民工的钱领走，还掏出个单子……比方说，你应该得15、20块钱。他肯定得扣掉两块五、三块。你们这是第一次去屈库鲁瓦吗?"

"无可救药"尤素福一边生着阿里的气，一边说："第一次。"

"那样的话，你们可得多加小心啊！要问为什么嘛……"

"摔跤手"阿里压根儿就没把他的话当回事儿：

"俺们是去俺乡亲的工厂。你知道俺们乡亲的工厂吗?"

"他哪里会知道。""无可救药"尤素福看也不看阿里地说，"人家的爷在那儿，是去干农活……"

阿里也看都不看地说："那又不是他乡亲！"

维里说：

"他不是俺乡亲,可比乡亲还要亲。特别是他的那个小老婆……"

阿里笑了:

"很漂亮吗?"

"水灵得你可以倒到杯子里喝下去!"

"你喝过了?"

"那还用问?还有她那张嘴,可甜着呢!可俺那个爷不是人。他有成双成对的汽车,开上就走。"

"嘴上没毛"哈桑问:

"去哪儿?"

"去城里,去酒吧,去找婊子……"

"摔跤手"阿里转头对尤素福:

"汽车是啥?"

尤素福一下子想不起来了。锡瓦斯有吗?有肯定是有的,只是自己一下子想不起来了。

"你不会懂的。"他说。

维里向尤素福问起了阿里:

"他是第一次去城里吗?"

"第一次去。"

"那他是不会懂的。汽车有火花塞,有方向盘。只要你一踩油门,它自己就会动起来。一动起来,就像头母熊!"

"没错,"尤素福说,"比母熊还要母熊!"

阿里还是没有弄清楚：

"它是咋动的呢？"

维里说：

"自己就动起来了呀。要是汽油用完了，就动不了了，怎么都动不了了。你再怎么踩油门，都不管用。那时候啊，不管是油门，还是手柄，就都不管用了！"

尤素福再次插话进来：

"没错。不管是油门，还是摇柄……"

阿里问：

"油门是啥？"

"油门嘛……"维里笑了，"油门就是油门。在前边，驾驶座底下，差不多就是那样的地方。突出来的，就在脚底下。你只要一踩，机器就动起来了！"

"摔跤手"阿里和"嘴上没毛"哈桑的嘴张得老大：突出来的，就在脚底下。你只要一踩，机器就转起来了。那是咋回事儿？说真的，这个被称为城市的地方，还有城里的人，都是妖精，肯定是妖精！

"……等机器转动得差不多了，你就把手刹往前推，再挂上一挡，车就走起来了！"

尤素福点了点头：

"那样就走起来了。不过可不是二挡，你得挂一挡！"

"然后就得注意方向盘了。方向盘是一个圆圆的圈儿。你得紧紧地握着，眼睛得看着正前方，不能往两边看。一上了直道,你就看它撒欢地开吧!"

阿里"扑哧"一声笑了。

而维里已经彻底兴奋了起来:

"你只要撒欢地开起来,嗨……就会像鸟儿那样飞起来,就是子弹也追不上!"

尤素福嘟囔道:

"追不上!"

"摔跤手"阿里转头对尤素福说:

"咱乡亲也有那玩意儿,对不?"

"有啊。"尤素福说,"咋能没有呢!"

维里对他们不闻不问:

"有一次,俺,俺们的脱粒机师傅,还有俺爷……俺们一起在车上,要去城里。是开耕的时候,俺们是去拉锄头,还要跟师傅一起去买张新床。俺说的床,可不是咱平常说的那种床哦!"

"那是啥?"阿里问。

"是让脱粒机工作的拖拉机的床!"

尤素福:

"拖拉机的床……"

"开车的是俺爷。他踩下油门,机器转了起来。他把手刹往前一推,机器就动了。俺们上了路。土路上空空荡荡的……"

尤素福:

"你家爷撒欢地开了吗?"

"那还用问?"

"你该说像长了翅膀飞起来了!"

"比飞还要快!"

"肯定飞起来了。"尤素福说,"那可不是开玩笑的!"

阿里问:"比火车还要快吗?"

尤素福不知道答案,便看了看维里。维里说:"想比火车快,就能快。"

尤素福点了点头:

"能比火车快。就是他不想,对不?"

"只要路平,而且空的话,他会想的!"

"那当然是另一回事儿了。"

"当然。"

"嘴上没毛"哈桑迫不及待地问:

"后来呢?"

维里想了又想:

"咱说到哪儿了?"

"嘴上没毛"哈桑提醒道:

"你们上了车,而且路很空……"

"没错,路很空。路是土路,俺们在飞。开车的是俺爷,他旁边坐着脱粒机师傅。俺坐在后排。要是有人看见,肯定会把俺当成爷的。俺靠在羊皮垫子上,架着二郎腿。那架势!"

"摔跤手"阿里再一次"咯咯"地笑了起来：

"看来你真成了爷了啊！"

"岂止是成了爷，比爷还要爷！要是俺再点上一根烟，那可就……"

"你为啥没点呢？"阿里问。

维里变得严肃起来：

"俺可不会点。也不能点！"

"为啥？"

"俺爷会不高兴的！"

"没错，"尤素福说，"他肯定不高兴！"

"那样的话，他肯定会想：俺把你当人看，让你上了车。可你这个不要脸的家伙，居然把自己当成了俺这样的爷。他肯定会不高兴的！"

阿里转头对尤素福：

"俺们乡亲不会介意吧？"

"你提咱乡亲干吗？"

"那不是俺们的乡亲嘛！"

"那当然。"

阿里转过头对维里说：

"你要是见到俺们乡亲的话啊……你说是不，尤素福？"

尤素福点了点头：

"谁能比得上咱的乡亲啊！"

阿里眨了眨眼：

"俺们乡亲给俺们来信了,所以俺们才去的。对不?"

尤素福很喜欢这个谎言:

"当然啦。要是他不来信,俺们为啥去啊?"

"嘴上没毛"哈桑又一次催促着维里:

"后来呢?"

维里:

"俺说到哪儿了?"

"你们上路了,路上很空。"

"想起来了。路上很空。为了不让俺爷不高兴,俺没点烟。这当口,俺把手伸到了车窗外面。外面的空气整个成了东北风。俺闭上了眼睛。可闭上了,还是看得见!"

阿里:

"那是咋回事儿?"

"俺说俺看得见,只是打个比方……当然跟眼睛看到的不一样啦。俺说的是,俺眼睛里面好像有东西在飞。一闭上眼,俺耳朵听到的嗡嗡声变得大了。说来也怪,人一闭上眼睛,耳朵就听得更清楚了。"

尤素福点了点头:

"是会听得更清楚的。"

"是安拉的神力!"

"后来呢,兄弟?"

"后来嘛,俺差点儿就睡着了。这当口儿,听到了一声爆炸!"

阿里那魁梧的身体一下子激动起来：

"打枪了吗？"

维里笑了：

"不是啦。"

"那是啥？"

"原来是轮胎爆了。"

"无药可救"尤素福说，"你早说呀。俺还当了是……"可实际上，他根本没猜到啥。维里问：

"你当了是排气管？"

尤素福点了点头。维里继续说道：

"没错。要是排气管爆了，也跟枪响差不多！"

"嘴上没毛"哈桑说："煤油炉跟蛇吐信子的声音差不多。"

阿里说："你说的排气管是啥玩意儿？"

"你问排气管？"

尤素福说："说了你也不懂，阿里。"

"俺为啥不懂？"

"那你懂吗？"

"俺咋就不懂了？"

"你咋会懂？"

"俺去过城里！"

"你啥时候去过城里？"

"俺难道没去过锡瓦斯？没有在修理厂干过？"

"锡瓦斯跟屈库鲁瓦一样吗?"

"你管它一样不一样!俺说得没错吧,维里兄弟?你比俺清楚!"

"没错。"维里说,"锡瓦斯也是个城市。你别把锡瓦斯不当回事儿。锡瓦斯可不是咱的镇子,那可是个不小的城市哦!"

"无药可救"尤素福骄傲地望着阿里:

"你听到了吗?俺就是去的那儿!"

阿里气得直喘粗气,低声吼道:

"锡瓦斯又不是屈库鲁瓦!"

"不是又咋样?难道只有屈库鲁瓦才算是城里?"

"锡瓦斯有俺们乡亲吗?"

"没有又咋样?"

"嘴上没毛"哈桑再一次失去了耐心:

"后来呢,兄弟?"

维里:

"咱说到哪儿了?"

"说到像枪一样炸了……"

"没错,像枪一样。俺原来以为是排气管,后来才知道是轮胎!"

阿里:

"轮胎是啥?"

"就是汽车的轮子。里面装满了空气。唉!不知道就别多问!"

尤素福:

"就是,他哪里会知道。"

"……有一种泵,可以打气。只要一摁,轮胎就会鼓起来。轮胎鼓了,你抓抓试试,跟石头一样硬!"

"怎么会爆呢?"

"也没啥,就是被钉子扎了,'嘭'的一声。没办法,俺爷松开了油门儿,那机器就慢了下来。他拉上手刹,机器就停住了。俺们下了车。俺爷跑到一棵树底下,撒了泡尿,抽了根烟。师傅和俺把爆了的轮胎卸了下来。卸下来之前,师傅让俺拿千斤顶来,俺拿过来递给了他;让俺拿撬棍,俺拿过来递给了他;让俺拿溶液,俺拿过来递给了他;他说要砂纸,俺说行,就跑过去拿了过来。反正他说啥,俺都不用他说第二遍!"

阿里又生气了,问道:

"就你?"

"当然是俺啦。师傅要啥,俺就给他拿啥,而且用不着他说第二遍!要是换成你这样的人,师傅说拿撬棍来,你肯定拿不来!"

"无可救药"尤素福看了看"嘴上没毛"哈桑和"摔跤手"阿里,点着头说:

"没错,他们拿不来。"

"俺可以起誓,俺可是一点儿没有耽搁。俺呀,要是现在师傅说,维里,汽车的轮胎爆了,你把它给补上。俺肯定二话不说,马上就能补好!"

这时候,一个长着尖下巴的大脑袋从维里的肩头伸了过来:

"你知道啥是汽缸整流器吗?"

维里生气地转过身,对着那个男人:

"俺知道不知道,关你屁事?"

"摔跤手"阿里挺了挺身:

"你发啥火啊?是男人的话,你倒是回答呀!"

尖下巴笑了:

"你别听他吹。他答不上来!"

"俺就答不上来,你能咋的?"

男人也来火了:

"要答得上来,你就答呀!别光扯那些千斤顶啊、撬棍啊什么的。你倒是说说看,撬棍的长度是几公分?"

"?"

"摔跤手"阿里笑得眯缝起了眼睛:

"你倒是快说呀!"

"你凭啥让俺快说啊!"维里恼羞成怒地说,"你没资格。"

尖下巴很得意:

"他说得没错。知道的话你就回答。你咋答不上来呢?这儿可不是吹牛的地方!"

"摔跤手"阿里对尖下巴产生了一种由衷的亲近感，便凑过身：

"兄弟，你叫啥？"

"俺？尤努斯。你呢？"

"俺叫阿里。你从哪儿来？"

"夏尔克什拉。"

"住在镇上？"

"住在乡下。你呢？"

"俺们仨都从 C 村来。你瞧，这是尤素福，'无药可救'尤素福。这是哈桑，'嘴上没毛'哈桑。"

"那是谁？"

"他呀，他叫维里。俺以前也不认识，他跟俺们不是一个村的。你可真有两下子，把这家伙给臊着了！"

维里狠狠地看了他一眼。"嘴上没毛"哈桑也已经凑了过来。"俺学过发动机，"从夏尔克什拉来的尤努斯说，"俺可是从拖拉机培训班出来的！"

阿里打量了一下这个人：

"你？"

"就是俺。"

"拖拉机培训班……你说的培训班是干啥的？"

"无药可救"尤素福插话道：

"培训班嘛，你是不会懂的。"

"嘴上没毛"哈桑岔开了话题：

"你也是去屈库鲁瓦吗?"

尤努斯点了点头:

"是去屈库鲁瓦。俺们培训班里有 15 个人。有几个还是城里的学徒工。不过,考试的时候俺得了第三名。俺现在对各种拖拉机都了如指掌。俺能把它们的马达拆下来,把气缸清洗得干干净净。"

"那样的话,""摔跤手"阿里说,"你肯定知道俺们的乡亲吧!"

"他是在屈库鲁瓦吗?"

"是在屈库鲁瓦。"

"大家叫他啥?"

他们其实都不知道大家叫他啥,不过……"他有自己的工厂。"阿里说。

"无可救药"尤素福:

"虽说都是工厂,可他那个可是大得不得了!"

"嘴上没毛"哈桑也兴奋了起来:

"他一见到俺们呀,肯定会喊:天哪!俺的乡亲们来了……"

"摔跤手"阿里:

"他该多高兴啊!"

夏尔克什拉人尤努斯问道:

"他是你们的亲戚?"

"摔跤手"阿里说:"不是又有啥要紧?"

"无可救药"尤素福把话接了过去：

"他跟俺们不是一个村的，是一个乡的！"

尤努斯用下巴指了指维里：

"那小子刚才不是在吹他的爷吗？你们可别信他。他算老几啊，人家爷会让他坐汽车？你以为爷是干啥的？当爷的，会让一个不知道撬棍有几公分长、没有上过培训班、对拖拉机一窍不通的人坐自己的汽车吗？人家可是正儿八经的一个爷！"

"绝对不可能的嘛。"阿里说。

"让一个不值钱的苦力、一个民工坐汽车？门儿都没有！"

"他当俺们是傻子呀，能骗得了俺们？"

"咱心里可跟明镜儿似的。"

尤努斯变得越来越愤怒：

"说什么师傅要撬棍、要千斤顶，他二话没说就给拿来了呢。他连撬棍有几公分长都还不知道呢，这个笨蛋！"

维里一直竖着耳朵在听呢：

"你可别说粗话。"

回答他的是阿里：

"可你刚才不是对俺们说粗话来着？"

"有你啥事？俺在跟他说话！"

尤努斯跪直了身子：

"你他妈的倒是回答这个问题看看：如果机器有噪音了，问题出在哪儿？有本事你就回答！"

无可奈何的维里选择了投降：

"好汉，俺可没像你那样上过培训班。俺在脱粒机师傅身边也就是个助手。"

尤努斯坐了回去：

"你早说呀！俺一次上了九个月培训班，后来还上了一次三个月的班，学的都是马达。你那个脱粒机师傅算个述……在俺们培训班的老师眼里，他最多也就能算是口袋里的零花钱！"

维里原来扯得老高的"帆"落得更低了：

"当然啦。他咋能跟老师比呢。"

"摔跤手"阿里狡黠地笑了。"别以为机器啊、马达啊就那么简单，"尤努斯说，"不是俺吹，要是说到机器，说到马达，俺敢跟任何人比试比试。只要有台机器，俺能说出它的五脏六腑！"

"俺可没法跟你比，尤努斯师傅。俺只是听说了点。"

尤努斯骄傲地咳了一下：

"不过，你也不错了！光听人家说，没上过什么培训班，就能知道这些已经很好了……"

维里的眼睛一下子发亮了：

"师傅，俺学得还不错吧？"

"摔跤手"阿里在一边说道："煤油炉还会像蛇吐信子

那样咝咝响呢!"

说完,他看了看尤努斯师傅。尤努斯师傅低着头,肯定是在想着什么,没听见。

维里:

"你说,尤努斯师傅,俺要是上了培训班,是不是就能跟你一样了?"

尤努斯师傅看了维里一眼:

"你认字吗?"

"俺嘛,马马虎虎……"

"那可不行。你得读培训班发的马达的书,上课的时候还要记笔记。老师又不是你爸的儿子,讲完就走。要是没记下笔记,你就惨了。还有,你得读驾驶员手册,厚厚的一本……这些书俺可都读完了!"他咳嗽了一声,"不过,不是所有人都能像俺一样的。你别跟俺比……俺可是跟城里的家伙们一起考的试,跟城里的家伙们一起!"

他把在场的所有人一一打量了一番。"无药可救"尤素福,"嘴上没毛"哈桑,"摔跤手"阿里,还有他们身后的许多人……

维里说:"你可真了不起!"

"无药可救"尤素福嘟囔道:

"城里人是妖精!"

"摔跤手"阿里朝着尤努斯:

"他大伯说的,说城里人都是妖精。你说这是真的吗?"

"嘴上没毛"哈桑自顾自地点着头说道：

"没错，是他大伯说的。杜杜大姐的男人……"

他慢条斯理地看了看阿里，原本是想笑的。可阿里没听见，他便把笑收了回去，干瘪的脸一点点变得严肃起来。

尤努斯师傅看了看阿里：

"你们说你们乡亲是开工厂的？"

"摔跤手"阿里的眼睛亮了：

"是啊，而且大得不得了！"

"你们是他捎了信才去的，还是自己去？"

"摔跤手"阿里觉得立刻回答有点不妥，便朝"无可救药"尤素福望去。刚才一直没怎么吭声的尤素福一下子来了精神：

"俺们自己咋会去呀！他给俺们捎了信，俺们说，那好吧，俺们去……"

"摔跤手"阿里差点就要说"这是啥时候的事"，不过还是忍住了。然后说道："他看到俺们的话，别提会多开心了。肯定会说：'俺的天哪！俺的乡亲们来了……'是这样吧，尤素福？"

尤素福点了点头。

阿里继续说道：

"……既然有乡亲在这里，他还要用那些长着妖精眼睛的城里人干啥呀？"他转向尤努斯，"如果你是俺乡亲，看到俺们你会……"

"要是俺的话，没二话，肯定会说：你们跟俺来吧！"

"万岁！"

"不过，乡亲当中可也有坏人哦！"

三个伙伴从三个方向不约而同地啐道：

"呸！呸！呸！"

"谁能跟俺们乡亲比啊！"

"俺们乡亲……"

"跟你晓得的乡亲可不是一回事儿啊！"

"愿安拉让他手抓到啥，啥就变成金子！"

"没人能跟俺乡亲比！"

"当然没法比。"

"肯定没法比。"

"他一见到俺们……"

"哦哟！……"

"他肯定会说：瞧，俺的乡亲们来了……"

"他都不知道咋招待俺们才好了！"

"不管俺们是离开家，还是等着离开家，不都是为了钱吗？"

"有安拉的保佑，还有俺乡亲的关照，俺们肯定能赚大把大把的钱！"

"那还用说？"

"俺们连煤油炉都能买，""摔跤手"阿里说，"没错吧，尤素福?"

尤努斯师傅同维里一样,根本不关心煤油炉的事。

"你现在先把煤油炉的事给放一放……俺乡亲就是俺乡亲。可到了屈库鲁瓦,俺们咋才能找到他的厂子呢?"

"既然他给你们写了信,"尤努斯说,"信里就没有写地址?"

尤素福吃了一惊,接着便搪塞道:

"有,当然有。可俺把信落在村子里了!"

"你们在哪里下车?"

"在阿达纳下。"尤素福说。

"俺也在阿达纳下,可以带你们到'十字路口'……"

"俺也是,"维里说,"俺也认识'十字路口'……"

"'好人'阿里的咖啡馆就在那里……"

"对啊。"

"还有伊诺努广场。"

"没错,没错。俺们还在广场上睡了一晚上,看着星星吃了安泰普的黑葡萄,图鲁姆奶酪,还有烤饼和面包,可美了。说真的,阿达纳的面包可好吃了……"

"要是没有打摆子的话就更好了……"

"是啊,打摆子……"

"……"

"……"

"无可救药"尤素福搓着手说:

"一路走，一路问呗！"

这当口，夏尔克什拉人尤努斯已经跟维里聊得兴起了。他聊起了石桥，塞伊汉河和欧泰盖切，还有欧泰盖切的墓地和墓地里的民工们。他笑了。有一次，他们也是去屈库鲁瓦，去当黑苦力，在欧泰盖切的墓地里过了一晚。当时天上看不到月亮，只有星星，从城里传来了阵阵琴声。他听着，听着，正要睡着的时候，听到身边有人在低声说话。他向四周一看，你猜他看到了啥？就在离他两步开外的地方，一个看不清是婆娘还是姑娘的女人，正跟一个男人在……就跟他以前在村子里打谷场上干活的时候一样……不过，那次不是在他跟前，而是在庄园里。那些住在牲口棚里的民工们……那是个大白天的中午，天很热。疟疾让他的脑袋嗡嗡响，身上却感到很冷。他向师傅请了假，回农场的牲口棚里去躺会儿。可一进牲口棚，他就看见农场的东家把比拉尔那个年纪还很小的女儿压倒在粪堆上。

他叹了口气。东家是把小女孩压倒在了粪堆上，不过这个东家还算是个好东家。从来不克扣任何一个民工的工钱……他确实不克扣，可工头呢？

他问："你们乡亲有农场吗？"

三个伙伴我看看你，你看看他，到底是有，还是没有？

"有，"尤素福说，"咋会没有呢？"

"有就好。能不能让俺跟你们一块儿去？你们能把俺给你们乡亲引见一下吗?"

"干啥?"

"农场里肯定有拖拉机吧……"

"摔跤手"阿里说:"哦……肯定不止一部!"

维里正看着尤努斯师傅的嘴。他向前又靠了靠。

尤努斯接着说道:

"要是那里需要师傅什么的……"

维里把话给抢了过来:

"要是需要,有尤努斯师傅啊!"

"无药可救"尤素福怀疑地问尤努斯师傅:

"你是想为俺们乡亲看拖拉机?"

"行个方便,成不?"

尤素福一本正经地想了想,权衡了半天,又把尤努斯上下打量了一番,然后说道:

"成。"

"摔跤手"阿里也不甘落后:

"谁能像俺乡亲那样啊?"

连"嘴上没毛"哈桑都说:

"只要俺们开口,他绝对没有二话!"

"只要俺们说话……"

"那可是俺乡亲,有谁能跟他比啊?"

尤努斯说:

"你们跟他说,俺对马达门儿清。千万别忘了告诉他,俺是培训班毕业的,而且跟城里的家伙们在一起考试还得了第三……不管是啥马达,俺闭着眼都能拆下再装好!"

维里说:

"真了不起!"

尤素福说:

"比了不起还要了不起。俺们会跟他说:爷,他肯定行……"

阿里说:

"俺们会这么说,你就把心放肚子里吧……"

哈桑说:

"俺们会替你说好话的……"

开始卷起烟的尤努斯也兴奋了起来:

"你们以为俺是谁啊?但愿安拉不会生气,不管是啥马达,只要摆在那里,就没有俺摆弄不了的!"

他点着了烟:

"更别说脱粒机了。"

维里说:

"亲爱的尤努斯师傅,还有谁能比你强呢?"

"对了,说起脱粒机,俺倒是想起了件事儿。有一阵子,俺们在农场里干打谷的活儿。脱粒机是一台老式的脱粒机,四条半腿,活儿得45个人一起干。可是那个工头要多缺德有多缺德,你们别想在他那里得到一点点慈悲。本来应该45个人干的活,他只用了35个人,剩下10个人的工钱就直接进了他的口袋。日头火辣辣的,连麻雀都能热得掉到地上昏过去,人更是热得要炸。那种热让你喘不过气来。一天得干 20 个钟头,中间连休息都没有!到了夜里,俺们大家伙儿合计好了要把脱粒机藏起来。有一个叫伊斯拉希人哈姆迪的小伙子,劲可大着呢。他对俺们说:这事儿你们别掺和,俺有办法对付这个缺德的脱粒机。那小伙子比猴儿还精,而且小学还读完了五年级。他说,只要你们不把俺供出去。俺们哪会那样啊?哈姆迪把麦秸像姑娘的头发那样编在一起,然后再弄湿了。这下好了,那束麦秸变得像木桩那样硬。转天,俺们把那束麦秸跟等着脱粒的麦秆混在了一起。等一开工,机器轰隆隆地响起来。那活可真不是人干的!一边是火辣辣的日头,一边是满世界碎得不能再碎的麦秸屑。你想喘气,根本就喘不了。喘不了气,你就会死……突然,机器里传出一声很响的'咔嚓'声。等工头琢磨出当中的门道,他简直气疯了!"

"摔跤手"阿里说:

"为啥?"

"还用问为啥?你还没听明白呀?是脱粒机的齿轮断了,机器整个就残了!"

"你们为啥把那玩意儿给弄残了呢?多糟蹋啊!"

"你不觉得俺们被糟蹋够了吗?干 20 个钟头的活。没干过的人当然不知道。那简直不是人干的!"

"无可救药"尤素福说:

"要是你把俺们乡亲的工厂也给整残了的话,咋办?"

尤努斯放声大笑:

"咋会呢?一码归一码……"

维里说:

"当然啦,一码归一码……"

他望着尤努斯,笑了笑,咽了口口水,然后小心翼翼地问道:

"你们会带俺一起去吗?"

所有人都朝他看去。"摔跤手"阿里说:"就让他来吧。"

尤素福咬着嘴唇想了想,然后自言自语地说:

"他来是可以来,可来了的话……"

"嘴上没毛"哈桑说:

"他能干啥活儿呢?"

维里耸了耸肩:

"俺可以给尤努斯师傅打下手,给机器上上油。俺抹油的功夫可好着呢……"

尤努斯仔仔细细地打量了维里一番。"也好,"他说,"反正俺总需要一个打下手的!"

"摔跤手"阿里兴奋起来:

"人还真是没有翅膀的鸟。俺乡亲肯定会说,你们这几个家伙真不错,还能为俺着想!是不?"

当火车拉响长长的汽笛的时候,他们不再说话了。火车停在了众多小站中的一个。外面是漆黑的一片,雨已经停了。

3

第二天早上，阿达纳到了。被民工们挤得水泄不通的火车在一声疲惫的"嘶"声中停了下来。包括夏尔克什拉人尤努斯、维里、"无可救药"尤素福、"嘴上没毛"哈桑，还有"摔跤手"阿里在内的几百个民工，连同他们白色的包袱和用麻绳扎得紧紧的铺盖卷儿，一股脑儿地倾泻到了水泥站台上。之前来过屈库鲁瓦的人在前边带着路，而第一次来的人则发出了一片惊叹声："这城里还真跟人家说的一样哦！"

"摔跤手"阿里紧紧抓着"嘴上没毛"哈桑那细小的胳膊。"无药可救"尤素福停下了脚步，满脸笑容地先看了看靠拢过来的"摔跤手"阿里，然后又看了看"嘴上没毛"哈桑：

"咋样啊？跟俺说的一样不？"

"嘴上没毛"哈桑：

"比你说的还要好啊！天哪！快看那儿，那儿！"

他充满畏惧地看着火车站的屋顶。

"无药可救"尤素福紧走了两步，赶上了夏尔克什拉人尤努斯和与他寸步不离的维里。维里现在已经开始当起尤努斯的跟班了。

他们并排缓步走下了车站的台阶。

"俺说尤素福,"夏尔克什拉人尤努斯说,"别忘了说俺的专长。告诉他俺对马达啊、脱粒机啊有多精通!"

尤素福看都不看:

"俺知道自己该说啥,你就甭操这份心了!"

"还有俺上过培训班的事……"

"俺会说的。"

"还有俺上过两次培训班的事。一次是九个月,还有一次是三个月!"

"会说的,会说的。现在最要紧的,是找到俺们的乡亲……"

他转过身,寻找起"嘴上没毛"和"摔跤手"。突然,他大笑了起来。那两位正站在最上面一层台阶上,痴痴地看着某个地方。尤素福喊道:

"快点啦,你们这两个家伙站那儿干吗呢?"

然后转身对夏尔克什拉人尤努斯说:

"但愿安拉能让咱们赶紧找到俺乡亲。只要找到了他,咱就踏实了。听人家说,找他的人可多了去了!"

"他真给你们写信了?"

尤素福"扑哧"一声笑了。尤努斯立刻起了疑心:

"你为啥笑?"

"不为啥。就是……"

维里担心地问道:

"要是他写信给你们的事不是真的话……你说是不，尤努斯师傅？"

"就是。那样的话，你们就别让俺们白忙乎！"

尤素福再次笑了起来：

"俺说兄弟们，安拉可不喜欢说谎的人，穆斯林就得说真话。实话跟你们说，他给俺们写信的事是假的。不过，他可真是俺乡亲！要是你是俺乡亲，看到俺就站在你面前的话……嗯？"

尤努斯顿时兴致索然：

"原来你们是来撞大运的呀！"

"亲爱的尤努斯师傅，你咋责备都成。安拉不喜欢说谎的人。因为他是俺乡亲，所以俺们就打算去投靠他了。"

"你们认识那家伙吗？"

"不认识！"

"熟吗？"

"俺说师傅啊，俺们连认都不认识他，咋会熟呢？可是俺们想，只要去了，把俺们的情况一说，他会可怜俺的。等他知道俺是他乡亲的话，不就更……你倒是说说，要是你的话，乡亲就站在你跟前，你是会让城里人给你干活呢，还是让自己的乡亲？"

这时，"摔跤手"阿里和"嘴上没毛"哈桑已经来到了他们身边。

夏尔克什拉人尤努斯绝望地看了看维里：

"你觉得这事靠谱吗?"

维里耸了耸肩:

"要俺说呀,尤努斯师傅,这事一点儿也不靠谱!"

"俺觉得也是。"

他们并排走了起来,然后又停住了。"无药可救"尤素福说:

"就算没谱……可说啥他都是俺乡亲。乡亲有坏人吗?"

尤努斯的心情已经糟到了极点:

"你们就不该跟俺们撒谎!"

维里赶紧接上:"没错!"

"无药可救"尤素福说:

"俺们是撒谎了,可又没掏你们兜里的钱。他是俺乡亲,这可不假。你说对不,阿里?"

"摔跤手"阿里挑战似的凑了过来:

"他说那不是俺乡亲?"

"他是在取笑俺们没有收到过信!"

"是这回事吗?你在取笑俺们?"

尤努斯软了下来:

"没有啦。俺可没取笑你们。你们乡亲没给你们写信,而且你们根本就不认识他……"

"那又咋样?"

"你们是去撞大运!"

阿里向前逼近了一步,粗着嗓子吼道:

"就算没给俺写信，就算俺们是去撞大运，那又咋了呢？"

"摔跤手"阿里魁梧的身体让夏尔克什拉人尤努斯感到了害怕：

"不咋样。你说呢，维里？"

维里点了点头。

正在这时，钟声响了起来。尤努斯一下子回过了神。

"最好的办法是，"他说，"咱们各走各的路！你说呢，维里？"

"俺们走，尤努斯师傅。俺的活儿是现成的……"

他俩看了看三个伙伴，发现他们也正看着自己。对视了一阵之后，尤努斯和维里一言不发地走开，跑上了台阶。

"摔跤手"阿里依然耿耿于怀。尽管那两人已经消失，他还在望着。突然，他吼了起来：

"俺的脑子在跟俺说……"

尤素福担心地问：

"你的脑子说啥了？"

"是俺们让他们来的吗？"

"俺们可没说，是他们自己非要跟着俺……"

"俺的脑子在跟俺说……"

"说啥？"

"去他娘的！"

"嘴上没毛"哈桑拽住了他的胳膊：

"走吧,你们这俩家伙。咱赶紧上路。难道没有他们,咱就去不了了?"

"哈桑,有啥去不了的?人只要勤着问,是福是祸都能找得着!"

他们向其他民工们望去。那些人手提肩扛着自己的白色包袱和铺盖,在从火车站通向城里的柏油路上一边看着路两边那些可爱的小楼,一边无声地走着。他们也汇入了这支无声的队伍。经过一栋优雅的别墅时,"摔跤手"阿里指着别墅树荫笼罩下的花园中架着二郎腿、慢慢翻看着搁在膝盖上的杂志的年轻女人,笑着说:

"哈桑!"

哈桑凑了过来:

"啥?"

阿里轻声说道:

"你看到那个城里女人了吗?"

"看到了。你为啥不走了?"

"这还用问吗?"

"走吧,赶紧走……"

走在他们前边的"无药可救"尤素福停下了脚步,转过身:

"你们咋不走了?"

阿里笑着指了指那个城里女人。其实"无药可救"尤素福已经明白咋回事儿了。他走了过来,压低嗓门说:

"阿里，别把你那个深地方给城里女人！"阿里把胳膊从尤素福的手里挣脱了出来：

"你说啥深地方呢？深也好，浅也好，俺啥也不给！"

尤素福重新抓住了阿里的胳膊：

"俺大伯常说，你们要做好你们自己，别把自己的深地方给城里人。是个人，就得进没破过的瓜。别让城里人说咱懒，阿里！"

说完，拽着他的胳膊就往前走。

阿里很不情愿地走了。

尤素福说：

"让城里人说你懒的话，你就倒霉了。记住俺大伯的话，你得做好你自己，得进没破过的瓜！"

"……"

他们来到了阿达纳最热闹的路口——"十字路口"。"哎呀，"尤素福说，"路分叉了。咱咋办？"

"嘴上没毛"哈桑耸了耸肩膀。

而"摔跤手"阿里，此时正望着柏油路上开过的一辆锃亮的黑色轿车发呆。尤素福可不喜欢他的这种发呆：

"兄弟们，咱别在这城里懒懒散散地站着了！"

"嘴上没毛"哈桑说：

"那你说咱该咋办呢？"

尤素福也不知道他们该咋办。突然，一个戴着毡帽的男人引起了他的注意。"咱去问问那个戴帽子的人，"他说，

"撞撞运气!"

他在那个人身后边跑边喊:

"先生,先生!"

那人停下了脚步,转过身,看着尤素福。

"那个啥,俺是头一次来屈库鲁瓦……"

男子一脸的茫然:

"那又咋样?"

"你认得俺们乡亲吗?俺说他是乡亲,可不是跟俺一个村的,是一个乡的!"

男子用手背把他推开了:

"别凑过来,你往后站!"

"你别生气,先生。俺不知道……"

那人有五十来岁,是给一个捎客当账房先生的,正赶着去火车站处理一车皮石灰的事。如果两个小时之内不能把货卸了,就得额外交仓储费。他可没有时间跟尤素福废话,嘴上骂着娘,撇下尤素福走了。

尤素福被晾在了那里。当"嘴上没毛"哈桑和"摔跤手"阿里来到他身边的时候,他朝着远去的男人骂道:"去死吧!他不是城里人吗?俺那可怜的大伯说过,城里人抠着呢,连尿都不会白给……"

正说着,他看见一个留着络腮胡子的老头,正就着一只脏兮兮的杯子喝着紫萝卜泡菜汁,便立刻把自己的大伯给忘了:

"那家伙像是个霍加①。霍加都是好人。咱过去问问他吧。撞撞运气!"

他们凑了过去。尤素福说:"是这样吗,哈吉②大叔?"

老头从架在鼻尖上的眼镜上面看了看他:

"哪样啊?"

"俺们想向你打听个事……"

"说来听听。"

"你晓得俺们乡亲的工厂在啥地方吗?"

"你们是从哪个村子来的?"

尤素福告诉了他。老头的家乡是离他们不远的一个村子,不过他离开家已经很久了。尤素福一边跟络腮胡子说着"咱也算是乡亲",一边握住了他的手:

"这下好了,安拉让俺们遇到了你这个乡亲。"

老头没有把手抽出来:

"你们到这里干吗来了?"

"俺们嘛,你也知道,俺们那里收成不好。今年又碰上了闹黑虫,就更糟了!"

"摔跤手"阿里认认真真地说:"尤素福,把咱赚到钱以后想买的东西跟他说说!"

"嘴上没毛"哈桑迫不及待了:

---

① 伊斯兰宗教人士或者是对受过宗教教育的穆斯林的尊称。
② 去麦加朝觐过的穆斯林。

"能跟蛇吐信子一样咝咝作响的!"

"煤油炉,不就是煤油炉嘛,这有啥好说的?哈吉大叔肯定见过最好的煤油炉。还有谁能比哈吉大叔知道的还多吗?你说是不,哈吉大叔?"

老头被这话给逗笑了。

"摔跤手"阿里说:"村里人会把那玩意儿当成蛇。"

老头付了泡菜汁的钱。他想的可跟他们不一样:

"俺以前也想过要有块自己的地。算了,不提了。原来你们是冲着乡亲的工厂来的啊。你们想得倒是挺美,可你们的乡亲可不是个善主,想进他的工厂,俺觉得难。"

"摔跤手"阿里来了气:

"你认得俺乡亲?"

"俺咋会不认得呢?"

"你为啥说俺乡亲不是个善主?他要是见到俺们……你说是不,尤素福?"

尤素福觉得不理阿里更好,便转过脸对老头说:

"哈吉大叔,你接着说。"

老头生气了,瞪了"摔跤手"阿里一眼,然后对着尤素福冷冷地说道:

"你们顺着这条道直走,别往两边去。然后会看见火车,是些黑色的车厢。你们穿过去,向右拐。在你们的左手边有个黄色的烟囱,很高。那就是你们要找的厂子!"

"无可救药"尤素福再一次握住了络腮胡子的双手。然后三个人朝着老头指引的方向走去。

在路上,"摔跤手"阿里说:"俺乡亲不是善主吗?"

尤素福:

"老头自己才不是善主呢。他凭啥说俺乡亲坏话?"

"既然络腮胡子不是善主,你为啥不当面对他说?"

"俺不能说。"

"为啥?"

"俺大伯说过,你们得做好自己,要顺着城里人。城里人说是白的,你们可千万别说是黑的。"

"要是城里人把黑的说成是白的呢?"

"你就当它是白的。"

"俺可不会那样么说!"

"这可是俺大伯说的。你晓得俺大伯吧?就是杜杜大姐的男人。"

"嘴上没毛"哈桑用胳膊肘杵了杵阿里,可阿里还是坚决地说道:

"俺就不那么说!"

"无药可救"尤素福没有再说话,他也感到很窝囊。

他们按照络腮胡子的指点走着。当他们边走边问找到工厂的时候,工厂大门上方悬挂着的大钟已经指在十一点上了。厂门口的空地上站满了准备半小时之后上工的工人。像他们一样从高原上来到这里找工作的乡下人是这么的多……三个伙伴在一边看着鼎沸的人群。过了一会儿,他们仨都实实在在地感到了担忧：那里所有的人是不是都是来找工作的呢？

"俺乡亲可不是所有这些人的乡亲啊！""嘴上没毛"哈桑说。

"摔跤手"阿里说：

"当然不是啦。他只是俺们的乡亲！"

刚到十一点半，当上工的工人们穿过"工人通道"走进工厂之后，厂门口的空地上出现了片刻的清静。可紧接着，这片空地上又挤满了刚刚下班的工人。很快，这些有男有女、有老有少的疲惫的人在阳光下湿漉漉的石板路上逐渐变得稀疏，最后彻底融化了。

"听俺说，"尤素福过了一会儿说，"咱们这么远远地站着，肯定啥也得不到！"

"摔跤手"阿里说：

"那你说咱该干啥？"

"咱们得往大门那儿靠靠！"

"是你大伯这么说的？"

"是他这么说的。俺就晓得你不爱提俺大伯！"

"哪儿能呢？他是杜杜大姐的男人，俺咋会不喜欢呢？你说呢，嘴上没毛？"

"嘴上没毛"哈桑"咯咯"地笑了。

尤素福没有理睬他俩，径直朝工厂大门走去。阿里和哈桑便尾随其后。尤素福先是凑到跟他们一样带着白色包袱和铺盖卷儿站在那里的乡下小伙子们跟前。没有人搭理他,可他一点儿也没感到尴尬,又向前凑了凑。"伙计,"他挑中了那些人中的一个问道,"你们为啥站在这儿?"

那个留着山羊胡子的人看了看尤素福,笑了:

"不为啥。俺们在遛弯呢。你们为啥站这儿?"

"俺们嘛,那还用问?想看看有没有活儿干……"

"俺们也是为了这呀。"

"他们给活儿干吗?"

"要是他们给活儿干,俺还用得着待在这儿吗?"

"你们是从哪个村子来的?"

山羊胡子指了指自己的几个伙伴:

"俺们四个是从耶尔德兹艾利来的。这几个是卡拉戈尔人。可是俺们的盘缠都用光了。真不知道该咋办呢……"

"找活儿干很难吗?"

"那还用问,兄弟!"

尤素福对着自己的伙伴们眨了眨眼:

"要想有活儿干,得是工厂老板的乡亲才行!"

耶尔德兹艾利人朝地上吐了口唾沫:

"你别相信那些鬼话。"他说,"哪怕就是你的乡亲,到城里以后有了钱,你就甭想……"

"摔跤手"阿里差点就要说"这个厂子的主人老板是俺们的乡亲",不过,话到嘴边,他还是忍住没说出来。

耶尔德兹艾利人和同伴们一起离开空地往茶馆走去。

此时，尤素福的眼睛盯上了工厂看大门的阿尔巴尼亚人。突然，他朝两个同伴转过身，眼睛里泛着光：

"你们听俺说，那儿有个杂货店。咱去那儿买两包'农民'牌香烟塞给那个看门人，你们说咋样？"

"摔跤手"阿里：

"为啥？"

"城里人喜欢占便宜。俺大伯说过，你们做好你们自己，别不舍得给城里人好处。"

"摔跤手"阿里看着"嘴上没毛"哈桑说：

"是杜杜大姐的男人吗？"

尤素福生气了，但没发作：

"就是俺杜杜大姐的男人！"

"你那个杜杜大姐呀……"

"俺杜杜大姐咋了？"

"没啥。守妇道的女人嘛……"

尤素福好不容易把火压了下去，然后说道："你们把钱给俺，咱去把烟买了！"

他们仨凑了凑钱，约定一会儿由尤素福把烟塞给看门人，并且要轻声告诉看门人他们是工厂老板的乡亲，请他让他们进去。

尤素福朝合作社的杂货铺走去的时候，"摔跤手"阿里喊道：

"好事做到底，你顺便再买一包火柴吧！"

然后把"嘴上没毛"哈桑拉到一边:

"他给烟的时候,咱得在他身边,好让看门人也看到咱俩!"

哈桑问:

"为啥?"

"你想想,俺们不都是为了挣点面包钱嘛。要是他说烟是他给的,看门人不就只看上他,没咱俩啥事儿了?你还不晓得尤素福是啥样的人?"

"俺咋会不晓得呢?两面三刀的家伙!"

尤素福去送烟的时候,他俩寸步不离他的左右。可他们没料到,看门人跟他们想的根本不一样。当弄清楚是咋回事儿后,看门人皱起了眉头:

"你们想干啥?"

尤素福害怕了:

"你也看到了,俺是外乡人。收下吧,麻烦你带俺们去见见这家厂子的老板!"

阿尔巴尼亚人像被强奸了一样唾沫星子乱飞地吼道:"你居然想收买俺?"

尤素福愣住了。这可是他没有料到的。因为害怕,他手里的烟有一包掉到了地上。他弯腰捡了起来:

"你别生气,先生,"他说,"千万别生气。俺不是乡下人嘛,还当这是这里的规矩呢……"

说着,他回到了伙伴们的身边。

而看门人此时已经义愤填膺，抖动着小胡子吼着：
"真是反了！居然对俺行贿！"

三个伙伴退到了一边。"摔跤手"阿里说："要不咱去咖啡馆吧。"

尤素福做了一个"不行"的手势。

"为啥？""摔跤手"阿里问。

"咱的盘缠会花光的。俺大伯说了，到了外乡，找到牢靠的工作前你们得给自己的钱包打上个死结。人家都说，狼是不吃有耐心人的羊的！"

他们在工厂不远处的一棵粗大的树下坐了下来。谁也不说话，只是看着四周。下班的工人已经走光了，眼前只有那些跟他们一样来城里找工作的乡下人。即使是这些人，很多也已经进了合作社的咖啡馆。那些没有进咖啡馆的人，则跟他们一样躺在树下，抽着烟。干粮袋都已经打开了。

将近两点半的时候，看门的阿尔巴尼亚人看到工厂老板那辆锃亮的轿车从对面驶来，立刻忙碌了起来。他驱散了厂门口那些找工作的人，还毫无必要地整了整自己的西装，然后像一尊雕塑一样一动不动地站在了厂门口。

黑色的轿车飞快地驶来，然后放慢了速度。当轿车缓缓驶进厂门的时候，看门人向主子行了个礼，几乎把腰弯到了地上。

三个伙伴在粗大的树下站起身,摘下了帽子。当轿车消失在工厂大门里面的时候,尤素福说:"刚才进去的那人是省长!"

"摔跤手"阿里茫然地看了看:

"省长是干啥的?"

其实尤素福也不知道省长是干啥的,他只是听人说过。尽管如此,他还是说:"你不懂的。"

"嘴上没毛"哈桑说:

"你懂吗?"

"俺当然懂。俺咋会不懂呢?你忘了俺以前在锡瓦斯、在修理厂干过?那里的师傅……这里哪能找得到那样的师傅啊!那可是锡瓦斯,你们可别不当回事。如果你们去了锡瓦斯,肯定整天合不拢嘴……"

他们等了整整一天。末了,尤素福说:"你们俩过来。"

另外两个万般不情愿地靠拢了过来。无论如何,他们只能听尤素福的。

"伙计们,咱可不能这么傻等!"

"摔跤手"问:

"那咱咋办?"

"还用问吗?咱还得去找看门人。人不会因为亲了别人的手就脏了自己的嘴。你说对不,哈桑?"

哈桑点了点头:

"没错。"

"俺大伯说了,你们得会想辙。人家在过完桥之前,对异教徒都可以喊舅。狼是不吃有耐心人的羊的。俺还得再去求求那个没心肝的看门人!要问为啥嘛,要是咱们见不到咱爷,不能把咱的境况告诉他,等也是白等。你们说对不,兄弟们?"

那两位异口同声地说:"没错。"尤素福走在前头,另外两个怀着以防万一的心情故意落在了后面。

依然正襟而立的看门人不经意间抬头看到了尤素福,他立刻变得像一只随时准备扑击的猫:

"怎么又是你?"

尤素福的头都快缩到胳肢窝里了。此时,他要么得想个办法哄得看门人带自己去见他们的爷,要么就得放弃自己的生命。这是啥事儿啊?他们背井离乡,难道就是为了这样的结果?

他弯下腰:

"求你了,先生!"

看门人斩钉截铁地说:

"不行!"

"俺求你了!"

"俺说过了,不行!"

"俺愿意吻你的鞋底!"

"你没听见俺说吗?不行!"

"别这样,看门的大爷,求你行个方便,俺就只想见俺乡亲一面……"

看门人对他的哀求置之不理,背着双手在洞开的厂门前来回踱起了步。尤素福拦在他跟前,伸出了双手:

"请看在你老婆孩子的分儿上吧!"

看门人的忍耐已经到了极限。突然,他带着异乎寻常的愤怒推了尤素福一下,紧接着又踹了一脚:

"跟你说不行,就是不行!你赶紧给俺滚!"

尤素福踉跄了一下,跪倒在地。在站起身的时候,他把自己那顶飞出去的帽子从地上捡了起来:

"求你了,先生……"

"别让俺再在这里看到你!"

尤素福手里拿着帽子,回到了伙伴们的身边:

"没心肝的家伙,"他说,"比异教徒还坏!"

"摔跤手"阿里忍不住笑了:

"尤素福,要是你大伯在的话,会咋说这事?"

"他会咋说?他一定会说:你们得忍着。到外乡闯荡,啥事都能碰上。他们给咱使绊子呢。这里是外乡。俺大伯说过,人在外乡,就成了离开水的鱼。你们得忍,只能忍。人家不是常说嘛,狼是不吃有耐心人的羊的!"

"去你的吧。""摔跤手"说。

"他说的有错吗?你想说啥?"

"既然你大伯这么能忍,可为啥到头来还是死了呢?"

"瞧你这个疯子。要是有办法,俺大伯会死吗?俺发誓，他肯定不会死的。谁能跟俺大伯比啊。你瞧瞧他当年挑的女人就知道了。你说是不，嘴上没毛?"

"嘴上没毛"哈桑看了看"摔跤手"阿里，说道："挑了个守妇道的女人。"

"摔跤手"阿里打了一个大大的哈欠。"那是，"他打完哈欠说，"她那妇道守的，真是没得说。俺可是晓得的，人家可是最守妇道的!"

尤素福没听出他话里有话。

他们一直坐到了天黑，不知道自己在等待什么和为什么等待。当厂主那辆锃亮、宽大的黑色轿车驶出厂门的时候，他们已经把干粮袋打开，摊在地上吃了起来。"摔跤手"阿里久久地望着汽车在夜色初上的工人居住区中消失的地方，说道："省长走了!"

尤素福正在发呆。"嘴上没毛"哈桑嘟囔道：

"走是走了。可阿里，他现在去哪儿了呢?"

"你说谁？省长吗?"

"省长。"

阿里看了看尤素福：

"那俺可就不晓得了。要晓得，也只有尤素福大爷晓得了。他会不会说嘛，就……"

尤素福根本没注意阿里的话。他们咋样才能见到自己的乡亲呢？这才是他需要琢磨的事情。而无论是省长、经理、宪兵，还是司令，跟他一点关系都没有……

他们仰望着依然明亮的天空中彼此追逐着的灰云，抽着烟，很少说话。当夜色和夜色中的孤独越来越浓重的时候，"摔跤手"阿里仿佛又回到了自家的村子和村子里充满着肥料气息的夜晚。村子，他的村子，土坯的房子，还有他的娘，尤其是娘。

"阿里——"
"啥事？"
"饭得了，儿子。"
"这就来，娘。"
"你要点洋葱不？"
"瞧你。这还用问吗？"

他突然把一只手放到了耳朵上。

半夜倒班的时候，工厂门前的空地一下子又热闹了起来。三个伙伴带着无望和一点点愤怒望着那里的人群。有多多少少的人从他们的乡亲那里得到了好处，可再瞧瞧他们自己……

"他妈的，"尤素福说，"都怪那个没心肝的混蛋看门人！"

阿里叹了口气：

"唉！"

尤素福说：

"不光是没心肝,还很野蛮,残忍!"

可无论如何,在来回走动的小贩们手中拿着的小小的电石灯照亮下,厂门口空地上的人们显得比白天更有生气,也更欢快。

"大马士革甜点可好吃了!"

"有人要喝点包治百病的紫萝卜泡菜汁吗?"

"……"

"……"

过了一会儿,人群和手拿电石灯的小贩们慢慢散去,周围重新归于宁静,只听得见工厂里传来的"咔嚓"声。这种不知疲倦、片刻不停的声音,如同这个街区的脉搏声一般响了一整夜。

三个伙伴在树下用被子半铺半盖地躺着,根本没有注意到天空正在被越来越厚重的乌云笼罩着。他们头枕着白色的包裹睡得很香,很香。

黎明时分,他们在一阵哗哗的雨声中惊醒。硕大的雨点如注而下。他们慌乱地环顾四周,希望能找到一个能给自己挡挡雨的屋檐,但没能找到。

尤素福无奈地说:"兄弟们,咱只能去那个咖啡馆了!"

他嘴上这么说着,心里已经开始发紧了。一进那里,他们至少得喝三杯茶。三杯茶!那可是不小的花销啊!身在异乡,花销没完没了,谁受得了?

雨一直下到了清晨。在让四周陷入一片汪洋之后,厚厚的乌云终于瓦解并散去，太阳升起来了。工厂门前的空地上，像平日里一样重新聚满了找工作的人、流动的小贩和赤着脚的孩子们。

三个伙伴就着茶馆里散发着的劣质煤呛人的烟味、烟囱歪斜的火炉，烤干了身上的衣服。

还没睡醒的"摔跤手"打了一个长长的哈欠之后说道："今天咱干啥？"

"无药可救"尤素福带着其惯有的乐观说：

"咱好歹都能干点啥的。今天不成，还有明天，明天不成，还有后天……"

阿里打断了他：

"后天不成，还有大后天，大后天不成，还有……"

"嘴上没毛"笑出了声。尤素福生气了：

"阿里，那你让俺咋办？"

"嘴上没毛"叹了口气：

"亏得尤努斯师傅和那个小伙子维里没跟咱来……"

"来了又咋样？"

"没啥。是没啥，可俺倒要瞧瞧，咱到底能不能见到俺乡亲！"

尤素福的希望没有破灭，也不会破灭：

"你凭啥说咱见不到呢？俺们一定会见到的。既然他是这个厂子的老板，那咱不管咋样都能见到。"

此时，紧挨着他们正在沉思的一个小老头开了口：

"这个厂子的老板是你们的乡亲?"

尤素福像被针扎到了一样转身对着老头:

"就是俺乡亲!"

老头笑了起来。尤素福不高兴了:

"你为啥笑?"

"不为啥。"老头说,"随便笑笑。"

"你不信他是俺乡亲?"

"俺信,孩子。俺信,不过……"

"不过啥?"

"不过,这里可是城里,是工厂,跟乡下可不一样,没人看你是不是乡亲。要是你有手,有脚,有力气,人家就会给你活儿干。问题是得有活儿才行。不过,你瞧瞧那里排着的队。厂子跟前有的是等着干活儿的。俺看没戏。每天还有不少人被开除呢!"

三个同伴意识到这老头是"厂子里的人",便把小板凳向他挪近了点。"要是你是俺乡亲,"尤素福说,"有自己的乡亲在,你会把活儿给陌生人干吗?"

"那可没准。得看谁能干……"

"摔跤手"阿里问了个别的问题:

"先别管那些。你说说看,要是俺进了厂子,能赚多少?"

"那得看是啥活儿。"老头说,"要是熟练工的话嘛,那就不一样了……"

"要是生手呢?"

"生手的话，挣点饭钱都难。"

"到底能挣多少？"

老头粗粗地打量了一下他们仨：

"最多也就让你们到轧花车间干……"

"啥是轧花车间？"

"就是把棉花跟壳和籽分开的地方。"

"他们给多少钱？"

"每天最多最多也就二三个里拉！"

三人高兴得差点蹦了起来。最高兴的是"嘴上没毛"：

"这还少啊？在俺们那里，啥活儿也没有。就是有，也只能挣个30、40库鲁士①……"

尤素福已经喜欢上了这个小老头：

"俺们咋才能见到俺乡亲呢？"他说，"你能不能给咱出个主意？"

"要是听俺的，你们就别惦着乡亲不乡亲的了。他可不管苦力的事。他的事，就是每天坐着汽车到厂里来。等肚子饿了，再坐着汽车回家吃饭！"

"无药可救"尤素福记起自己曾经说过"那是省长"，"摔跤手"和"嘴上没毛"也记起了。他们彼此看了看。

---

① 100库鲁士等于1里拉。

4

早上将近八点钟的时候,他们付了茶钱走出咖啡馆。湛蓝的天空下,湿漉漉的木板冒着热气,强烈的阳光把四周照得如同玻璃般闪亮。

"无药可救"尤素福抬头看了看太阳,鼻腔感到一阵奇痒。他一连打了好几个喷嚏,然后说了句:"感谢安拉!"

他们带着白色的包裹和铺盖卷踏上了咖啡馆前门的石板路。"咱还把他当成省长了,""嘴上没毛"哈桑说,"你也说错了!"

尤素福不愿跟他啰唆:

"说错了又有啥?"

阿里可不会轻易放过他:

"你大伯没跟你说过?"

尤素福一下子火了:

"没说过。阿里,谁能跟俺大伯比?你不晓得吗?要是换了俺大伯,他也会在那里等着的。别瞎嘟啵了,听着,拿上俺的包裹和铺盖卷儿……"

哈桑接过了他的包袱:

"拿就拿,你要干啥?"

"你猜俺要干啥?"尤素福说。

阿里凑上前,接过了尤素福的铺盖卷:

"你要干啥?"

"俺要去拦住俺老乡的汽车!"

他们俩大吃一惊。阿里:

"你要去拦汽车?会被撞死的!"

"撞死就撞死,试试运气吧。反正俺这条命已经豁出去了……"

没等他把话说完,厂主那辆宽大锃亮的黑色轿车出现在通往工人居住区的路上。尤素福像一只受伤的鸟一样激动地挺直了身,然后紧盯着急速而来的庞大的汽车,寻找着冲上去的最佳时机。

工厂的看门人一如既往地驱散了找工作的人群,整了整衣冠,然后像尊泥塑般矗立在厂门口。

黑色轿车飞快地驶来,然后放慢了速度。当车离厂门口大概十米时,尤素福冲了上去,抬起了双臂。汽车以一个强有力的急刹车及时地停住了。司机愤怒地跳下了车,正要给尤素福一个巴掌,被车里的厂主制止了。厂主看上去六十开外,刚刚刮过胡子的脸上布满了皱纹和青筋……

司机放弃了殴打,可留着浓密的小胡子的阿尔巴尼亚看门人此时已经赶了过来,怒气冲天地推了尤素福一把。尤素福被他推得跪倒在地。不过,尤素福马上站起了身,朝厂主跑去。此时,带着宽沿的毡帽,穿着藏青色西装,脚蹬锃亮的漆皮皮鞋的厂主正从车上下来。尤素福抱住了

他的双腿,就差没吻他的鞋了:

"俺的爷,俺的爷,俺的亲人啊……"

"你这他妈的是干啥?想要啥?"

脸色蜡黄的尤素福浑身战栗地说:

"俺们是从 C 村来的,跟你是老乡。愿安拉保佑你长命百岁,俺是冲着你的名声来的。俺跟你不是一个村子的,可是一个乡的。俺跟他们说了,可他们不信,还打了俺,把俺赶走了……"

厂主从尤素福的讲述中明白了面前这个人是自己的老乡,但并没有放在心上。他离开家乡和自己的村子已经有很多年了。再说了,这几年也给自己出生的村子里修了蓄水池,修了路,还掏钱让孩子们上了学。除此之外,他还能做啥?

他打断了喋喋不休的尤素福:

"你倒是说说,想从俺这里要点啥?"

"俺想要的是你长命百岁。俺在锡瓦斯就听到过你的名声。愿安拉保佑你生意越做越大。请你发发善心,在你身边给俺找个差事,让俺有口饭吃……"说着,他转身向着伙伴们:

"你们这两个家伙,还不赶紧过来?别像木头一样杵在那里。"说完,回身对老板说:

"爷,这俩也是咱的老乡。俺仨是发小。这个是'嘴上没毛'哈桑,这个是'摔跤手'阿里,他摔跤的本事可大着哩!"

厂主笑了起来。要不是怕当着好奇地围在周围的人坏了规矩,他真想抛开这么多年来强迫着自己操着的城里口音,跟他们一样用乡下的方言继续这场唠嗑,甚至会跟"摔跤手"阿里来比试一下摔跤。他以前可喜欢摔跤了。当然,他不会跟阿里真摔,而只是比划一下手脚。

他看了看像尊泥塑一样杵在汽车边上、正对着"这些熊"恨得咬牙切齿的阿尔巴尼亚看门人。没等他说"你过来",看门人飞快地跑过来,笔直地站在了主子跟前。他的眼睛盯着自己的主子,就那么看着……他不仅是用耳朵,而且是用全身的器官在等待着主人子的命令,他那硕大的鼻子的两翼在颤抖着。

老板发布了简短的命令:

"你把轧花车间领班叫来,让他看看这几个人,能行的话给他们找个活儿。赶紧!"

说完,朝厂门走去。

三个伙伴根本没有理解这个命令的意思,疑惑地望着厂主离去的背影。看见他们这副样子,看门的阿尔巴尼亚人带着厌恶的神情说道:"还不赶紧来?"

尤素福最先迈开了脚步。

"跟俺来!"

他们跟了过去。看门人先是进了门房,拿起工厂内部电话的听筒,用娴熟的手指拨了号。干这些的时候,他用眼角观察着这些"熊",想判定一下他们是不是在看自己,是不是对自己很羡慕。他用生硬的口气说了声"喂!""哪里?是轧花车间吗?让领班到俺这里来一趟,十万火急。对,十万火急,让他到厂门口来,立刻!老爷有很重要的命令!"

他在三个伙伴羡慕和惊讶的目光中重重地挂断了电话:

"俺打电话,是为了传达俺们老爷的命令。领班马上就来……"

尤素福立刻明白了,说了声:"谢了!"

尽管如此,看门人仍旧说道:

"你们别待在这儿,到外面去,到那儿待着。不是那儿,过来点儿,再过来点。就那儿,现在行了!"

三个伙伴按照个子的高矮在厂门边排成了一队。不一会儿,工头到了。他有着一副窄窄的肩膀,个子挺高。一看他的脸,就知道是一个奸诈的阿拉松亚人,很会来事。他那双挨得很近的眼睛里透着疑虑。他总是私下里招些工人,从他们那里索要好处费,用钱勾引轧花车间的那些女人和姑娘,而对那些不给钱的人,尤其是不给钱还闹事的人,他从来不会手下留情。

工头朝着看门人眨了眨眼:

"啥事儿啊?"

大鼻子的看门人保持着一如既往的正经,对三个伙伴命令道:

"你们过来!"

尤素福在前,三个人跑了过来。

看门人简短地重复了一下主子的命令:

"咱爷下令:你好好瞧瞧他们。要是合适,就给他们安排个差事!"

说完,便走进了门房,就此了结了与他们之间的瓜葛。工头看着这"三只熊":进轧花车间就这么容易?

"跟俺来!"

他们迈开了脚步。工头走在最前头,紧随其后的是"无药可救"尤素福,而"摔跤手"和"嘴上没毛"在他的后面并排走着。他们穿过一排传出阵阵铁锤敲打铁砧声和各种各样机器的咔嚓声的低矮的建筑,登上了"轧花车间"已经朽烂了的楼梯。

这里是棉绒与棉铃壳和棉籽剥离的地方。

一进车间,有生以来从未听到过的剧烈的咔嚓声和弥漫着棉绒屑的空气,让三个伙伴像被雷击中了一样感到恐惧。这里的一切几乎都在抖动、摇晃和旋转。一个个小小的灯泡在已经发黑的低矮的木板房顶上垂落下来的棉絮中散发着昏黄的光亮。他们的身边,是由剧烈震动着的调速轮驱动着的轧花机发出的巨大的轰鸣声。飘荡着的棉絮、布满灰尘的墙壁、木地板和空中飞舞的棉屑,一切都在摇晃。

每一台轧花机上,都坐着一个或年轻或年老的女人、姑娘和孩子。他们用木棍在机器上被叫做"球"的辊筒之间来回杵着，以便让带籽的棉花能够被辊筒充分碾压。如果辊筒把带籽的棉花充分碾压了，机器就能把棉绒与棉籽更容易、更快和更"有效"地分离。

在旋转和震动中工作的车间里弥漫着棉屑，三个伙伴在这样的空气中迷失了。尤素福紧跟着工头，另外两人落在了后面，惊讶着，害怕着……尤其是"摔跤手"阿里，用他那宽大的手紧紧抓着"嘴上没毛"纤细的臂膀。

工头向在机器上摇晃着打瞌睡的一个老年妇人走去，粗暴地摇了摇她的肩膀，把她弄醒，接着又骂了一通脏话。然后走到三个伙伴跟前，把他们带到后面一个空的棉花库房里。"你们听着，"他说，"别把工厂里的活儿当成你们在乡下干的活儿！工厂里的活儿可跟乡下不一样……"

尤素福说："俺们会跟你学的。"

"活儿是重了点，钱可不少哦！"

"俺们图的就是这个，先生。"

"以后可别撂挑子！"

"哪儿能呢，先生，绝对不会。俺发誓……"

"还有一件事：这里你们每天净赚 3 里拉。俺会照应你们的。要问为啥嘛，因为俺看你们是外乡人……"

"愿安拉保佑你一家老少平安无事，愿安拉让石头在你的手里变成……"

"别把什么安拉啊，先知啊挂在嘴边上。安拉和先知填不饱咱的肚子。这里可有个规矩……"

"没错,"尤素福说,"哪儿都有哪儿的规矩!"

"那就好。每个礼拜你们一拿到工钱……"

"?"

"你们得把俺那份给俺,领班该得的那份!"

尤素福感到背上一阵战栗。他挠了挠干瘪的腮帮子上那道伤疤,朝伙伴们看去。他的脑子里立刻响起了他大伯的话:"你们得做好你们自己,别让自己成了城里小子嘴边的肥肉!"

尽管如此,他还是问道:

"俺每人得交多少?"

"随你们的便。因为咱这儿可不缺苦力。只要俺说一声这里不需要苦力,他们就会赶你们走!"

"摔跤手"阿里脱口而出:

"话是这么说。可这里的老板是俺乡亲!"

工头气呼呼地转过身,对着"摔跤手":

"这里可没有什么乡亲不乡亲的。这里是工厂。老板不会来管俺们的事。工厂的事,俺们说了算!"

尤素福赶紧打圆场:

"你别跟他一般见识,先生。他不懂事,是头一次来城里!"

"摔跤手"吼了起来:

"说俺头一次进城……"

"俺说错了吗,阿里?你不是头一次进城?以前你进过城吗?"

"那你进过吗?"

"俺没进过?俺去锡瓦斯是干啥的?"

"锡瓦斯跟屈鲁瓦一样吗?"

"嘴上没毛"已经忍无可忍了:

"你们俩闭嘴!"

尤素福朝工头转过身:

"你别介意,就当他是笨蛋。该交多少,俺们一分都不会少……"

工头仍然不依不饶,"像你们这样一根筋的人啥都干不成,"他说,"早晚得倒霉!"

"你以为俺们不懂?"

"到一个地方,就得守那个地方的规矩。进了医院,得听医生的。进了工地,得听工程师的。这里可是城里!"

"说的没错。俺也常说:人在屋檐下,不得不低头。俺大伯说过……"

工头打断了他的话:

"你们现在走吧。到半夜再来,来找俺……"

"你是说让俺们现在走?"

"现在走。"

"谢谢,先生。放心,该交的,俺一定交。"

三个伙伴来到了厂门口。看门的阿尔巴尼亚人按照厂里的规矩，搜了他们的身。一出来，尤素福便埋怨起"摔跤手"阿里：

"你他妈的就一点脑子都没有吗？"

"摔跤手"阿里感到莫名其妙：

"咋了？"

"你还有脸问！现在要紧的是咱的脚得先踏进厂子里……"

"是得先踏进去，可是……"

"有啥可是不可是的。你还不明白吗？咱现在不是认识俺乡亲嘛。有机会的时候俺去找他，把事情原原本本地告诉他，跟他说：你那个领班要俺们给他进贡，你可不能让那个狼心狗肺的家伙把俺们榨干了……"

"摔跤手"阿里还在愤愤不平：

"俺们凭啥要给他钱？"

"俺这不是不会给他嘛，你这个疯子！"

"那俺就不给！"

"嘴上没毛"哈桑也点了点头：

"说得对，俺不给。"

"尤素福，你知道俺在想啥吗？"

"想啥？"

"俺想扑上去抱住他的腿，给他来个大马趴。你说咋样？"

尤素福大笑了起来。阿里朝地上吐了口唾沫：

"别说是他,就是三个他那样的,俺都不会放在眼里。在村子里的时候,俺难道没有让两三个他那样的人哭爹叫娘吗?"

"没错。"尤素福说。

阿里更来劲了:

"你说,咱干不?"

尤素福停住了脚步:

"你疯了吗?还问干不干。你知道干了会有啥结果吗?"

"俺不知道。"

"那就知道知道,阿里!"

"俺就是不知道。"

"你必须知道。俺大伯常说,你们做好你们自己,别上城里人的当,不然的话,他们会把你们变成只知道挣钱的人!"

阿里落在了后头,心情沉重、粗野和空虚。他低声咆哮道:

"去你的大伯,还有你大伯的婆娘……还说是守妇道的女人呢……"

尤素福没有听到。他和"嘴上没毛"走在前头。他们来到了之前躺了一夜的那棵树下,放下铺盖卷和包袱,坐了下来。"无药可救"尤素福心情愉快地笑着,潇洒地拆开了一包"农民"牌香烟:

"爱咋咋地,咱一人先来一根'农民'……"

他把烟盒递给了伙伴们。"嘴上没毛"接了过去,而阿里正愤然地看着别处。"你这狗日的,倒是接着呀。"尤素福说道。

阿里带着怒气拿了一根烟。

他们周围那些没有找到工作的瘾君子们此时正羡慕地望着他们的香烟。

5

工头把三个伙伴拆散了。"无药可救"尤素福被分到了叫"脏棉铃"的仓库。这里是工厂西头并排的五个仓库之一,用来堆放从田里摘来的、带着泥土的棉铃。工厂每年购进的棉铃,都会存储在这些仓库里,然后进行加工,去除棉铃壳,再经过轧花机去除棉籽。这样,脏兮兮的棉铃就不再是棉铃,而成了棉花。棉花会被运到工厂的纺纱车间,从锃亮的纺纱机里出来便成了棉纱。棉纱又被运到织布车间,被织成布。

与室外的寒冷截然不同,棉铃仓库里热得像澡堂。11个工人拿着被称为"亚巴"的大木叉或是铁耙,对付着堆成山的棉铃。为了抵挡飞扬的尘土,工人们用布头把自己的嘴巴和鼻子裹得严严实实。随着"亚巴"的每一次出击,棉铃堆都会坍塌一片,随之而来的尘土便会将屋顶那盏小灯泡散发出的昏黄光亮彻底遮挡。

因为仓库远离轧花车间，也就是棉绒与棉籽剥离的地方，工头不可能经常来检查，便委派"光头"加菲尔来统领其余的10个工人。"光头"加菲尔是个敦实的小个子，本行是打谷场上的民工。他是一个有抽大麻瘾的库尔德人，留着浓密的黑胡子，土耳其语说得要多糟有多糟，脾气暴躁，动辄就与人打架。

工友们都对他惧怕三分。

"狗日的尤素福，"他生硬地对"无药可救"尤素福说，"咱到门口去抽根烟！"

尤素福本来就已经被灰尘憋得喘不过气来了，正求之不得。他扔下"亚巴"：

"行啊，大叔。当然行，加菲尔大叔……"

他走了出去。外面的空气清新无比，他尽情地闻了闻，接着在一边蹲了下来。听着机房那如同剧烈的脉搏声般昼夜不停的轰鸣声，他的目光停在了夜色中那高高耸立的烟囱上。烟囱正向洁净而又寒冷的黑暗中喷吐着白色的烟雾。

他摁住一个鼻孔，用力擤了擤另一个鼻孔，然后用手背擦了擦："安拉啊！你说人，还真是只没有翅膀的鸟啊。这倒还好。可不知道俺那两个伙计现在在干吗。阿里，特别是阿里，就仗着有把子力气，真是个疯子。凭着在村里的时候对付三个人都不在话下，居然要给工头来个大马趴。有没有脑子啊？这可是在城里。哪能容你来大马趴？咱来城里,到底是为了赚上个仨瓜俩枣,还是为了比试摔跤?"

从仓库传来一声划火柴的声音。尤素福转过身看了一眼,无声地笑了。他知道,那是掺了大麻的烟被点燃了。这不关他的事。可事实上,如果被发现在棉铃仓库抽烟的话,他们所有人都得卷铺盖走人。尽管有令在先,可厂主不相信所有人都会遵守,因此时常舍弃舒舒服服的觉不睡,事先不跟任何人打招呼,对厂里,尤其是对棉铃仓库进行突击检查。起初,工友们在仓库里抽烟的事让尤素福无法接受。万一他乡亲的棉铃着起火来,把整个厂子都给烧了呢?乡亲的东西,就是他的东西。可后来,他开始想着:"这不关俺的事。万一俺的想法传到'光头'加菲尔的耳朵里,俺就别想安生了!"

最好的办法,是祈求安拉,别让棉铃着火!

他张嘴长长地打了一个哈欠,再次看了一眼仓库。点着了的大麻烟在一只只手上传递着,一如平时那样。他们当然也知道老板随时都可能出现在自己的面前,因而尽量速战速决,一提完神,便把烟"掐死"了,也就是熄灭了。"尤素福,""光头"加菲尔粗声叫道,"过来干活儿了!"

尤素福在蹲着的地方站直了身子。远处出现了一片黑影,他再仔细一瞧:没错,搬运工们正推着装满棉铃的小矿车走来。他把这个消息通报给了仓库里的工友们。于是,他们又重新跟平时一样开始了工作。

"嘴上没毛"哈桑被分到了被人称作"湿棉铃"的地方。

棉铃经过轧花车间后方的喷淋机的喷淋，吸足了水分之后，被装在白铁皮背篓里，运到"摔跤手"阿里工作的碾压机那里，经过碎壳，然后再运到脱壳机，将籽棉与坚硬的棉铃壳分离。

在"湿棉铃"工作的八个工人，个个被白铁皮背篓的缝隙里渗出来的脏水弄得浑身精湿，不停地发着抖。这个工作是一项粗活，12个小时里工人们唯一的任务是把浸湿了的棉铃从一个地方背到另一个地方。不仅活粗，而且从用湿麻袋替代了玻璃的窗子里吹进来的冷风把车间变成了一个大冰箱，因而这里的工人大多过不了多久便会开始剧烈地咳嗽，然后便染上肺炎。干瘪的脸上胡子拉碴的"嘴上没毛"哈桑比其他人抖得都要厉害。

他使劲搓了搓手，又朝着手心哈了哈气，然后把双手插到了胳肢窝里，可一点儿都不管用。颤抖源自体内，源自体内深处。有一阵子，他抖得实在太厉害了，忍不住"哎哟！哎哟！"地呻吟了起来。

"咋了？"他身边的工友、一个黑瘦的小伙子笑了，"撑不住了呀？"

"撑不住了，兄弟，实在撑不住了。俺身体里面有点儿不对劲……"

"有啥不对劲？"

"俺也不知道。"

"你们老家不冷吗?"

"也冷。可这里的冷真受不了!"

"别受得了受不了的。看在钱的分儿上,你也得忍着。你到这儿可不是享福来的!"

哈桑没有接茬。此时,白铁皮的背篓也已经装满了。他背起背篓,朝着"摔跤手"阿里独自操作着的碾压机挪动了脚步。

工头把身体强壮的阿里分配去操作碾压机。碾压机由一个强有力的飞轮带动,任务是将棉铃坚硬的壳打碎。而为了将碎壳从籽棉中清除出去,还需要经过脱壳这道工序。

脱壳机有三台,并排放置在碾压机的对面。车间房顶上的木梁已经变得焦黄,一束束灰絮悬垂在房顶,在机器的轰鸣声中,棉花的碎屑在飞舞,墙壁、地板、工人、满手满脸黑乎乎的机械师都在抖动。

"摔跤手"阿里守在碾压机的进料口。在另一间厂房中经过喷淋机的喷淋并被放置在后面的仓库中吸足了水分的棉铃,由八个工人背着送到"摔跤手"阿里的身边。

阿里用他那有力的双手接过背篓,将背篓里的棉铃从机器的进料口倾泻进由每分钟 1500 转的粗铁片营造出来的风暴之中。在这样的风暴中,破碎了的棉铃在机器的出口处堆积,由脱壳工运往脱壳机。

在脱壳机中与破碎的棉铃分离开了的带籽的棉花,被称为"籽棉"。籽棉工用藤条筐将这些籽棉运到轧花车间,倾倒在每台机器后面的木匣中。狭长的轧花车间里,36台轧花机在车间两侧一字排开,每侧18台。每台机器上都坐着一个工人。他们用一只手将籽棉一把一把地放进机器的进料口,另一只手拿着木棍杵着游离在辊筒之间的籽棉,使得籽棉能够被辊筒充分碾压。

从轧花机中吐出的籽棉,已不再是籽棉,而是去了籽的纯净的棉花。这些堆积在轧花机前,如同脂肪般雪白、轻柔的棉花,是由屈库鲁瓦那富饶的土地上成千上万的人用自己辛勤劳动和汗水换来的"白色黄金!"

起初,"摔跤手"很看不上自己的工作。振动、灰尘、机器震耳欲聋的轰鸣……可尽管如此,他还是满意的。至少,他已经见识了城市,学到了足以在日后回到村子里跟乡亲们滔滔不绝地讲述的很多事情。村子和乡亲们,伴随着机器的轰鸣浮现在了他的脑海里。他想象着有一天,自己回到了村里,当然会去村里的咖啡馆。他会像维里在火车上做的那样,掏出照片,在乡亲们惊讶的目光中无比自豪地说:"你们不懂的!……你们又没有去过城里!哪儿能跟屈库鲁瓦比啊?你们要是去了,肯定得把舌头都吞到肚子里!"

此时的他,已经浑身是汗。由背着背篓而来的工人串起来的看不见尽头的链条,让他无法轻松地去做回乡梦。

他刚刚把从靠过来的工人那里接过来的满满一背篓棉铃倾倒进机器四四方方的进料口,把背篓递还给那个工人,立刻必须面对下一个背篓。接过来,倒掉,还过去,又接过来,再接过来,再接过来……这一切,没有穷尽地循环着。

他那宽下巴、男人味十足的圆脸在汗水中泛着光。内衣和粘在双腿上的内裤已经湿得可以拧出水。最糟糕的,是他那布满胸毛的胸膛上无比的奇痒。

当他适应了这项工作,便不再感到身上和喉咙里的痒,甚至,他在把背篓里的棉铃倒到机器的进料口时,已经可以用眼睛审视四周、审视在轧花机前包着白头巾的女人和用长柄扫帚收集散落开来的棉花的被称作"清扫工"的姑娘们,不停地发出赞叹。

清晨六点,工头按照轧花机师傅的指令,用力吹响了哨子。整个车间便停止了工作。轧花机上的工人跳下了机器。在脱壳、碾压和"湿棉铃"这些工序上工作的工人们脸上挂着汗水,疲惫不堪,浑身上下湿漉漉的。负责清扫的姑娘们也放下了手中的扫帚。每个人都为了填饱肚子而退到了各个角落。女人和姑娘们聚集在巨大的台钳跟前,打开包袱,拿出了饭菜:面包,奶酪,芝麻酥糖,黑橄榄,洋葱,或者是表面的油已经冻结了的小豆汤,碎麦粒饭,清水煮鹰嘴豆……

于是,响起了一阵阵充满食欲、咂吧着嘴的吃饭声,聊天声,甚至还有清脆的大笑声。

而大多数男工,根本顾不上吃喝,为了抽烟直奔厕所。三个伙伴也相聚在仓库,面对着面包和黑橄榄席地而坐,一言不发。

"摔跤手"阿里的眼睛肿着,像是抹了辣椒面,而且身上还在不停地冒汗。可此时,天气更冷了。

他用粗糙的手掌擦了擦眉头上的汗:

"俺可真是糟透了!"

"嘴上没毛"哈桑已经脱掉了湿漉漉的外衣和汗衫,浑身发着抖:

"俺也是……冷死了。这儿的冷可真蹊跷。俺简直成了只落汤鸡!"

"无药可救"尤素福担心地看了看"嘴上没毛"哈桑干瘪的身躯:

"哈桑,你可得当心哪!"

"为啥?"哈桑问。

"你要是病倒了,俺还得照顾你……"

"那是命。俺当心着呢,可有啥办法!老天要是让俺死,谁能挡得住啊?"

阿里并不关心他俩在说啥:

"不过,"他说,"这儿的女人可真不错哦,你们说是不?"

尤素福皱起了眉头:

"你真不知道害臊啊。你别忘了自己也算是结了婚的人了。"

阿里挠了挠脖子：

"你呀，真是的，尤素福。这有啥可害臊的呢？不就这么一说嘛。"

半小时的吃饭时间结束了，工头再一次吹响了刺耳的哨声。轧花机师傅合上了大理石盘上的电闸，所有的机器，震撼着地板和墙壁，重新开始了工作。这种震动，带着粉尘横扫着一切。工头拿着根木棍，随意地抽打着工人。没过多久，车间恢复了正常的工作状态。轧花机吞噬着一把把的籽棉，吐出一堆堆如脂肪般洁白的棉花。顶多十一二岁的被称为"棉花工"的男孩子们，衣衫褴褛，光着脚丫子奔跑着，向巨大的台钳跟前四四方方的进料口运送着棉花，在做这项工作的时候，他们如同是在嬉戏。间或，他们会三三两两地扑倒在棉花堆上打闹一番。一旦打闹时间长了，轧花机前没有了棉花，清扫工姑娘们便开始埋怨，而工头便怒气冲冲地跑起来，从孩子们的母亲骂到祖宗十八代，手里的木棍见什么打什么，赶孩子们回去工作。

至于清扫工姑娘们……

她们是那些被称为"黑裤子"的宽松免裆裤，或是老式印花连体长衫中臀部刚刚开始显形的娇小的女人。尽管她们埋怨那些"棉花工男孩儿"，可自己也常常三五成群地聚在一起，投入地谈论所有刚刚发育的女孩都惊讶与好奇的某个性问题,或是一边数落着得罪了自己的相好,一边嘎吱嘎吱地嚼着口香糖。

她们大多都有相好。要么是某个穿着漆皮皮鞋的"籽棉工",要么是车间里负责给机器上润滑油的保养工,或者是那些用发蜡把头发抹得锃亮的工人中的一个。

她们与自己的相好眉来眼去地交流,远远地调情,经常性地去喝水或是上厕所。每当这时,相好的小伙子也会放下手头的活,尾随而去。小伙子会用言语去挑逗姑娘。姑娘如果有意,就会"扑哧"地笑出来。事情可不会到此结束。挑逗会继续,姑娘的笑会引来小伙子的笑。这种对笑不仅停留在脸上,而且会让小伙子夜不能寐,面色蜡黄、憔悴。小伙子越是魂不守舍,姑娘越是要跟周围的朋友们交头接耳,越是对小伙子不耐烦。当然,到最后她还是会乖乖地钻进笼子里面的。到那一天,小伙子便会重见天日,仿佛拥有了整个世界,手里干着活,眼睛却总是停留在自己的姑娘身上。他的脸颊因为不断地与姑娘对视而变得红彤彤的,眼睛熠熠生辉,他会围着姑娘跑来跑去,就像围着灯光飞舞的蝴蝶。当然,这一切都逃不过工头的眼睛。不管是小伙子,还是姑娘,千万不能在干活的时候出错。一旦出错,粗短的木棍就会立刻落在他们或她们的脖子上或者是肩膀上。

尽管如此,姑娘和小伙子对自己的生活都很满意。姑娘依然会经常性地去上厕所,去喝水,在棉絮飞舞、充斥着机器震动的车间里常常是由小小的灯泡照亮着的机器之间狭窄的通道中交头接耳。到了工休的时间,她们会叫来大马士革甜点、烤肉和汽水犒劳自己的男友。

这些姑娘中的很多人,会在胸部还没有发育完全的时候就怀上孩子,然后是生产,做母亲,接着再怀孕,再生产,再怀孕,再生产。到末了,她们要么就是变得丑陋得自己都认不出来,要么被追逐着新情人的丈夫一脚踢开,转手给其他人,最后不得不和自己父亲年纪一样大的某个男人同床共枕。

她们中的一些人也会流落到妓院。即使没有落到那种地步的人,也会在某处棉花地里犁地的时候,因为疟疾或是中暑,年纪轻轻、瘦得皮包骨地死去。

将近中午时分,轧花车间的书记员手里拿着给工卡打洞的打洞器和工作量记录册,耳朵后面别着支圆珠笔,出现在车间的门口。此人年纪不大,却已经谢了顶,又黑又瘦,即使穿着脱了毛的大衣,看上去还是冷得不行。他挑着眉毛环顾一下四周,眼睛停在了左边最头上的那个一边随着机器的震动工作着、一边与瞌睡作着斗争的波斯尼亚人古丽的身上。古丽今年15岁,是一个白白净净的漂亮姑娘,已经冷得用白色的头巾把自己包裹了起来。

轧花车间书记员走到第一台轧花机前,接过下巴上汗毛浓重的老妇人递上的工卡,打了洞,在记录册上作了标记，然后走到第二台机器跟前，接着是第三台、第四台、第五台……一到年轻姑娘和水灵灵的小媳妇工作的机器跟前，他便迈不动步子了，跟她们开玩笑，朝她们笑，逗她们笑。他停留时间最长的，就是古丽那里。他把那姑娘逗得笑了、害臊了。当他在调戏古丽的时候，其他工人在自己的机器上相互挤眉弄眼地微笑着。

轮到检查清扫工姑娘了。姑娘们手里拿着长柄扫帚，把书记员团团围住，同他嬉笑打闹。在这里，这种场景已经司空见惯了。而每当这样的时候，那些已经有情人的姑娘就会嫉妒和生气。于是，过不了多久，会有某个"籽棉工"小伙子愤怒地跑开，向工头汇报书记员又在和清扫工姑娘们打情骂俏。工头并不喜欢书记员，但从来不会表露出来。尽管如此，当他吹着哨子走来的时候，姑娘们还是会逃散开去。

"你们这些婊子！"工头骂道。

然后对着书记员：

"你好，先生。一向可好？"

书记员也不喜欢工头，可同样没有表露：

"我很好。你呢？"

"托你的福……"

书记员依次给"棉花工"们和"籽棉工"们打了卡，然后朝"湿棉铃工"们走去。

浑身湿透的湿棉铃工们不住地发着抖。"咋了？"见此情景，书记员问道，"你们在犯啥毛病？"

一个身材高大，却很干瘪的工人回答道："俺们……冷！"

书记员仿佛闻到了大粪的味道般皱起了眉头：

"该说'我们冷'，你这个笨蛋！"

工人的牙齿在打架：

"俺们……冷。"

"说'我们冷'！"

"俺们……冷！"

"你不是故意的吧？我—们—冷！"

"俺—们—冷！"

"你真是头笨熊。是我们冷！"

"俺学不会，书记员先生。习惯了，俺的舌头绕不过来。"

此时工头插话道：

"你别跟他白费口舌了。像他这样的哪会说人话啊。他们只会见面包就吃，见女人就流口水……"

当书记员与工头说笑着朝后面的仓库走去的时候，刚才不会说"我们冷"的那个工人做了一个"去死吧"的手势。然后转过身对着自己的一个工友：

"我们冷。"

工友笑了，问道：

"你为啥不当着书记员的面说？"

"为了逗他高兴……"

"为了逗他高兴?"

"是啊,为了逗他高兴。好让那个可怜的家伙把咱们当成笨熊,把他自己当人看!"

而书记员,此时在库房里挡住了正在干活的"嘴上没毛"哈桑的去路。"嘴上没毛"以为书记员在跟自己开玩笑,呵呵地笑着想绕过去。

书记员可没放过他:

"咋回事,你这个笨蛋?一点规矩都不懂!"

"嘴上没毛"哈桑这下知道不是玩笑,不知所措地站住了。当书记员开始大声嚷嚷的时候,他变得更加不知所措。幸亏工头赶过来,替他解了围:

"咋啦?出啥事了?"

"这个熊崽子,"书记员说:"竟敢在我面前装蒜!"

工头明白了:

"这些是新来的。"他说,"他们一共三个人。还没有卡。你得发给他们……"

书记员的气并没有消。"那你倒是吭一声啊。"他说,"你不会跟我说:书记员先生,我是新来的,给我发一张工卡。你叫啥名字?"

"哈桑。"

书记员在册子上记了下来。

"姓啥?"

哈桑看了看工头。书记员追问道:

"说啊,你姓啥?"

"……"

"你哑巴了吗?难道你没有姓?"

"没有。"

"为啥?"

"俺是乡下人,乡下没有这样的习惯……"

"你说没有这样的习惯?你这头熊,你不知道啥叫法律吗?"

"嘴上没毛"哈桑呆呆地望着他。

"唔?"书记员问,"你知道啥叫法律吗?"

"……"

"能吃,还是能喝?你倒是说说看,法律到底是用来吃的,还是喝的?"

哈桑一直这么望着。

"长了副人样,骨子里简直就是牲口。"工头说,"他们哪懂法律不法律的?一定是安拉随便在他上面打了洞,在下面打了个洞,抓起来放了出来!"

书记员用打洞器轻轻敲打着哈桑的额头:

"你可是活在 20 世纪,醒醒吧。法律就是法律。法律可不认你是城里人还是乡下人,也不认啥习惯不习惯。按照法律,每个公民都必须有姓。懂了吗?"

哈桑说:"懂了。"

"懂啥了?"

"懂你说的了。"

"我说啥了?"

哈桑"扑哧"一声笑了。书记员火了。

"别发呆了,"工头说,"书记员先生问的是你的外号!"

哈桑的呆劲一下子消失了,黑眼睛里开始闪现出聪慧的光:

"问俺的外号啊?俺有外号……"

"是啥?"

"村里人都叫俺嘴上没毛!"

书记员在册子上写下"哈桑·嘴上没毛",拔腿走了。

将近中午11点钟的时候,三个伙伴都已经狼狈不堪。"无药可救"尤素福虽然偶尔能有时间休息,可仓库里飞扬的尘土让他浑身难受,而摧毁"嘴上没毛"哈桑的,是白铁皮背篓里漏出来的冰冷的水。他脸上的汗毛一根根竖着,浑身发着抖。

至于"摔跤手"阿里……折磨他的问题,不是冷,而是上厕所的问题。一刻不停地工作,让他连去撒尿的时间都没有。而对他耿耿于怀的工头还不停地来巡视。没法上厕所,工头频繁的检查,机器的轰鸣,飞扬的尘土……他的胸口奇痒难忍,眼睛火辣辣地疼。

到了11点半,他们交班下工了。"嘴上没毛"哈桑脱下了里里外外的衣服,用力拧了拧。他干瘦的躯体不住地发着抖。随后,他穿上湿乎乎的衣服,跟在伙伴们的后面踏上了回家的路。

他们住的"家"与工厂隔开两个街区,是这条街的街长一度饲养牲口、如今地上依然积满了牲口粪便的一个大马厩。牛虻在棚子里飞舞,斑驳的墙壁一直湿到齐腰高的地方。棚子里充斥着酸酸的马粪味。

除了三个伙伴,还有 8 个民工寄宿在这里。这 8 个民工也是来屈库鲁瓦谋生的。他们来自阿纳多卢中部或是东部的省份,在附近的轧花工厂打工。

马厩分为两层。拥有这个破烂不堪的场所的街长,原本是卖紫萝卜泡菜汁的一个穷光蛋,驱逐亚美尼亚人行动之后不知道用什么办法拥有了这里。后来,看到新建的工厂不断地招工,出现了住宿难的问题,街长便把牲口迁了出去,开始把这个马厩出租给那些工人。

三个伙伴瘫倒在地。他们面前是仅有的食品:面包、黑橄榄和一人一头洋葱。

"无药可救"尤素福一拳头碾碎了洋葱,洋葱鲜嫩的芯蹦了出来:

"哎哟,"他说,"俺的小心肝哟!"

他捡起了落在马粪上的洋葱芯:

"俺的宝贝啊,你要跑哪儿去?"

他把洋葱芯扔进嘴里,嚼了起来。

"也真是怪了,"他说,"这洋葱芯还真甜!"

"摔跤手"阿里头也不抬地哼唧道:

"所有东西都是越小越甜……"

"嘴上没毛"哈桑瓮声瓮气地说道：

"除了蛇……"

马厩里的其他租户也坐下开始吃饭。空旷的马厩里顿时响起了一阵嘴巴的吧嗒吧唧声。没有一个人愿意说话，他们唯一的念头是填饱肚子，然后赶紧睡上一觉。每个人都困得要命。

过了一会儿，一个高个子年轻小伙子讪笑着出现在了马厩门口。那是一个整天无所事事、靠着自己的乡亲们混日子、四处赌博、赢了拿钱、输了赖账，还常常跟人打架斗殴的无赖。

他朝马厩左边角落的工人们嚷嚷道：

"你那是干啥？瘸子大叔，又像只鼹鼠一样光顾着自己吃……"

占据了马厩里最好地方的小老头绷起了脸。这个恶棍咋又冒出来了呢？

他没有搭理。

瘸子的不理睬让人称"希达耶提的儿子"的年轻人很恼火：

"你这个拉皮条的家伙，"他说，"你那见不得人的勾当，除了你那点秃毛，就我最清楚！"

秃毛瘸子哼了一声。马厩里响起了一阵笑声。有个人朝希达耶提的儿子喊：

"小子,来不?"

他飞快地转过身,问道:

"啥?"

"来一把?"

"来啥?"

"玩骰子啊。咱来玩上一两把,咋样?"

年轻人尽管心里已经迫不及待,可嘴上却说:

"玩可以玩,可俺身上没钱……"

他看了一眼瘸腿老头:

"要是瘸子大叔能借点钱给俺的话……"

见瘸子不吭声,他接着说道:"行不,瘸子大叔?能借俺两个里拉吗?"

瘸子斩钉截铁地回答道:

"不借。"

"为啥不借?"

"那是罪过。"

"要说是罪过,也是俺的罪过。难道收利息就不是罪过?"

"那可不一样,不一样哦。"

"怎么不一样啦?穆斯林能收利息吗?"

秃毛瘸子被他的话给噎住了。他求援似地环顾了一下四周。

希达耶提的儿子紧追不舍:

"你倒是说来听听,收利息在伊斯兰教里难道不是被禁止的吗?"

瘸子一下子爆发了:

"你这小兔崽子,俺可是个残废,腿脚有毛病。再说了,俺又没有收人家利息!"

"没有吗?"

"俺只是给缺钱的人帮帮忙……"

"摔跤手"阿里完全置身于这番对话之外,自顾自地抱着个大碗,咕嘟咕嘟地喝着水。当门口的年轻人像给马洗澡那样吹起口哨的时候,秃毛瘸子放高利贷的事已经众所皆知。所有人都笑了起来,甚至包括秃毛瘸子自己。而"摔跤手"阿里却若无其事地喝完了水,把碗放下,然后拖长了音说道:"谢天谢地……"

大家的肚子都已经填饱了。当做桌布铺在地上、上面散落着面包屑和橄榄核的布和报纸被收了起来,一张张嘴巴被用外衣或是无领衬衫的袖管擦过之后,被褥开始覆盖了一片片马粪。唉,他们终于可以睡觉,在梦里见到自己的家乡了。没过多久,充斥着牲口粪便味的马厩淹没在一片带着呻吟和痛苦的鼾声之中。鼾声越来越大。那是或粗或细,从被棉屑划伤了的喉咙里发出的循环往复的鼾声,其中还夹着一些人的呻吟。头一个就是"嘴上没毛"哈桑!他几乎是在与睡眠作战,间或还说上一两句梦话。

偌大的马厩里,唯一醒着的人是秃毛瘸子。他正试图用碎木块去点燃架在马厩门边上那只劣质炉子，为的是把黑糊糊的铁皮桶里的半桶水烧开，可碎木块就是点不着。他用力地吹着，眼睛被炉膛里冒出的浓烟熏得直流泪。

此人来自开塞利省宾阳县附近的一个村子。第一次世界大战期间在达达尼尔海峡战役中膝盖中弹，从此成了残废。多年来，他一向早于其他任何人来到屈库鲁瓦，用10里拉从街长那里租下这个马厩，然后按照每个铺位3里拉的价钱转租给民工。

他的床、涂着绿漆的箱子、黑糊糊的锅子和铁皮水桶，占据了马厩最好的地方。

他给人洗衣服，做饭，用锈迹斑斑的剪刀和卷了边的剃刀以5库鲁士的价钱给人剃头、刮胡子。他也放高利贷，不过可不会随便放。他只把钱贷给那些已经找到工作，一时手头紧的人。而且对这样的人，他一望便知。他借出1里拉，到发工钱的日子便会收回两个半里拉。

有时候，他也会煮点菜。只要厌倦了奶酪加面包、面包加黑橄榄和芝麻酥加面包的日子的单身汉们说一声"咱今天也吃顿热饭吧"，秃毛瘸子就算开张了。他会说："你们也别去下馆子了，怪费事的。凑点钱，交给俺。俺给你们行个方便，替你们煮。"

单身汉们基本上都会言听计从，凑点钱交给秃毛瘸子大叔。于是，秃毛瘸子便兴高采烈地跑到集贸市场，拖着条瘸腿转悠半天，然后扛着一大堆几乎是白捡来的冻僵了的土豆、几近腐烂的圆白菜和大葱回到马厩。他根本就不懂啥叫卫生，用生了锈的圆铁皮代替刀子把这些蔬菜切碎，丢进结着厚厚一层污垢、泛着恶臭的铁皮桶，加满水。然后滴上几滴橄榄油或者是用勺子抠出一点点植物黄油和一大把辣椒面，再把铁皮桶放到火上。大葱和土豆在被大量的辣椒面染了色的开水中咕嘟咕嘟地上下翻腾，渐渐地被煮烂，散开，直至消失。在乡下的时候连这样的玩意儿都吃不上的单身汉们疲惫不堪地下班回来，闻到充斥着马厩的热乎乎的菜味，便会兴高采烈，搂住秃毛癞子的脖子，吻他那布满皱纹的脸颊：

"哎呀，大叔，你可真是俺们的好大叔！"

"但愿老天爷保佑你的那双手……"

"这菜可真香！"

"大伙儿都听着，以后这马棚里谁也不许嚼俺大叔的舌头！"

"你们听听……"

"你到底是谁的大叔呀？"

"可怜的人。他为了俺们在外面跑了一整天哦……"

"大叔，谢谢你。愿安拉帮你把石头都变成金子！"

"……"

"……"

当癞子快把铁皮的煤油桶洗干净的时候，那个人称希达耶提的儿子的好赌、多嘴的年轻人又一次站在了他的面前。年轻人先是骂了一通脏话,然后说道:"俺饿得眼睛发黑,身上一点力气也没了。你难道一点也不害怕安拉,没有一丁点同情心吗?"

秃毛瘌子眨巴着火辣辣生疼的眼睛站了起来:

"你又胡扯些啥?"

"俺问你难道一点也不害怕安拉,没有一丁点同情心吗?"

"你凭啥这么说?"

"要是有的话,那你为啥不帮俺这个穷乡亲一把呢?俺饿得眼睛都发黑了!"

秃毛瘌子岔开了话题:

"你没找到活干吗?"

"不是昨天,是前天,俺去火车站搬石头来着。他们给了一个半里拉,已经花掉了。不瞒你说,俺从昨天到现在就一直饿着!"

"你饿?"

"是啊,俺饿着呢……"

秃毛瘌子笑了起来。希达耶提的儿子知道他不信自己,补了一句:

"你不信?"

"除了对安拉起誓,你说啥能让别人信啊?"

"你简直就是铁石心肠。真的,瘌子大叔,你可真是个铁石心肠。俺向安拉起誓,真饿着呢!"

"可俺听人说你去逛窑子了。"

希达耶提的儿子"扑哧"一声笑了。这下可被秃毛逮住了:

"你去了吧?"

"谁跟你说的?"

"还能有谁啊,你那些朋友呗!"

"他们骗你呢,大叔。他们那是诬蔑。你哪能信他们啊?俺连面包都找不到……"

"你不去找工作,当然就没有面包啦。整天不务正业!"

"哪儿有活干啊,大叔。你倒是说说看,到哪儿能找到活干?"

"咋没有?大家不都在干活?"

希达耶提的儿子朝地上吐了口唾沫:

"俺的亲大叔,别提什么大家了……"

"俺说错了吗?"

"你就不能给俺点面包吃?"

秃毛瘸子被戳到了痛处:

"孩子呀,俺这里哪有面包不面包的?俺是个残废……"

"从你怀里的那些里拉分一两块给俺花花吧。"

秃毛瘸子被惹恼了:

"俺怀里哪来的里拉?"

希达耶提的儿子凑上前,眨了眨眼,用带着点威胁的口吻说:

"你用来放高利贷的那些里拉……"

秃毛瘸子火冒三丈地走进了马厩。希达耶提的儿子用肩膀抵住了门：

"你真不肯给？"

秃毛瘸子仿佛把他忘了一样不予理睬。不予理睬，并不说明他没有设想过这小子会起歹意，挑上某个一天当中最清静的时候闯进屋子，掐住自己的喉咙。那样的话自己该咋办？偌大的马厩里只有他一个人，所有的民工都在上班。叫的话，有谁会听见？要是这小子起了歹意，掐住他的喉咙的话……

不过，他所害怕的这些并没有发生。精力充沛、身材高大而又游手好闲的这个年轻人，一边带着可怕的愤怒让开马厩门，一边说道："你可得记住了，只要俺还是希达耶提的儿子……"

他倒背着双手朝"干桥"方向走了。太阳火辣辣的，亮得刺眼。他漫无目的地走着，一边还在想着连一点点面包都不肯给自己的那个人。啥事都不做，却从别人身上赚了大把大把的钱。最可气的是锅里边煮着的菜。他妈的，连一点点热菜都不肯施舍的人，肯定是个铁石心肠。亏他还是个哈吉，还是个信徒，做礼拜的时候，没人能比他更虔诚的了。难道信安拉的人就是这样吗？

一只小鸟像离弦的箭一般从他的脚下飞起，消失在阳光明媚的天空中。可他视而不见。"好吧，"他自言自语道，

"你这个瘌子,总有一天会知道俺的厉害!"

他走到了干桥,一路都在想着秃毛瘌子。

干桥,是这个城市最繁华的地段之一。一到干桥,他便把秃毛瘌子抛到了脑后。这个笼罩在满载棉花和棉纱下脚料的卡车散发出的汽油味或是柴油味和轰鸣声中的街区,一如既往地让人联想起蜂巢。林立的工厂,仓库,而更多的是大大小小的咖啡馆。还有进出咖啡馆的人,光顾大街上的"公共厕所"的人,上完厕所后本该赶紧离开、却仿佛对着一个很有意思、很热闹的地方一样久久不愿离去的人……厕所边的人行道上,失业的人比肩接踵。他们饥肠辘辘,迷茫地注视着大街上来来往往的人。

希达耶提的儿子也加入了他们的行列。

可刚才那个秃毛瘌子的行为……这个狗娘养的,怀里揣满了五块、十块的里拉,可连一片面包都舍不得给!

"你这是咋了,希达耶提的儿子?在想啥呢?"

他转过身,是一个乡亲,而且还是在"六条胳膊"的赌友。

"没啥。"他说。

跟他一样身强力壮的赌友把胳膊搭在了希达耶提的儿子肩上:

"不对,你肯定有啥见不得人的勾当!"

希达耶特提的儿子叹了口气,坐在了人行道上:

"人家说骂人是罪过。可是……"

赌友也坐了下来：

"可是啥？"

"可是……俺不是一直跟你说过，有个叫秃毛瘸子的人……"

"哦，是那个放高利贷的人吗？"

"就是他。"

"他怎么啦？"

"跟你说吧，他很有钱，比得上开银行的了。可连块面包都不肯给咱！"

赌友的眼睛亮了：

"你是说他真是有钱？"

"你以为俺跟你说着玩儿哪？他靠放高利贷赚了大把的钱。不光这些，那家伙还卖菜给那些可怜的家伙们呢！"

他们的目光撞在了一起。

"他还卖菜？"

"是啊，还卖菜！"

"是论盘子卖给那些家伙吗？"

"就是论盘子卖。"

"那钱呢？"

"钱当然就揣进自己兜里了嘛！"

"然后呢？"

"然后不是跟你说了嘛……"

"你说他连块面包都不肯给你？"

"是啊，你可不知道，他可混蛋了！"

6

那是快半夜的时候,"无药可救"尤素福醒了。偌大的马厩,在充斥着粪便味的温热的空气和疲惫的民工们的鼾声中沉睡着。马厩的顶头上有一点光亮。想必是从秃毛瘸子那盏小小的海员灯中发出来的。他抬起身,没错,是瘸子,是瘸子的灯光。瘸子又在数钱呢。尤素福听别人,尤其是那个叫做希达耶提的儿子游手好闲之徒说过,瘸子有很多钱。他观察了一会儿,然后出声道:

"还没歇着呢,瘸子大叔?"

秃毛瘸子仿佛被针扎到了一般吓了一跳,匆匆把钱藏了起来,然后带着万分的惊恐朝声音传来的方向望去。可因为自己在灯光下,他看不见"无药可救"尤素福:

"是谁?"

"是俺。"

"你是谁?"

"瘸子大叔,是俺。你听不出俺是谁吗?"

"狗日的,你到底是谁?"

"尤素福,尤素福,俺是尤素福!"

"你想干吗?"

"也没啥。俺只想问问上工的时候到了没有……"

"还没到。继续睡吧,时候到了俺会叫你的!"

尤素福重新躺下了,心里惦记着秃毛瘌子数过的那一沓子钱,渐渐地睡着了。这沓子钱即使在梦里,也没放过他:他梦见他们在某个地方,是在夏天。秃毛瘌子好像是要去撒尿,把从怀里掏出来的一沓子钱交给了尤素福。当尤素福紧紧攥着那沓钱时,那个无赖小子,就是人称希达耶提的儿子的小伙子,也不知道怎么就突然来到了他跟前,要把钱拿去。尤素福不给,于是两个人争抢了起来。那个混蛋小子力气很大,把尤素福摔倒在了地上,还坐到了他的胸口。正当那小子要把钱拿走的时候,工厂里那个工头的哨子声响了起来。于是,尤素福醒了。其他工人也已经醒了。楼上的闹钟正铃声大作。原来,尤素福在梦里听到的哨音是闹铃声。

他看了看躺在自己身边的"摔跤手"阿里。阿里正来回翻着身,压根就不打算醒。他推了推阿里:

"阿里!"

小伙子置之不理。他又推了推:

"你这狗日的阿里!"

可阿里竟然打起了呼噜。打呼噜归打呼噜,可他现在必须醒来,去洗脸洗手。

"阿里,嗨嗨!"

他不停地推着。阿里哼唧了一下。

"赶紧了,阿里!"

"哦。"阿里终于应了一声。

"起来,赶紧起来。该上班了!"

阿里带着散乱的头发和通红的双眼一挺身坐在了被子上:

"俺一点力气也没有,像是要死了……"

"兄弟啊,俺有啥办法?"尤素福说,"你以为俺有力气吗?"他又推了推睡在"摔跤手"阿里另一侧的"嘴上没毛"哈桑。哈桑像死人一样躺着,脸色蜡黄。尤素福接二连三地推着他。末了,哈桑终于醒了,坐了起来。

住在楼上的工人们开始动了起来,把地板弄得叽叽嘎嘎直响。显然,他们也开始准备去上工了。一个孩子尖叫了一声,接着传来一个更大的孩子的声音:

"妈呀!"

正在此时,"无药可救"尤素福他们住的马厩们被一脚踢开,社区保安的皮带扣,在秃毛瘌子的那盏小海员灯光下闪着冷冷的光。

保安朝着马厩充斥粪便味的温湿空气中用劲吹了一声哨子,然后喊道:

"赶紧上班去,赶紧!!!"

马厩本来就已经醒了。被褥已经收起叠好。睡眠不足的人们三三两两地走了出去。最后,马厩空了。孤身一人的秃毛瘌子关上门,用力插上了木门栓,然后回到自己的床边躺了下来,用被子把自己捂得严严实实。他睡的可是正经的床铺，不是地铺。即便如此，他无论如何也睡不着。原因很简单：他在数钱的时候被尤素福看到了。要是尤素福跟别人嚼他的舌头的话？要是这话传到那个混蛋小子的耳朵里的话？即使不传到他的耳朵里，万一尤素福起了偷钱的念头呢？

他在床上翻来覆去。

他没有忘记上回的事。那小子当时靠在门上说："你这个瘸子，总有一天会知道俺的厉害！"然后便扬长而去。那可是个惯偷，一个绝对的瘟神。他爹和几个叔叔也都是小偷，不吉利的人。还有，他爹是死在宪兵的枪下，他最大的叔叔也是在开塞利被绞死的。

他重新开始辗转反复。

草是从根上绿起来的。谁能肯定这小子不会像他爸、他爷爷那样？他对"无药可救"尤素福一点也不了解。本来嘛，那个小伙子是个外乡人，来这儿是为了赚几个钱。万一他跟希达耶提的儿子串通起来，万一他们俩在某个深夜掐住自己的脖子……

他越想越害怕，一骨碌在床上坐了起来。

要是小伙子上班的时候跟伙伴们说一声"俺病了"！然后半路折回来，要是他开门进来，扑上来掐住自己的脖子……

他穿着裤衩背心朝马厩门走去。尽管知道门已经拴牢了，他还是不放心，再次检查了一遍。门栓很牢，可他就是没法放心。

他回到床上,原本打算躺进被子里,可随即又放弃了这个念头。在夜色中,他警觉地听了听四周的动静。他听到从夜色深处传来的混杂的呻吟声。那是工厂的呻吟。而从远处,从很远的地方传来了一声保安的哨音。

"万一他来的话……"

他喘着粗气:

"万一他回来,掐住俺的脖子,让俺把钱交出来的话?"他像一只失魂落魄的猫头鹰般向四周张望了一下。

"来就来吧,俺又能咋样?叫喊吗?谁能听得见呢?所有人都去上班了!"

突然,他从枕头底下取出火柴,划着了,点上了自己那盏小海员灯,又把灯光调暗了些。然后拿起灯,走到马厩的另一头。他直挺挺地站着,再一次听了听:依然是充斥着工厂里发出的嘈杂声的深夜。

然后,他跪了下去,用手摸了摸地。他的钱就埋在那里。他祈祷了一番,用嘴向两边吹了吹土,取出了钱包,再把钱包换了个更深地方埋了,一边念着经文一边用手抚摸了一下。这些可是钱啊,让他抛下妻儿的钱!别人的事他管不着?他可是靠放贷什么的赚来的。

外面起风了。

造物主真是不可思议。为啥让俺碰上了"无药可救"尤素福?又为啥要造出个希达耶提的儿子?有这个必要吗?

难道就是为了让他们来搜刮别人的血汗?

一阵狂风吹过,带来一声窗户碰撞的声音。

他心里一紧,依旧像一只失魂落魄的猫头鹰般恐惧地朝声音传来的方向望去,仿佛这样就可以看得见被狂风撞击的那扇窗户。他的心在狂跳。要是自己数钱的时候没有被那小子,那个"无药可救"尤素福撞见的话,该有多好!唉,真是邪了。为啥刚巧他就醒了呢?

他重新检查了一下门栓,回到床边坐了下去,不安地环顾着小海员灯昏黄的光线下的马厩。要是有一扇后窗就好了,但没有。要是有的话,那俩小子要是不知天高地厚地来敲门的话,自己就可以从马粪下面把钱取出来揣到怀里,即使不从后窗逃走,也可以喊,用尽力气喊,而且喊得惊天动地!

夜幕中又传来了一声窗户的撞击声。

不行,他必须把钱包从那里取出来。

于是,他站起了身。

7

15 天过去了。

在这 15 天里,他们领了两次钱。尤素福每天的工钱是 320 库鲁士,在湿棉铃干活的"嘴上没毛"哈桑是 335 库鲁士，而"摔跤手"阿里拿 350 库鲁士。

尤素福和阿里一天不拉地工作了 15 天，哈桑请过两次假。湿棉铃冰冷的水一直冷到了他的脊髓。他的胁下如同中了弹般疼，喘不过气来。毛病发作的时候，会把他疼得满地打滚。

"兄弟们呀，"有一次他说，"这湿棉铃的活会要了俺的命的。要不咱一起去跟工头说说，让他给俺换个工作？"

没人理睬他。两个伙伴还常常弃他而去，任凭他蜷缩在床上。最后一次，他比之前任何时候都要难受，那个疼啊……平躺着不行，朝右躺也不行，朝左躺还是不行……

其间，秃毛瘸子凑到他身边：

"你这狗日的，哪里不舒服？"

"嘴上没毛"哈桑呻吟着，一头的冷汗：

"俺哪里晓得呀，瘸子大叔。"他说，"俺喘不过气来……"

"胡说。你身上哪里疼？"

"俺也搞不清到底是肋骨下面，还是腰子，还是心……俺吃不消了，疼得要命……"

秃毛瘸子蹲了下去，从架在鼻梁上的眼镜上边朝哈桑看了又看。这时，他注意到了哈桑呼出的气泛着恶臭。"你是着凉了，"他说，"你要是有钱的话，就给俺。俺给你烧点热茶，也算是做件好事……"

接着又加上了一句：

"要是再吃上一片发汗药，你就会一点事都没了！"

"嘴上没毛"哈桑多多少少也攒下了几个库鲁士，可为了这事花钱，值得吗？他们抛下妻儿到屈库鲁瓦来，是为了能赚点钱。要是把钱花在茶、发汗药之类上的话……

"谢谢你。"他说，"俺觉得大概扛得过去……"

秃毛癞子恼羞成怒地站了起来。本来嘛，做了好事，他们也不会领情。还说啥大概扛得过去。这个不吉利的家伙，你倒是扛给俺看看！呼出来的气像死狗一样臭，还说扛得过去呢，这狗东西，懂个屁！

中午，"无药可救"尤素福和"摔跤手"阿里下班回来了。他们累得要命，就想赶紧填饱肚子睡上一觉。至于乡亲不乡亲的……这家伙真是个废物。除了睡，就知道唠叨"俺病了，被冷水冻着了，让工头给俺换个工作吧"。都是些废话。再说了，工头的脑子里能装着你"嘴上没毛"哈桑？

"摔跤手"阿里走到哈桑的床前，看都不看地通知道：

"领班把你的活给别人了！"

"嘴上没毛"哈桑一边疼得打滚，一边担心地看着他：

"俺的活？"

"你的活。"

"你是说他找人顶替了俺？"

"你又不是他爸的儿子！"

"摔跤手"阿里也是筋疲力尽了，根本没有精力跟他啰唆：

"这是工厂。人家会看你眼色做事吗?"

"嘴上没毛"哈桑黯然地想:俺才病了两天,他们就找人顶替了俺。可俺喜欢生病吗?是老天爷让俺病倒的。

"你们没告诉他俺病了吗?"

"告诉了呀。"

"那他说啥了?"

"算了吧,""摔跤手"阿里说,"病了又咋样?你这个狗日的,你以为自己是谁啊?是省长,还是将军?"

"俺可从来没有这么想过!"

"没这么想,不就得了。他说,干不了就别干。然后就找了人。那里可是工厂,是工厂!你得把活抓牢了。一点小毛病算啥?"

他们立刻就把他丢在了脑后,把面包掰开,夹上芝麻酥糖,充满食欲地吃了起来。"嘴上没毛"哈桑虽然不饿,可也指望着伙伴们至少会请他一起吃点面包。可他们并没有这么做。他很寒心,感到胁下的疼痛更加厉害了。有福同享,有难同当,只不过是说说罢了。他们这副样子,哪儿有半点有福同享,有难同当的样子?人到了落难的时候啊……唉,当初真不该听他们的。

另外两个人也一定是记起了当初的誓言。在填饱了肚子、各自点上一根烟之后,他们想起了生病的伙伴。

"你的毛病是在肋骨下面?"尤素福问道。

"嘴上没毛"哈桑叹了口气:

"俺哪会知道到底是在肋骨下面出了毛病呢,还是腰子、心呢?"

"摔跤手"阿里气不打一处来:

"这么大的人了,连自己哪儿疼都不知道吗?"

"俺哪能知道?"

"还说哪能知道!"

说完,阿里朝"无药可救"尤素福望去,发现尤素福也在看他。于是,两人用目光交谈了起来:

"让他去死吧!"

"没错。可俺说阿里,咱们跟他毕竟是乡亲,不管他行吗?"

"既然你觉得不行,那你看着办吧。俺得睡觉喽!"

他便倒到地铺上,随即酣然入睡。

"无药可救"尤素福猛地吸了几口烟,把烟吐向房顶。躺下的时候,他嘟囔了一句:"愿安拉保佑他吧!"

日子一天天过去,尤素福和阿里一如既往地上班,下班。为了对周围的人有个交代,更准确地说,因为周围人的责备,他们每次下班回来也会请自己的乡亲一起进餐,可心里对此早就烦透了。

一天半夜,当他们出工的时候,尤素福说:"俺说阿里,咱们出来都是为了挣个面包钱。你得干活,俺也得干活,可他却躺着。这可不行。俺知道,死是安拉的命令,是命啊……"

"没错。"阿里说。

"咱不就是想靠干活挣上几个钱嘛。俺说得没错吧?"

"没错,兄弟。"

"不然的话,咱为啥要到这个人生地不熟的地方来呢?"

"那家伙倒是会偷懒。反正能填饱肚子,太舒服了!"

"就是啊!像他这样的,就算是病好了,领班也不会给他活干的。"

"哪会啊?当然不会给他……"

他抓住阿里的胳膊:

"俺跟你说件事,行吗?"

"说。"

"俺寻思着该给领班的钱还得给,你说呢?"

阿里也已经琢磨这事很久了:

"给吧。"他说。

"明天又是发工钱的日子。这事交给俺了。咱给他来个水来土掩,兵来将挡!"

"没错,兵来将挡。再说了,这不是咱乡亲的厂子吗?"

"当然是咱乡亲的厂子。"

"那就结了。谁能像咱乡亲那样呢?"

"没有。你等着,总有一天,俺会去见咱乡亲……"

"咱俩一块去……"

"肯定得去。他以为咱们是睁眼瞎。他不就是个领班嘛,又不是天神!"

"他当然不是天神,这个混蛋……"

"骂得好。"

"咱凭啥得当睁眼瞎啊?"

"……"

"……"

第二天,轧花车间的工人们拿到了装在蓝色信封里的工钱。发钱的时候,领班一刻都没有离开他们的左右。"你们,"他瞧准了一个空当说道,"俺在茅厕那边等你们……"

说完,立刻就离开了。

"摔跤手"阿里没太听明白,问道:

"他说啥?"

"他说在茅厕那边等咱们!"

"为啥?"

"你不知道吗?"

"俺知道。那咱咋办?"

"俺哪儿知道啊……"

"咱要是不去的话,他会不会开除咱?"

尤素福想了想。

阿里说:"咱去,尤素福。"

尤素福也觉得去是对的。

"咱去,"他点了点头,"试试运气吧。"

他们去了。

领班正靠在茅厕的隔断墙上抽着烟。一看到尤素福和阿里,他便装出了一副生气的样子。"你们给俺过来。"他嚷道,"你们俩从大清早开始就像狗一样跟在俺后面。把你们的信封拿出来!"

尽管刚开始的时候两个伙伴没有回过神来,不过他们还是把信封递了过去。

领班依旧装腔作势地把蓝信封中的钱倒到手心里,数了数,掂量了又掂量,一边观察着四周,把进出茅房的和缩在角落里抽烟的工人们一个个打量了一遍。领班可不能让他们发现他的把戏。

在从俩人的钱里各抽出 5 里拉放进自己的口袋里之后,领班用周围人都能听得见的大嗓门说道:"一分也不少。你们的钱没问题。快滚吧!"

在此之前,他其实已经让自己的侄子向他俩各借走过 5 里拉了。

两个伙伴意识到了这点。当他们赌气般离开的时候,心里因为再次被夺走 5 里拉而愤愤不平。

等走到轧花机跟前的时候,尤素福停了下来,说道:"听俺说,阿里。"

阿里也停下了脚步。

"跟俺来!"尤素福说。

"干吗?"

"这还用问吗。他上回用借的把戏从咱们每人头上抽走了 5 里拉。这回又用别的把戏。这样可不成。俺得试试运气,去找咱乡亲,把咱的情况跟他说说。"

阿里并没想到过这个办法。不过,这想法很合他的胃口。

"万岁,尤素福。"他说,"兄弟啊,你这家伙的脑子就是好使!"

"如果咱们不吭声,他是不会放过咱的。俺得把事情一五一十地告诉咱乡亲……"

"你把上回他借咱们 5 里拉的事也得说。"

"这还用得着你教俺!"

"当然,轮不着俺教你。"

尤素福因为知道该怎么做而昂头挺胸地走在前头,而阿里带着"不知道是啥结果"的怀疑跟在他后头。两人穿过库房,来到了他们乡亲的办公室门口。正当他们准备进屋的时候,被老板那位长着一双贼眉鼠眼的红脸门房拦住了:

"喂,喂,你们这是要干吗?"

尤素福说:"俺们有话要对俺爷说。"

"对你们爷?谁是你们的爷?"

"是俺们乡亲。"

"这儿他妈的哪儿有啥乡亲?你们是谁?你们把这里当成是啥地方了?"

阿里生气地插话道:

"这厂子的老板是俺们的乡亲。"

尤素福缓过劲来了，补充道：

"他可不是俺们村的啊，是俺们乡的！"

门房即便听懂了些什么，但他怎么可能允许这两个满头满脸都是棉屑的苦力走进高高在上的工厂老板的办公室的。

门房提高了嗓门：

"这儿不是啥人都可以进的地方，没人管你们乡亲不乡亲。你们要说啥可以跟俺说，如果俺觉得有必要再跟老板说。"

尤素福看了看阿里，阿里也看了看尤素福。看来也没有别的办法了，就让他给爷捎个话，又有啥关系呢？

"领班扣俺们的钱了。"尤素福说。

阿里补充道：

"上星期，还有上上星期都扣了！"

门房忽然来了兴致：

"你们说他扣了你们的钱？"

"就是扣了呀。"尤素福说。

阿里也耷拉下了脑袋：

"他上星期让他的侄子来问俺每人借了 5 里拉。"

"你们能挣多少啊，哪经得起每个礼拜给他进贡 5 里拉……"

"你说俺们为啥要扔下老婆孩子跑这里来啊？"

"不就是为了能挣上仨瓜俩枣嘛……"

正当他们俩开始声讨的时候，门房问：

"你们在哪里干活?"

尤素福说:

"在轧花车间。"

门房是知道轧花车间领班的:

"那里领班是'外乡人'杜尔穆什吧?"

没等两个伙伴回话,门房便从他们手里把信封拿了过去。

"你们刚才说他扣了你们每人多少钱?"

"从这里面扣了5里拉……"

"之前也扣了5里拉……"

门房立刻拿出一支铅笔,在信封上算了起来。他先问了他俩每天的工钱,然后又问一周干几天活。接着,他开始了一连串的加减乘除……他俩的钱果然每人少了5里拉。

"你们说得不错。"他说。

他们说的是没错,可他该咋做呢?突然,他的脑子里闪过一个念头,便说道:"行了。俺会去问他。信封留俺这儿,你们明天来找俺。现在赶紧走!"

尽管不愿意,可尤素福还是觉得应该接受。但阿里忍不住说道:

"你又不是俺乡亲!"

尤素福失去了平时的智慧:

"不是俺乡亲又咋样呢?"

"这话才对。"门房说,"俺是你们乡亲最亲近的手下。

他啥时候摁铃,俺会立刻跑到他跟前。他想喝茶,喝咖啡,还有冰箱里的啤酒和水的时候,都找俺。知道这是为啥?就因为俺是他最亲近的人!"

"没错。"尤素福说。

"厂子里啥时候有人想要向老板告状,都得先来找俺。俺听了,觉得有必要,再向老板汇报。这是这里的规矩!"

"没错。"尤素福再次说道,"城里的规矩就是这样的……"

阿里恼火地问:

"你在锡瓦斯的时候也是这规矩?"

尤素福赌气说道:

"就是这规矩。"

阿里咋就那么不喜欢锡瓦斯呢?没错,锡瓦斯不是屈库鲁瓦。可锡瓦斯毕竟还是锡瓦斯啊。没见识过的人知道个啥?

门房问了他们的名字。当他在小本上记的时候,尤素福说:"兄弟,写清楚了,跟俺们爷好好汇报。当然了,这事你比俺明白。"

门房一边把记事本折起来放进口袋,一边说道:"把你们的信封拿去。现在,你们可以走了。"

尤素福吞吞吐吐地说道:

"行,俺们走……你可得把这事详详细细地跟俺爷说。告诉他,俺们跟他不是一个村子的,是一个乡的。俺拦过他的汽车,他知道俺!"

"知道了，知道了。"

"还有啊……"

"好了，俺跟你说知道了！"

"你别生气，先生，还有啊，替俺们亲亲他的两只手……"

"你再啰唆的话，可别怪俺不客气了啊！"

"告诉他，俺们专门给他请安了……"

当门房火冒三丈地吐出一连串的咒骂时，两个伙伴才落荒而逃。在路上，尤素福说："这家伙，真该让他去钻钻没洞的南瓜！"

阿里偷笑着说：

"这话是你大伯说的?"

尤素福丝毫没有表露出自己的不满：

"是俺大伯说的。你得当好你自己，跟城里人在一起，千万别当傻瓜。咱们当了吗?"

阿里一声长叹：

"可你大伯的婆娘……"

"咋啦?"

"没咋的。她是个守妇道的女人嘛……"

他脑海里再一次浮现出八月里满天星斗的炎热夜晚，那个他们把那个女人和小贩一起逮了个正着的夜晚！

"摔跤手"阿里的心里涌起一股难以言表的惆怅，长长地叹了口气。

她说过，要是你们跟别人说了，俺会杀了你们。那个女人的一身肉啊，那才叫热，才叫带劲。

门房早就把他们俩给忘到脑后了，此时正在老板的办公室门口神经质地来回踱着，等待那个叫"外乡人"杜尔穆什的领班的经过。为了让领班在干这种事的时候眼里有自己，他起码说过一千遍了。这个混蛋，他这可是在喝工人的血啊！

突然，他发现了领班，立刻喊道：

"杜尔穆什！"

领班用疲惫的目光看着这个在干桥边那家克利特人朱马力开的咖啡馆里认识的门房说道："啥事？"

"你过来！"

"你要干吗？"

"你这家伙。快过来！"

"哎呀，你别跟俺来这一套。俺困着呢，得去睡觉……"

"你真不过来？"

"俺困死了。"

"那好吧。这样对你可没好处啊，你可想清楚了。"

门房那句"这样对你可没好处啊"让领班很不舒服，便走了过去：

"为啥对俺没好处？"

门房压低了嗓门：

"你这个婊子养的！俺难道没告诉你别玩把戏吗？"

"啥把戏?"

"你这个拉皮条的!找到被宰的小绵羊了,是不?"

领班尽管依旧满脸无辜,但心里已经猜到了七八分:

"啥被宰的小绵羊?到底咋回事?"

"等你见了老板,让他告诉你啥被宰的小绵羊吧……"

领班一下子紧张了起来:

"老板?出啥事了?"

"有人告你了!"

"告俺啥?"

"那得你自己去问老板。"

领班的心已经提到了嗓子眼儿:

"你快说,到底咋回事?"

门房三言两语把事情说了一遍。

"胡说!"领班脸色煞白,"俺根本就没有从谁那里拿过钱。他们是在说谎,是诬蔑!"

"那好啊。你自己去跟老板说!"

领班面如土色地呆站在那里左思右想了半天,终于想明白自己除了投降,别无选择。于是便把门房拉到了一边:

"他们真来告状了?"

"还是两个人一起来的,一唱一和。你这混蛋,为啥要背着俺拿钱?为啥不让俺沾点光?告诉你这个混蛋,你肚子里有几条蛔虫俺都一清二楚!"

"现在先别说这些了,赶紧想个办法!"

"过不去了才想到让俺想办法啊?"

"行了,兄弟,别唠叨个没完了!"

"打今儿起,你还要继续背着俺不?"

"再也不会了啦,兄弟。"

"要是继续呢?"

"要是继续的话,让俺不得好死!"

"那好吧。"

"老板真的传俺了?"

门房终于不再兜圈子了:

"朋友,实际上是这样的:那俩苦力确实来了,说你从他们那里每人要了5里拉。上一次,还有上上一次,你也打着借钱的名义各从他们那里拿了5里拉。他们是想要向老板告状的,被俺拦下了。他们明天还要来。结果会咋样,全看你的了……"

领班长长地出了口气。"这两个婊子养的呀,"他说,"这俩拉皮条的。就是说,要是你不拦着,他们就会向老板告俺了啊?"

"当然啦。"

"那明天他们来的时候,你准备咋办?"

"这就看你咋待俺了。"

"把这俩婊子养的给赶走!"

门房眨了眨眼:

"看俺的啦,容易得很!"

"那你天黑了到朱马力的咖啡馆来一趟吧。"领班说。

当"无药可救"尤素福和"摔跤手"阿里走进房间的时候,一个头戴白色蘑菇帽的包工头正把苦力们召集在身边,登记着他们的名字。

"看",秃毛瘌子通报道,"先生,又来了俩小子。"

高鼻子、大脸盘的拉兹人包工头扫视了一下尤素福和阿里,一下子就看上了阿里:

"大个子,靠近点,"他说。

他们俩靠了过来,显得有些胆怯。这个人既然戴着顶白色的蘑菇帽,肯定是个吃官饭的人。可他到底是干啥的呢?这时,包工头问道:

"你们是哪里人?"

尤素福说:"你是问俺们?"

包工头虽然有些来气,但也没有发作。尤素福赶紧接着说道:

"俺们从C村来。"

"成家了,还是单身啊?"

"俺成家了。他,叫阿里,还没成家。虽然说他还没成家,可他已经订婚了。他娘让他们今年成婚……"

"俺们有个工地,很大。给你们三个半里拉,来干不?俺给你们登记下?"

这比他们在工厂里挣得要多。尤素福朝阿里看去,用

眼睛问他"你觉得咋样?"阿里打不定主意,耸了耸肩。包工头不耐烦地又重复了一遍:

"俺给你们登记下?"

尤素福扭了下身体,笑了:

"俺说先生,"他说道,"现在说啥也不算数的。俺们有活干呢。"

"你们在哪儿干活?"

"在厂子里。"

"哪个厂?"

"俺乡亲的厂子。俺在脏棉铃干,阿里管轧花机。因为厂子是俺乡亲的,所以……"

"什么乡亲?"

"不是俺们村的,是俺们乡里的。这个活是俺冲到他汽车跟前才要来的。不过,提起那个领班,就让俺来气,太混蛋了!"

拉兹人包工头被他说得一头雾水,怒道:

"你这家伙说的都是啥!啥乡亲?啥领班?"

"也没什么啦。刚才不是说到俺乡亲了嘛。不是俺们村的,是俺们乡的。那里的领班是个混蛋,克扣了俺们的钱,还压根不觉得有错……"

包工头转身问秃毛瘌子:

"他是不是脑子有病啊?"

秃毛瘌子也是一头雾水:

"你们赶紧给这位先生一个回话,"他说,"你们到底想不想接这三个半里拉的活?要不要他给你们登记?"

尤素福暗自琢磨着,包工头却不住地上下打量着阿里。突然,他说道:

"你是摔跤手吗?"

没等阿里张口,尤素福抢着说道:

"这还用问吗,他可是摔跤的好手!"

包工头的眼睛一刻也没有离开过阿里:

"要是你愿意来,俺给你4里拉,净赚!"

尤素福说:"俺不去的话,他也不会去的。"

"难道你们俩的肚皮是连在一起的不成?"

"不是,但俺们俩不会分开。你说呢,阿里,咱俩能分开不?"

"尤素福,咱俩有福同享,有难同当。"阿里说。

尤素福自豪地看了眼包工头。包工头盯着阿里:

"愿意来的话,俺现在就给你们登记!"

"让俺们想想。"尤素福说道。

"好好想想吧。俺给你3个半里拉,给你4个,净赚!"

说完,便丢下他们俩,开始登记其他苦力的名字。

两个伙伴撇开他们生病的同伴,反反复复地合计了半天这份新的工作。这要比他们在工厂里干活挣得多。至于乡亲不乡亲的……"乡亲跟俺有啥关系?"尤素福说,"说是乡亲,他找过咱们没?问过咱们没?"

阿里想的跟他完全一样：

"畜生。"他说道。

"比畜生还要畜生。你知道咱该咋办吗？"

"咋办？"

"咱们看情形办。要是那个油头滑脑的家伙跟咱爷说了的话最好，要是没说的话……"

"咱们直接去找咱爷！"

"对。一五一十地告诉他。要是他把领班叫来替咱们做主的话最好，要是不给咱们做主……"

"那错就不在咱身上了。"

"没错。"

"到时候咱们真能丢下这份工？"

"当然能。"

"咱可不用管他的眼泪！"

"咱为啥要管他？他又没有管咱们？"

"他会管吗？"

"所以，咱们也不管他！"

"要是他管了呢？"阿里说。

"你是说要是他管了，替咱们从领班那里讨回公道的话？"

"是啊。"

尤素福想了想，脑子里闪出了另外一个念头：

"那样的话，你就看俺的。"他说。

"你打算咋办?"

"咱让他给换一份更好,赚得更多的工作。"

"没错,俺也在想这事呢。要是他给咱们换了呢?"

"要是他每天给的工钱比这个戴蘑菇帽的家伙给得还多的话……"

"咱咋办?"

尤素福狡黠地眨了眨眼:

"那咱就跟这家伙说,咱乡亲给涨工资了,每天给4里拉……"

"那要是这家伙把工钱涨到5里拉呢?"

"容易啊。那样的话,咱就去找咱爷,告诉他蘑菇帽给咱每人一天5里拉,看他咋说。"

成了,这下他们觉得把城里人给治住了。

"人得钻进没被钻破过的南瓜里。俺大伯天天挂在嘴边的这句话可不是白说的。这就是他说的没被钻破过的南瓜!"

"没错。"

"这也不枉咱抛家离舍来这里了!"

"是咱抛下家的吗,尤素福?"

"不是咱,那是谁?"

"不是火车吗?"

"你管火车干吗?就是咱自己抛下的家……"

说着,尤素福的目光停在了身边紧紧裹着棉被、悄无声息地躺着的伙伴。"摔跤手"阿里也突然注意到了他：

"他睡着了吗？"

尤素福撩开被子的一角。"嘴上没毛"哈桑正一动不动地昏睡着，蜡黄的额头上挂着一颗颗汗珠。"赶紧给他盖上，盖上，"阿里说，"别把他弄醒了，怪可怜的……"

"真是可怜。"

"他咋办？"

"俺不知道……"

不知什么时候，秃毛癞子凑到了他们身边：

"俺说你们俩，"他说道，"可得替这小伙子做主啊。他的情形很糟糕，整天就躺着！"

"替他做主的是安拉，大叔。"尤素福说，"让安拉替他做主吧。俺们替他做主，能帮他啥呢？"

"摔跤手"阿里也是这么想的。他点了点头说：

"没错。"

这时，秃毛癞子把真实意图说了出来：

"你们给点钱，俺给他煮点茶，再买点发汗药给他吞下去。俺跟他说过能药到病除，可他没搭理俺。"

"摔跤手"阿里突然心头一紧：

"不会是他没钱了吧？"

尤素福说："肯定没钱了。"

阿里开始采取行动：

"茶啊，还有别的那些，总共要多少库鲁士？"

秃毛瘸子开始计算：

"发汗药 12 个半库鲁士，茶和糖要花 25 个，这样总共 37 个半……"

两个伙伴用目光交流了一下，各拿出了 20 库鲁士递了过去。

"瘸子大叔，麻烦你给他煮吧。"

"放心，俺会给他煮好茶，再让他把发汗药给吃了。"

"对，让他吃药。"

"只要能出一身大汗……"

"就能药到病除，对吧，尤素福？"

"肯定的！"

当秃毛瘸子在口袋里掂量着那 40 库鲁士时，"摔跤手"阿里轻声问道：

"尤素福？"

"啥？"

"安拉在善事簿上给咱们记下了吧？"

"怎么会不记呢？"

"像这个瘸子一样的人不多见呢……"

"别叫瘸子！"

"为啥？"

"罪过。"

"好吧，那俺再也不这么叫了。跟咱也不沾亲带故，真难得。对不，尤素福？"

"当然啦,他跟俺大伯一样,都是好汉!"

8

第二天,秃毛瘌子挤到"嘴上没毛"哈桑的床上,撩开了他的被子。哈桑醒着,睫毛湿湿地泛着光。

"你这是咋了?"秃毛瘌子问道,"哭了?"

哈桑的睫毛更湿了一些,但没有应声。他整晚没有入睡,感觉胁下的疼痛再也不会消失,自己将在远离家园的异乡孤独而终。

秃毛瘌子看了看病人的眼睛,然后像医生那样握住了他的一只手腕。手腕是滚烫的。他点了点头:

"俺知道你得的是啥病了。你是着了凉,得了肺炎。只要吃一片发汗药,再喝上两杯茶,俺保管你就啥事儿都没有!"

哈桑的双眼带着绝望盯着房顶。

"发汗药加上茶,总共也就50库鲁士!"

哈桑的双眼依然没有离开房顶。

秃毛瘌子小心翼翼地问道:

"你连50库鲁士都没有了?"

哈桑叹了口气,泪水从眼里涌了出来。他忧伤地看了看秃毛瘌子:

"没有了,大叔,真的没有了!"

"孩子,有 25 库鲁士也行啊……"

他身上 25 库鲁士是有的,可花了也没用。在他看来,疾病的事只有安拉知道。如果至高无上的安拉要把他这个流落他乡的人的灵魂带走,发汗药啥的能拦得住?如果安拉不准备带走自己,那 25 库鲁士也就打了水漂了。

尽管万般不情愿,他还是从口袋里掏出钱递了过去。

秃毛瘸子接了过去:

"剩下的俺给你贴了,也算是做点好事……"

说完,他起身从柜子里拿出了那把油漆已经斑驳不堪的紫色大茶壶。茶壶的提手早就掉了,替代的是一根锈迹斑斑的铁丝。他把茶壶装满水放到了炉子上,然后出门去工厂的小卖部买发汗药。

当重新独处的时候,哈桑又闭上了眼,如同多少个日日夜夜一样,思念起自己的村子、妻子和女儿,尤其是女儿。他的人在这里,心早就回到自己的孩子身边了。当他离开家的时候,女儿背着妈妈对他说:"爹呀,爹,你从城里回来的时候,给俺带一个和哈菲兹的孙女杜尔达内一模一样的绿发卡和红梳子,行吗?"哈桑禁不住失声叹道:"唉,俺的孩子,可怜的孩子!"

此刻,他再也无法忍住自己的眼泪,浑身颤抖着失声痛哭了起来。不过,一会儿之后情况发生了变化。他停止了哭泣,感到浑身轻松。死亡是安拉的旨意。没有安拉的旨意，鸟无法扇动翅膀，蚂蚁寸步难行。

"唉，尤素福，"他自言自语道，"真希望俺能早点好起来。"

他想到了"无药可救"尤素福，之后又想到了阿里。

此时，"无药可救"尤素福和"摔跤手"阿里被领班拉进了轧花车间里的一间尘土飞扬的空屋子。"你们这两个婊子养的混蛋！"领班嚷嚷着，"你们凭啥去告俺的状？"

尤素福和阿里被吓坏了。

领班倒背着双手，凑了过来，冷不防给了尤素福一记耳光。尤素福的帽子飞了出去，人踉跄了两步，立刻用双臂护住了脸。

"这些都是你的鬼主意吧？俺看你们可怜，才把你们招了进来。你们倒好，去告俺的状！现在你们俩给俺滚蛋，这里没活儿给你们干，马上给俺滚！"

尤素福从地上捡起帽子，同阿里一前一后飞也似地跑出了车间。过了一会儿，尤素福停下了脚步，看着阿里。

"天哪！"他说，"原来咱的乡亲也是……"

"摔跤手"阿里吃吃地笑了：

"尤素福，要是你大伯在的话会咋说？"

尤素福生气了：

"还能怎么说？他肯定会说：去想想你信的教吧。你以为你跟前的人是个小丑？挨耳光的可是俺！"

说完，尤素福自顾自地走了起来。

阿里跟在他身后。尽管阿里不想笑，知道笑在此时是很不恰当的，可他还是忍不住地一路笑着，他无法控制自己。

快到厂主的办公室时，尤素福再次停下了脚步：

"阿里！"

阿里强忍着笑问道：

"啥？"

"领班扇俺耳光是为了啥？"

"俺不知道。是不是城里就兴这个？"

尤素福恨恨地说："跟俺来！"

"俺不是跟着你嘛，你想干吗？"

"俺知道该做啥，来！"

"来是很容易的呀，尤素福，只要你别又闯祸了。"

"不可能。"

他已经打定主意，一定要去见他的爷，谁也别想拦着他。他们重新迈开了步子。迎接他们的依然是那位矮个子、秃脑门的门房：

"别让咱爷看见你们，赶紧给俺从这里滚出去！"

尤素福惊讶道：

"为啥？俺又没对他做啥。"

"别管做啥没做啥。在这个厂子里，不允许任何人在背后捣别人的鬼！"

"你有没有把俺说的一五一十地说给俺乡亲听?"

"他说啥?"

"能说啥?他把领班叫来了,之后的事情都不重要。要是你们还要脸的话,赶紧给俺从这里出去!"

"要是俺们不走呢?"

门房一脚踹在了尤素福的身上:

"混账东西!你以为你值几个钱啊,敢跟俺顶嘴……马上滚!"

门房推推搡搡地把俩人赶到了工厂的大门口。"把他们俩给俺扔出去,"他对大门口的门房说,"再也别让他们进来。这是老板的命令!"

看门的阿尔巴尼亚人怀着极大的崇敬执行了这道命令。尤素福气得浑身发抖:

"去他妈的乡亲不乡亲!这都是啥世道啊!"站在他身边的"摔跤手"阿里摇着头:

"唉!看来咖啡馆的那个家伙讲得在理啊。乡亲里也是有坏人的。一点儿都不错。咱现在咋办呢?"

挨的那记耳光越来越深地刺痛着尤素福,以至于他最终被愤怒所击败,一屁股坐在了马路牙子上,失声痛哭了起来。直到此时,"摔跤手"阿里才真正理解了现状,理解了自己和伙伴所遭受的侮辱。因为他从来没有见过尤素福如此深受打击,如此可怜,又如此无助。于是,阿里走过去,搂住了他的肩膀:

"尤素福,尤素福,嗨,尤素福……"

尤素福哽咽着看了看阿里:

"放开俺,阿里!放开俺,兄弟!俺跟死人差不多,还丢了他妈的饭碗,咱俩真该去跳河!作孽啊,真是作孽啊……"

"为啥呀,尤素福?"

"挨了那混蛋的耳光,俺没吭声。被他们开除了,俺也没吭声。这样下去,要是他们连俺婆娘都骂了,俺还不是不会吭声?"

阿里站直了身子,一双又粗又黑的眉毛竖了起来。他朝着工厂的方向看着,看着……把那个乡亲的祖宗八代诅咒了一个遍。之后,他紧挨着尤素福在马路牙子上坐了下来,一条胳膊搭到同伴的肩头:

"尤素福,别哭了。兄弟,别哭了。男人可不能哭!"

尤素福含泪挺直了腰杆:

"这俺也知道,俺也不想哭,可是……"

"算了啦,已经这样了。他打你的那个当口,俺真该把他摔个大马趴的。算了啦……起来吧,快起来,已经这样了!"

哭泣带走了尤素福体内积聚的全部毒素,他感到浑身轻松。在同伴的帮助下,他站了起来,擦干了眼泪。两人默不作声地走了一会儿,尤素福停下了脚步:

"知道咱该干嘛吗?"

"该干嘛?"

"去找那个戴白帽子的……"

"摔跤手"阿里顿时两眼放光:

"好啊!"

他一把搂住尤素福的脖子,在同伴的脸颊上亲了又亲,然后转过身,朝着已经被他们抛在身后的工厂复仇般地挥舞起了拳头:

"又不是非要在你们这里干的!"

他们的提前归来,让秃毛瘌子吃了一惊。不过,两个伙伴没有把自己被开除了的情况告诉他,只是告诉他自己觉得在"戴白帽子的"那里干活更好,然后打听起在哪里可以找到"戴白帽子的"。秃毛瘌子详详细细地跟他们描述了一番。于是,两个伙伴没有片刻耽搁,立刻出了门。

由一个慈善协会出资的"建筑工地"坐落在城外。此时,这里还没有任何可以被称为"建筑"的东西。由破烂不堪的木板和带刺的铁丝网围起来的空地上,随处可见正在用铁锹开挖地基的疲惫的苦力和满载着红砖穿梭往来的四轮推车。间或有一辆卡车吱吱嘎嘎地驶过,扬起漫天的尘土。一群衣衫褴褛、分不清是男是女的孩子,赤着脚,淌着鼻涕在路边玩耍着……

戴白色蘑菇帽的包工头正站在红砖堆边,看着四轮推车上倾泻下来的红砖。

一会儿,他摘下那顶白色的蘑菇帽放到身边的红砖堆上，用粗糙的手掌擦了擦脸上的汗。之后，他看了看正朝自己走过来的"摔跤手"阿里和"无药可救"尤素福。如果不是认出了"摔跤手"阿里，这两个人对他来说，可能完全就是素不相识的陌生人。他们正朝自己走来。那天他们没让他登记，那现在为啥来了？他们肯定有自己的算盘。是啥算盘呢？不用说，肯定是那些贪财的乡下人惯用的伎俩。

"你好！"

包工头故意绷着脸，皱着眉头，看都不看他们一眼地回答道：

"你们好！"

"无药可救"尤素福说道："俺们想在你这里干活。"

包工头对此早已心中有数。

"你们想来干活啊。不过，"他说，"现在这里不需要人了！"

两个伙伴顿时懵了。"不需要人了？"尤素福轻声嘟囔道，"可先生，俺们为了你把工都辞了啊……"

"你们干嘛要为了俺把工辞了？那天俺跟你们说了呀，俺给你们登记上。你们说要想想。要是你们那时候说让俺登记的话，每天能挣 4 里拉。可现在，只能 3 里拉了。要是你们愿意，俺现在就给你们俩登记。要是现在不说，明天来的话，俺连这点工钱都给不了了啊！"

"好吧，先生，""摔跤手"阿里害怕了，"你就记上吧，俺们干!"

包工头相当满意,不过一点儿都没有表露出来。他朝着远处的工头喊道:

"穆斯塔法师傅!"

骨骼粗大、体格健壮的高个子工头是脱粒机工出身,现在是承包商的人。别看他平时对包工头唯命是从,背地里没有少向承包商打包工头和账房等人的小报告。

此刻,他一路小跑了过来:

"里扎先生,您有啥吩咐?"

包工头指了指尤素福和阿里,"给这俩人找个活干,"他说,"一个去挖地基,一个去石灰池。把这个摔跤手带到欧梅尔那里去。你叫啥?"

"阿里。"尤素福抢着说道。

包工头本来看着他就不顺眼,立刻火了:

"俺又不是在问你!俺可不喜欢别人插嘴。你说,摔跤手,你叫啥?"

"摔跤手"阿里说道:"阿里。"

"行了,都给俺走!"

两人跟着工头走了。铁丝网内的平地上竖着木桩,木桩与木桩之间拉着一条条绳子。他们从正在挖地基的苦力们身边走过,走进了倚靠在一个粗壮的桑葚树上,用白铁皮盖着的木窝棚。"你们以后就睡这里,"工头说,"你们自己有没有床?"

"无药可救"尤素福说:

"俺们有铺盖!"

"那就好。明天一早你们就开工。现在去把你们那些家当搬这里来!"

尤素福和阿里怯怯地打量起窝棚。卷成团的铺盖卷,扔得到处都是的空水泥袋,红砖,还有被用来当床用的装糖的空木箱……

窝棚的角落里挂着一盏玻璃被熏黑了的小煤油灯。工头走到窝棚敞开的窗户前,指着对面石灰池边正在和一个女人说话的苦力说:

"看见那个人没有?大家都叫他难缠的欧梅尔!"

然后转头对着阿里:

"以后你跟着他干……"

之后又转向尤素福:

"你负责挖土。工钱都说好了吗?"

"说好了,"尤素福回答,"每天3里拉。"

尽管知道这个工钱很少,工头还是点了点头说:"不错。"接着又补充道:"咱们有话在先,这里有这里的规矩,跟别的地方一样……"

依旧是尤素福:

"当然,都有的。"

"每次领工钱的时候,你们都得想着点俺啊!"

两个伙伴忧心忡忡地对视了一下。这个人称城市的地方真不是人呆的。在工厂里要抽份子,在工地上还要抽份子。"摔跤手"阿里气得耳朵都红了。

工头根本没有注意他们的反应,继续说道:

"谁想着俺,干活的时候俺就会照应他。为啥?因为俺是这个工地的东家的人。包工头管不着俺,他在俺眼里连个屁都不是!"

"戴白帽子的是叫包工头吗?"尤素福问。

"他不叫这个,这是他管的事情。"

"他管啥事啊?"

"就是替承包商干活的,说了你们也不懂……"

尽管还是不明白,尤素福没有继续问。他心里感到非常不舒服,他觉得他们俩刚出虎口,又落入了狼窝。

"咋样?"工头问,"咱这就说定了?"

尤素福叹了口气:

"说定了,朋友。不说定又能咋办呢?"

"这样气鼓鼓的,可不行啊……"

"作孽啊,朋友,真是作孽啊。他妈的……"

"你又不是俺爹的儿子!"阿里说。

工头有自己的一套:

"打个比方吧,俺可以说你们干不了这活,这样俺就可以让俺的人来顶替你们。雁过拔毛,没错,俺现在在这个职位上,以前俺可没少给那些工头进贡!"

说着,他从口袋里掏出一包烟,抽出一支点上,然后带着无比的自豪朝着窝棚的顶棚吐了出去。"俺可没有你们这样的福气。"他接着说道:"俺这么多年受的罪,让俺妈哭了不知道多少回。你们瞧瞧俺这双手!手心里的不是老茧,都成骨头了。手痛得天天夜里要俺的命。兄弟们,这事可不是你们想的那样容易啊。好了,现在去把你们的家当收拾好了搬来吧……"

他们走了出来。

"伙计,你说咱咋办?"路上,阿里先开了口,"你说的城里,简直就是吞钱的陷阱。咱刚从一个陷阱里逃出来,现在又掉进了另一个陷阱……"

"是啊,咱们就这么不停地掉啊掉。"

"咱们出力出汗的时候,谁也不来搭个帮手,可一看到钱……"

"一看到钱,一个个都成了恶狼。"

"撑死他们!让钱粘在他们的肝上。会粘的,是不,尤素福?"

"怎么可能不粘?"

"在另一个世界,对不?"

"在另一个世界。"

"怎么粘呢?"

"像鼻涕虫一样!"

"咱们看得到不?"

尤素福也不知道,所以只是模棱两可地说了句:"可能

看得到,也可能看不到。"阿里叹了口气说:

"要是看不到的话……只有看得到,俺的心才能定下来。要是心定不下来,管啥用啊?"

他们回到住所,秃毛瘸子迎了上来:

"咋样了?成了?"

尤素福很不情愿地说:"成了。"

"你们啥时候去上工?"

"明天。天一亮……"

"你们以后住哪儿?"

"那里有个窝棚。"

"看样子,你们今天就走?"

"今天就走。"

瘸子又吃了一惊:

"你不是在骗俺吧?"

"俺发誓。"尤素福说。

"那这个病人,你们的乡亲咋办?"

"摔跤手"阿里和尤素福的表情一下子复杂了起来。必须承认秃毛瘸子说得没错:他咋办?

他们看了看被子底下一动不动地躺着的"嘴上没毛"哈桑。他们是不可能把他也带去的。即便带他去,包工头和工头难道会同意?

"可怜啊,"秃毛瘸子说,"没有你们,他病成这样咋办啊?"

尤素福考虑了很久。"俺说大叔，"他说，"俺们也没主意了。带他走不成，不带他走的话……"

"也不成。"阿里接茬儿道。

秃毛瘸子也很不安。俩乡亲走了之后，这个已经不可能干活的人有什么理由在这里再住下去呢？

"他会死的，"瘸子说，"他肯定会死在这儿！"

"摔跤手"阿里：

"你能不能行行好，时不时地给他搭把手呢？"

瘸子害怕的正是这个！

"俺可是个残废，小伙子。俺连自己都帮不了啊……"

"嘴上没毛"哈桑其实一直醒着，听到了他们说的所有的话。

"看起来，你们的乡亲情意也就到此为止了啊？"秃毛瘸子说。

他这话让两个小伙子非常别扭。"大叔，你说俺能咋办？"说着，尤素福朝地上擤了擤鼻涕。"不是俺让他得病的，是安拉……"

"摔跤手"阿里粗鲁地挠了挠痒：

"咱大家都是为了挣钱糊口。俺们抛家离乡为的是啥呀？"

"还不就是为了能挣几个钱嘛……但愿安拉能原谅俺的罪过。俺们也没辙了。俺就是把他带上，包工头，还有工头……"

"包工头,"阿里说,"特别是包工头,尤素福!"

"挨千刀的,肯定不答应的……"

"要不然俺们咋会这样呢?他可是俺乡亲啊。"

"要不然的话,俺们肯定会带他一起去的。"

"供他吃、喝能花几个钱啊?"

"嘴上没毛"哈桑的被子慢慢地掀开了,露出一张胡子拉碴、蜡黄的面孔。他用那双深凹在黑眼圈中毫无生气的眼睛,以极大的忧伤看着两个伙伴:

"兄弟们,你们安安心心地去吧。"哈桑说,"咱们一起吃过了盐,吃过了面包。你们能做的都做了,剩下的就由老天爷来定吧。俺知道自己一点力气都没有了。要是俺在这里有个好歹,要是你们能平平安安地回家,一定要替俺好好地亲亲艾米娜的那双黑眼睛……"

他那只干枯的手伸到枕头下面,取出早就买好了的、普通得不能再普通的绿色发卡和同样普通得不能再普通的红木梳递了过去:

"把这些也给她……"

尤素福接了过去,他被震惊了。哈桑的目光长久地停留在尤素福的脸上,伸出的手无力地落在了被子上。

"摔跤手"阿里攥紧了两只硕大的拳头,愤怒地注视着眼前的一切。令他愤怒的,不是他的乡亲哈桑,而是让哈桑落到如今这个地步的这个时代,还有宿命……

过了一会儿,哈桑把脸转向了一边。他之所以这么做,一方面是为了不去看为离开而开始收拾行李的两个乡亲，一方面也是为了不让自己的目光去干扰他们。因此，他没有看见自己的乡亲像两个小偷一样仓皇而去的样子，只是听见了秃毛瘌子愤怒的声音：

"去死吧！"

哈桑一下子转过了头：

"为啥要骂他们？"他问，"大叔，你为啥要生气？"瘌子的气主要是冲着哈桑来的：

"你问为啥？这还用问？有这样撇下生了病的乡亲拍屁股走人的吗？真是罪过啊！"

哈桑带着哭腔继续维护着自己的乡亲们：

"你让他们咋办啊？他们不也是为了糊口、养家嘛。他们也没办法。"

秃毛瘌子此时对哈桑已经是火冒三丈了：

"那好啊，俺也帮不上你的忙，你自己看着办吧！"

"别这样，大叔。"哈桑说，"死了的驴还会怕狼吗？"

第二天将近中午的时候，希达耶提的儿子凑到秃毛瘌子正在炉子上烧着的锅跟前，东张西望了一下之后便掀开了锅盖。一股劣质橄榄油的味道随着热气飘散开来。他赶紧盖上了锅盖，连着朝地上吐了几口唾沫，开始找勺子。随即又想起了什么，起身走进了屋里，拿起秃毛瘌子已经坑坑洼洼的饭盆，然后回到了炉子跟前。饭盆上绿色的搪瓷已经掉得差不多了。他重新在炉子边蹲下，掀开了锅盖。

这当口，他发现了饭勺。于是他从墙上的洞里拿过饭勺，装了满满一饭盆菜。当他正要站起来的时候，秃毛癞子突然从马棚的角落里冒了出来。一看见希达耶提的儿子，癞子立刻放下手里提着的破水桶冲上前去：

"你要干嘛？你他妈的要干嘛？"

希达耶提的儿子的脸红到了脖子根。他把饭盆里的菜倒回了锅里，然后讪讪地笑着说，"好了，好了！"

但是，怒火已经让癞子无法停止咆哮：

"你说好，就好啊？你还懂不懂啥叫害臊啊？你这简直就是偷！难道你一点都不怕万能的安拉吗？"

希达耶提的儿子向前逼近了一步：

"你别嚷嚷，不然的话可别怪俺不客气了啊！你这个拉皮条的，俺不是已经倒回去了吗？"

"还说倒回去了。那你来干嘛？"

"你他妈的闭嘴！"

"偷了别人的东西，还敢让俺闭嘴！俺对天发誓，一定要把这事一五一十地说出去！"

"你跟谁去说？"

"当然是让俺煮饭的人啊。你这个不要脸的家伙，难道你不怕遭报应？死了以后到那边……呸！"

"该呸你才是。不是说天下穆斯林是一家吗？"

"只要是个人，都应该知道啥是罪过，啥是积德。你知道这一锅饭菜里有多少人流的汗吗？"

"别这么多废话。俺加倍付你钱……"

"说得好听。要是有钱,你还干活干嘛?你这只饿狗!"

"俺当然有钱给你,你知道个啥?"

"那你倒是赶紧给啊。"

"可俺已经倒回锅子里了呀!"

"只要你给钱,俺马上再给你盛……"

"这可是你说的啊。给钱你就给俺盛?"

瘸子眨了眨眼:

"这可不关俺的事啊……"

希达耶提的儿子又往前凑了凑:

"你是不是不怕安拉啊?"

"你这家伙……"

"背着东家把这些饭菜卖给别人,难道不是罪过?"

"俺爹可是实实在在信教的人,俺不像你。用不着你来教俺啥是罪过,啥是积德……"

"是不用俺教你。可你不是每天背着东家把饭菜偷偷卖给海达尔的维里吗?"

秃毛瘸子被他说得越来越尴尬:

"行啦。"他说。

"是行了啊。你卖了没有吧?"

"那只有安拉知道!"

"去你的安拉、先知吧。你赶紧回答俺,卖了,还是没卖?"

"……"

"要是你说没卖,俺就让你们俩当面对质!"

"还当面对质呢……"

"当然要对质。说,快说,说你没卖!就知道你说不出来。因为你卖了……"

"非说俺卖了……"

"他妈的,要是你没卖,让俺的眼珠子掉到手心里。要是你卖了,让你的眼珠子掉出来,行吗?"

"……"

"你倒是说话啊。掉还是不掉?"

看到瘸子依旧不置可否,希达耶提的儿子狠狠地戳了下瘸子的肩膀:

"你倒是回话啊,掉还是不掉?"

挨了戳,瘸子急了:"凭啥戳俺肩膀?你这个混蛋……"

"维里指天发誓跟俺说,你收了他的钱,把大家的饭菜卖给他了。一饭盆7个半库鲁士!"

秃毛瘸子被逼得无处可逃,因为他说得没错:

"婊子养的!"他说。

"你骂谁?是维里吗?"

"反正俺骂的是个混蛋。俺把他当人看,没想到……"

他把锅从炉子上端下朝屋里走的时候,希达耶提的儿子在身后说道:"瘸子,你等等,俺给你也盛上啊……"

秃毛瘸子把锅端到床边,放到床头涂成绿色的箱子上,然后走到"嘴上没毛"哈桑的床边，撩开了被子。哈桑正睡着，蜡黄的脸上黑黑的胡子长得更长了，消瘦的面颊上只剩下了骨头……

秃毛瘌子轻轻地戳了下哈桑的肩膀：

"醒醒。喂！醒醒，你醒醒。"

哈桑迷迷糊糊地哼了一下。秃毛瘌子又戳了戳他的脖子：

"俺在跟你说话呢，喂！喂！你这个笨蛋，俺在跟你说话呢。你这家伙是死了呀。俺在跟你说话呢！"

哈桑终于睁开了眼睛，无精打采地看了看。秃毛瘌子说：

"到了月初，你有没有钱付房租？"

哈桑闭上了眼。

秃毛瘌子等着他答复。"瘌子大叔，"哈桑开了口，"是这样啊，瘌子大叔……"

瘌子来气了：

"你就知道俺的名字吗？瘌子大叔，瘌子大叔的。要说啥就赶紧说！"

"俺是想请您帮个忙，扶俺一下吧……"

"扶你干吗？"

"扶俺起来去下茅房……"

瘌子赶紧站了起来：

"真麻烦！还想让俺扶着去茅房……真是只癞皮狗。你倒是说说,你家养了几个像俺这样的佣人啊?"

这时,一直站在门口气呼呼地看着这一切的希达耶提的儿子进了屋:

"小伙子,人家都叫他秃毛瘸子。你真不该去戳他的痛处啊!"

他停顿了一下,然后对秃毛瘸子说:

"你给俺安分点,让那些婊子养的别再叫俺希达耶提的儿子了!"

秃毛瘸子的脑海里闪现出了他的钱,面前这个小子那位被宪兵枪毙了的父亲,还有他那位挂在绞刑架上的叔叔。瘸子一下子火了:

"俺要是不安分,你准备咋样?说啊,你准备对俺咋样?"

"那就别怪俺骂你祖宗八代了,你这个拉皮条的。简直是在喝人血,你这个放高利贷的小偷!"

"你这是在骂你自己呢。要是俺是小偷,俺早就去偷别人锅子里的菜了!"

"你他妈的别啰唆个没完,惹急了俺,看俺不把你这个戴绿帽子的家伙给揍扁了!俺可没像你那样,把别人的饭菜偷偷卖给其他人,你这个放高利贷的混蛋!让大家来看看,看俺不把你那点破事都给抖搂出来。"

"你能抖搂啥?"

"俺知道该抖搂些啥!"

说完，他在"嘴上没毛"哈桑的床头蹲下：

"来，兄弟，起来……"

哈桑挣扎着，可实在使不上劲。这时，秃毛瘌子走过来，戳着希达耶提的儿子的肩膀，还在没完没了地说：

"你倒是说说，你打算给大伙儿说俺啥？"

希达耶提的儿子一巴掌把瘌子的手给打掉了：

"你他妈的别来戳俺！要戳，你就去戳那些跟你一样拉皮条的！"

瘌子根本没理他：

"俺有啥能让你说的？"

"还能有啥？当然是你背地里卖别人饭菜的事啦。"

秃毛瘌子恼羞成怒地走到门口，开始呆呆地看着外面：太阳下的积水，右边高高的烟囱里吐着烟雾的线厂，还有更远处覆盖着灰色镀锌板的肥皂厂、油厂、花园、甘蔗地……

希达耶提的儿子把哈桑从床上搀扶了下来：

"踩啊，踩啊，俺叫你爷了！你不会踩地上的力气都没有吧？"

"兄弟，俺踩不动啊……"

"那算了，你抓住俺的肩膀，抓住。来，用力抓住！"

"俺抓不住啊。你不知道，俺的手指像断了一样。唉，俺真的抓不住啊……"

"那就别抓了，等下……"

说完，他背起哈桑，朝茅房走去。

茅房在屋子的后面，是用麻袋片围起来的一个坑。阳光下，干巴了的粪便堆上扭动着无数白色的蛆，到处飞舞着绿色的苍蝇。

希达耶提的儿子把哈桑慢慢地放下。要不是被他紧紧地抓着，虚弱的病人肯定会摔在地上，也许还会掉进粪便堆里：

"别动，兄弟，就这么待着。对了，抓住俺的肩膀。你的裤带在哪儿呢？"

"在这儿呢，对，就是这儿，可俺的手指头……"

"你别动，让俺来。"

"让你受累了……"

"没关系。人嘛，啥事儿都会碰上，你不用放在心上。你的裤带打了死结了。听说你的乡亲们把你撂下去工地上干活了？"

哈桑叹了口气：

"他们走了。"

"真没良心！"

"他们又能咋办呢？他们也是为了糊口……"

希达耶提的儿子用牙齿解开了哈桑裤带上的死结，然后说："抓住俺。踩到那块木板上去，不是这块，是那块。好，现在蹲下去，蹲下去，别怕，蹲下蹲下……"

哈桑颤抖着细细的双腿蹲了下去，双手死命地抱着希达耶提的儿子。"噗！噗！"希达耶提的儿子说，"兄弟，你肚子里可真够臭的。看来受的风寒不轻啊……你也不吃点泻药啥的……"

确实，阳光下的茅房里本来已经相当难闻的气味中，此时又增添了一种令人无法忍受的恶臭！

"去吃点好的泻药，加上一片发汗药，再多喝点茶，保管你啥事儿也没有！"

"俺已经吃了，兄弟，发汗药也吃了，茶也喝了，一点儿都不管用。"

"你在哪里受的风寒呀？"

哈桑想了想：

"兄弟啊，俺咋知道呢？这是安拉让俺得的病。俺这儿疼哪，一直疼得俺气都喘不过来……"

"是哪里疼啊？"

"俺哪里知道啊。像是肋骨下面，又像是腰子里，有时候还像是心里疼……"

"但愿安拉能保佑你。要是有啥事的话，让人带个信，俺随时可以来。今天你这个样子，没准有一天也会轮到俺。拉完了吗？那就停下了……用那块麻袋片擦擦。你擦不动？那弯腰，弯腰，兄弟……"

说着，他从围在茅房四周的破麻袋片中扯下一块擦了擦哈桑的屁股，然后把哈桑扶到到一边，替他穿好了内裤，系好了裤带，重新又把他背回了房间，把他放到了床上。

至于秃毛瘌子,此时正背朝着他们蹲在自己的床边干着什么事情,身边放着那口烧菜的锅。

希达耶提的儿子让哈桑躺下,把被子拉到哈桑的胸口披严实了:

"别忘了,啥时候需要,就让人捎个信来!"

说着,指了指秃毛瘌子:

"那个混蛋从来都是无利不起早。要是你有钱,他会冲你摇尾巴,冲你笑。要是没钱的话,他会用一瓢水把你淹死!"

他起身正要出门,秃毛瘌子手里端了满满一盆菜站了起来说:"等等。你干的坏事你自己当。把这盆菜拿去,好歹也解解馋……"

希达耶提的儿子接过装满菜的盆子:

"你终于良心发现了啊?"

"跟俺的良心有啥关系?"

"你有良心吗?"

他端着饭盆正要迈出屋门,突然想到了躺在床上的病人。谁知道他有多久没有吃到过热饭热菜了。于是,他回身走到哈桑的床边:

"坐起来,兄弟,坐起来。坐起来把这些菜给吃了。热乎着呢,吃下去让你肚子里暖和暖和!"

他帮着哈桑在床上坐好。

"你有勺子吗?"

哈桑点了点头。希达耶提的儿子环顾了一下四周：

"在哪儿呢？"

哈桑用一只干瘪的手指了指床下。希达耶提的儿子从床下拿出勺子，撩起外衣的下摆擦了擦，递给了哈桑。哈桑连用勺子的力气都没有了。于是，希达耶提的儿子从他手里拿过勺子，耐心地喂了起来。一勺热菜下肚，病人似乎一下子活了过来，感到自己好了许多。

喂完饭，希达耶提的儿子依旧用自己外衣的下摆擦了擦哈桑油乎乎的嘴巴，然后扶他躺倒，仔细地给他掖好了被子。

"行了，愿安拉让你早日康复！"

说完，他扬起头把饭盆里的菜汤倒进了自己的嘴里，然后把饭盆还给秃毛瘸子。秃毛瘸子接过饭盆，气鼓鼓地嘟囔道：

"对这样一个安拉都不心疼人……"

希达耶提的儿子火了：

"快拿去。说人家是安拉不心疼的人……你要还算是人，就心疼心疼他！"说完，怒气冲冲地走了出去。

9

屈库鲁瓦火辣辣的太阳依旧尽其所能地烘烤着大地……

"摔跤手"阿里在石灰池里依靠着铁锨的把手,正在听难缠的欧梅尔说话。难缠的欧梅尔来自尼岱省的农村。按照他自己的说法,他已经在外打工十年了。开始的时候,也跟"摔跤手"阿里和伙伴们一样在工厂的轧花车间当过工人,在工地上干过苦力,还给出租车、卡车和长途客车的司机们打过下手,后来当过中巴车司机。

此时,他正用滑到鼻梁根底下那双小得一点点的斜眼看着阿里说着:

"看见那个婆娘了吗?她是俺从人家那里抢来的!"

"为啥要抢啊?""摔跤手"阿里问。

"因为赌气!"

"那姑娘肯定也看上你了吧?"

"你这话问的……"

欧梅尔伤感了起来。他点上一根烟,用手掌心遮挡着抽了起来。为了防止工头看见烟雾而察觉他们磨洋工,他每次都要弯下腰,把嘴里的烟吐向池子里的石灰上。

"……那时候俺穿着军裤,上身是藏青的西装,头上戴着灯芯绒的八角帽,脚上是一双锃亮的靴子。你可不知道,俺这身打扮,那叫个帅!"

说着,他那双斜眼陶醉地眯缝了起来,显得愈发地小:

"……不是吹的,**俺这身打扮,一进村,所有的人都看呆了,连那些阔佬都是!**"

"他们是些啥人啊?"

"那些鸟人是村子里的安拉。村里人从来不知道的、没见过的和没听说过的东西,都是他们最先带进来的。他们很有钱,在村子里说一不二。他们连留声机都有,而且是成双成对的。村里有留声机的咖啡馆是他们开的。先不去说他们了。到了黄昏,村里摆起了酒席。你想想,摆酒席的时候能没有俺吗?那时候的俺可不是现在这样的,简直就是花钱如流水啊,从城里带回来的酒都是一麻袋一麻袋的。俺把酒瓶子一下子摆了一长溜……大家你看看我,我看看你。知道为啥吗?因为俺从小就没爹没娘。可那些有爹娘的,能跟俺比吗?长话短说,大家你一杯,我一杯,还不就醉了嘛。那可是酒啊,喝下去能跟在瓶子里的时候那样?跟你说啊,兄弟,也不知道咋的,喝着喝着俺就跟他们饳了起来。原来是俺的军裤、灯芯绒八角帽和酒之类的惹恼了那些家伙。也是啊,那些阔佬啥时候被人小瞧过呢。什么新鲜玩意儿,都是他们先有的。忘了为啥了,俺一脚踹翻了桌子,哇呀一声蹿了出去,拔出刀子冲他们喊:婊子养的,都给俺闪开!"

说到这儿,他意犹未尽地叹了口气。

"后来呢?"阿里问。

"后来嘛,当然是一片混乱。阔佬们人多,俺就自己一个人。不过,村里人都是向着俺的。向是向着俺,可村里所有的地、房子都是阔佬们的。村里人就像是被关在家里的犯人。他们头上还有东家呢,当然不敢吭声啦。你知道吧,俺拔出刀,蹿了起来。俺当时的样子,比刚下了崽的母马还要凶。那时候,俺是个愣小伙儿,他们呢,怕肯定是怕的,可丢不起这个人。俺要是死了,没人会为俺哭。可要是他们当中死了一两个,天都要塌了,还不得守上7年孝啊。就这样,俺跟他们打了起来。几个回合下来,俺肩膀上被他们扎伤了。他们伤了俺,俺当然也不是吃干饭的。俺就像一只扑进羊群的狼,狠狠教训了他们……要不是后来宪兵来了,俺绝对就吃了他们一两个了。宪兵拦住了。不过也挺好,正是火候。第二天,村里人自然就把俺的事挂在了嘴上,可俺一点儿都不知道。俺这个法提玛,就是俺现在这个婆娘。她听别人说了俺的事,当时就看上了俺。那时候,俺已经收拾停当,准备进城了。有人悄悄给俺带口信说,法提玛问你好呢,她在村头的水池子那里等你,让你一定要去。俺就问,法提玛是谁啊?传信的老太婆就告诉俺,法提玛是阔佬的一个闺女。俺当时就说,这事儿不行,那个法提玛还是个小丫头。老太婆笑了。不过,俺还是去了村头的水池子。法提玛就是法提玛,一见到她,俺整个人都酥了。她对俺说:"欧梅尔,俺心里着火了,再也待不住了。你想把俺怎么样就这么样,带俺走吧!"

他长长地叹了口气,抽了口烟,依旧把烟吐向了石灰,然后接着说道:

"……俺看了一眼这丫头,模样没得说。你也看见了。咋样?是不是医圣说的该吃的那种?"

"摔跤手"阿里的心里涌起一阵恐惧。

"……后来俺俩商量好,她会在半路上等俺。俺租了匹马就上路了。刚出村,她还真在那里等着俺呢。俺就把她抱上马,直奔尼岱!"

阿里问:

"尼岱是不是你们那儿的镇子?"

"是俺们那儿的镇子。到了那里,俺找到了那些司机朋友,找了辆蓝色的的士,就到屈库鲁瓦来了。让那些阔佬找去吧!"

"的士是啥?"

难缠的欧梅尔诧异了:

"你不知道吗?"

"俺不知道。"

"的士,就是小汽车啦。"

"哦,那俺知道了。是不是开起来比火车还要快啊?"

"一点儿都不错。"

"可路一定要平,要好走。那你现在是不是能把机器拆了,再装起来啊?"

"俺会用方向盘。"

"俺那儿有个尤努斯师傅,那可是个了不起的师傅哦!他闭着眼就能把机器拆了再装上……还有个维里,不过不用管他,没人能比尤努斯强!"

他用铁锹翻了会儿石灰,正要讲尤努斯师傅的时候,突然欧梅尔的那个法提玛闯入了他的视线,便放弃了。那婆娘穿着一身红,正站在他们下方土堆边的小屋外。那是工地上卡车司机的小屋。法提玛在和卡车司机那个叫哈伊利耶的大屁股老婆说着话。

一会儿,欧梅尔也直起了身。他顺着阿里的视线望去,看见了那两个女人:

"瞧俺的婆娘,漂亮吧。"欧梅尔说,"说出来怪不好意思的,她还不到 16 岁。可你别管她的年纪,看她这模样,大家都说她像 20 岁的。你说是不?"

阿里点了点头。

欧梅尔扔掉了手里的铁锹:

"俺去撒尿!"

说着,他出了石灰池,朝着百步开外的茅房走去,两只手上,脸上,还有头发上沾满了石灰粉。

阿里还在朝两个女人那边望着。瞧人家这婆娘!"还不到 16 岁……"他想:"……16 岁。俺的娘啊。还真像那家伙说的,是医圣说的该一口吃了的那种!谁有了这么个风骚的女人,别说吃她,就是让她吃了也愿意啊,整天就供着吧!"

此时,他想起了自己老家订了婚的姑娘,可现在两人已经远隔千里……

当两个女人从小屋前消失的时候,阿里心事重重地开始搅拌起池子里的石灰。他干得很专心,突然,身后传来一阵窸窸窣窣的声音。他回头看去,是法提玛,就是难缠的欧梅尔的法提玛。不知道啥时候,法提玛已经站在了石灰池边。

阿里的脸一下子涨得像块红布。

法提玛皱起描过的细眉毛拿腔拿调地问:"欧梅尔去哪儿了?"阿里有点出乎意外:

"撒尿去了。"

"撒尿去了,撒尿去了,真是只熊!"

阿里很满意,扑哧一声笑了。

女人依旧拿腔拿调地问:

"你笑啥?"

"没啥,就是想笑。"

"是不是笑俺叫他熊啊?"

"有哪个女人家把自己男人叫熊的呀?"

"不能叫吗?"

"不能叫的。"

"他要不是只熊,俺肯定不这么叫。就知道撒尿,撒尿。难不成他腰上挂着个水葫芦……"

阿里又扑哧一声笑了。

女人也笑了,然后搬过一大块生石灰块坐了上去,目光锁在了阿里强壮的身体上,一刻也不离开。

过了会儿,女人再次开口问道:

"你真的像你的外号那样是个摔跤手吗?还是……"

这话让阿里来了气:

"俺当然是真的摔跤手!"

"你老家是哪里?"

"你是问俺?"

"就是问你。"

"俺是C村人。"

"你成家了没有?"

阿里不好意思地笑了。

女人半嗔半喜地问道:

"你这家伙偷笑个啥?"

"没啥,就是想笑。"

这下女人真来气了:

"你能不能痛快点?到底成家了没有?"

"俺还没成家。"阿里说。

"真有种。"

"为啥?"

"成家了,你就完了。俺的那只熊不是号称成家了嘛……"

"是他把你抢来的,对吗?"

女人火了:

"这个混蛋，疯子。他跟你也说了？鬼话，都是鬼话，是俺逃出来了。俺看他像个男人，所以就逃出来了。谁会想到他是个胆小鬼啊！"

这回，阿里咯咯地笑出了声。

"当然是胆小鬼。"女人说，"看起来像个男人。其实就是个拉皮条的！"

"……"

"……"

工头远远地发现法提玛与"摔跤手"阿里在说话，气呼呼地走了过来，居高临下地看着他们。

他冲着"摔跤手"阿里发作了起来：

"他妈的快干活，你这个婊子养的！"

工头的话深深地刺伤了阿里。尽管阿里立刻开始搅拌起石灰，可脑子里始终无法抹去工头骂的那句"你这个婊子养的"，他自己才是婊子养的呢，这个王八蛋！

阿里慢慢地抬起头，发现工头已经不请自来地凑到了女人身边。女人冷眼看了看工头："显摆个啥？哪天俺非爬你头上撒泡尿不可！"

工头捶着胸说：

"尽管撒，你是俺娘呢。把俺的命拿去都成！"

"疯子！"

"俺是为了你才疯的，心肝。瞧你这身上香的，比花儿还香哪……"

"小子,俺可是有男人的人哦。"

说着,女人拿起一小块石灰在地上划起了线。工头盯着女人捏着石灰块的那只洁白、丰满的小手,像丢了魂儿一样。过了一会儿,他开口问道:"你刚才跟哈伊利耶说啥了?"

女人看都不看他:

"关你啥事?"

"俺会知道的。俺敢打赌,有一天你自己会说给俺听的!"

"听个屁……"

"你等着瞧吧。"

"你这只混账的黑狗,别来惹俺生气啊!"

"惹了又咋样?"

"反正从今往后……"

"俺会让你一点脾气都没有的!"

"你给俺走开……别怪俺不客气啊,俺可什么脏话都会说的。你这个混蛋,到底想对俺干吗?"

"你不知道吗?"

"烦死了!"

"发骚了吧!"

女人半开玩笑半生气地把手里的石灰块朝工头扔去。石灰块砸到工头右边的眉心上之后掉进了阿里正在搅拌着的石灰池里。工头正要朝女人扑去,难缠的欧梅尔突然出现了。他没在意自己的婆娘和工头之间的胡闹。其实，他对这种事从来都不在意。甚至有时候因为下雨停工的时候，工头会在酒桌上当着他的面跟法提玛拉拉扯扯。

欧梅尔问自己的老婆：

"你这个骚货，干吗来这儿？"

女人撒娇地说："给俺钱！"

"啥钱？"

"还问啥钱。买洋布啊。听说货不多，俺们预定了的，要跟哈伊利耶一起去买！"

"你等着瞧，俺非找条黑狗来堵上那个哈伊利耶的嘴不可。"

"行啦，快点……"

"多少钱，丫头？得花俺多少钱？"

"给多少都行啦，10 块，15 块……"

工头插话道：

"给 20 块，给 50 块！"

"是啊，"欧梅尔说，"俺是印钞票的，给 50 块，给 100 块……"

说着，他伸出两只手掌：

"丫头，你瞧瞧俺这双手，都被石灰烧成这样了。他们倒是给俺 10 块、15 块、20 块啊，那样的话俺就有钱给你了……"

女人不耐烦地打断了自己男人的话：

"这可不关俺的事!你不是男人啊?自己去想办法……"
"到哪儿去想办法?"
"随你的便!"
说着,女人一下子来火了:
"既然你养不了俺,当初为啥要把俺拐来?"
工头大笑了起来:
"真有你的,法提玛,你这个婆娘,有种!"
然后,他对着欧梅尔:
"既然你养不了她,当初为啥要把人家不懂事的小姑娘拐来呢?"
欧梅尔想不出该咋回答他。为了激怒他,工头接着说:
"赶紧,欧梅尔,赶紧给她钱!"
欧梅尔急了:
"俺没钱!"
女人气呼呼地说:
"行啊,这可是你说的……"
说完,拔腿就要走。欧梅尔一把拦住了她,然后问工头:
"你说,要是俺问账房先支点钱,他会给吗?"
"不会。"工头说。
"为啥?"
"前天才给大伙儿支完钱,不会给了。"
女人又开始发脾气:

"你倒是赶紧啊!"

"丫头啊,俺实在没有。俺发誓,真的没钱……"

"你从账房那里支的钱呢?拿去干嘛了?"

欧梅尔涨红了脸,尴尬地笑了。女人一下子明白了:

"拿去赌了,是不是?"

"是。俺是想看看能不能多多少少赢点,结果全输光了。要是赢了的话,你就享福吧……"

"是啊,要是有要是,俺当然就享福了。"

"就是运气不好。要是运气好的话,肯定少不了你的。现在说啥也没用了!"

"赶紧去想办法。"工头说,"赶紧去想办法吧,欧梅尔!"

说着,一转身朝着开挖地基的方向走了。

难缠的欧梅尔用那双斜眼狠狠地盯着工头的背影。等到工头从他视野里消失,欧梅尔猛地转身,对着自己的婆娘恶狠狠地说:

"俺没让你别跟这个拉皮条的家伙说话吗?"

女人耸了耸肩:

"谁说俺跟他说话了?"

"俺亲眼看见了,丫头。撒尿的时候就看见了,尿都没撒完就过来了!"

"你没撒完尿,关俺屁事。"

"你为啥要跟他说话?"

"俺又没招他,是他自己凑上来的。"

"法提玛,你给俺听好了,可别给俺找麻烦!"

女人以几近反叛的腔调说:

"跟你说了,是他自己凑上来的,就是他自己凑上来的!"

阿里在一边帮腔道:

"欧梅尔大爷,真是他自己凑过来的。错不在嫂子。"

欧梅尔的气消了。女人万般委屈地说:

"跟你说了是他自己凑过来的,还非不信。那只黑狗又不是俺招来的。德行!"

此时,工头已经凑到了戴着白色蘑菇帽在工地上监督挖地基的苦力们的拉兹人包工头身边:

"她问欧梅尔要钱了!"

包工头看也不看地问道:

"要啥钱?"

"说是要买洋布……"

"那欧梅尔给了吗?"

"他拿啥给啊?又没钱。"

"他支的钱花哪儿去了?"

"全赌光了。"

"10块,15块……"

在跟前边摇晃着铁铲边竖着耳朵听他们说话的"无药

可救"尤素福引起了工头的注意。工头喊：

"你这个混蛋，干好自己的活！"

包工头可不关心这个。他脑子里想着欧梅尔的那个法提玛，朝工地司机的小屋子走去。在他看来，这样一个女人，别说只要10块15块，就是要30块40块也不多。

工地司机的女人哈伊利耶，是个30来岁的大屁股女人。此时，她正坐在小屋窗前的煤油箱上，跷着二郎腿修补着跳了丝的劣质丝袜。两条黝黑可还很丰满的大腿整个暴露在外面，连她穿的蓝色弹力内裤都露了出来。她是故意摆出这种姿势的。因为她知道，拉兹人包工头早晚都会来。不光是拉兹人包工头，可能还会有别人来。她不光极度迷恋男人，而且很会用暴露自己身上这个那个部位来让男人神魂颠倒，然后乖乖地把她脱个精光。

尽管看着拉兹人包工头戴着白帽子进了屋，可她连动都没动。

包工头已经玩够了这个女人，看都没看她一眼，便躺倒在了长榻上。尽管如此，他的双眼还是盯着女人的大腿看了半天。他是喜欢这个女人的，可跟另一个比起来就差远了。另一个女人年轻，水灵，风骚……

女人补完丝袜，才转过身来，发现男人正盯着自己，便把两条腿张得更开了一点，"给！"她说，"给你看个够，你这个色鬼！"

拉兹人包工头的心思不在她身上，问："你提了没有？"

司机的女人明知他问的是什么,可还是装着啥也不知道的样子站起身,把手里的针扎到了窗帘上。拉兹人又问了一遍:

"俺在问你呢,你提了没有?"

"提啥?"

"你不知道该提啥吗?"

说着,他忽地一下在长榻上坐了起来:

"哈伊利耶,你别来耍俺,小心俺揍死你!"

女人伸出一只手做了个下流的手势。"去你妈的!"女人说,"敢说要揍死俺。那你还待着干嘛?快来呀!"

说完,她走到刚才跷着二郎腿的煤油箱跟前一屁股坐了下去,怒气冲冲地重复着:

"敢说要揍死俺……"

包工头从长榻上站起来,倒背着双手走到她身边:

"跟你闹着玩的啦。你为啥没提?"

女人看着窗外。外面阳光明媚,景色让人赏心悦目。她凭啥要提?凭啥要失去自己已经到手的男人?凭啥让法提玛夺走?

看到包工头一再坚持,女人说:"行了,里扎,你难不成是疯了呀?"

"俺咋疯了?"

"欧梅尔整天像只狗一样缠着,俺能提吗?"

这个借口没有骗过包工头:

"你撒谎。是你自己不想提吧,你吃醋了!"

"哎哟,说俺吃醋了。她有啥啊,俺要吃她的醋?她咋看都是个不值几毛钱的乡下人……"

"那你为啥不跟她提呢?"

正在这当口,工地司机走了进来:

"哎呀,里扎,原来你在这儿啊。俺正找你呢!"

包工头又盯了女人一眼,然后转身问司机:

"你找俺干嘛?"

"俺找到水泥的买主了,每袋 20 里拉。他们要 4 袋。咱能净赚 80。天擦黑的时候俺们去你那儿啊,可别忘了!"

包工头很满意:"好说。"

"这当中有俺的 20 吧?"

"俺不是说了嘛,好说!"

工地的司机是个闲不住的年轻人,这下开心了:

"快,老婆,起来给俺们煮咖啡去!"

女人看都没看他一眼,依旧望着窗外。她耸了耸肩,说道:"自己煮去。俺要进城去……"

"跟谁去?"

"跟法提玛。"

司机朝包工头眨了眨眼,然后转身朝着自己的老婆:

"你把里扎师傅让你捎的话捎到了没有?"

女人没理他。

包工头牢骚满腹地说:

"没说。她不肯说……"

"这丫头,为啥?"

"?"

"只要她肯撮合,你们要啥,俺就给啥!"

司机两眼发亮,戳了戳自己老婆的肩膀:

"听见没有?他说咱要啥就给啥!"

女人根本就不搭理他们。她望着窗外,仿佛根本就听不见他们在说啥。

这时,工头走了进来:

"师傅,内夏提先生来了,叫你过去!"

包工头一把抓起帽子扣到头上,便跑了出去,工头赶紧快步跟上,屋里剩下了夫妻俩。司机问:"你为啥不管这事?"

女人依旧不理他。

"……那个拉兹人的眼睛都直了。你没听他说吗?只要你肯撮合,咱们要啥,他就给啥。别犯糊涂,咱只管挣钱。俺还找好了水泥的买主。要是每天都能卖出去4袋,咱就稳赚20。你觉得咋样?"

女人一下子来了胃口,转过身问:

"你打算给俺买啥?"

"嗨!"司机说,"丫头,咱俩还分你俺?你是谁,俺是谁?"

"你得给俺买双新丝袜!"

"没问题。"

"真的?"

"这还有啥真的假的呀?给你买两双,三双。只要你把这事……"

女人猛地瞪起了眼:

"你说的是啥事?"

"你可不知道这个拉兹小子,他现在是想疯了。笨蛋,机会是错过不得的!"

女人不是不知道,她清楚得很。可还是说了声"你真是的"。

"疯子。"

"你才是疯子。"

"俺要是疯子,俺就成了哈伊利耶了!"

这当口,工头再次闯了进来:

"赶紧,司机……你可倒霉了!"

司机问:

"咋了?"

"内夏提先生叫你也去呢……"

司机冲了出去。

工头不请自来地凑到女人身边:

"哎,哈伊利耶小姐,你倒是说说,最少多少钱啊?"

女人看破了这家伙的嘴脸,冷冷地看了他一眼:

"啥最少多少钱?"

"你不知道?"

"俺不知道。"

工头拍了拍女人的肩膀:

"瞧你这小样!"

"你给俺老实点!"

"俺就不老实。"

"他妈的,你给俺滚出去!"

工头后退了一步:

"你跟谁都打得火热,为啥就对俺没好脸色呢?"

眼前这个男人让女人厌恶到了极点:"闭嘴!"

工头抓住女人的一只胳膊揉搓了起来。女人站了起来。胳膊被工头揉搓得开始发疼。她愤怒地喊道:"放开俺的胳膊!"

可工头并没有松手。

"你这个混蛋,快放开俺!"

"你跟谁都……"

"再不放手,俺可要到内夏提先生那里去告你了!"

"你去告吧……俺怕你不成?"

"你连这么大的一个工地老板都不怕?"

"不怕!"

"还说不怕呢。你这只黑狗,你当自己是人啊?"

工头松开了女人的胳膊,色迷迷地上下打量着女人。"干啥?"女人说,"你干吗像个人一样看俺?"

工头倒背起双手，摆出了他的杀手锏：

"你以为俺不知道昨晚上的事吗？"

"昨晚有啥事？"

"在账房的屋子里……"

说着，他眨了眨眼：

"你跟账房喝酒了吧……"

"还有呢？"

"俺都看见了，看得一清二楚……"

"你是说，你当王八了啊？"

"你真是！"

"算俺倒霉……"

"那咱俩……"

"把你的臭爪子拿开！"

"人家的钱是钱，俺的钱难道是破纸片吗，丫头？"

这时，难缠的欧梅尔家那个法提玛突然走了进来，两人立刻闭了嘴。年轻女人的眼睫毛湿漉漉的，一屁股坐在了长榻上。司机的老婆和工头诧异道：

"怎么啦，丫头？出啥事了？"

法提玛一肚子的委屈这时一下子发泄了出来，抽抽搭搭地哭了。司机的老婆坐到她身边，用一只胳膊搂住了她的肩膀：

"快说，丫头，出啥事了？谁欺负你了？"

法提玛用手心擦了擦眼泪，然后狠狠地看了看工头：

"你这个混蛋。"

工头凑到长榻跟前,诧异地问:

"咋回事?"

"你刚才不是凑过来跟俺说话了吗?就为了这事,欧梅尔啥脏话都说了……"

"天哪……"

"你还叫天哪。他说,要是再看见俺跟你说话,要让你白刀子进红刀子出!"

工头的目光转向了窗外阿拉伯佣人们住的那些土坯房子。他看是在看,可自己都不知道看见了什么。看来欧梅尔生气了。可为啥呢?围着他老婆转的,又不是只有他一个。包工头算是一个,除了他,还有那个秃头的账房。再说了,她三天两头跟司机的老婆进城,每次都在外面待到很晚才回来,鬼知道她们俩在外面干了啥。欧梅尔对这些都不生气,可为啥……

"是他说的,要俺白刀子进红刀子出?"

"他就是这么说的。"

"俺跟你说他坏话了吗?"

"好话、坏话,你自己去跟他说啊。那条狗的眼睛通红通红的。他现在回不去咱村。要是回去,俺家那些佣人早把他撕烂了。"

工头心事重重地走了出去。两个女人马上就把他忘到了脑后。司机的那位眨了眨眼:

"丫头，拿到钱了吗？"

欧梅尔的老婆说："没拿到。"

"怎么会啊？"

"他没钱。"

"他把支的钱花哪儿去了？"

"全赌光了。"

"你愿意的话，咱问包工头要，咋样？"

年轻女人既没说要，也没说不要。司机老婆又问了一遍：

"要不要？"

"要是欧梅尔听到风声了咋办？"

"他咋会听到？这事就咱三个知道。欧梅尔在干活呢。他哪里会听到呢？"

"俺买了穿在身上，他总能看见吧？"

"你就跟他说，你是问哈伊利耶借的钱。快，咱问包工头要去。你别管了，俺会编个话。你是不知道那个拉兹小子啊。俺跟你说句话，行吗？"

说着，她凑到法提玛的耳边，轻声说了些什么。法提玛扑哧一声笑了。

"这事就咱仨知道啊。"哈伊利耶重复了一遍。"别人都不会知道的。"

说着，她从架子上拿起了镜子。

10

已经是夜里 11 点多了。

难缠的欧梅尔用他的大手掌紧握着色子,他输的钱已经超过了 10 里拉。他用那双因为输钱而急得通红、变得完完全全斜了的眼睛看了看色子,又亲吻了一下,还简短地做了一番祷告,把色子摇了又摇,然后掷了出去。

一个外号叫"瘸子"杜尔穆什的苦力虽然赢了不少钱,可还是挡住了欧梅尔掷出去的色子:

"这可不行。"

欧梅尔骂了声娘。

"你小子干嘛骂人?"杜尔穆什问。

"你干嘛挡住俺的色子?"

"当然要挡啦。怎么能对色子做祷告呢?那可是罪过!"

"关你啥事?要有,也是俺的罪过。"

这回,他开始辱骂起瘸子杜尔穆什的那条瘸腿。杜尔穆什没有再跟他计较:

"好好地摇摇你的色子吧!"

"混蛋,俺这不是在摇着呢嘛。走!"

"……"

"……"

"无药可救"尤素福侧着身子斜躺在棚子的角落里,面对欧梅尔抽着烟。他的身边是"摔跤手"阿里,手指中间也夹着一根香烟。

尤素福说:"跟你说啊,那个戴白帽子的……"

"咋了?"

"整天围着欧梅尔的女人转呢!"

阿里像熊一样大声地哼了一下问:

"你咋知道的?"

"俺听见他自己跟工头说的。"

阿里猛吸了一口烟,心事重重地吐向棚顶。"不过,"他说,"这女人真的够味儿。女人嘛,就该像她那样!"

"要是戴帽子的不围着她转,倒是不错……"

"让他转去呗,关你啥事?你在乡下见到过法提玛这样的吗?"

尤素福不爱听了:

"那俺大伯的女人呢?"

"你是说杜杜?"

"俺说的就是杜杜大姐。你觉得她咋样?不也是这样的吗?"

"也是这样的吗?"

"不是吗,阿里?乡下那么多人想勾引她,可她从了哪个呀?"

"摔跤手"阿里又嘬了口香烟,若有所思地说:

"她问俺是哪个村的……"

尤素福一下子坐了起来：

"是问你吗？"

"是呀。"

"你咋说的？"

"俺说俺是C村人。她说她老家是居穆什阿兰的。你瞧见工头了没？"

尤素福看了看赌桌前的工头：

"他咋了？"

"他不让俺跟那女人说话。不过，那女人的饭还真不是白吃的，够味儿。那才是女人啊。跟她一比，你大伯家的算个啥呀。"

阿里又想起了八月那个炎热的夜晚。

尤素福真的生气了：

"你的意思是戴帽子的整天围着转的女人才算女人？"

"你别管他围着转不围着转。"

"你看见过有人围着俺杜杜大姐转过吗？"

阿里扑哧一声笑了。

尤素福恼了：

"你笑啥？"

"没啥……"

"快说，你为啥笑？"

阿里耸了耸肩。尤素福更加火了。有啥好笑的？笑了也罢,你要真知道啥,干吗要瞒着俺?

想着,尤素福狠狠地掐灭了烟头甩手扔了出去。

阿里没有丝毫睡意,眼睛一直盯着欧梅尔。

而欧梅尔,尽管使尽了全部的招数,可还是输了。他扒下头上满是石灰粉的帽子在另一只手的手掌心里拍打了起来。运气咋就这么背呢?一上来正经赢了不少,要是当时打住就好了。可惜没有。现在,要是再有10里拉的话……这是赌博,没准一把就能把输掉的钱全部赢回来。没有10里拉,有5里拉也行啊……

突然,他看见了"摔跤手"阿里。当两人的目光碰在一起的时候,他笑了。而阿里也对着"法提玛的丈夫"笑了。欧梅尔站起来,走到阿里的身边。阿里赶紧坐直了身子:

"你好,欧梅尔大爷。"

欧梅尔不请自来地盘腿在阿里身边坐下。

"俺又输了。"他说,"真够倒霉的……"

阿里好奇地问:

"你输了多少?"

"10里拉。要是再有10里拉,5里拉也行啊。唉,要是有5里拉该多好。俺知道,俺有预感,要是有5里拉,这回运气就好了,肯定会好的。其实刚才运气就来过了,就是俺贪了点,没有马上收手。你可别像俺,千万不要贪!运气好的时候就赶紧收手。不过,俺真该再有5里拉,那样的话，瘸子会输得很惨！"

阿里已经听明白了，欧梅尔是想从自己这里要 5 里拉。

"要是有人肯借给俺，发工钱的时候俺就还。"欧梅尔说，"发工钱的时候，俺还的可不是 5 里拉，而是 7 个半里拉。不，是 10 里拉。要是有人肯站出来说：俺给你欧梅尔。俺拿他 5 里拉，发钱的时候俺一定还他 10 里拉！"

他死命地盯着阿里，让阿里很为难。欧梅尔步步紧逼："用不着等到发工钱的日子，赢了瘸子俺马上还！"

阿里没办法了：

"你的运气真会转？"

"这还用问？肯定的。你可不知道俺的运气，来了挡都挡不住。有一次，俺跟现在一样上了赌桌。一下子运气来了，赢的钱抱都抱不过来。有一个跟你差不多的小伙子，叫努曼，那可是个仗义的小伙子啊！像他这样的，现在难找喽。每次俺手头紧的时候，都会去找他，跟他说，努曼，有 2 个半里拉不？他每次都会干干脆脆地回答俺，有呢，兄弟，而且每次要么给 5 里拉，要么 10 里拉、20 里拉，可仗义着呢！有一次俺又问他，努曼，有钱吗？他说，有，欧梅尔大叔。俺说，那就给俺。他马上就掏出了一张红彤彤的 10 里拉钞票。俺一坐到赌桌上……"

"运气来了吗？"

"还用问吗？跟你说啊，这运气一来，一个礼拜都没停……你可不知道俺的运气啊。只要一来……你要是愿意，拿 5 里拉来，赚了给你 10 里拉，15 里拉，20 里拉。你就乐去吧！"

其实，阿里在心里早就想给"法提玛的男人"钱了。他不顾身边"无药可救"尤素福气呼呼的目光，拿出一张 5 里拉的钞票递了过去。欧梅尔一把拿走了钱，蹿起来重新坐回了赌桌边刚才的位置。

"摔跤手"阿里感到心满意足。他甚至在想："别让他的运气来！发工钱的时候要是他不还也行。啊哟，俺能问他要吗？这可是法提玛的男人哪，问他要钱的话，俺还有脸见法提玛？"

这时，传来了欧梅尔的声音：

"他妈的瘸子杜尔穆什，赶紧摇色子吧，看俺不让你输光了脱裤子！"

"俺这不是在摇嘛。走！"

"这不算。"

"那俺再来！"

"这也不算。"

"哦哟……"

"有啥好哦哟的？俺又不是不给钱！"

瘸子杜尔穆什胡子拉碴的脸绷了起来。他把色子晃了半天才掷了出去：

两个 1 点！

欧梅尔把帽子高高地扔起，又一把接住，一对斜眼笑

开了花,朝着"摔跤手"阿里喊道:

"兄弟,你的钱可真灵!"

工头拿走了他的那份庄家提成。

赌局直到半夜一点才结束。难缠的欧梅尔依旧输了。他拍着那顶布满石灰粉的帽子走到阿里的身边。

"又输了。"他说,"运气咋就这么背呢?"

"没事的啦,兄弟。"阿里说,"别在意。"

"可要是俺的运气来的话……"

这当口,他的目光触到了正在油灯昏黄的光线下数着钱的瘸子杜尔穆什。他看着,看着:

"瘸腿的狗!"他说,"装成个人样,还数钱……"

他的眼里露出了仇恨。然后他朝窝棚门口走去,肩膀撞在了门上。

一刻钟之后,工棚里的灯熄灭了,响起了阵阵鼾声,苦力们都睡了。工棚外刮着干燥的寒风。寒冷让睡梦中的苦力们一个个缩成了团。有被子的,把被子裹得严严实实;而没有被子的则紧紧地搂抱在了一起。

阿里却久久无法入睡,仰躺在床上抽着烟,烟头的火光在漆黑的工棚里时隐时现。"还有哪个女人能比得上法提玛啊?尤素福大伯的婆娘跟她比起来算个啥?不过,工头实在是碍事……欧梅尔一点都不喜欢工头,跟俺还不错。那5里拉,他发工钱的时候不还也就不还了,就当送他了。以后要是他还问俺要,俺还要给他。他是法提玛的男人嘛。

送就送了。要是俺有个法提玛这样的女人,就是自己不吃不喝,也得让她好吃好穿。这女人太有味儿了!"

想着想着,他起身走了出去。月亮像冰一样冷,四周是一片泥泞。他朝司机的小屋望去,发现窗户亮着。他们会在干嘛呢?他竖起耳朵听了听,没有发现守夜的人。也许,守夜人早就在某个角落里睡着了。他又看了看司机的小屋:他们为啥还不睡呢?他们在里面干嘛?

在好奇心的驱使下,阿里朝小屋走了几步,然后停下,再一次听了听周围的动静,四周寂静无声。他不是不顾忌守夜人,可他准备豁出去试一下。他踮起脚尖靠近了小屋,透过屋门上露着亮光的缝隙朝屋里望去:司机躺在炕上,包工头则是盘腿坐在地上的垫子上,他的身边是司机的老婆哈伊利耶,三个人正在喝着葡萄酒。

一会儿,司机挣扎着想要起来,可没起得来。他又挣扎了一次,终于站了起来,可无法控制住身体的摇晃。他试图站稳,可没能成功,一个趔趄差点就摔倒了。他又努力了一次,好不容易才站住,然后蹒跚着走向屋门。

阿里赶紧逃到了小屋的背面。

司机来到屋外,哼着小曲撒了一泡长长的尿,然后依旧步履蹒跚地走回屋里,"嘭"地一声关上了门。

阿里重新趴到了门缝上。

司机这回是脸朝下趴在了炕上。

司机的婆娘推开包工头搁在她大腿上的手,站起来拧暗了煤油灯。屋子里一下子变得很暗。阿里一开始啥也看不见了,不过很快就适应了昏暗,把屋子里的一切看得一清二楚。他看得是如此的专注,以至于没有听到守夜人的脚步,被守夜人一把抓住了胳膊。

"你在这儿干嘛呢?"

"摔跤手"阿里的脸、耳朵,以至于高大的身躯都像得了疟疾一样通红、滚烫:

"别嚷嚷。"他说。

"嚷嚷怎么了?"

阿里笑了:

"没怎么。"

"咋会没怎么?你不是咱工地上的?"

阿里点了点头。守夜人扯着他的胳膊:

"赶紧回去睡觉,你不害臊啊!"

阿里一百个不情愿地朝自己的工棚走去。这回,守夜人趴到了门缝上,一只眼睛凑了上去。他的眼睛肯定与门缝契合得很好,肯定看到了"戴绿帽子的司机"的婆娘很多好戏。

"摔跤手"阿里回到工棚,重新躺到尤素福的身边,点上了一根烟。他浑身的血正在沸腾,久久无法平息。他妈的包工头,可真有你的!……可这司机也真可以啊……

过了会儿,他戳了戳尤素福:

"嗨，兄弟！"

尤素福睡得很死。于是他又戳了戳：

"嗨，兄弟！醒醒……"尤素福闷闷地哼唧了一声。

"嗨，尤素福，兄弟，兄弟，快醒醒，醒醒了啦！"尤素福终于被他吓醒了：

"干嘛？"

"听俺说嘛！"

"你要说啥？"

"起来，一起抽根烟……"

尤素福睡眼惺忪地坐了起来：

"你要说啥？"

"一起抽根烟，俺有事要跟你说！"

尤素福张大了嘴朝着阿里打了个哈欠，用手心擦了擦湿乎乎的眼睛。"那个戴白帽子的，"阿里说，"就是那个戴白帽子的。"

说着，他掏出一包烟递了过去。尤素福一边拿烟，一边问：

"你是说包工头吗？"

"就是包工头。"

"他咋了？"

阿里擦了根火柴：

"点上，先点上，俺再跟你说！"

说着，阿里笑了。尤素福还没醒透，老想打哈欠。他就着阿里手里的火柴点着了烟。阿里自己也点上了,然后把火柴吹灭扔到了地上。

"这家伙可真有两下子!"

尤素福莫名其妙地问:"咋了?"

阿里压低嗓门把自己看到的一股脑儿告诉了他。尤素福顿时困意全无:

"你没诳俺?"

"哦哟,俺可以起誓。"

"你是说司机就躺在边上?"

"就在边上。"

"后来呢?"

"后来嘛,那个婊子养的守夜人冒了出来,把俺赶回来了。不过,司机的婆娘可真……"

尤素福呼哧呼哧地用力挠起了裤裆。

11

土方工程完成后,地基浇注了水泥,接着开始墙面的施工。

"摔跤手"阿里依旧在石灰池干活。这期间,他与欧梅尔的关系越来越近,如今他们已经成为了好朋友。欧梅尔每次借上3个、5个里拉,天长日久欠了阿里不少钱。他们在一起吃饭,法提玛从工地食堂买回来食材烧火做饭,账都记在阿里的名下。欧梅尔则用阿里赚来的钱去赌。

一天,五天,十天……

终于有一天,尤素福再也忍不住,把阿里拉到一边:

"阿里,兄弟,该打住了。咱出来是为了养家糊口,说好了要有福同享,有难同当的。你胡闹得过头了。这个女人让你昏了头。她是个穿着人衣服的撒旦。俺大伯说的话你难道忘了吗?他不是让咱在城里不要忘了本,别跟女人搅和在一起吗?安拉保佑,咱还是得回家的。到时候,咱总不能灰溜溜地回去吧,怀里咋都得揣着点钱。再说了阿里,你是订了婚的人。赶快回头吧,离开那个婊子……"

这些话,阿里根本就没听进去。他开始躲避尤素福,即便是遇到的时候,要么以最快的速度溜走,要么就装着没看见。到了夜里,他总是久久不能入睡,眼睛盯着顶棚,顶棚上是法提玛的影子……

尤素福无论什么时候醒来,总是看见阿里盯着顶棚发呆,或者索性就只有他的空铺。阿里常常是在天快亮的时候回来,一根接着一根地抽烟,在黑暗中久久地、悄无声息地坐着,很少睡觉。

尤素福知道在阿里的事情上他已经无力回天。"自己摔倒了,就别哭!"他想,"你自己看着办吧。俺又不能拽着你的耳朵把你拉回来……"

于是,他把自己的铺盖卷从阿里的身边搬到了砖瓦师傅拉兹人克勒其的边上。

克勒其师傅年纪在 45 岁左右，身体很壮实，蓄着修剪整齐的小胡子。他是同亚人，有 5 个孩子。每年，他都要提着装有泥刀、水平仪和铅垂的木箱离开家乡，哪里有活就往哪儿去，从一个工地干到另一个工地，然后怀揣着可以让自己的孩子们不受饿的积蓄回到家乡。每次他在家最多也就待上一个或一个半月，然后再次远走他乡。

他是一个严厉的人，从不随便和人开玩笑。但对于那些好学的年轻人，向他们传授手艺他从来不会吝啬。他教过无数个替他担水挑土的年轻人，让他们学会了用泥刀的本事。

他经常说："人嘛，活在世上就得为别人做点事情，不然的话，就别做人，省得给这个世界添乱！"

"无药可救"尤素福对克勒其师傅言听计从。他替师傅提泥浆桶，用背架扛砖头，拉铅垂，给师傅做饭，洗碗；甚至有一次，他端起师傅的尿盆就要跑去倒了，被师傅一把拦住。师傅说："这可不行！"

"师傅啊，你就让俺去倒了吧！你是俺的师傅，长辈，跟俺爹一样……"

"俺说不行！"

尽管不愿意把事情闹到倒尿盆的地步，可克勒其师傅对尤素福是很满意的。他一点点教着尤素福手艺。尤素福今天提泥浆桶，明天拉铅垂，后天趁着师傅做礼拜，笨手笨脚地去砌墙,如此种种。终于有一天,师傅把泥刀交到了尤素福的手上。话说回来,尤素福的那双手也是很灵巧的。

一天,克勒其师傅兴高采烈地说:"你这个小崽子,还真成师傅了哟!"

尤素福怯怯地低着头,轻声说道:"托安拉的福……"

克勒其师傅生气了:

"这可不是托安拉的福。是你自己争气,才成了师傅的!"

那天傍晚,当尤素福兴高采烈地回到工棚的时候,却看见阿里正在卷着铺盖:

"你这家伙,要去哪儿啊?"

"摔跤手"阿里因为被逮了个正着,恼火地涨红了脸,耸了耸肩。

尤素福追问道:

"你这是要走?去哪里?"

"哪儿也不去。"阿里说。

"还说哪儿也不去呢。快说!"

"俺是要走。"

"到底要去哪儿?"

阿里不耐烦了:

"俺找到房子了!"

尤素福不信:

"你骗俺。"

"俺说的是真的。"

尤素福的脑海里突然闪出一个念头：

"你不会是要搬到欧梅尔他们那儿吧？"

"摔跤手"阿里烦躁地把目光转向了窗外。尤素福尽管知道说了没用，可还是苦口婆心地继续说道："阿里啊，兄弟。你听俺一句吧。他们是在吊你的胃口呢，早晚会把你吃了的……"

阿里两眼盯着窗户听着，一句话也没说。过了片刻，他抱起铺盖卷和自己的白布包，用胸脯顶开拦在门口的尤素福扬长而去。

尤素福望着阿里的背影若有所思。这个蠢小子走了。尽管他大伯常说，自己摔倒了，就不能哭。可尤素福还是很心疼阿里，几乎要哭出来了。

克勒其师傅注意到了尤素福的异常，问道：

"尤素福，你站那儿干嘛？"

尤素福重重地叹了口气，伤心地回答："没啥，师傅。就是俺那个没脑子的小子……"

"你是说阿里？"

"就是阿里。"

"他为啥用被子撞你啊？他不在这儿干了？"

"不是不在这儿干，是……"

"是啥？"

"是去难缠的欧梅尔家了,说是要在那里住下来……"

克勒其师傅笑了,紧绷着的脸上渗着汗珠。他自顾自地哼唱了起来:

> 俺的肩上背着俺的马尔丁①
> 向前走啊,向前走
> 要是省长来问俺
> 俺是同亚人哪,同亚人

哼完,他抬眼看着尤素福:

"俺在外已经 25 年了,可从来没有跟别的女人上过床!"

尤素福点了点头:

"你说的对,师傅。俺有个大伯,跟你差不多,也是个男人里的公羊,俺那阿里认得他。俺大伯常说,出门在外,你们得管住自己,别让女人把魂勾走。他说,女人就是穿着衣服的撒旦!"

"这是你大伯说的?"

"是俺大伯说的。他已经死了,可他有个女人。俺们都叫她杜杜大姐,比阿里看上的要好不知道多少倍?"

"那女人咋了?"

---

① Mardin:土耳其东南部的一个省份。

"她也是个女人里的公羊,守妇道着呢!"

"行了臭小子,女人能是公羊?"

"师傅啊,俺就是打个比方嘛。她把自己的裤裆管得严着呢,到现在还念着俺大伯。师傅啊,俺一点儿都没有骗你,她连一只雄的公鸡都不会放进屋的。"

"难不成还有雌的公鸡吗?"

尤素福明白过来,笑了:

"有没有,没关系的啦,师傅,你不会听不懂的。你肯定比俺知道得多!"

"那女人是年纪轻呢,还是年纪大了?"

"还年轻呢。可真的很守妇道。女人都该像她那样,管得住自己的裤裆!"

师傅打了个哈欠:

"去做锅抓饭来给俺吃吧……"

尤素福依然沉浸在伙伴离去的伤感之中。他从柜子里取出克勒其师傅那口熏黑了的小锅,从袋子里取了点碎麦粒,往锅里加上了水,然后往三块大石头垒起来的炉子里填满了碎木块,划着了火柴。暮色里窜起一道强烈的火光。尤素福的脑子里依旧只有阿里……他站起来,走进工棚。

克勒其师傅正仰面躺在床上。

"师傅,有油吗?"

"没了。"

"那咋办呢?"

"去杂货铺买点。"

"买橄榄油吗?"

"买黄油。"

尤素福端起克勒其师傅脏兮兮的油盆朝工地的杂货铺走去,一路上都在想着阿里,其实想得更多的是法提玛,欧梅尔的法提玛。这女人真够味儿!

他心里涌起一阵醋意。

工地上的杂货铺在砖堆边上的角落里,顶上盖着生锈的铁皮,里面空间十分狭小。杂货铺的老板是一个矮胖、狡猾的阿拉伯人,善于见风使舵。

杂货铺里乱哄哄地挤满了人,戴白色蘑菇帽的包工头和工头也在其中,正坐在一条长凳上抽着烟。

时而会响起一声粗鲁的脏话,引来一阵哈哈大笑。杂货铺瘸腿的火炉里散发出来的煤烟熏得人眼睛发疼。屋顶上晃动着的小水手灯,艰难地照亮着充斥了煤烟和香烟烟雾的杂货铺,黄色的灯光下晃动着一个个被风干的泥浆染白了的脑袋和后背。

"摔跤手"阿里和难缠的欧梅尔买完半公斤泥肠和8个鸡蛋走了。

"俺的宝贝。"在浇注工地上干活的苦力拉兹人阿里说,"安拉说了,会让你有好报的。"

另一个苦力接过了话茬:

"维里以前也没少养过那个宝贝嘛……"

包工头吼了起来：

"你们他妈的都给俺闭嘴，小心俺把你们全开了，让你们滚蛋！"

工头偷乐着，来到站在门口的两个苦力身边：

"俺给你5里拉，你还我7个半！"

苦力们早就等着他这句话呢：

"还是你心眼儿好，头儿大叔，想来一局？"

"听你的……"

"俺可不知道。俺有话在先啊……"

"好说，头儿，好说。只要你出钱，咱发工钱的时候清账……"

"还有想玩的没有？"

"这还用问吗，头儿？还有啥比玩的人多呢？"

"还有谁啊？"

"谁都行啊。拉兹人阿里、扎扎、难缠的欧梅尔，都可以啊。"

另一边，杂货铺的老板一刻也不停地在秤上搞着猫腻：

"哈米德大叔，来100克白糖！"

"给俺称50库鲁士的橄榄，哈米德大叔！"

"酥糖是要15，还是20啊？"

"15，哈米德大叔，就要15库鲁士……"

"该死的博卢人，你刚才买了几个库鲁士的干酪啊？"

"……"

"……"

煤炉的烟，臭脚丫子味儿，汗味儿。

"无药可救"尤素福没有买黄油，而是买了12个半库鲁士的植物黄油。回到炉子跟前，锅里的水已经开了，炉子里的火也不太旺了。他往炉子里扔进一把碎木块，吹了吹。干透了的木块噼噼啪啪地着了。他伸出双手在炉子边上烤了起来，脑子里依旧想着阿里。那个女人是很够味儿，可阿里还是不应该去的。

他抬头看了看，天上没有月亮。

拉兹人阿里用他那口有力的牙齿咬着夹了酥糖的面包走到尤素福的身边：

"真冷啊。"他说，"冻死人了。"

说着，他挨着尤素福蹲下。炉火照亮了两个人的脸。拉兹人阿里问："他走了？"

尤素福叹了口气说：

"走了。"

"去哪儿了？"

"去欧梅尔那里了。"

拉兹人阿里眨了眨眼：

"你说他迷上法提玛了，不就得了？"

"是迷上了，可是……"

"可是啥？"

"可他要是不迷上就好了。"

"这个没脑子的成家了没有?"

"没成家。可他订婚了。"

"你成家了没?"

"你问俺?俺成家了。"

"有娃子没有?"

"有。"

"家里有田,有牛吗?你在家是干啥的?"

"俺家可没有田。俺一直是替人家干活的,收麦子,犁地……还能咋样,俺那儿是乡下……"

"你就直说了嘛,那个没脑子的吃了迷魂药了。"

尤素福感到一阵伤心,叹了口气:

"哎呀,兄弟,你让俺咋说呀?俺大伯老说,到了城里,你们别忘了本,别让城里人把你们骗了。他说城里人个个都鬼得很。他说的还真没错。从乡下出来的时候,俺几个发誓要有福同享,有难同当。俺们原本是三个人,都是一个村的。俺们一起到了屈库鲁瓦,俺们仨比亲兄弟还亲。那儿有个厂子,是俺乡亲开的。说是乡亲,不是俺村的,是俺乡里的。俺一开始在他厂子里的轧花车间干活,可该死的不待见俺们。还乡亲呢,乡亲算个屁!那家伙整天坐着汽车进进出出,不知情的人还以为他是省长呢。在他眼里,乡亲算个啥?俺要说的是,俺还有个同伴,叫哈桑,大家都叫他嘴上没毛。他一个,俺一个,还有就是这个阿里。俺们仨一起上工下工,一起住在单身汉住的马厩里。说起哈桑,俺倒是想起来了……前天,就是下雨那天,俺不是没有出工吗?"

拉兹人阿里点了点头。

"……就是那天。俺回了趟马厩,一看,门锁着,还贴了封条。俺打听了一下,说是被政府封了。那里原本有个瘸子,大家都叫他瘸子大叔,是个放高利贷的大骗子。听说他被人掐死了!"

拉兹人点了点头说:

"这个瘸子俺也认得。是谁干的?"

"那只有安拉知道了。你又不是放高利贷的,又不是骗子。那样的人当然会被掐死。连他自己的亲兄弟都会掐死他。还有啥比放高利贷、骗人更坏的呢?"

"他有很多钱吗?"

"只有安拉知道。"

"你一会儿说他是放高利贷的,一会儿又说只有安拉知道……"

尤素福吃吃地笑了:

"除了安拉,还有谁能知道钱和真知在谁那里呢?"

"这话倒是没错。"拉兹人阿里说。

"那你认得俺们的哈桑吗?"

"不认得。"

"可那个瘸子大叔啊……如今这是啥世道啊!要想让这世道变个样,也就只能靠苏莱曼大帝了!"

拉兹人阿里的心里还惦记着赌博呢。他心烦地站起身说：

"那个苏莱曼能听懂鸟儿们说话。别的那些苏莱曼能有这本事？"

他点了根烟。去杂货铺前，他像是要透露一个秘密似的压低了嗓门说：

"你去跟阿里说，让他放聪明点。那个婆娘可是个骚货，骗光了他的钱，也不会让他沾到半点腥的！"

尤素福久久地望着他的背影。可实际上，拉兹人阿里早就进了杂货铺的门消失了。拉兹人是消失了，不过尤素福想的也不是他。那个女人很风骚，阿里很壮实。不管是不是骚货，他们俩现在可是住在一间屋子里啊！

他满腹心事地叹了口气，脑海里闪现出法提玛黑黑的大眼睛，圆滚滚的屁股，高挑的身材和她的风骚。

过了一会儿，他才突然想起了炉子上的抓饭。饭已经熟了。此时，正好有个人走进工棚。于是，尤素福也走了进去。克勒其师傅依然仰躺着，还在看着顶棚。

"师傅！"

"啥？"

"抓饭好了。俺给你端过去吗？"

克勒其师傅一个鲤鱼打挺在床上坐了起来：

"这还用问吗，尤素福？"

12

难缠的欧梅尔住的是以帮人招季节工为生的库尔德人杰姆希尔按间出租的四间土坯小屋中打头的一间。屋顶盖着干芦苇,屋子的地面上铺着一块满是窟窿眼、褪了色的旧克尔谢希尔地毯。屋里有一张长榻,东一个西一个的坐垫,角落里放着法提玛绿色的木箱,墙上挂着一溜法提玛的连衣裙,一颗钉子上倒挂着她的一条黑色内裤……

欧梅尔又从"摔跤手"阿里那里借了2个半里拉。正在织着毛袜的法提玛抬起头问:

"你又要死哪儿去?"

欧梅尔没搭理她。

女人来气了:

"天天晚上就知道去鬼混!"

欧梅尔用那双斜眼看了看自己的老婆:

"小心俺揍扁你啊!"

"来呀,你倒是揍一个试试。赌,赌……这日子还咋过啊?"

欧梅尔揣着从阿里那里要来的2个半里拉晃悠到自己的老婆跟前:

"俺得试试自己的手气,疯婆子。没准今儿晚上俺的手气会很好哦!"

女人对此早已习惯了,连理都没理他,气呼呼地织着袜子,黑黝黝的细眉毛紧皱着,一对饱满的乳房把碎花的连衣裙绷得紧紧的。

等到欧梅尔慢吞吞地走出去带上了门,阿里在长榻上斜躺了下去。他的眼睛盯着法提玛。而法提玛则是低着头飞快地织着毛袜。

一会儿,传来了隔壁房东库尔德人杰姆希尔的粗嗓门。他在用库尔德语高声骂着很糙的粗话。他一直是在说库尔德语,可突然冒出了一句非常下流的土耳其语脏话。法提玛忍不住抬起头看了看阿里,笑了。阿里便问道:

"他走了不更好吗?"

法提玛立刻恢复了之前的严肃,重新低下头继续干自己的活。阿里伸出一只手搭到法提玛的膝盖上:

"要不是看在你的分儿上,俺咋会给他钱啊?"

法提玛没抬眼,嘟囔了一句:

"俺咋会不知道呢。"

"既然你知道,那他走你还发啥脾气呢?"

法提玛耸了耸肩。阿里接着说:"工头也发脾气呢。他发脾气的时候啊……"

"他为啥发脾气?"

"还不是为了俺住在你家了嘛……"

"他也跟俺发脾气了。"

"为了你们让俺住在这里吗?"

"就是为了这事。"

阿里叹了声气:

"这混蛋啥事儿都要掺和,狗屁……"

"哎哟,你也是的,别理他。改天俺跟杰姆希尔大叔说说,给你找个挖土的活儿先干着,以后再去学着打谷……"

正说着,她突然发起了脾气:

"俺以后再也不去哈伊利耶那个婊子那儿了!"

"摔跤手"阿里没问为什么。

"为了包工头的事说俺闲话呢。俺又不是驴。别看俺年纪小,俺啥都知道。不管是谁,从他的眼神里俺就能知道他是啥货色……"

说完,她继续织起了毛袜。

阿里盯着女人紧绷绷的胸脯。

"……她说包工头可以给俺当靠山。这个臭婊子。她当别人都跟她一样啊!"

"摔跤手"想起那天晚上从门缝里看到的那一幕,感到一丝害怕,便狠狠地挠了挠裤裆。

"……她男人也不是个东西,居然让俺跟他一起私奔!"

阿里的心一紧:

"他说啥?说啥了?"

"他跟俺说,要俺跟他私奔。这只癞皮狗,自己吃饱了就……"

"他让你跟他私奔？是那个司机吗？"

"就是司机。他跟俺说会跟俺正式登记成亲。说欧梅尔跟俺成亲的时候就让伊玛目见证了一下，这样以后俺们要是有了孩子，也还是私生子。俺回答他：你这个拉皮条的，跟你自己那个臭不要脸的婆娘去登记吧！"

"摔跤手"阿里眼睛一亮：

"原来你跟欧梅尔没有正式登记啊。"

"没有。他是把俺从家里拐出来的，说是以后补。你可不知道俺家里人的厉害啊！"

阿里的目光一刻也没有离开过女人那对沉甸甸的乳房。过了会儿，他打了个响亮的哈欠，女人慢慢转过头看了看他：

"你困了？"

"困了。还真累……浑身都疼……"

"你想睡了吗？"

"俺不知道啊。"

女人放下了手里的毛线活，打了个哈欠，然后挺直了身子。那对结实的乳房看上去随时都会从连衣裙里蹦出来。她站起身，去铺被子之前先走到长榻前，停在了阿里眼前：

"阿里啊……"

"啥？"阿里问。

"你身上有 2 个半里拉吗？"

"干啥用？"

"有用嘛。"

她把一只娇小的手搁到阿里壮实的肩膀上：

"有没有吗？"

即使身上没有，阿里造都会给她造出来。他的双眼在燃烧，心在疯狂地跳。他用颤抖的声音回答道："有。"

他从怀里掏出钱包，正要打开。女人一把抢了过去，逃到屋门边，开始咯咯地笑着。阿里没有丝毫的担心。尽管心仍在狂跳，可他还是静静地坐着，含笑看着女人。

女人打开了钱包：

"让俺瞧瞧你有多少钱……"

说着，她从钱包里掏出钱，数了起来：

"2个半，5个，10个，12个半……你这家伙，就这些了吗？"

"就这些了。"

"前天不是刚领钱了吗？你花哪儿去了？"

"还了杂货铺的账，剩下的给欧梅尔了……"

女人把钱塞回钱包，走过来还给阿里：

"把你的钱包拿回去。你看见了啊，俺可一分钱都没动！"

阿里接过钱包，取出一张5里拉的钞票递给女人：

"拿去！"

女人早就等着呢。她接过去说：

"这都是给俺的？"

"都归你了。"

女人迅速地把钱折好,塞进了自己胸前的乳沟,然后开始铺被子。阿里睡的地方是在门背后,欧梅尔和法提玛则是睡在长榻跟前。

法提玛一蹲一站地铺被褥的时候,圆滚滚的屁股一次次地把连衣裙绷紧,黑黝黝的长发散落在肩头。

"摔跤手"阿里再也忍不住了,伸出毛茸茸的大手慢慢地拧暗了油灯。

女人明知故问:

"你要干啥?"

阿里神经质地笑了。

"你疯了吗?"

"……"

"打第一天晚上起,你就……"

说着,她走过去重新拧亮了灯。

阿里来火了:

"咋了?"

"欧梅尔回来了咋办?再说了,你没听见杰姆希尔大叔的声音?"

阿里像个听话而又气呼呼的大孩子般从长榻上爬起来,转过身,穿着条白色的长筒内裤站着,使劲挠了挠长满胸毛的胸脯,接着转过身看着女人……女人正在铺自己的被褥,一蹲一站之间……阿里已经没有了睡意,一点儿都不想躺下。过了会儿，阿里说："法提玛呀。"

正跪在地铺上的女人转过身：

"咋了？"

阿里打了个哈欠，然后用布满老茧的手心抹了抹湿漉漉的眼睛：

"法提玛！"

"到底咋了？"

她重新跪到地铺上，头发散到了胸前。阿里不知道咋去回答她。

女人再次回过头。阿里也正看着她。两人的目光碰在了一起。

"法提玛，法提玛。"阿里说。

"你就知道俺的名字吗？"

"俺就知道你的名字。"

"还说呢……"

女人又开始干起自己的事。

阿里继续贪婪地看着她。女人一蹲一站之间……这女人真没得说啊！

正当他蹑手蹑脚地朝女人走去的时候，门被敲响了。阿里赶紧躺到自己的铺上，用被子蒙住了头。

法提玛磨蹭了一会儿，才走过去把门打开。

来的是司机的老婆。她小心翼翼地迈进门，停在门口，看了看阿里的地铺，然后眨了眨眼。

法提玛耸了耸肩膀。

司机家的悄声地说:"赶紧。"

"啥事儿?"

"跟俺走啊!"

"去哪儿?"

那婆娘又眨了眨眼:

"内吉贝不是订婚嘛!"

欧梅尔家的看了看阿里的地铺。司机家的不耐烦了:

"赶紧了啦!"

"要是欧梅尔回来了咋办?"

司机家的又一次悄声说:

"包工头让账房支了5里拉给他,把工头也拉去赌了……"

欧梅尔家的睡眼惺忪地挺了挺身。司机家的顺势拍了下法提玛鼓鼓囊囊的胸脯。

"赶紧吧!"

"急啥?"

"快走了。"

欧梅尔家的一下子正经了起来,凑到阿里的地铺边:

"你乖乖地睡,好不?"

阿里心狂跳着哼唧了一声,赌气地翻了个身。还说"你乖乖地睡"呢。本来现在不该睡的。不该睡,就是不该睡!为啥要睡啊?又没人陪……

此时,屋外传来醉鬼们放肆的吆喝和笑声:

"大伙儿冲啊,冲啊!"

"往哪儿冲啊?"

"往大伙儿都喜欢的怀里呗!"

接着是异口同声的"嗨呀呀!嗨呀呀"。

法提玛胆怯地躲到了司机家的身边,司机家的把她一把搂住:

"这帮乡下人。"

"俺知道。"

"'公子哥'穆斯,卖烤肉的赛利姆,还有达赫里赫……"

醉鬼们在窗前站住了。他们早就听说过法提玛。"那个,那个就是欧梅尔的婆娘。这小娘们儿模样还真行啊。当然啦……跟谁都能眉来眼去,就不能跟俺也来一个?"

把黑色大裆裤的裤管卷得高高的"公子哥"穆斯来了劲,一拳头砸向法提玛家的木窗,然后一边打着嗝,一边醉醺醺地嚷嚷了一声:"去你妈的!"

另外一个高声嚷嚷了一句既不是土耳其语、也不是阿拉伯语、谁也听不懂的话。还有一个硬生生地喊了声"嗨",法提玛骂了声娘。

这下可好,钉得牢牢的木窗上响起了一阵更加猛烈的拍打声。法提玛吓得六神无主,不由自主地喊了声:"杰姆希尔大叔,快来呀!"

窗外爆发出一阵哈哈大笑。"她的杰姆希尔大叔啊,"笑声中有个人说,"快来救救你的小犊子吧!"

法提玛:"快滚!"

外面的人回敬道:"滚你肚皮上!"

"当心俺告诉欧梅尔啊!"

这时,不远处响起了守夜人的口哨声,于是窗外传来一阵远去的脚步声。

欧梅尔家的浑身发抖,双眼睁得大大的。"这帮混蛋。"她说,"俺也不知道招谁惹谁了,隔三岔五的就有人……要是俺告诉欧梅尔,非把他们揍扁了不可!"

"摔跤手"阿里高大的身躯在地铺上"呼"地坐了起来。欧梅尔家的很后悔自己刚才的话,走到他身边说:

"你躺下,阿里,躺下。快躺下,行不行……"阿里愤怒地喘着粗气,一把抓过放在地铺旁边的粗呢子裤,从口袋里掏出一把锃亮的弹簧刀。法提玛吓坏了,赶紧一把夺了过去:

"你疯了吗,阿里?"

"给俺。"阿里说,"你给俺,丫头!"

"狗下崽子,挡不住骆驼的去处。你躺下,阿里。要是他们有几十个人呢……冤家,不关你的事。俺会告诉欧梅尔的。你躺下,躺下,快躺下!"

说着,她把阿里推倒在地铺上,然后站起身,把刀藏到绿木箱里一大堆包袱的最底下。

这当口,阿里已经用被子蒙住了脑袋。

欧梅尔家的气呼呼地说:"俺们走了。"

阿里一动不动。女人稍微等了等，然后又说了一遍："喂，听见没？俺们走了！"阿里在被子底下耸了耸肩膀。两个女人出门走了。

猛烈的风吹在土坯房覆盖着芦苇秆的房顶上，发出一阵阵"呜呜"声，月亮在一片片乌云中间时隐时现，四周泛着湿漉漉的光。

两个女人相互依偎着快步走向工地。

工地上，在建的房子砌了一半的墙和房梁矗立在夜色中，昏黄的电灯光在风中颤抖，风在夜幕下兴奋地尽情奔跑着。

两个女人被风吹得披头散发地穿过工地。

司机家的走到了前面。小屋背面的黑暗中，一个高大的影子正迫不及待地等着。她们朝着影子走去。那个男人手里烟头的红光在夜色中闪烁着。

司机家的抓住了法提玛的一只手柔声说：

"那是他。"

欧梅尔家的已经明白了。

再走近了一点，她们在黑暗中分辨出了那顶白色的蘑菇帽。走到跟前，司机家的说了声"给"，便一把把法提玛推了过去。

白蘑菇帽扔掉了烟头：

"你们咋这么慢？"

"天杀的。"司机家的说完，便离开绕到了小屋的另一边。白蘑菇帽颤颤巍巍地抓住了法提玛的手。法提玛抗拒着：

"欧梅尔……"

男人以一种巨大的欲望所带来的急迫用力拉了一把法提玛：

"别跟俺提欧梅尔……"

女人像一头固执的山羊般抗拒着，可新的一次拉扯让她的抗拒没有产生任何效果。

他们走进司机家小屋里的黑暗中，门慢慢地关上了。

"摔跤手"阿里已经从绿箱子的底下找到了自己的弹簧刀。女人每次要藏东西的时候都会选择那里。他早就断定，女人会把自己那把锃亮的弹簧刀藏到那里。果然，他没有猜错。阿里拿起了刀。司机的婆娘真的是带她去参加订婚礼了吗？

阿里走到外面。寒风在他宽大的面庞上撞得粉碎。

远处传来一声狗叫。

他朝地上吐了口唾沫，快步朝工地走了几步，又停下了。他朝着四周，朝着四周被电灯的黄光照射着的黑暗中望着，望着。然后又朝地上吐了口唾沫。

风已经变成了风暴。

"摔跤手"阿里折起那把锃亮的弹簧刀放进了裤袋。也许她们真的是去参加订婚礼了。他朝两只手掌心里哈了哈气。可要是她们没去那儿呢？

她们会不会是在司机家的小屋里呢?

他久久地望着小屋。

她们为啥就不会在哪里呢?白蘑菇帽包工头可一直在打她的主意呢。这个念头在他的脑海里挥之不去。他重新从裤袋里掏出弹簧刀,然后朝小屋迈开了步子。可没走两步,他又停下了,倾听了一下四周。工地的守夜人会不会在四处溜达呢?

司机家的小屋看不见灯光。要是她们在里面,肯定会点灯的。她们可不会摸黑坐着的!

他又长久地望着小屋,没有发现丝毫的动静。于是,他转身朝自己住的房子走去,心烦意乱地进了屋。

他环顾了一下屋子……突然注意到了法提玛的绿木箱,立刻想起刚才取弹簧刀时看到的和拎起过的那些包袱……他开心起来。包袱里面应该有法提玛的内衣短裤啥的。她的短裤!阿里轻声笑了,他的心难以自制地狂跳了起来。她的短裤!会不会是短得一点点的呢?他走到箱子跟前单腿跪下。在昏黄的油灯下,他看起来像是一头跪着的大狗熊。

阿里打开了木箱,眼前是一个个包袱……他取出紫色的花布包打开,里面全是法提玛的内衣……蓝色的粗布睡裙,四指长的花边内裤,脱线处用紫线重新缝过的小背心,不带花边、短得不能再短的内裤……内裤,他手里拿的是法提玛的内裤!法提玛的内裤在他那双颤抖着的手中翻来覆去。内裤,这是法提玛的内裤。内裤,这是法提玛的内裤。他用内裤摩挲着自己的脸和眼睛,闻着。内裤上只有淡淡的肥皂味,可他却仿佛闻到了别的味道。他闭上了眼。这可是法提玛的内裤,法提玛的内裤啊!

他深深地叹了口气。

门外响起了脚步声。可别是欧梅尔啊!

阿里急忙把法提玛的内裤和其他内衣一股脑儿地塞进包袱,放进木箱,关好箱盖一屁股坐在了箱子上,然后把脑袋埋进了硕大的手掌中。

当欧梅尔家的疲惫不堪地回到家,看到阿里的这副模样,吃了一惊:

"你咋还没睡啊?"

女人的反应让阿里很满意,可他的气还没消,便"切"了一声。

"为啥啊?"

"你说为啥啊?你去哪儿了?"

"你问俺?"

女人用一只手压了压嘴唇上隐隐发疼的牙齿印。"问的就是你。"阿里说。

女人耸了耸肩膀。那家伙真像只熊,简直就是畜生。欧梅尔从来不这样,连杂货铺的哈米德大叔和工头都不这样。包工头真是个混蛋!

阿里从箱子上站起来,走到若有所思,但更多的是自

知理亏地站着的女人身边:

"说啊。"

"要俺说啥?"

"你去哪儿了?"

女人突然来了气:

"行了……"

"啥行了?"

"老是问俺去哪儿了,去哪儿了。俺参加订婚礼去了,还能去哪儿?"

阿里盯着她看了又看,不相信她的回答。过了一会儿,阿里说:"你撒谎。"

这回,女人可真的火了。不过,她还是克制住了自己:

"真的是参加订婚礼去了。"

说着,她在地铺边坐下。

"你知道那个米来集的库尔德人吧,名字是叫莱苏尔大叔?"

"怎么了?"

"他把闺女卖给内吉贝了。俺们去喝糖水了。"

"那俺的事你就不管了吗?"

"你的事俺管不着。"女人回敬道。居然还说"那俺的事你就不管了吗",真是个疯子。你的事关俺啥事啊?

可那个包工头……去他的臭钱。真是头熊。她裤裆里现在还在疼呢。还有他嘴巴里的味道!臭得像烂了的死狗。

是,他给的钱是不少。去他的臭钱。他的口臭让她现在还在恶心。

"摔跤手"阿里的眼睛一刻也没有离开过女人。

他对女人说:"去把灯再拧暗点。"女人耸了耸肩膀:"自己去拧!"

说完,便仰面躺到了地铺上。

阿里的心怦怦跳着,走过去把灯拧暗,然后回到了女人的身边。法提玛,法提玛就躺在自己的面前。他仿佛又看见了法提玛白色的内裤,于是他便扑到了法提玛的身上。法提玛想用一只手护住自己的肚子,可被阿里一下子压住了。

"你住手。"女人说。可那只厚厚的大手没有停下。阿里的脑子里只有女人的内裤。她的内裤很短很短,是白色的。

女人抬起两条腿:

"你快住手啊……"

"……"

"快住手,你这只猪,马上住手!"

"……"

"欧梅尔这就要回来了。他真的就要回来了。跟你说欧梅尔这就要回来了,你这个混蛋小子,赶紧住手!"

她用力把这个男人从自己身上推开。男人倒在了铺上,可立刻翻转过来,以更猛烈的攻势再一次扑到了女人的身上。此时,他已经变成了一头狼,一头庞大的熊,一头大象,一头猛虎。任何人都无法从他的手中把他已经到手的猎物夺走。本来也没有人在跟他抢夺,也不会有人跟他抢夺。女人比刚才那一次更加疲惫,可现在这个的嘴巴不臭。身上这个男人的重量让她感到愉悦,而且也不像前一个那样带着令人毁灭的兽性。

在昏暗的灯光下,阿里如同一头庞大的熊般的影子在土坯墙上扭动着。快结束的时候,屋门被敲响了。两个人同时跳了起来,因为女人已经以极其迅速和有力的动作把男人从身上推开了。她一边用双手迅速地整理着凌乱的头发,一边用那双大眼睛看着男人。

等阿里用被子蒙住头,法提玛才用没睡醒的腔调问道:"谁啊?"

门外响起她所熟悉的欧梅尔的声音:

"开门!"

女人装着刚刚被从熟睡中吵醒了的样子抱怨道:

"为啥要给你开门。人家睡得正香呢……"

说完,她走过去,故意耽搁了一下,才把门打开。

她的男人走进屋,那对斜眼里透着开心:

"说啥呢,丫头,跟头母熊一样哼哼唧唧的?"

"讨厌。"法提玛说。

"你这个疯婆娘才讨厌呢。知道今天俺的手气有多好吗?好得收都收不住。看看,这可都是钱哪。总共 62 张半钞票。没想到那个包工头还是个好人哪。他借给了俺5里拉，还真把手气给俺带来了……"

他把昏暗的灯拧亮：

"总共62块5！这手气一来啊……没听俺一直跟你说吗？谁的手气能有俺的好？俺这手气，一来就他妈的收不住！"

说着，他斜着眼数起了钞票：

"40，50，62块5……俺这回可让瘸子杜尔穆什输惨了。那条瘸狗。不过，像俺们包工头这样的人还真不多呢。太够义气了！这才是男人。俺没跟他开口，他自己就给俺钱了……"

他又数了数钱：

"……62块5。明天晚上，后天晚上，俺要是每次都赢上62块5，那就美了。也可能俺还能多赢。越赢……"

"你打住！"法提玛说，"快打住。俺的觉都被你搅了！"

"俺现在是稍微补上了点亏空。不过要是明天，还有后天都赢的话……那条瘸狗，俺要不让他把赢走的钱连滚带利都吐出来，俺就不叫难缠的欧梅尔！"

法提玛像个妖精一样凑到自己男人的身边，用一只手搭到他的肩膀上：

"你不给俺2块5吗？"

欧梅尔莫名其妙地看了看她：

"干嘛？"

"俺有用。"

"干啥用？"

法提玛来气了：

"俺不是女人吗？俺就不能有要钱用的地方？你难道想让俺要用钱的时候去找别的男人要吗？"

欧梅尔用那对斜眼朝自己的老婆看了又看：

"小心俺找条狗把你的臭嘴堵上！臭婊子，说什么呢！居然说找别的男人要，你当俺死了呀？贱人！你给俺看清楚了，这可正儿八经是钱！俺啥买不起啊……"

"那你倒是给俺呀！"

"……"

"你不给？原来俺在你眼里连2个半里拉都不值啊！那好，你等着瞧……"

她装着气呼呼的样子，转过身留给了欧梅尔一个后背。欧梅尔从背后抱住了她。女人挣扎着：

"放开，快放开俺！"

"行了，丫头……"

"放开，赶紧放开，啊呀……"

说着，她气呼呼地看了一眼阿里的地铺。

欧梅尔也朝阿里那边看了看，抱着女人的手放松了些：

"他睡着了？"

女人耸了耸肩膀：

"俺咋知道啊。"

男人看了一眼自己的老婆：

"咱得赶紧把他赶走，不能让他老这么待着……"

说着，他带着无比的愉悦使劲捏了捏手里卷成一卷的钞票，重新数了一遍，然后塞进了口袋。

法提玛已经钻进了被子。

于是，欧梅尔也吹灭了油灯，带着赢了钱的欢喜脱掉衣服，躺到了自己老婆的身边。他没有丝毫的睡意，完全有精神一直赌到天亮。现在正是手气好的时候，他准备明天、后天、大后天都要去赌，天天都去赢钱。他开始盘算起攒够钱之后要干的事。他打算买一辆手推车卖蔬菜和水果……再往后……他转过身背对着老婆，点上了一根香烟……再往后，他会让所有人刮目相看，就像当年当司机那会儿一样。他会去买一套上好的藏青色西装，配上一双黄色的尖头皮鞋，脖子上再搭上条真丝围巾。也许，他还会去买一支黄色的圆珠笔，往西装的左上口袋里这么一别……他得穿着这身打扮去趟乡下，到法提玛家的村子里去走上一圈。他是应该这么风风光光地去一趟法提玛家的村子了，不过要是去的话，他还得有一把手枪。不然的话，法提玛家的人非把他活生生地吃了不可。不过，他是不会花钱去买马的。工地后面那个叫卡米尔的农夫家里有一匹膘肥体壮的枣红马，能跑着呢。哪天趁着天黑的时候把那匹马这么一偷……谁会知道呢？那家伙的仇人比沙子还多。丢了马，那家伙想破了脑袋，都不会想到是他欧梅尔偷的。

他根本就不认识自己!

　　隔壁杰姆希尔大叔家的屋子里传来一个女人被掐之后发出的压抑而又淫荡的声音。一听就知道是居尔利扎尔。可老话说得好,好的梨都是让熊吃的。那个狗娘养的杰姆希尔哪里配得上那个女人啊!那个女人比法提玛更加丰满,更加水灵,也更加风骚……

　　此时,又传来女人一声淫荡的大笑。

　　欧梅尔突然发狠似的在旧地毯上掐灭了香烟,朝自己的老婆转过身。他已经把刚才她要钱的事彻底忘到了脑后,用两条有力的胳膊紧紧地抱住了女人。

　　女人挣扎了一下,很快就因为疲惫而变得很听话。

　　"法提玛。"欧梅尔轻声说。

　　"干嘛?"

　　"把身子转过来!"

　　"转过来干啥?"

　　"让你痛快痛快!"

　　"俺困着呢,放手……"

　　"俺要是给你2个半里拉呢?"

　　"你倒是给啊……"

　　"俺发誓一定会给你的,丫头!"

　　"你先给了再说。"

　　欧梅尔抖抖索索地从地铺边上拿过了裤子,掏出钱数了2个半里拉递了过去:

"拿去吧!"

隔壁又传来一声女人吃吃的笑声,欧梅尔笑了。"讨厌!"法提玛说,"这女人咋就这么不要脸呢!"欧梅尔一声不吭地把女人压倒在了身下。

13

与包工头闹翻了的克勒其师傅有一天收拾好行李,准备离开工地。临走的时候,他把"无药可救"尤素福拉到了一边。

"俺走了。"他说,"他们可能会让你顶替俺。别当他们的奴隶,照顾好你自己的手脚,别弄脏了你的嘴。要么好好做人,要么别在这个世上添乱!"

说完,克勒其师傅拔腿走了。

尤素福含泪目送着师傅远去,深深地叹了口气。

拉兹人阿里凑到他身边:

"你哭了呀。"

"俺咋能不哭呢?"尤素福说,"多好的人哪!"

拉兹人阿里点了点头:

"要么好好做人,要么别在这个世上添乱!"

包工头让尤素福顶了师傅的缺,把他每天的工钱提高到了 5 里拉。

"好好干吧。"包工头说,"你师傅可是每天净赚 10 里拉的哦!"

尤素福好好干了。尽管他在很短的时间里赶上了师傅的水平,可他没拿到 10 里拉,他们不给。

一天午休的时候,尤素福用酸奶、面包和新鲜的生蒜填饱肚子之后斜躺到了砖堆上,在暖洋洋的阳光下闭上了眼。他的神经是如此的放松,以至于没过多久便进入了梦乡。

他是被人在肩膀上戳醒的。原来是希达耶提的儿子正一如既往地对他讪笑着。

尤素福直起身,用拳头揉了揉眼睛。

希达耶提的儿子在他身边蹲了下来。

尤素福不安地问:

"他们说的是真的?"

希达耶提的儿子笑了:

"他们说啥了?"

"他们说是你掐死了瘸子大叔……"

希达耶提的儿子朝地上吐了口唾沫,用一只脚踩了踩,然后说:"他们是这么说的,你可别信……"

"为啥?"

"要是是俺把他掐死的,政府能把俺放了?"

"那么说,你是坐过牢了?"

"哎哟,你可不知道俺都遭了啥罪啊……俺挨了多少打,你是想都想不到的,俺的屁股肿得一塌糊涂。"

"为啥?"

"他们打俺了呀。要是俺承认是俺干的,他们就不会打俺了……"

"那么说,真不是你掐死的癞子?"

"看你说的。告诉你,尤素福,俺可是个分得清好坏的人……"

说着,他扑哧一声笑了。

"你在撒谎。"尤素福说。

"为啥这么说?"

"没撒谎的话,你为啥要笑?"

"你管俺笑干吗。要真是俺干的,他们能放了俺?"

说完,他又笑了。过了一会儿,他控制住了自己的情绪:

"你别管俺笑不笑,真不是俺干的,俺发誓……对了,尤素福,你听说了'嘴上没毛'哈桑的事没?"

尤素福一下子认真起来:

"说真的,那可怜的兄弟咋样了?"

"你真的没听说?"

"真没听说。"

"你可别伤心啊……"

"你不会是说……"

尤素福一下子变得面无人色,两眼发黑。他想起离开秃毛瘸子的马厩时哈桑抬起被子,用一双通红的眼睛看着他说的那句"兄弟们啊,俺是没办法了……要是俺死在这里,你们能平平安安地回到村里的话,一定要替俺好好亲亲俺闺女艾米娜的那双黑眼睛……"然后又想起了哈桑让他们转交给自己闺女的发卡和梳子。尤素福的眼里涌出了泪水。

希达耶提的儿子蹲在地上漫无目的地划着线条,一边语气沉重地告诉尤素福:

"……俺是眼睁睁地看着那个可怜人死的。那天,俺在公家的医院里陪他。他死前一直在叫'艾米娜,艾米娜'。然后浑身抖了一下,又抖了一下……等到第三次的时候就咽气了。俺以前还不知道死是件这么糟糕的事。看着他咽气,俺觉得自己整个变了个人,浑身的汗毛都竖了起来。不说了,不知道咱死的时候会不会是跟他一样的?"

尤素福放声大哭着,没有听见他的话。希达耶提的儿子问:"你后来再也没有打听过他的消息吗?你这样还算是乡亲?"

尤素福叹了口气:

"唉!你没看到俺这穷酸样吗?靠两只手混饭的人,比妓女还不如啊。在厂子里被俺们乡亲涮了,才到工地上来的。俺能有啥办法啊。俺们不都是为了养家糊口嘛,唉!后来呢,兄弟?"

"后来他们把他的尸首放进了停尸房。说是停尸房,实际上是一间黑屋子，像个山洞。死的人都是被拖进去的。可怜的哈桑也是这么被拖进去的。尸首一个叠一个，耳朵鼻子都被老鼠吃掉了……"

尤素福深深地叹了口气：

"唉，俺那可怜的兄弟啊！"

"医院就是这样的。他们只给一点点吃的，根本就吃不饱。俺正要说呢……'摔跤手'也在这里吗？"

"原来是在这里的。"尤素福点了点头说，"原来是在这里的。后来看上了个婊子。不过，那婆娘也真有点模样……俺们那头熊就丢了魂……"

"他现在在哪里？"

"俺哪儿知道啊，兄弟。他自作自受。人哪，要么好好做人，替大家做点好事，要么就别在这世上添乱！俺说到做到。那浑小子带着那个婆娘跑了……"

突然，他发现了难缠的欧梅尔。欧梅尔正靠在杂货铺的门口啃着面包。他指着欧梅尔对希达耶提的儿子说：

"那边不是有个小子在啃面包吗？看到没有？"

"看到了。咋了？"

"他就是那个婆娘的男人。他们那些事情俺也不知道。那家伙也不关俺的事。他要是个正经人的话，咋会不成亲就跟那婆娘鬼混在一起呢？"

希达耶提的儿子嬉皮笑脸地说：

"鬼混的滋味可是没法比的哦。"

"去它的鬼混!只要一跟女人鬼混在一起,你就完了!"

"你刚才是说那婆娘还挺有模有样?"

"那模样可不是一般的好呢。可有模样又有啥用?女人嘛,得像俺大伯家的那样,就是俺的杜杜大姐。那才是好女人。上来一个营的兵,她都不会怕的。可这个婆娘,欧梅尔的这个婆娘,根本不是那么回事。她那样的也算是女人?俺们那个包工头可没少养她,连工头也是……"

说着,他用下巴指了指欧梅尔:

"还有这家伙。就是个拉皮条的,还好赌!"

"婆娘跑了,这混蛋没急吗?"

"他急啥?又不是他正式的老婆。他是把那婆娘从博尔的乡下拐来的……"

希达耶提的儿子扔掉了在地上画线用的小石块。

"是吗?"他问,"你在这里干啥活儿?"

尤素福自豪了起来:

"你问俺呀。俺现在是师傅了……"

希达耶提的儿子诧异了:

"你这家伙,说的是真的?"

"当然是真的。"

"是啥行当的师傅啊?"

"泥瓦匠。"

"真有你的啊!"

"谢了。俺那活干得呀……"

希达耶提的儿子对他端详了半天,然后问:

"尤素福,你那活俺干不了吗?"

尤素福感到十分扫兴。他有啥资格跟自己比啊?

"你干不了。"尤素福说。

"俺为啥干不了?"

"你又没跟着克勒其师傅学过……"

"克勒其师傅是谁?"

"克勒其师傅嘛,这世上泥瓦匠这个行当里没人能比得过他。俺就是跟他学的!"

"难不成所有的泥瓦匠都是克勒其师傅教出来的吗?"

这时,工头的哨音响了起来。

尤素福一下子跳了起来:

"俺得赶紧走了,回头见!"

"这还像兄弟吗?"希达耶提的儿子说,"俺刚从医院出来。你就给点买面包的钱吧……一点都不骗你,俺已经好几天一点东西都没吃了……"

尤素福不高兴了。一见到他,就已经预感到他绕半天圈子,最后肯定会提这事。每个人都在干活,凭啥就他希达耶提的儿子不用干活啊!

"哎呀。"尤素福说,"俺们这里呀……本来应该昨天领工钱的,可没发。要是领了钱的话,啥都好说。这样吧,既然你肚子饿,俺从杂货铺给你买半个面包,先垫垫……"

说完,他走进杂货铺赊账买了半个面包。他身上不是没钱，故意没拿出来。

希达耶提的儿子接过半个面包说："谢了啊。能不能跟你们的头儿说说，也给俺在这里找个活干干？这样你也算帮了俺一个大忙，尤素福！"

这也不是尤素福希望看到的：

"你为啥不自己去说呢？"

"你说可比俺说要管用得多。你现在是师傅了嘛……"

这话让尤素福很受用。

"你说的倒是没错。"尤素福说，"靠着安拉保佑，俺顶了克勒其师傅的缺……"

他立刻决定了，拔腿就走：

"你在这里等着，俺这就去替你说！"

他朝正待在工地下方的包工头走去。他去是去了，可心里清楚地知道希达耶提的儿子是一个游手好闲、嗜赌和不听话的家伙。尽管他一再否认，但从他脸上的笑就可以看出，秃毛瘌子就是被他勒死的。

他凭啥要给自己惹事呢？

"头儿。"尤素福对包工头说，"你还记得有个叫秃毛瘌子的吗？就是俺还在厂子里干活的时候你来招工的时候……"

包工头冷冰冰地看了他一眼。也不知道是想起来了，还是没想起来。

"哦……"包工头说，"咋了？"

"就是那个秃毛瘌子，你想起来了吗？"

"俺想不想得起来,关你啥事?你想说啥?"

"就是掐死秃毛瘸子的那个小子来了,让俺跟这儿的头说,给他在咱这儿找个活干。他就是这么说的……"

包工头立刻关心起来:

"是谁把他放出来了?"

"是政府。可这小子不是块干活的料。三天两头的,在哪儿都干不长……"

包工头火了:

"你都知道他不是块干活的料,为啥还要替他来说?这儿没活给他!"

说完,转身给了尤素福一个后背。

尤素福朝希达耶提的儿子那儿望了望。由他去告诉这小子这里没活给他干,显然不符合自己的打算。

"头儿,"尤素福说,"他会恨俺的。你把他叫过来直接跟他说的话,他才会死心。你可以找个理由……"

包工头看了他一眼,然后朝希达耶提的儿子走去。

这下尤素福感到踏实了,开始爬到墙头。墙已经砌得很高了。尤素福操起了泥刀。包工头已经在下面跟希达耶提的儿子说上了话。过了一会儿,尤素福看见希达耶提的儿子摘下帽子,向包工头行了个礼,转身走了。

一辆辆满载的卡车正从路上经过。卡车上装满了男男女女、老老少少,还有大锅、脸盆、地毯和零七八碎的家具。每辆车经过的时候都卷起滚滚的尘土,而如此多的卡车一辆接一辆地驶过，飞扬的尘土便像云一样淹没了周围的一切。希达耶提的儿子早已消失在这片尘土构成的云中。

14

春天说来就来了。

孕育着无数闪电的云，明媚的阳光中不期而至的雨，嗅到雌性的气味昂昂叫着的驴，屈库鲁瓦的春天无与伦比。

一辆接着一辆的卡车在红色的泥浆中来来往往，轮式和履带式的拖拉机散发着柴油味，从石板铺就的大街上轰然而过。

一个手上和脸上沾满了乌黑的机油的机械师从自己正在扳动着的曲柄边恼火地站起身，冲着焦急地等待在尚未开门的农业银行门口的东家发起了火。东家在这个季节，也只有在这个季节才会容忍机械师的这种态度。因为他知道机械师是在理的，是该购置些必要的零件了。他急切地等待着，一边咒骂着迟迟不开门的银行。

司机的助手们在烈日下不停地奔走着。很多时候，他们连抽支烟的时间都挤不出来，一路小跑着去给即将驶向乡下的卡车加水，而司机们则因为连在纳迪尔的小咖啡馆喝完一杯茶的工夫都没有而骂骂咧咧地坐到方向盘前，重新把卡车开上了刚刚才碾过的土路。

这是棉花播种的季节,距离翻耕还有四五个星期,那些大地主们就开始向东部省份大批派人四处吆喝:

"……屈库鲁瓦今年的活儿多得不得了,工钱也高得很哪!"

最多一两个星期后,来自四面八方的民工便开始蜂拥而至。数以千计的女人、男人、小孩、年轻人和老人,衣衫褴褛、蓬头垢面地聚集在欧泰戈切的墓地里。光屁股的孩子们在墓碑上上蹿下跳,听天由命的女人们期待着自己的男人从石桥那边的民工市场带着找到工作和面包的喜悦归来。

没有人会可怜他们,连安拉都不会。他们是被安拉遗忘了的人!先知们给他们带来了可以写满一大堆书的忍耐、顺从和随遇而安,根本无济于事的忍耐、顺从和随遇而安!

而在石桥另一侧那个已经存在了数百年的民工市场里,人头攒动的民工令"东家"们十分满意。他们一边朝着眼前的人群吐出一串串愉悦的烟圈,一边悠闲地喝着咖啡、茶、石榴汁、葡萄汁、柠檬水和加冰块的稀酸奶。民工的数量多得远远超过了屈库鲁瓦的农田对人力的需求。这样,他们就可以压低工钱,棉花的成本也就可以降下去了。

"招工啦,招工啦!"

"兄弟,算上俺吧……"

"你这个狗崽子,可别像往年那样翘尾巴啊!"

"哪儿能啊……"

"老乡，会摇尾巴的狗才有人爱啊……"

"……"

"……"

正午的骄阳如同熊熊的木炭烘烤着大地上的一切。那些被称为民工的，几乎不能算是人，只能算是一堆堆破布，他们的等待变得越来越无望。突然，一阵疯狂的暴雨袭来……到处是一片汪洋。雨过之后又是骄阳。从头到脚被淋透了的破布堆中冒起一层水雾。

先知们以安拉的名义给他们带来了可以写满一堆书的忍耐！

他们在雨中被浇得浑身湿透，又在阳光下被烤得冒烟。当他们背囊中自制的面包和大饼耗尽，用最后的库鲁士买来的面包也被吃得一干二净之后，天空中便回荡起饥饿的孩子们令人心酸的哭嚎。这些都是不重要的，既然先知们以安拉的名义给他们带来了忍耐，饥饿的孩子们回荡在天空中的哭嚎根本就不重要了。即便他们死了，又有啥要紧？不是还有另一个世界嘛，他们可以像一只只鸟儿那样飞向五彩的天堂。五彩的天堂里油和蜂蜜堆成山，牛奶流成河……

母亲们，瘦得皮包骨的母亲们，看着自己怀抱里因饥饿而死去的孩子连一滴泪都流不出来了。不是先知，就是哈吉，或者是阿訇们曾经这样说过：安拉给的，安拉就有权收回去。面对安拉的旨意，奴仆们算什么。难道他们能比安拉还高明？难道他们可以质疑安拉无边的法力吗？明天，他们将手捧着一盆盆五彩天堂的圣水，在天堂的门口等待他们的母亲。母亲们面对着自己怀抱里死去的和即将死去的孩子是不应该哭的，她们应该高兴才是。因为他们还没被这个充满谎言的世界里各种各样的罪孽所玷污，还没到犯下罪孽的年纪，便像鸟儿一样飞往了天堂。他们是安拉最眷顾的奴仆！

母亲们，脸庞如男性般的母亲们，手掌布满老茧的母亲们，眼泪已经干枯了的母亲们，眼睛久久地注视着自己男人应该归来的方向，期待着他们带回找到工作和面包的消息。那边，是她们的丈夫们每天早上天不亮就跑去摩肩接踵的"民工市场"！

男人们也像他们的女人那样瘦得皮包骨。他们在如同炭火般烘烤着大地上的一切的骄阳下，饥肠辘辘、汗流浃背，却又耐心地等待着。民工头是民工市场绝对的主宰，是所有衣食的主人！民工头出现在哪里，哪里便立刻涌动起希望。他嘴里说出的每一个字，都会被当成圣旨。

人们是饥饿的，但不是绝望的！

女人们知道自己的男人迟早都会归来。他们的男人归来时，眼里会带着"面包"的喜讯。

一天又一天，一周又一周。老年人和饥饿的孩子们死了。雨水和太阳是不懂得怜悯的。眼睛深陷在眼眶里的女人们，已经习惯了自己孩子的哭嚎与死亡，少言寡语地等待着。

她们的男人会归来的,她们的男人迟早会归来的!

终于,工钱已经不能再压了的日子到了。

翻耕的时节。

这时,比狐狸还要狡猾的招工人和民工头便会在饥饿的人们中间四散开来:

"尽管不咋需要民工,不过……"

"俺东家可怜你们了!"

"有谁能比得上俺东家啊?他那心肠好着呢。看到你们这个样子,他的心都碎了。他跟俺说:让他们到俺那儿去吃,去喝吧,这也算俺积点功德,只要他们拿着锄头到田里去转转就行……"

绝大多数人是步行上路的。他们的头上是烈日,脚下是泥浆和尘土。他们用两只赤裸的脚一公里一公里地丈量着大地。

即便这样,他们依然是"感恩的"。因为书上就是这么说的:你应该感恩,不要去看比自己强的人,要去看不如自己的人,比不如自己的人还要不如的人,要一直这么看下去。而且每看一次,你都应该感恩!

他们已经准备好用在田里从早到晚的耕耘来换回又干又硬的黑面包。

屈库鲁瓦的春天是无与伦比的。天空湛蓝无边,红土地郁郁葱葱!如果你向屈库鲁瓦富饶的土地上撒下 4 公斤棉籽，你就能收获 80 公斤皮棉！

15

农场后高大的桑树的阴影里，三只洗衣服用的小桶排成一排架在熊熊的火上，里面是为耕地的民工煮着的碎麦粒饭。

农场厨师的老婆赛奈姆大姐是个四十开外、骨骼宽大的女人。此时，赛奈姆大姐正站在洗衣桶边。她撩起塞在黑色免裆裤的裤裆里的一块脏兮兮的布头擦了擦汗，然后看了看身边一棵桑树树干上的钉子上挂着的"胜利"牌挂钟。时钟指示的是土耳其传统时间的 3 点（公历时间的 9 点）。

看完时间，赛奈姆大姐对在不远处嚼着口香糖的"摔跤手"阿里的法提玛说："他可说了，要捅死你。这可不关俺的事啊！"法提玛一边嚼着口香糖，一边气呼呼地回敬道：

"他要捅，就让他捅吧。他本来就是个强盗……"

赛奈姆大姐像男人一样色迷迷地朝着年轻女人笑了起来：

"你真是个招惹男人的主啊。哪个女人能比得了你？那家伙被你撩得都要疯了！"

"俺啥时候撩他了呀？你当俺没有自己的男人吗？俺可

有个像狮子一样的男人呢!再说了,俺再没有人要,也轮不到他那只黑狗啊!"

赛奈姆大姐眨了眨眼说:"咱俩这可是关起门来说话啊,俺听说'摔跤手'阿里不是你正经的男人!"

法提玛一惊:

"你疯了吗?臭婆娘。他不是俺正经的男人,那是俺的啥人啊?"

"是你的姘头!"

"是谁在这么说?"

"比拉尔说的。"

"他是咋说的?"

"他说,他去查过,阿里不是你正经的男人!"

法提玛用嘴里的口香糖吹了一个泡泡,然后说:"让他就当是那样吧。"

"当咋样?"

"就当阿里不是俺正经的男人呗……"

说着,她突然发起火来:

"当心俺到少爷那里去告他!"

赛奈姆大姐笑了起来:

"你真是个不要脸的女人哪!要是你没底气的话,可别这么凶啊……"

"瞧瞧,说俺没底气。你觉得俺怕了吗?"

这时,第三个炉子里的火势又弱了。

赛奈姆大姐弯下腰,吹了好一会儿,火终于又吹旺了。法提玛满腹狐疑地问:

"他是听谁说的?"

赛奈姆大姐被烟呛到了眼睛。她边揉着边问:

"听谁说啥事儿了?"

"阿里不是俺正经男人的事。"

"这可是比拉尔,丫头,他啥都能打听得到,消息灵着呢。隔壁那个农场扛锄头的人里头不是有个长得挺俊的小伙子吗?好像还坐过牢……"

法提玛想了想,记了起来:

"俺想起来了。大家都叫他希达耶提的儿子。俺家阿里说他杀过人。是他告诉比拉尔的吗?"

"是他。"

"他咋说的?"

"他说,你正经的男人在阿达纳,是工地上拌石灰的。阿里是把你从他那里抢过来的……"

法提玛没有接茬。

赛奈姆大姐继续说着:

"他还说,你男人说了,早晚有一天会找到阿里的。"

"找到了又咋样?"

"说是绝不会让他活着。"

"他是这么跟希达耶提的儿子说的?"

"是呀。"

法提玛心事重重地向远处望去。一望无际的棕色土地上刚刚露出地面的棉苗给平原披上了一层淡淡的绿色。但法提玛对此视而不见，她脑子里想的是她以前的丈夫，欧梅尔，难缠的欧梅尔。仿佛此时欧梅尔正用那双斜眼看着她，对她说着："听着，法提玛。……只要俺还是欧梅尔……你早晚会落到俺手里。要是俺不把你剁成一块一块的，俺就不配叫难缠的欧梅尔！"

她感到一丝惊慌。那家伙可是个愣头青，啥事儿都能干得出来。可自己怎么会落到他的手里呢？自己和阿里今天在一个地方，明天又会到另一个地方。何况……

忽然传来一阵摩托车声。法提玛立刻站直了身子：

"少爷回来了！"

说着，她把落到左边眉毛上刘海重新用发卡别好，便消失在了被叫做"草棚"的土坯房之间。

一直在对面的马厩里透过窗户窥视着她们的账房比拉尔此时拖着双平底鞋来到了赛奈姆大姐的身边。他背着手，黑色免裆裤右边的裤腿卷到了膝盖上，露出一条毛茸茸、黑糊糊的细腿。

他问：

"她咋说？"

第三只炉子里的火势又微了。赛奈姆大姐一下子火了：

"她说去他的王八蛋！你赶紧给俺把这该死的玩意儿给吹旺了！"

平时连替别人动个手指头的忙都不肯帮的比拉尔,这回为了打听到法提玛说了啥,对赛奈姆大姐变得俯首帖耳。他吹了吹炉火,然后直起身问:

"说正经的,她是咋说的?"

"还能咋说嘛。她说要到少爷那里去告你!"

比拉尔耸了耸肩膀:

"让她去告诉好了。难不成少爷是安拉?少爷早晚是会去阿达纳的,从那里再去伊斯坦布尔,去上学。那就再也不会回来了。她还不得落到俺的手里?俺发誓,那时候就让她去拿锄头……她现在是靠着少爷吃着不要钱的面包。她可别把俺惹恼了……到时候,俺让她被太阳晒死!"

"她现在可是很守妇道的哦。她说,她有自己的男人,跟狮子一样的男人。"

比拉尔大笑了起来:

"俺让她那个狮子一样的男人被狐狸一样的傻丫头粘上的话呀……你不知道傻丫头吗?他们在田里可是在一起锄地呢。只要她给你说的那个像狮子的男人稍稍这么动手动脚一下,那狮子立马就得酥!"

"她还说了,她再没人要,也轮不到你……"

"她真是这么说的?"

"俺发誓……"

"她到底不喜欢俺的啥呀?"

"那俺可就不知道了。她就是说,她再没人要,也轮不到那条黑狗!"

"黑狗"这个词刺痛了比拉尔。他骂了一声,脱下一只鞋狠狠地拍打了一下,然后朝远处排成排锄着地的民工那儿望去。被烈日烘烤得颤抖着的天空上连一只鸟都看不见。

比拉尔朝地上啐了一口唾沫说:

"真他妈的是个婊子……俺要还叫比拉尔,你就等着瞧吧。过两天少爷就要走了。到那时再跟你算账……"

他转身对赛奈姆大姐说:

"说实话,咱那少爷也真没出息。老爷根本就不待见他。老爷问过俺:俺那外甥在读书吗? 俺说:爷,他读着呢,读得头都不抬一下。要是俺告诉老爷他整天骑着摩托车,在农场里养女人,供她白吃白喝的话……你说老爷会不会揍他呢?"

赛奈姆大姐从钉在桑树上的钉子上拿下挂钟,上紧发条,然后又挂了回去。

"俺给少爷打扫房间的时候他还说呢,人人都想把他带坏!"

比拉尔又骂了一句:

"臭婊子。昨天俺还偷看到了呢!"

"你偷看了?"

"俺偷看了啊,不行吗? 不过,俺可就跟你一个人说啊。那小子不行。说到那个女人嘛,可真是个宝贝。你把她这么一抱……"

说着，他用两条麻秆一样的细胳膊紧紧地抱住了赛奈姆大姐。女人恼怒地挣扎着：

"呸，你这个不要脸的混蛋！"

"不要脸哈。你说的脸是啥？是下流吗？"

"就是下流。"

"完事了你就知道啥叫痛快了，赛奈姆……"赛奈姆大姐还在说着："不光是下流，还是罪过！你是个笨蛋，不会懂的，那可是很大的罪过啊。据说这样的人从头到脚都是罪过。俺老家有个清真寺，寺里面的阿訇，那可是个见多识广的人啊，留着一把雪白雪白的胡子……是他在讲经的时候说的，下流的人从头到脚都是罪过！"

比拉尔朝地上啐了口唾沫：

"臭婆娘，你当俺是头骡子啊。谁都能沾点腥，为啥俺就只能吃素啊？"

"呸，你真是不要脸的东西！"

正在这时，法提玛从草棚中间走了出来。比拉尔立刻激动了起来说："她来了。"

赛奈姆大姐转身看了看。

比拉尔故意装着皱起眉头，倒背起双手盯着法提玛。

法提玛心事重重地走过来，在赛奈姆大姐身边停下。

她眼皮都不抬一下地对比拉尔说："少爷叫你。"

比拉尔装着没听清的样子问：

"叫谁？"

"叫你。"

"俺是谁?"

法提玛还是眼皮都不抬一下地说:"你是谁,就是谁。"说完,转身把后背留给了比拉尔,然后问赛奈姆大姐:

"要俺干点啥?"

现在还没有需要干的活。

比拉尔不安了起来,哼哼着走了。

东家在伊斯坦布尔法律学院读书的外甥,是一个又黑又瘦的高个子。因为得了伤寒,他今年没去上学,每天骑着他舅舅为了让他散散心以便早点复原而买的摩托车四处兜风。有时候心血来潮,他会在半夜三更骑上摩托车进城去泡酒吧。

他穿着马裤,脚上是一双锃亮的皮靴,留着一道细细的黑胡子……

此时,他正站在庄园庭院正中间的摩托车旁。

"你好,少爷。"比拉尔凑上前去,"听说你叫俺……"

少爷狠狠地看着他:

"你为啥要缠着这个女人?"

比拉尔明知故问:

"哪个女人?"

年轻人火了:

"你居然还问我是哪个女人?你想跟我装蒜?你这只狗。居然问是哪个女人!还说要捅死她,你可别跟我说这话不是你说的……你想捅死谁啊？混账东西！你当这里是天高皇帝远的地方啊。你把这么大的一个庄园都变成妓院了！咱是看在乡亲邻里的分儿上，看你穷，可怜你，才让你在这里干的……"

比拉尔的耳朵嗡嗡作响：

"算了，少爷。"他说，"在你面前，俺可没脾气……"

年轻人更火了：

"你啥意思？"

"没啥。俺没脾气。要是你愿意，打俺俩耳光都行。不过，为了一个婊子，不值！"

"啥婊子？"

"俺查过了。她身边的那个不是她正经的男人……"

"这关你啥事？"

"俺觉得挺好啊。俺可一直在护着你啊。前天，东家向俺问起你了，说俺那外甥咋样啊？是不是在读书啊？俺可是护着你了……"

少爷一下子关心了起来：

"你咋说的？"

"俺说，他在读书呢，认真得连头都不抬！"

少爷的语气变软了：

"我又没有为了个女人生你的气。你也知道，过两天我就要走了。那之后就随你便了！"

比拉尔低下了头：

"谢谢你,俺的少爷。俺咋会不知道呢?"

少爷环顾了一下庭院问:"乌龟都在哪儿呢?"

"就在这儿呢,少爷。要俺去给你拿来吗?"

"去拿来吧。"

乌龟就放在对面鸡笼边上一辆推车上的铁丝笼里。比拉尔走过去,把车推到放着鸽笼的凉棚底下,打开了铁丝笼。大大小小一堆乌龟在里面爬着。这些乌龟是让人从庄园后面的西瓜田里收罗来的。

少爷从腰上的武装带里别着的黄皮套里取出自己那把黝黑锃亮的手枪,一边检查着枪膛,一边发出了指令:"叠起来!"

比拉尔像往常一样把乌龟四个一组地叠了起来。一共有 5 堆。

"退一边去!"

比拉尔退到了一边。枪声总会让他心惊胆战,所以他背过了身。

少爷把枪朝最头上的一堆乌龟的壳凑近了一点,然后扣动了扳机。顿时,炎热的空气中弥散开一阵干干巴巴的巨响,乌龟堆倒了。四只乌龟背上的弹孔里开始渗出粉红色的血,乌龟们伸着像蛇一样的脑袋,发出像砖头相互摩擦时的声音。受惊的鸽子们则早已从窝里飞到了桑树枝上,胆战心惊地相互看着。

少爷用同样的方式杀死了其他几堆乌龟,正准备把枪插回皮套，比拉尔指着对面笼子顶上一只黑白相间的猫喊道："吃掉刚孵出来的小鸽子的，就是这只畜生！"

少爷用仇恨的目光看了看那只猫：

"原来就是它啊。"

"就是它。"

"来得正好……"

少爷握着枪向笼子靠近，隐蔽在大水桶后面瞄准，然后连开两枪。猫腹部中弹，惨叫着蹿起来，然后从笼子顶上摔到了地上。

少爷把枪插回皮套说："把它埋了！别臭了……"

说完，便走进了挂着白色窗帘的房子。

比拉尔拎起死猫的尾巴去了庄园的后面，把死猫扔到法提玛的跟前。法提玛瞪起了眼。比拉尔说："干嘛？为啥像躺在俺怀里一样给俺脸色看？"

法提玛吼了一声："讨厌！"

"你才讨厌。"比拉尔说。

"讨厌的是你。小心俺告诉少爷！"

比拉尔又朝她靠近了一点儿：

"你不是告过了吗？结果呢？你倒是再去告啊！"

赛奈姆大姐这时插了进来，指着猫问：

"刚才的枪就是朝它打的？"

"对。"比拉尔回答。

"可怜的萨穆尔……你看看，你看看。这肯定是你捣的鬼。你老说它吃了刚刚孵出来的小鸽子。你是不是也跟少爷这么说了?"

比拉尔的眼睛一直盯着法提玛:

"俺说了啊。谁让它吃小鸽子了呢?"

赛奈姆大姐在萨穆尔跟前蹲了下去,看了看畜生身上的枪眼。子弹打穿了它的肚子。

"哎哟,俺的心肝哪,俺的萨穆尔,哎哟……"

说着,她站起身质问比拉尔:"你一点都不可怜它吗?你心里一点都不感到对不起它吗?"

比拉尔耸了耸肩膀:

"你倒是说说,小鸽子不可怜吗?"

"你从头到脚都有罪过了!"

"啊哟,你也是的……"

"啊哟你个头!你就是花钱盖个清真寺,也抵不过你的罪孽!"

"又不是俺的罪过!"

"那是谁的?"

"开枪打它的人啊……"

"开枪打它的人关你屁事!那可是少爷。少爷能有罪过?"

比拉尔脑子里想的是另一桩事,所以倒背着两只手,重新把矛头对准了法提玛:

"原来是这样啊。"

法提玛狠狠地瞥了他一眼:

"啥样?"

"你到少爷那里去嚼了俺的舌头,是不?"

"俺当然要去告。谁让你整天缠着俺。"

"可少爷后天就要走了。"

"他走他的。能咋样?"

比拉尔点着头说:

"能咋样?哈,好啊。那到时候你还得像现在这样翘直了尾巴啊……"

法提玛摆出了一副无所谓的架势。

赛奈姆大姐为了给他们两个一个独处的机会,借故上厕所走了。她一走,比拉尔就对法提玛说:"等少爷走了,再跟你算账!"

法提玛依然很强硬:

"等他走了,你能把俺咋样?"

"等俺重新把你发回去扛锄头,你就瞧好吧。忘了以前你被太阳晒病了吗?"

"你有啥权力?"

比拉尔眼睛一亮:

"有啥权力?这里所有的事都归俺管。别忘了,俺可是这里的账房。只要俺跟民工头说法提玛在这儿没事了,让她去翻地,他肯定没有二话……"

这下法提玛害怕了。确实,要是他这么一说,那个混蛋的民工头肯定不会管自己哭不哭的,而且他本来就在打自己主意,那样的话……想到这儿,她便用柔和了不少的眼神上下打量起比拉尔:

"少爷真的要走?"

比拉尔已经知道这女人终于上了道:

"真的要走。他得去上学。你别指望少爷。少爷跟你就是玩玩。等玩够了,他就会拔腿走人。你就别想靠着少爷了,还是靠着俺好。人哪,得知道自己在哪里才会被人爱!"

"要是你愿意,你能让俺一直待在这里吗?"

"这还用问吗?"

法提玛扑哧一声笑了。

"你笑啥?"比拉尔问。

"没啥。"

"快说,丫头,你笑啥?"

"跟你说了,没啥……"

"你要不说的话,就亲一下俺这死人脸吧!"

"呸呸……"

"为啥要呸?"

"你这不是糟践自己吗?"

比拉尔心里一阵暗喜:

"看来你是心疼俺了啊。俺真想把你的舌头吃了!"

法提玛没有生气,只是看看前方。过了会儿,她说:

"阿里要是发起火来就可怕了!"

"冲谁发火?"

"冲俺。"

"为啥?"

"因为俺待在庄园里。他天天都说不让俺干这狗屁的活。晚上逼得呀……"

"逼你?"

"就是逼俺。俺跟他说了。俺说:你这只熊,管好你自己的裤裆就行了。他们让俺在庄园里干活,对你又没啥坏处。他问为啥。俺说,俺在庄园里就干点扫地、做饭和洗碗的活。"

"他咋说?"

"啥也没说,当时就信了。他就是头熊。别看他老大的块头,跟小孩差不多,好骗着呢!"

比拉尔朝地上啐了一口唾沫:

"好骗归好骗,可别的就有问题了……"

法提玛顿时不安了起来:

"啥别的?啥问题?"

比拉尔大笑起来。法提玛可真急了:

"快说,啥问题?"

"知道那个傻丫头吗?"

"咋了?"

"事情可不像你想的哟……"

比拉尔又开始大笑。

法提玛真急了，怒气冲冲地朝着远处正在锄地的民工望去。比拉尔火上浇油地说："你就接着睡吧！你接着睡。他们可不是像你想的那样。你打算咋办？急死嘛？你从少爷那里是得不到好的，阿里那里也一样。少爷明天拔腿回学校了，阿里呢，本来就跟傻丫头……"

法提玛的目光始终没有离开远处的民工。过了会儿，她眼睛依旧看着远处，问比拉尔：

"是他缠着傻丫头，还是傻丫头缠着他？"

比拉尔继续编着：

"他缠着她，她也缠着他……"

"是谁先缠着谁的？"

"阿里。"

"你发誓？"

比拉尔喜出望外：

"俺发誓！有啥事都由俺挡着。那头熊哪里懂得你是个宝啊。傻丫头是吉普赛人。是个人的话，怎么肯拿你这么好的一个女人去换一个一钱不值的傻丫头呢？你是有头有脸的人。要是他还有半点男人味道的话，就不会把你的脸面踩在脚下了。只要是个人，有你这样一个女人，肯定会捧在手里怕摔了，含在嘴里怕化了！"

法提玛很满意，虚荣心越来越膨胀。比拉尔看清了这点，于是又加了一把火：

"……俺这就正式安排你在庄园里干活。你可以白吃白喝,工钱一分钱都不会少你的!"

法提玛叹了口气,突然变得咬牙切齿:

"听说那个傻丫头是从妓院里出来的……这是真的吗?"

比拉尔凑上前去,拉住了她的一只手:

"是真的。你就别去管那个傻丫头了啦。今天咱俩就这么定了?"

法提玛把手抽了回去:

"定啥?"

"咱现在就去那边马厩!"

法提玛朝马厩望了一眼,耸了耸肩。比拉尔重新抓住了她的一只手:

"俺把你安排在庄园里。你可以白吃白喝,工钱一分钱都不会少你的!"

法提玛再次抽回了手。这回,比拉尔抓住了她的一只胳膊。法提玛恼了:

"松手。"

比拉尔依旧抓着。

"你倒是松手啊!"

"……"

"放开俺的胳膊……"

"为啥要放?"

"别人会看见的……"

"有谁会看见?大太阳底下,谁都晕头转向了……"

"那关俺啥事?"

比拉尔更加用力地抓着女人的胳膊,想把她拽过来。

女人抗拒着。她用一只手推开比拉尔的手,顺势抽出了自己的胳膊。

比拉尔再次抓住她的胳膊摇了起来:

"快点啦,丫头!"

"干吗?"

"俺说的是去马厩……"

"你真能做主?"

"做啥主?"

"你能让俺留在庄园里吗?"

"不信你去问赛奈姆!"

法提玛不信他的话:

"那个不信教的……你们俩串通好了,是不?"

"那你去问民工头!"

"俺当然要去问。"

"去问好了,有啥关系啊?只要是俺想要的,除非长了翅膀,谁也别想逃。你赶紧!"

"放开俺的胳膊……"

比拉尔说啥也不松手,又摇了摇她的胳膊:

"赶紧了啦!"

"赛奈姆这就回来了……"

句话。因为这时,来了一个替民工们打饭的人。这个被称作"军士"的小工头对赛奈姆说:"大姐,俺的大姐哟。大伙儿的肚子都饿瘪了!"

赛奈姆已经忙得满头大汗了。

"好了,俺的大爷,饭菜都好了。"她说,"快把车靠近点!"

三个装满抓饭的小桶,连同铜制的饭盆、木勺和每人一个的已经不新鲜了的黑面包,一起被装上了牛车。牛车朝着大田方向上路了。

16

翻耕的民工此时已经放下锄头,五人一组地坐在火辣辣的太阳底下等着开饭。

领班守护着饭菜,眼睛一刻不离地盯着赤脚在饭桶周围溜达的小孩们,踢开那些过于靠近饭桶的小孩。被他逮住的孩子,会挨上他的几巴掌。

这些孩子虽然是民工们的子女,但农场是不会给他们另外安排伙食的。他们只能靠自己的父母从自己的伙食中省下来的那些饭菜才不至于挨饿。

"摔跤手"阿里和傻丫头紧挨着。傻丫头的旁边坐着库尔德人胥绿的丈夫,再旁边是胥绿和她九岁的女儿。

他们屁股底下的泥地烫得像火炉,头顶上散发着全部能量的太阳则让大伙儿个个汗流浃背。

当盛着抓饭和面包的铜盆分发下去之后摆在他们的面前,五人一组四散到田间的民工们嘴里食欲旺盛的吧唧声和木勺触击铜盆的叮当声便在四周弥散开来。叮当声,吧唧声,谁也不说话。因为谁也不是傻瓜,一说话肯定就会比别人吃得少。再说了,又有啥可说的呢?

突然,一只蚂蚱蹿到了阿里他们这一组的饭盆里。

"讨厌!"傻丫头骂道,"找死啊!"

骂着,她伸出五指把蚂蚱一下子压进了抓饭,然后抓起那坨饭,把蚂蚱捏死在饭里之后一起扔了,把手在黑色免裆裤上擦了擦。

这是件很平常的事,谁也没有感到恶心,更没有人因为恶心而皱起眉头。一把把木勺在饭盆里进进出出,嘴巴的吧唧声在阳光下不绝于耳。

"摔跤手"阿里用他那副强有力的牙齿咬了一口干硬的面包,紧接着又往嘴里塞进满满一勺抓饭,鼓着腮帮子津津有味地吃着。

傻丫头依靠在阿里的膝盖和胳膊肘上。两人不时地相视而笑,自己都不知道为啥要笑。

他们身边的胥绿则是挺着 9 个月的大肚子艰难地坐着。因为无法找到能让自己舒服的姿势,她不断晃动着身体。她感到了阵痛,但因为对自己丈夫的恐惧,她不敢出声。

女人让丈夫听到自己临产前的叫声是一种罪过。这样的女人，不管吃下去的是啥，都会中毒。

阿里朝尽管才 24 岁，但看起来像 40 来岁的男人一样黑瘦干瘪的胥绿看了一眼。他的目光正好被傻丫头逮了个正着。尽管傻丫头没有感到丝毫的嫉妒，可她还是装出一副嫉妒的样子掐了一下阿里的小腿肚子。阿里对她的这个举动相当满意，挂着湿漉漉、亮晶晶的汗水、胡子拉碴的脸上露出了笑容。

傻丫头几乎已经躺到阿里的腿上了。

这时，胥绿感到了更加剧烈的阵痛。

傻丫头问：

"丫头，日子到了吗？有动静了？"

胥绿不好意思地看了看她，感到非常尴尬。因为她丈夫之前已经骂过她了。她能对傻丫头说啥呢？那家伙听到了会立刻用匕首放倒她的。她被汗水湿透了的黑头发粘在额头上，两眼发黑，火辣辣地疼。

傻丫头又问了一遍：

"说话呀。是不是快生了？"

胥绿还是没理她。新一轮更加剧烈的阵痛来了。她的一根辫子从肩头垂到了饭盆里。她丈夫粗暴地抓住辫子，塞进了她的头巾里。

而胥绿则使出浑身的力气捏着木勺的柄。终于，她再也无法忍受阵痛，爆发出一声源自体内深处的呻吟。这声呻吟，也就是让自己丈夫听到的那个罪孽的声音，让她的丈夫一下子疯狂了起来。他带着被人当成软蛋和拉皮条的那种愤怒狠狠地看着自己的老婆，女人立刻明白自己再也不能在这里待下去了。可她能怎么样呢？她此时已经感到双腿之间正流淌着一股暖暖的液体，是血。阵痛已经停了。她知道，过不了多久，新一轮更加剧烈的阵痛就会到来。趁着这个间歇，她从饭盆边一跃而起，朝着庄园奔跑起来。

监工在她身后吹响了哨子。傻丫头质问道："你这算啥？咋能这样待一个女人？"

"她干嘛去了？"

"你这个该死的东西……她要生了！"

胥绿的丈夫又狠狠地骂了一句。真他妈的是个倒霉蛋的女人，让他的脸面全丢光了！

"摔跤手"阿里根本就不管这些，自顾自地吃着。傻丫头再次掐了一下阿里的腿肚子，把他掐疼了。可阿里并没有吭声，只是用布满血丝的眼睛看了她一眼。

傻丫头说："没心没肺！"

阿里笑了。

"做女人真可怜。你这混蛋，还没饱啊？"

"没饱呢。就这么点，能吃饱吗？"

"没饱，那你就去吃耳光，吃河里的虫子，吃你丈母娘的肉，吃你老丈人的屁股去！"

"你自己吃去！"

"好啊,那你就来吃俺!"

"你以为俺不敢啊。"阿里说。

"还说敢呢。那你吃,赶紧。"

"哪儿能在这儿吃啊。"

"你要是男人的话,就在这儿吃。要是僻静的地方,七老八十的老太婆都能吃!"

她摁着阿里的大腿站了起来。

拔了节的棉苗一望无际,白鹳们伸着橘黄色的长嘴游走在洒满阳光的棉田里。

饭盆边的民工们,吃饱一个离开一个。午饭后按理该有一小时的休息,但即便是最仁慈的监工最多也就能给半小时。

民工们在碎麦粒饭的重量之下在田间四散开来,躺倒在泥土地上。

"摔跤手"阿里也站起身,朝傻丫头走去。

傻丫头正仰面朝天地躺在大太阳底下。阿里在她的脑袋跟前停住脚步,用自己的影子替傻丫头挡住了太阳。

"哦哟。"傻丫头说,"你这个家伙啊,为了你的影子,俺也愿意给你当牛做马!"

阿里蹲下身:

"俺也愿意给你当牛做马!"

"俺要把你抹了蜜的舌头吃了……"

"俺也要吃你的。"

女人的双眼因欲望而迷茫了起来。她呻吟道：

"阿里——"

"啥？"阿里说。

"阿里呀！"

"啥？"

"阿里——"

"死婆娘，阿里、阿里地叫个啥？"

"就叫了，你不愿意吗？阿里！"

"丫头，俺知道了，行不？"

"把俺——"

"干啥？"

"带去撒尿！"

阿里的心里骤然涌起一阵灼热的风暴。他用颤抖的声音说："站起来！"

"抓住俺的手！"

阿里一把抓住女人那双因长时间握锄柄而布满老茧的深棕色的手，带着强烈的性欲用力把她拉了起来。两人并肩朝棉田另一头的排水沟走去。

走着，傻丫头又叫了声："阿里呀。"

"啥？"

"嘿咻，嘿咻……"

"啥嘿咻嘿咻？"

"看看你这只熊……"

"俺咋了?"

"俺在跟你说嘿咻嘿咻呢,笨蛋!"

"俺又不懂……"

"讨厌!"

"你才讨厌!"

"就是你讨厌。"

"你讨厌!"

"你是个男人,连嘿咻嘿咻都不懂吗?"

"真不懂。"

说话间,他们已经来到沟边。傻丫头朝肩宽体壮的男人抛了一个媚眼便跳到了沟里,在沟底笑着一把扯下自己黑色的免裆裤蹲了下去。

阿里看了看女人,然后用目光在长满了拔节的棉苗的黑土地上巡视了一圈。民工们已经被他们甩在了远处,每个人都只顾着自己。

于是,阿里跳到了傻丫头的旁边。

当他们俩疲惫地从排水沟里爬上来的时候,监工的哨音正气冲冲地飘荡在日头下黄色的炎热中。棉田里或是侧卧,或是盘腿而坐,或是仰面躺着的女人、男人和孩子们万分不情愿地站起来,重新拾起了锄头。

脊绿的丈夫对自己九岁的女儿说:"去,你替你娘。"

女孩早就等着他这句话呢,便拿起她娘的锄头,站到了队列里。

"摔跤手"阿里的位置是队列左侧的第一个。他旁边是傻丫头,傻丫头的旁边是胥绿的女儿,然后是胥绿的丈夫,再往右依次是"秃子"梅利耶姆、因吉尔利人阿西耶、阿德亚曼人法特玛、"话唠"侯赛因、"娃娃脸"费特西和其他人。

一把把锋利的锄头在干枯的土地上齐刷刷地起伏,铲除着长在拔了节的棉苗细长的秆子中间的杂草,而干透了的土地在锄头的起伏中发出"嚓啦,嚓啦,嚓啦"的响声。

为了让锄头能够整齐划一地起伏而唱起的民歌在原野上飘荡着:

> 他们在城堡的后面种下了玉米
> 玉米种下了,收割了,扎成捆了,我的爱人
> 爱人给我送来了酸奶和石榴
> ……
> ……

"摔跤手"阿里已经是满头大汗了。"你当俺不知道吗?"他对傻丫头说,"他们让她成天待在庄园里。俺又不是驴。那又能咋样呢?她本来就是个婊子!"

傻丫头顺势来了个火上浇油:

"明明知道她是个婊子,你干吗还要养着她呢?你难道

一点血性都没有吗？她可是在给你戴绿帽子呢……"

"俺跟她又没成亲。俺是硬生生把她从她男人那里抢来的！"

傻丫头吃了一惊：

"你说的是真的？"

"俺保证。"

"你是咋跑的？"

"抢了就跑。她男人是工地上和石灰的，俺给他打下手。那家伙好赌，俺就让他欠俺的钱，欠俺的钱……"

"后来呢？"

"后来就把他婆娘……"

"抢了就跑出来了。是吗？"

"对。"

为了躲避灼热的阳光而待在一把黑伞下监视着民工的民工头发现"摔跤手"阿里在和傻丫头说悄悄话，便大声喊道：

"丫头，傻丫头，小心俺过去把你的身子破了！"

傻丫头满不在乎地说：

"俺咋啦？"

"你可别把俺惹火了啊！"

傻丫头朝民工头伸出了舌头，用胳膊肘杵了杵阿里：

"后来呢？"

"没后来了。"阿里有点担心。

"你就把那女人搞到手了?"

"那俺还能咋办?本来俺和她就睡在一间屋子里。她本来就是个容易被搞到手的婆娘。俺试了一两次。一看,她是个老手。再说了,她根本就不爱自己的男人。跟你想的一样啦。当然啦,没有不透风的墙,消息传到了那家伙的耳朵里。他火了,把俺赶出了屋子。其实他把俺赶走,不是因为发火,是因为俺没钱了,这才是主要的。不然,他才不会把俺赶走呢。还有个戴白蘑菇帽的,是个包工头,把俺开除了。这下可就好了。你可别说,这个法提玛还真是个烈性子。她找到替人家招工的杰姆希尔,跟他说'给俺的阿里找个扛锄头的活吧'。他给俺找到活的当天,那女人跟俺说让俺把她也带上。俺就……"

傻丫头一甩脑袋,把落到眼睛上的刘海甩到了一边。"真是个婊子。"她说,"这样的话都说得出口。那你就……"

"俺就跟她说:好吧,你愿意,那就跟俺走。俺这副肩膀上有的是地方!"

一股妒火像刀子一样在傻丫头的心里划过。她朝阿里的腿肚子上狠狠地踹了一脚。她的这一举动又被民工头看见了:

"傻丫头——傻丫头!"

"叫你个大头!"

"别跟俺嚷嚷!"

"你才别跟俺嚷嚷呢!"

"你等着,看俺不过来收拾你这个发骚的臭婊子!"

在这个时候,民工头啥的根本就不会被傻丫头放在眼里。她满脑子只有阿里。她狠狠地盯了一眼阿里:

"真是只熊!"

"为啥骂俺?"

"说什么俺这副肩膀上有的是地方……"

"那时候你还……"

"小心俺把你的舌头给拧下来啊!"

"丫头啊,那时候不还没你嘛。俺的娘哎,那时候还没你呢!"

"还说那时候没有俺呢……"

"那时候有你吗?"

"要是对俺,你就不会这么说了……"

"咋不会啊?俺没这么对你说过吗?"

"当然不会这么说。你这么说了吗?"

"那俺刚才在沟底下对你说的是啥?"

"那是另一码事!"

"咋是另一码事啊?"

"那时候谁都会那么说的,连哑巴也会。装的呗——谁知道你跟法提玛还说了些啥啊?"

"俺跟你说的那些从来没跟她说过!"

"你也得敢说啊——"

"说了你能咋样?"

"把你那双瞧着俺的眼睛给挖了!"

阿里嘿嘿笑了。他感到很满足。但是,头顶上的太阳此时变得更加凶狠,令人无法忍受的热浪让人在平原上无法立足,以至于齐刷刷地起伏着的锄头在土里发出的"嚓啦"声也放慢了节奏。

时间还在流淌着。

太阳已经偏西,民工们的影子朝东越拖越长,热浪渐渐地失去了力量。微微泛起粉红色的天空中开始有三三两两的鸟儿飞过,偶尔也会飞来一群野鸭。

一会儿,队伍另一头的海达尔突然发现了一大群野鸭,立刻激动起来:

"快看,快看!这么多野鸭——真够多的呀!"

每个人都停下了手里的活,仰起头看着从天空中飞过的野鸭。

海达尔贪婪地说:"唉,现在要是有杆猎枪就太好了!"

另一个人嚷嚷起来:"看哪,还四只在一起呢!"

"跟你们说啊,以前俺有过一杆猎枪,可漂亮着呢!俺常常跟泽凯利亚、塞利姆、还有尤素福他们几个人带着猎狗去打野鸭……"

这当口,原本正在喝水的民工头冲着海达尔发作起来:

"他妈的海达尔……你也就会朝母鸭下手!"

"太容易了。"海达尔回敬道,"那又咋样?"

"能咋样?你这么打,真该断子绝孙!"

"说啥呢？俺打哪儿了呀？你的眼睛真是吃了酸奶了！"

争吵本来完全可能会一直继续下去的。但这时，监工的哨音再次响了起来。于是，锄头被扔在了一边，汗流浃背、疲惫不堪的人们重新五人一组地围坐在地上。装满了稀酸奶的敞口木桶正被从牛车上搬下来。这种稀酸奶，因为是用被机器过滤掉了奶油的酸奶加水调成的，所以被称作"没良心的稀酸奶"。

饭盆和木勺又一次分发了下去。在傍晚的清凉中，大伙儿拿着木勺向稀酸奶发起了猛攻。

这时，账房比拉尔跑过来，气喘吁吁地问：

"光头贾费尔在哪儿？"

民工头站了起来："比拉尔先生，你有啥吩咐？"

"光头贾费尔哪儿去了？"

"他在呢。有啥事？"

"他婆娘生了！"

胥绿的丈夫依旧是在"摔跤手"阿里这一组。他板着脸，看起来很恼火。尽管他听见了比拉尔的话，却无动于衷。民工头和比拉尔凑到他跟前。比拉尔说："他妈的贾费尔。"

贾费尔用毛茸茸的脸上一对小眼睛看了看他。

"你这个混账东西，你老婆生了！"

贾费尔既不生气，也没有问生的是男是女，倒是傻丫头替他问了。比拉尔回答："男孩。"

听到自己得了个儿子,光头贾费尔紧绷着的毛茸茸的脸先是满意地柔和了下来,接着,喜悦便如水般在他的脸上洋溢了开来。他激动地喊了起来:

"儿子!你是说俺有儿子了?"

"是儿子!"

"是俺的儿子吗?"

喊着,他攥着沾满了稀酸奶的木勺跳了起来,朝着庄园那边的草棚望了望。然后,他以一种更强烈的激动扔掉了木勺,疯了似的奔跑了起来。

在他的身后,所有人都大笑了起来。"这个可怜虫。"法特玛说,"前面一个接一个地生丫头,把他都生烦了!"而光头贾费尔的女儿根本不关心自己有了个弟弟的事,只是继续食欲旺盛地一勺勺喝着稀酸奶。两根跟她妈一样的脏辫子随着她身体的前仰后合不住地晃动着。

民工头说:"赛奈姆大姐该给她喝点糖浆。"

"喝过了。"比拉尔望着远去的光头贾费尔说,"少爷听说了,让俺给了她两杯糖浆,还有油……"

"愿东家长命百岁!"民工头说,"大家都看看,咱这东家呀,整个屈库鲁瓦就找不出第二个!"

海达尔在一边"嗨,嗨"地叫了起来。

民工头本想说"咱都得对东家忠心耿耿"的,被海达尔一搅和,没能说出口,便恼羞成怒地转身问道:

"刚才是谁叫的?是你吗,海达尔先生?"

"是俺，可俺还没当上先生呢。"

"俺琢磨着你肯定是吃了鱼，嗓子被鱼刺卡着了……"

"是卡着了。你过来把刺拔了呀！"

民工头装着没听见。

吃饱了的民工一个个地站了起来。阿里和傻丫头也从饭盆边站起来走到了一边。阿里困得要命，看见给民工们送水的一个水头正好经过，便招呼了一声。水头从生了锈的铁桶里舀了一大碗水递了过来，阿里用两只大手捧起碗，咕嘟咕嘟地喝了起来，然后是第二碗。

民工头在不远处像马叫一样吹起了口哨。

阿里跟民工头赌起了气，自己从铁桶里舀了第三碗水一饮而尽。

"啊哟——"水头嘟囔着，"真是只熊……"

17

民工们的晚饭正在准备着。

赛奈姆大姐往咕嘟咕嘟滚开着的大锅里倒进了碎麦粒。当她往锅里加盐和红辣椒的时候，比拉尔心事重重地来到了她的身边。

忙得满头大汗的赛奈姆大姐用手里的抹布擦着汗问："咋啦？"

比拉尔出神地想着心事,没听见赛奈姆大姐的话,甚至连法提玛凑过来都没有察觉。过了会儿,他叹了口气说:"唉!女人哪,真是搞不懂!"

"讨厌——"赛奈姆大姐说。

法提玛笑了:

"女人咋了?"

比拉尔转过身,这才看到了法提玛,便说:"女人,就是你们这些女人的事情。"

"俺们咋了?"

"俺实在是搞不懂你们!"

"到底为啥呀?"

比拉尔满腹心事地嘟囔着:

"胥绿生的时候,俺看见了……"

赛奈姆一下子直起了身子:

"呸!你咋能看呀……"

比拉尔耸了耸肩膀:

"为啥俺就不能看呢?"

"还有脸说为啥不能看呢。看女人生娃子,不光下流,还是罪过。有脸说呢……"比拉尔根本就没把她的话放在心上,继续说着:

"……那婆娘生的时候,浑身的血管一根根都暴了起来。可怜的婆娘,抓着马的草料一直在那里用劲,用劲。俺活了这把年纪,以前从来就没见过女人生娃子。这是头一回。女人的裤裆里头，俺倒是见过的，可那是另一码事。那婆娘的样子，真让人恶心。俺差点就吐出来了。俺就怕见血，现在还在俺眼睛跟前流着呢。俺饭都吃不下去了……"

赛奈姆大姐叹了口气：

"跟男人比起来，女人算个啥呀？是不，法提玛？"

"没错。男人是安拉在天堂里的仆人！"

比拉尔还在想着胥绿生孩子时候的样子。突然，他问道：

"所有的女人都跟胥绿一样生娃子吗？"

听了这话，赛奈姆和法提玛都笑了。赛奈姆说：

"你这疯子！那照你说，女人该咋生啊？她还躺着吗？"

"谁？"

"胥绿啊。"

"还躺着呢。躺上一晚，明天就能起来了。"

"少爷说啥了？"

"少爷可怜她了。说让她明后天都别出工了。你们看看人家少爷，这才叫有头脑啊。要是俺们跟她说别出工了，躺着，她根本就不会听的……"

赛奈姆带着点气恼说：

"他可怜的不是她，是他自己的娘和姐姐！"

"瞧你这话说的。她们生娃子的话，40天里都不会下床的。"

法提玛问：

"她把糖浆都喝了吗?"

"都喝了,跟喝水一样喝的。"

"俺就喝不下去,连一咖啡杯那么点儿都喝不下去。喝了就泛恶心。"

"胥绿好可怜。"比拉尔说,"一看见糖浆,咕嘟咕嘟就都喝了。"

"俺一喝,肚子里就难受。"赛奈姆说,"你说说,光头贾费尔干啥了?"

"啥干啥了?"

"见了儿子干啥了?"

"那个可怜虫,还能干啥?他是冲进马厩里了,可进去以后做了啥,俺就不知道了。"

说着,比拉尔朝法提玛眨了眨眼:

"马厩里能干啥,法提玛?"

法提玛咯咯地笑了。

赛奈姆大姐转身看了她一眼,问:

"丫头,你笑啥呢?"

法提玛说:"没笑啥。"

比拉尔贪婪地看着法提玛。要是再能跟她去趟马厩该多好。法提玛感觉到了他的这种念头,眼睛一直在逃避着比拉尔。突然,比拉尔似乎作出什么决定,拔腿朝胥绿生孩子的马厩走去。女人们在背后望着他。他走进马厩,在门边站住,朝依旧躺在新鲜的马粪上的胥绿看去。马厩里热乎乎的空气中充满了粪便和血的味道,地上是血迹斑斑的旧布头……胥绿刚刚出生的婴儿用旧布裹着,满脸发紫。婴儿的脸上不断有苍蝇落下、飞起。婴儿跟前,一只大脑袋的雄猫正舔着舌头盯着他。一会儿,猫似乎闻到了某种味道,嗅了嗅,然后蹿到女人的另一边,在马粪堆上刨了起来。婴儿没被埋好的胎盘被猫刨了出来。比拉尔看到了这一幕,便蹑手蹑脚地走了过去,飞起一脚踢了出去。那只畜生像球一样飞向了对面的墙,可两只眼睛还是盯着婴儿被埋在马粪里的胎盘。

地上一把沾满了鲜血、锈迹斑斑的剃刀让比拉尔把猫忘到了脑后。看来,女人生出孩子之后,就是用这把生了锈的剃刀割断脐带的。

他感到一阵恶心,立刻走出了马厩。

胥绿苏醒过来的时候,看见女儿正在自己的跟前。这个九岁的女孩因为顶替自己的母亲锄地而大汗淋漓,看起来十分疲惫。不过,女孩根本没在意自己,不停地驱赶着落在她那个刚刚出生的弟弟脸上的苍蝇。

胥绿用库尔德语问:

"你爹看见这娃子了吗?"

"看见了。"女孩眉开眼笑地回答。

"他开心吗?"

"开心得都要疯了。"

女人放心了:

"你去把他叫来!"

女孩便光着脚冲出了马厩。

她的父亲正和其他从田里回来的民工们一起,待在庄园后面放着鸡笼的空地上。疲惫不堪的民工们大部分四散在空地上等着开饭。

胥绿的丈夫光头贾费尔端着一只白铁皮的小盆站在赛奈姆大姐和法提玛的跟前,等着给自己的老婆打饭。看到自己的女儿跑来,他用库尔德语问:

"你咋来了?"

女孩也用库尔德语回答说:

"俺从俺娘那儿来。"

"她咋样了?"

"挺好。俺娘叫你呢!"

贾费尔来了气:

"她叫俺干吗?"

"不知道。"

要是女人生的不是男孩的话,贾费尔是绝不会去的,不但不会去,还会把她踩在脚底下的。可这回,她生的是男孩。于是,他把白铁皮饭盆交给女儿,朝自己老婆在里面躺着的马厩走去。

法提玛戳了戳身边的赛奈姆大姐说:

"瞧瞧你那位!"

赛奈姆看了看暮色中被橘黄色的炉火照亮了的贾费尔

的背影,笑了:

"女人生了男孩就值钱了!"

"唉,就让那个可怜的女人值点钱吧……"

"赶紧,咱俩把米饭倒到饭盆里吧!"

当碎麦粒煮的抓饭被从大锅倒进饭盆分发到民工们面前的时候,天已经很黑了。远处的山脊后,一轮黄铜色的巨大的圆月正在升起。疲惫的民工们充满食欲的吧唧声中混杂着远处传来的狗叫声。夜色中,萤火虫的光若隐若现,月亮的下沿正在努力地挣脱着山脊的束缚。

这样又过了一阵。

填饱了肚子的民工们一个接一个站了起来。他们当中,有人洗起了脸和嘴。不过,他们用的不是肥皂,而是泥土、冬青叶和茅草。

"摔跤手"阿里背靠着一棵矮小但很粗壮的无花果树在地上坐着,他的脚跟前是傻丫头。傻丫头正说着已经重复了无数遍的那些话:

"你就别指望她能给你带来半点的好。想想吧,少爷为啥要成天让她待在庄园里啊?"

"摔跤手"阿里看着对面,对面是一团漆黑。阿里看着,却什么也看不见。他在想着少爷为啥要成天让法提玛待在庄园里。阿里不是头驴,他其实是知道的。傻丫头一天到晚都在说这事。阿里也知道傻丫头为啥要整天说这事。成天在庄园里……这还用想吗?

过了一会儿,远处浓重的黑暗中一道光闪了一下,立刻就灭了。接着,光又亮了,变成了两道,随即又灭了。光就这么亮了、灭了、又亮了。阿里明白,这是一辆汽车,正朝着这边驶来。车灯的一明一暗,是因为道路的起伏。看着逐渐接近的车灯,他想起了在来屈库鲁瓦的火车上遇到的尤努斯师傅和维里。阿里笑了。自己那时候真够傻的!既不知道啥是汽车和车灯,也不知道人死了会被扔到哪里……

他想起了希达耶提的儿子。听他说,"嘴上没毛"哈桑死了之后,尸首被扔进了放死人的房间,鼻子和耳朵都被老鼠吃了。

他看了看傻丫头,突然问:

"你猜猜,一个人要是死在医院里,他们会把尸首咋样?"

傻丫头没想到他会问这样的问题,不过她还是回答道:"拉去埋掉!"

"错。"

"那他们会咋办?"

"他们会把尸首扔进放死人的房间。到了夜里,耗子就会跑出来把尸首的鼻子和耳朵吃了!"

尽管一点儿也不关心这种事,可傻丫头还是问了一句:

"你咋知道的?"

"你问俺?"

"还说呢,洗碗……"

"那你说俺干吗了?"

"你没听大伙儿都在说啥……"

法提玛一下子火了:

"大伙儿的眼睛都瞎了!你管大伙儿说啥干吗?大伙儿在背后也没少说你呀!"

"他们说俺啥?"

"说啥的都有。你管他们说啥!"

"是,俺管他们说啥干吗……俺能不管吗?大家都在说,你在少爷的房间里跟少爷这样那样的!"

"你当他们在背后不也这么说你吗?"

"他们也这么说俺?"

"是呢!"

"他们说俺啥?"

"说你跟傻丫头勾搭在一起!"

"摔跤手"阿里没有回答。法提玛对这事很在意,对阿里步步紧逼:

"你倒是说话呀!干吗不吭声了?"

阿里语塞了,便用力挠了挠痒痒。他能说啥呢?人家说的又不假。

"说话呀,混蛋!"

"没看俺痒着呢。俺身上出疹子了……"

"你是不是跟傻丫头勾搭了?"

"啊哟,你也真是……"

"还啊哟呢,有啥好啊哟的?在工地上的时候,你不也整天像条狗一样来勾搭俺的吗?还啊哟呢。你忘了那时候的事了吧,对不?你忘了当初跟俺说的'法提玛,啥事俺都愿意为你做'这句话了吧,对不?还有你把脑袋搁俺膝盖上让俺替你抓虱子的事……俺还是当初的法提玛。要是俺想找别的男人,一抓一大把。你倒好,找了个傻丫头来顶替俺。要换你就换好了。打今儿起,你去找那个满身虱子的傻丫头替你抓头上的虱子吧!"

她本该说完这话拔腿就走的,可她没走,而是紧盯着阿里。眼前这家伙像头猪,眼睛盯着地上,连个屁都不放。

法提玛抽噎了起来:

"唉,看看俺,俺可真够倒霉的。当初以为你是个男人,才把俺那个像狮子一样的男人踹了,跟了你……"

阿里抬起了一直低着的大脑袋:

"他又不是你正经的男人!"

"不是又咋样?他终归是俺男人,你倒是学学他啊!"

"要是你还跟着他,他早就在赌桌上把你输掉了……"

"他把不把俺输掉有啥要紧?他到底是俺男人。看样子你现在是打算跟傻丫头在一起了,对不?"

她看着阿里,看着,看着,然后踉跄地走了,边走边自言自语。不,她是在吼叫着:"……说什么早就把俺在赌桌上输掉了呢。输掉就输掉。他是俺男人!真是只狗,狗崽子！俺真该把自己这疯了的脑袋往石头上撞！让你把个好端端的男人给踹了，跟上这么只饿狗！哎哟，瞧瞧俺哪，活该……"

她在炉灶边停下了脚步。

"比拉尔说的难道都是真的？"

刚才一直远远地盯着法提玛和阿里的比拉尔突然出现在她的身边：

"丫头，你站在这里发啥呆呢？"

法提玛被吓了一跳，转过身，这才发现来的不是别人，正是比拉尔。

"怎么是你？"

"你发啥呆呢？"

"看来你说的都是真的……"

"俺说的啥？"

"你不是说他跟傻丫头在一起吗？"

比拉尔没有接茬，而是抓住了法提玛肤色微深的小手。女人没有表现出平时的那种挑剔，显得很温顺。

"得意个啥？"她说，"不就是从妓院里出来的吗？妓院里出来的女人有个好？"

比拉尔攥紧了她的手：

"没个好。"

说着，他拽着法提玛的手朝马厩走去。女人没有进行丝毫的抵抗，心事重重地跟在他后面。到了马厩的门口，她站住不走了。

比拉尔问:"咋了?"

"胥绿不是在里面吗?"

"不在,宝贝。"

"她去哪儿了?"

"他男人把她接到庄园那边去了……"

马厩里依然散发着混杂着血腥的马粪味。比拉尔想抱女人,被女人推开了。

"等等!"

"为啥?"

"你得先答应俺……"

"答应啥?"

"你会让俺一直待在庄园里的,对不?"

比拉尔激动得声音发颤:

"对。"

"你保证?"

"俺保证!"

"要是你说话不算数咋办?"

男人已经没有工夫说话了,扑上去一把抱住了女人。女人挣扎着。

"看你这猴急的样。"女人说,"住手,混蛋!会有人来的。啊哟……看看你……"

女人被压倒在马粪上,可还在挣扎着,扭动着。过了会儿,她说:"你去把那门,把那门给关了,你这个疯子,讨厌鬼!"

比拉尔跪着探过身子,把门推上。

赛奈姆大姐来到成堆的脏饭盆边朝四周看了看。法提玛不知道去了哪里。炉膛里的火快灭了,用来洗餐具的水也凉了。她正要喊法提玛,脚蹬一双锃亮皮靴的少爷从草棚一角走了出来,来到了赛奈姆大姐的身边:

"那个生娃子的女人咋样了?"

"托你的福,她好着呢。"赛奈姆回答道。

"她把油和糖浆都喝了吗?"

"这还用问?咕嘟咕嘟地全喝了……"

"她最好明天再躺着歇一天。别出啥岔子,会给咱找事的。我知道说了也白说,可咱们还是得当心,别让那些狗去嚼舌头,说咱虐待啥的……"

"啥事儿也不会有。"赛奈姆说,"他们跟狗一样。用不了躺多久,就能站起来到处溜达。你让他们躺,他们都不会躺的!"

"这我知道,知道。可问题是,千万别给咱惹事!"

夜色深处传来阵阵蛙鸣。

一个孩子的啼哭传向夜色深处。

这是某个民工七个月大的孩子。孩子的左胳膊被他那个疲惫不堪的母亲压疼了。孩子一哭,女人醒了。她实在困得不行，连连骂着"讨债鬼，讨债鬼"。

骂着，女人把自己孩子的胳膊一使劲甩到了另一边。此时，她的丈夫一边翻来覆去，一边说着梦话："俺没吃饱，真的没吃饱……"

女人借着月光看了看自己丈夫的脸。在浓重的夜色中，除了丈夫被月光微微照亮的胡子拉碴的脸，她别的什么都看不见。然后，她把目光转向了远处。排水沟那边有一道亮光，可女人根本就不关心，倒头便躺在了自己丈夫的身边。

棉田那边的水沟边，确实出现了一盏厚玻璃的水手灯。最先出现的是灯光，接着是抖动的影子，人的影子。有人凑着水手灯黄色的灯光，低头在本子上记着当天晚上赌博时借了他们钱的人的名字。

"记上，半里拉的大麻和两杯茶！"

"记在谁的头上？"

"库尔德人海达尔。"

"好嘞，记下了。别的呢？"

"给维里记上一里拉的大麻！"

"别的呢？"

"凯克欠两杯茶钱。"

"两杯茶钱……"

"疯子也欠两杯茶钱。"

"……"

"……"

举着灯的男人合上本子塞进了自己的口袋。然后想起了什么,说道:"对了。那事儿成了。明天把他叫来,让他滚打谷场去!"

"那女人同意了?"

"这还用问吗?"

"她咋说的?"

"她还能咋说?俺跟她说能让她待在庄园里,她信了……"

"这下你称心了。"

"没错。"

"可要是那家伙不肯去,咋办?"

"他咋能不肯去?这儿又不是他家开的。你就直接拎起他的尾巴给扔走,容不得他说不去。你说的时候,俺会来帮腔的。他又不是她正经的男人!"

"你说的是。"

说完,两人分开走了。

举着灯的男人"噗"的一声吹灭了水手灯。

弥漫着虫鸣的夜幕下,传来四散躺着的民工们的阵阵呻吟,蝙蝠们在银色的月光下穿梭着。

提灯的男人消失在了农庄盖着芦苇秆的土屋间的黑暗中。

泥土是热的,泥土是疲惫的,充满着睡意。

偶尔有一颗星星划出一道明亮的斜线，熄灭在闪烁的星空深处。

很远处传来一阵狗的叫声。

一声马的嘶鸣，接着是一头小牛犊的"哞哞"声。

此时，晨光还只是远山背后的一片蒙蒙的灰色。

灰色正缓缓地降临在平原之上。

这样又过了一阵，男男女女、老老少少的民工们开始被唤醒。还没睡醒的人们，即便睁开了眼睛，可还是会立刻翻滚回那睡意黏稠的黑暗之中。但是，他们是无法尽情地享受这甜美的深渊的。

"看看你这头熊！"

"快起来，混蛋！"

"你这婊子养的，谁让你去赌钱的？要不你有的是时间睡觉！"

"再不起，俺可要抽你了啊！"

"……"

"……"

地平线上的灰色已经放白了。

民工头来到正提着裤裆站着的阿里身边。阿里粗鲁地打着哈欠，正要去撒尿。"喂，"民工头说，"你杵在那儿干嘛呢？"

阿里耸了耸肩膀。

"俺要派你去打谷场那儿。"工头说，"你去吗？"

阿里吃了一惊。这个民工头可还从来没有跟他这么你我相称过的。

"你是派俺?"

"就是你。"

"去打谷场?"

"是去打谷场。"

"打谷场是干啥的?"

"打谷场嘛……就是脱粒机那儿!"

阿里把一只手伸进衬衫,用指甲在汗渍渍的身上挠着,一边想着。民工头问:"你想啥呢?"

"哎呀,头儿,俺哪儿知道啊?"

"那里要一个扛工的和一个坐台工。俺打算派你跟希达耶提的儿子一起过去……"

阿里心烦地看了看他:

"那法提玛咋办?"

"你别去想法提玛了。跟你说,法提玛是俺的妹子。只要俺活着,就亏待不了法提玛。你就别操心了。俺会让她待在庄园里,让她帮着做做饭,跑跑腿。钱一分不少。不过,你还真生来就是干看机器活的料。瞧瞧你这身板……俺这可是替你想呢。那儿的工钱也多。钱多的活,俺干吗要给那些不知道底细的外人呢?"

满脑子想着法提玛的阿里,注意到了民工头一副拍马屁的样子,便说道:"你又不是俺的乡亲!"

"一个人会看在乡亲的分儿上替别人着想吗?"

"那是为了啥?"

"俺是看你这身板,看你是个当摔跤手的料……行了吧?"

"啊哟,俺哪儿知道啊?"

"真他妈的,你的事你自己不知道,谁还能知道啊?"

"要是法提玛也来的话……"

"打谷场上可没女人能干的活。法提玛就待在这儿,帮着做做饭,一分钱不少拿!你别想着法提玛。俺不是跟你说了嘛,法提玛是俺妹子。再说了,你跟法提玛肚皮又没连着!"

阿里继续争辩着:

"法提玛要是不来,俺咋办?"

民工头恼了:

"你他妈的,真是头牛犊子!告诉你小子,俺是不会把法提玛吃了的!法提玛就待在这儿,帮着做做饭,一分钱不少拿!"

这时,比拉尔凑了过来:

"这是咋了?"

民工头简要地说了一下。"好事啊。"比拉尔说,"他干吗不肯去?"

"俺咋知道啊?老是在唠叨着法提玛,法提玛。俺跟他说了,法提玛就待在这儿,帮着做做饭,一分钱不少拿。

可他就是听不进去……"

"那他想咋样？"

"他非要法提玛也跟着去。哎呀，账房先生哪，你瞧瞧他！"民工头说，"这话可不是俺说的啊，可是他说的，他说你们有啥本事，就使出来好了……"

比拉尔火了：

"这话是他说的？你还不把他赶紧撵走？"

"摔跤手"阿里满腹狐疑地看了看比拉尔。

"你看啥看？"比拉尔说，"招工的时候不是跟你说好了八个礼拜吗？"

"没错啊。"民工头说。

阿里也点了点头：

"他跟杰姆希尔大叔说好了八个礼拜……"

"那不就得了？既然你们说好了，哪里要人，你就得去哪里。你凭啥说不去啊？这由得了你吗？"

"俺又没说不去。""摔跤手"阿里说，"俺去是要去的……"

"那还不快去？"

"要是法提玛也……"

比拉尔打断了他：

"法提玛得待在这儿！她得帮着赛奈姆大姐。再说了，法提玛是你啥人啊？"

"摔跤手"阿里回答："是俺的女人。"

"她咋是你的女人呢？"

"那她是俺啥人?"

"啥也不是。"

"你这说的是啥话。"阿里说,"啥叫啥也不是啊……"

"既然你说她是你的女人,那你给俺瞧瞧你们的结婚证!"

阿里诧异了,圆圆的大脸盘先是朝着比拉尔,然后转向民工头,然后又朝着比拉尔,啥也没说。

比拉尔来劲了:

"快给俺瞧瞧啊!"

阿里耸了耸肩膀。

"看到了吧。你拿不出来!要她真是你的女人,你早就拿出结婚证了。再说了,法提玛又不要你!"

阿里像挨了一拳头般晃了一下:

"法提玛……不要俺了?"

"就是不要你了。她跟俺说:俺不是他的女人,他是把俺从俺男人那里抢来的!"

"这话是法提玛说的?"

"就是法提玛说的。"

"不会,法提玛说啥也不会这么说的。俺还不知道法提玛吗?"

他涨得满脸通红。

比拉尔冲着民工头说:"去,把那个法提玛叫来。"

民工头一路小跑地走了。过了没多久,他带着法提玛

来了。比拉尔问:

"丫头,这个阿里是不是把你从你男人那里抢来的?"

法提玛满含着怨气回答说:"这混蛋把俺抢来了,又让俺没脸做人!"

阿里激动了起来:

"法提玛,俺啥时候让你没脸做人了呀?真是见鬼了……"

"没错,是见了鬼……"

"就是见鬼了。俺咋让你没脸做人了呀?"

"大家都咋说的?"

"咋说的?"

"说你跟傻丫头一起……"

"法提玛呀,你干吗要管大家说啥呢?大家不也说你……"

法提玛握起两只拳头抵在腰间:

"都说俺啥了?"

"说他们让你成天待在庄园里!"

"俺待在那儿,对你又没啥坏处。俺帮着做饭……"

这时,比拉尔插了进来,对法提玛说:

"俺们要派他去打谷场,可他非说让你也去。打谷场上又没有女人能干的活!"

法提玛语气坚定地说:

"有活俺也不去。俺享俺的福!"说完,疾步走了。

"摔跤手"阿里攥着两只拳头,满脸通红地望着法提玛离去的背影。可事实上,女人早已消失在了土坯的草棚之间。

"赶紧了。"民工头说。

"摔跤手"阿里的目光依然停留在草棚间法提玛消失了的方向。

"你倒是赶紧啊!"

"不就是个婆娘嘛。"比拉尔说,"最好是让安拉去惩罚她。她就是不要你了。俺要是你的话,婆娘不要俺了,俺要再看她一眼,就不是人!她就只有下半身是女人。再看看你,多棒的小伙子啊!"

"这还用说嘛。"工头接过话茬,"没人能比的棒小伙。婆娘算个啥?不就是多长了四个手指头这么长、装尿的肠子嘛。那样的婆娘,你随便一把,就能抓上50个!"

此时的阿里,耳朵里听不见半点声音。他的心里燃起了火。就连傻丫头,也根本没在他的眼里。法提玛走了。她居然走了!他想起了已经变得遥远的那些夜晚,那些遥远、非常非常遥远的夜晚,那些"土财主"穆什和其他人吹着口哨、用拳头捶打窗户、唉声叹气的夜晚,那些他脱下她四指长的蕾丝短裤的夜晚,还有她喊着"你这个猪崽子!等你放开俺,看俺不宰了你"的夜晚。

她不是曾经拧着你的肉,捶着你的肩膀,嗅着你的脖子咬你的吗?那一切,现在都到哪里去了?此时,阿里仿佛闻到了她的气息、滚烫的气息,仿佛听见了她的哭声。她曾经哭过的。她哭着对自己说:"阿里,把俺从这头斜眼的熊手里救走吧。"

突然,他注意到了比拉尔:

"……这儿可是城里,不是你们乡下。没有结婚证,你可不能身边带着个女人,不然会被罚得很重的哟!"

"……阿里啊,快来把俺从这头斜眼的熊手里救出去,快把俺从这里带走吧。让俺跟着你,阿里,你让俺为你做啥都行。阿里啊,俺的阿里,俺唯一的男人,俺的狮子。把俺从这里带走吧,带俺离开这里,救俺出去吧。阿里,看在安拉的分儿上,把俺带走吧。他们要让俺去当妓女,快救救俺吧。俺求你了。在这世上,除了你,俺再也没有别的亲人了。别把俺扔下不管……"

想着想着,阿里突然毅然决然地甩开大步朝庄园走去。

比拉尔在他身后喊了起来:

"你这是要去哪儿?嗨,你这是去哪儿啊?"

阿里根本就没听见,继续走着。

民工头追了上来,一把抓住他的胳膊,想要阻止他。可膀大腰圆的小伙子只是一挥,就甩掉了他的手,继续往前走。

民工头和比拉尔抱着最坏的打算跟在他后面跑了起来。

法提玛正蹲在炉灶边洗着餐具。她的身边是赛奈姆大姐。

阿里像一个愤怒的孩子般站到了法提玛跟前:

"你真的不肯跟俺走?"

法提玛根本就没有抬眼。

阿里等着她说些什么。

比拉尔、民工头和赛奈姆也同样等待着。

可法提玛继续着手里的活。

阿里站了很久，然后再一次毅然决然地离开，拿来了自己的背囊和铺盖。

翻耕的民工们已经开始下地了。一会儿，傻丫头从他跟前走过。因为知道事情的起因，所以傻丫头一点也不吃惊。接着，胥绿、胥绿的丈夫，还有他们九岁的女儿，怀里抱着刚刚出生的弟弟，在妹妹们的簇拥下也从他的跟前走过。

民工头招呼起另外一个没有露面的小伙子：

"喂——赶紧了，希达耶提的儿子！"

18

油漆斑驳、巨大的"四条半腿"黄色脱粒机顺着风向、东西向地摆着。在连到不远处一台拖拉机疯狂转动着的转轮上的一条又粗又长的皮带的作用下，脱粒机粗鲁地工作着，如同一只巨大的知了。不，脱粒机简直就是一只知了！知了是不论时间、不论地点、无休无止地叫的，脱粒机也是如此。只不过脱粒机是发着"咔哒、咔哒"声，但也是保持着同一节奏的"咔哒、咔哒"声不停地工作着的。

太阳正从东方缓缓升起。

太阳正缓缓地吞食着清晨凉爽的湿润。

为了填饱脱粒机永远无法填饱的肚子,20名扛工如同冲锋般来回奔跑着运送麦捆,此时早已汗流浃背了。从半夜一点到现在没有停歇过的这些面如土色的人们,仿佛因为不断流汗而干瘪了。他们中许多人干裂的嘴唇上结着雪白的痂,眼睛里布满了粗粗的血丝,连他们的唾沫都已经非常黏稠。

在东家眼中,他们这些人干的活仅仅是从麦田里把一捆捆带穗的麦捆扛到脱粒机那儿这么简单。他们奔跑着,把麦捆递给脱粒机上的"坐台工",然后跑回麦田,去扛来新的麦捆。坐台工则是把从这些扛工那里接过来的麦捆塞进脱粒机的喂料口,努力地去喂饱"咔哒、咔哒"地工作着的机器永远填不满的肚子。

坐台工的工作比扛工的要困难得多。他们必须用布把自己的脸和脖子包裹得严严实实,还得戴上让他们看起来像飞行员的防尘镜……可即便如此,他们还是无法摆脱飞扬的碎屑,麦秸的碎屑。这些碎屑如金粉般细小。它们钻进布条底下,粘在布条试图保护着的汗湿了的脖子、肩和背上,制造出令人疯狂的奇痒。

但是坐台工是没有权力去挠痒的!

他们在接冲锋而来的扛工递过来的麦捆时哪怕是片刻

的耽搁，都会打破整个工作的秩序，让一切变得混乱不堪。因为这样的片刻经常会造成可怕的事故，所以坐台工必须像机器一样有规律地工作。他们绝不能去挠，绝不能去想，也绝不能干其他任何事！任何能造成片刻停顿的事，都会破坏整个秩序，引发一阵对骂。坐台工骂扛工，扛工也骂坐台工。即便如此，双方之间的对骂声也会被脱粒机在阳光下发出的巨大的"蝉鸣"所吞噬、吞噬。

从脱粒机的喂料口塞进去的麦捆，在以每分钟 1200 转的速度飞转的刀片之间迅速碎裂、变小，麦粒便如金黄色的瀑布流入套在脱粒机底部的木漏斗上的麻袋。而麦秸，则以如同金粉般细微、金黄的碎屑形态从机器的另一端倾泻在地上堆积起来。

工头仰头看了看太阳。早就该让民工们休息了。工头是知道的，可他故意拖延着，以便最大限度地延长工作的时间。

他来到脱粒机师傅跟前。师傅是个矮矮胖胖的人，正斜躺在水箱的阴影中睡眼惺忪地翻看着一本名叫《马达》的、被机油弄得脏兮兮的旧书。看见工头过来，脱粒机师傅赶紧坐了起来说：

"来，头儿。"

工头问：

"咱让不让他们歇会儿？"

师傅笑了:

"这就看你的良心了呀……"

工头又抬头看了看太阳,笑了。这一笑,让他那张在阳光下看起来像羊皮的脸上一道道深深的皱纹暴露无遗,他的脸也比平时更加难看了。他朝着脱粒机和周围超负荷工作着的那些人望去,但似乎什么也没看见。也许他是看到了,但因为满脑子想的都是这片田地和麦子的主人和主人看到活干得如此利落而给予他的表扬,以及随后的小费,他对民工们便视而不见了。突然,他注意到麦捆运输过程中出现了一些推推搡搡的现象,可能是工人们吵架了。

于是,他取出哨子用力吹了起来。不过他的哨音,也和被脱粒机吞噬了的其他声音一样,在正午极度的炎热中被机器的轰鸣融化了。

"让这些王八蛋们再干会儿!"他看着脱粒机师傅说。

他的这种冷酷让师傅生气了:

"安拉真该让你头上流脓,脚上长疮!只要一有机会,你就变成了个法老!"

工头讪讪地笑了,然后说:"那好吧。看在你的面子上,俺就让他们歇歇!"

"俺的面子能值几个钱?"

"那你要咋样?"

"你让他们歇,是因为这些家伙有权力歇。他们干的可是重活。你以为像你这样冷酷地让他们多干就能多出活吗?"

这些话,是愚蠢的工头所无法理解的。

"俺哪儿知道呀?"

"既然你不知道,干吗还占着这个坑?"

工头又被师傅窘在那里了,只能暗地里恨得咬牙切齿。眼前这个家伙根本不是啥师傅,而是他的一块心病。恨这家伙的,不仅仅是他这个工头,还有东家。但是,尽管他们恨他,可也拿他没办法。把他开除了的话又能咋样呢?这个工作总是需要一个师傅的。这个师傅走了,还得来个师傅。这些师傅啊,也不知道咋回事,总是比东家和其他人都有智慧。

工头从黑色免裆裤里掏出哨子吹了起来。尽管如此,大汗淋漓地奔跑着干活的人们还是有一段时间不由自主地延续着原来的节奏。终于,人们放慢了节奏。趁着这当口,师傅的助手让带动脱粒机工作的拖拉机熄了火。

工作停止了。

在脱粒机上面的坐台工"光头"夏穆丁和库尔德人泽伊奈尔一把扯下围在脖子和嘴上的布条扔到一边,把防尘镜架到了脑门上。他们的脸仿佛在开水里煮过一般,嘴唇上裂着大口子。这两个都是大块头、不听话的主,让工头有些怵。

年纪稍轻的泽伊奈尔抬头看了看太阳说:

"你看看,日头都升到啥地方了,才让咱歇!"

他那位对这种事一般不会介意的搭档,是一个 40 岁出头的库尔德人,会的土耳其语非常有限。他对自己的搭档泽伊奈尔从来都是言听计从。他看着泽伊奈尔。如果此时泽伊奈尔指着工头对他说"去,把那只王八除了!"他也会二话不说地立刻执行的。

"没心肝的混蛋!"泽伊奈尔说。

"光头"夏穆丁依旧看着泽伊奈尔。

两个搭档朝装面包的麻袋走去。

疲惫不堪的民工们已经把装面包的麻袋团团围住。看见泽伊奈尔和夏穆丁过来,大伙儿立刻给他们让出了条路。泽伊奈尔凑到一条麻袋跟前,拿了一块又干又硬的黑面包。

"大伙儿都瞧瞧。"他说,"简直跟他妈的石头一样嘛,还长毛了。他们还算是穆斯林吗?"

说着,他把面包扔回了麻袋里。

他说的没错,面包确实硬得像石头,还发了霉。可即便如此,饥肠辘辘的民工们还是每人拿起一块面包,朝"黑桃"维伊塞尔摆的茶摊走去。"黑桃"维伊塞尔是工头的外甥,一个极其善于见风使舵的家伙。他守着摆在麦田边粗矮的桑树树荫下的一只白铁皮茶炉卖茶水给民工们,他那个没读完小学四年级就辍学了的儿子亚森则负责在硬纸板封皮上用花体字写着"记事本"字样的小本上记录民工们余的账。

"黑桃"维伊塞尔一看见泽伊奈尔和夏穆丁,便立刻迎

上前去招呼道:

"哎呀,俺的泽伊奈尔大爷、夏穆丁大爷,快请!"

然后对自己的儿子说:

"亚森,快给两位大爷端茶!"

泽伊奈尔可不吃他的这一套:

"哦哟,还大爷呢。这里谁是大爷啊?"

维伊塞尔说:

"当然是你跟俺的夏穆丁大爷嘛!"

夏穆丁哼了一声。

泽伊奈尔咒骂了一遍"黑桃"维伊塞尔的大爷,然后两个搭档在桑树的树荫下蹲了下去。

"黑桃"维伊塞尔已经回到了茶炉边。

他不停地把茶杯斟满,一路小跑地送给客人,然后迅速收拾起空了的杯子重新斟满。维伊塞尔的儿子则是一刻不停地在小本上记着账。

这中间,也有人来这儿赌钱的。

这不,"无赖"内齐尔跟三个同伴来了:

"喂,维伊塞尔,你不把色子给咱吗?"

有人来赌,是维伊塞尔巴不得的事。可他的舅舅不想看到有人在工间休息的时候赌钱。

"没时间了。"维伊塞尔说,"把你们的劲攒到午休吧。你们喝杯茶不?"

身材矮小、留着油亮的小黑胡子的内齐尔说:"喝啥茶呀？昨儿晚上俺都输了八块五了……"

维伊塞尔说：

"都输了八块五了，那你拿啥来赌啊？"

"瞧你说的。那就得仗着咱的维伊塞尔大爷了呀……"

维伊塞尔又问了一遍：

"你们喝茶吗？"

内齐尔和同伴们来到桑树下，坐到了泽伊奈尔和夏穆丁身边。内齐尔说："你给的话，俺就喝。"

说着，他从怀里掏出黑面包，掰成了两半，相互敲打了起来。

"石头。"他说，"真他妈的是石头！"

泽伊奈尔闷声闷气地说：

"就是石头，真该用这玩意儿把东家和那些狗腿子的脑袋砸开花。这帮混蛋，他们自己能吃吗？"

内齐尔的一个朋友在一边说："说的没错。"

茶装在被称作"骑士"的高脚杯里端了过来。端茶的是维伊塞尔。因为知道眼前这几个喝茶的人是这里最不好惹、最不怕死的人，所以维伊塞尔不由自主地玩起了他那套见风使舵的手腕：

"先生们请！"

泽伊奈尔怒气冲冲地瞪了他一眼。

内齐尔说："别逼俺说脏话啊！"

"为啥？"

"你才是先生呢,还有你的爷!"

说完,内齐尔看了看泽伊奈尔:

"咋样?"

泽伊奈尔叹了口气说:

"他那个拉皮条的舅舅才是先生!"

"黑桃"维伊塞尔跟平时一样打起了哈哈:

"他天生就是个拉皮条的啦,泽伊奈尔大爷!"

"俺也不是啥大爷。"

"为啥不是?"

"如果俺是大爷,就会像你舅那样对大伙儿张口就骂,出手就打,还会去卖大麻,让俺的外甥卖茶,赌钱!"

说到这儿,泽伊奈尔的愤怒一下子爆发了出来:

"俺会给俺的主子和外甥啥的找女人,找不到的话,会把自己亲生的闺女和自己的婆娘……"

维伊塞尔听不下去了:"打住!"

"为啥要打住?俺说错了,还是戳到你的痛处了呀?"

"光头"夏穆丁在一边气鼓鼓地盯着地上的一只绿蚂蚱。

为了不把事情闹大,维伊塞尔没接茬。泽伊奈尔也没再跟他纠缠。这时,内齐尔和同伴们已经喝完了茶,把茶杯递了过来。内齐尔左看看,右看看,心里感到一阵空虚,感到缺了些啥。过了会儿,他说:"你真是的,维伊塞尔!"

卖茶的"黑桃"维伊塞尔转过身:

"啥事?"

"你能不能把那玩意儿给俺啊?"

"啥玩意儿?"

"色子呀。"

"不行。"

"为啥不行?"

"休息的时候不许赌钱!"

"哎哟,维伊塞尔,俺又不是要赌。"

"那你为啥要?"

"也没啥呀。俺就是想练练手啦。"听了这话,维伊塞尔从口袋里掏出两粒大色子扔在他跟前。内齐尔贪婪地一把抓起了色子,然后把汗津津的手掌在泥地上擦了擦。他的那些同伴们早就围住了他。内齐尔把色子晃了又晃,然后掷了出去:两个六点!

"缺德!"内齐尔骂道,"真玩起来,你就不来了。"

泽伊奈尔和夏穆丁站了起来。

工头、脱粒机师傅和他的助手正坐着吃早饭。因为打谷场是租来的,按照惯例必须犒赏师傅和工头,所以他们的早餐有牛奶、奶酪和白面面包。

泽伊奈尔从他们身边经过的时候白了他们一眼说:

"恶棍。从来就不想着让穷人喘口气。"

"光头"夏穆丁很平静。泽伊奈尔接着说:

"不信安拉的家伙。真该拿把钝刀把他们的脖子一点点割断！"

"光头"夏穆丁用库尔德语问：

"连师傅一起吗？"

"那不行。师傅可是个好人，也是个苦出身。该死的是那个混蛋工头。"

对此一无所知的工头，此时一仰脖喝掉了最后一点牛奶：

"舒服啊！"

一直在一边羡慕地看着他们的"勇敢的"凯马尔赶紧说："祝您胃口好，大人！"

师傅愤愤地看了看这个留着黄色小胡子、身材像蚯蚓一样的年轻人。他从来就不喜欢这个溜须拍马的家伙。

"谁是大人？"师傅问。

"师傅，大人就是咱的工头啊。"

"他喝牛奶关你啥事？"

凯马尔带着一脸像蜈蚣一样的讪笑嘟囔了道：

"是不关俺的事。"

"那你还要干吗？"

"你们吃，也是为了俺们嘛。"

"你说的是真心话？"

"啊哟，你还不知道俺？"

说着，他转身向着工头：

"是不，爷？你还不知道俺吗？"

工头很吃他这一套,点了点头说:

"师傅啊,凯马尔是个好小伙子。你让他去死,他都没二话!没人能比得上凯马尔。那些苦力当中有啥事,在捣些啥鬼,俺都是从他那里听来的。没人能跟凯马尔比的!"

师傅也正是因为这点才恨凯马尔的。

工头站起了身说:

"走,师傅,咱去一人来一杯浓茶。"

师傅也站了起来,对助手说:"你去给机器上点油。"

他们一起来到"黑桃"维伊塞尔的茶摊跟前,一屁股坐在了刚才泽伊奈尔和"光头"夏穆丁待过的桑树荫下。"维伊塞尔,赶紧。"工头喊道,"快让咱瞧瞧你的手艺!"

维伊塞尔立刻迎了上去:

"这就来。师傅,给你来杯浓点的?"

师傅点点头。正在这时,一个民工用库尔德语嚷嚷了起来:"快看,你们快来看啊,看看这虫子!"

说着,他指着掰成两半的黑面包里扭动着的白乎乎的虫子让大家看。

另一个民工说:"凑合吃啦,就当是肉馅了。"

还有一个民工说:"但愿安拉别让俺的嘴空着。"

接着,其他民工也纷纷抱怨了起来:

"可不是。让咱有肉吃呢!"

"那些成天吃撑了的混蛋可不用这样的。"

"……"

"……"

工头怒气冲冲地问：

"这是谁呀？"

没人回答。

手里拿着长了虫子的面包的民工也为自己刚说的话感到了后悔。他看了看左右。因为他知道，对这种事情一向会怀恨在心的工头一有机会肯定会报复。即便啥也不做，下次招工的时候他也不会用自己的。

工头穷追不舍地又问了一遍：

"他妈的，刚才是谁？"

长了虫子的面包的主人不得不开口了："没啥事，头儿。"

工头的火一发而不可收了："你们这些家伙，难不成得让饭店给你们送白面面包来？"

他的鼻孔因为恼火而涨得大大的，喘着粗气。正当他要继续吼叫咒骂的时候，"光头"夏穆丁和泽伊奈尔突然出现了。

于是，工头便不再发作：

"拿去换一块！"

民工拿着长了虫子的面包朝麻袋走去。泽伊奈尔为了让工头难堪，在他的面前蹲下身，哗啦啦撒了泡尿，然后跟夏穆丁一起离开了。他本来也没搞清楚这里发生的事。

要是他搞清楚了的话，尤其是工头也在场，他的嘴巴是绝对不会饶过的。

工头恨恨地看着他们的背影骂道："臭狗屎！瞧他那副德性。算俺今天倒霉！"

师傅很清楚其中的原委，可还是暗笑着明知故问："为啥？"

"他就是粒坏了一锅粥的老鼠屎，成天在苦力当中煽风点火。"

站在他们身边的维伊塞尔问：

"舅舅，这家伙想干吗？"

工头吼道：

"想找茬呗！"

"长了虫的面包这事肯定也是他在背后捣的鬼！"

"当然啦。这还用你说？"

"你没看刚才你一嚷嚷，他就跑出来了。"

"肯定的。要是没有他，俺的这些苦力一个个都跟羊一样听话！"

突然，他注意到了脱粒机师傅，师傅还在偷偷笑着。看在他是师傅的分儿上，自己才没吭声，可他真是蹬鼻子上脸，看起来对那个混蛋泽伊奈尔说的和做的很满意。要真是这样的话，自己只要跟东家一说，东家再跟宪兵去这么一说，那能不能保住性命，就得看他的造化了！

想着，工头掏出哨子怒气冲冲地站了起来。

"你这是咋了？"维伊塞尔问，"咋突然火了？"

"俺要让他们干活了。"

"你再喝杯茶吧。"

"算了。对这帮人，对这帮狗崽子，不能发善心！"

说着，他使劲吹响了哨子。

这个比平常短得多的工间休息，惹怒了疲惫的民工们。人群中响起了一片抱怨声：

"这是啥意思啊？这是他妈的啥意思啊？"

"真是个王八蛋。他妈的，气都不让人喘。"

"跟法老没啥两样，混蛋一个！"

"……"

"……"

正仰面朝天躺着的泽伊奈尔直起身朝哨音响起的地方看了看，然后问："是要开工了？"

"是呀，开工了。"有个人说。

"咋这么快啊？"

"朋友，他可没少这么干。"

哨音更响亮地吹了一遍。

民工们围住了泽伊奈尔。

人群中有个人说："泽伊奈尔大爷，给这家伙点颜色看看。"

泽伊奈尔打断了他的话：

师傅说得一点也没错。工头答不上来，便转身对维伊塞尔说：

"维伊塞尔，给俺来杯茶！"

说完，他叹了口气，恼火地摇着头低声吼道：

"让他等着瞧吧。"

师傅问：

"你说的是谁？"

"不管是谁。"

"是泽伊奈尔吗？"

"除了他，还有夏穆丁，阿里，维里……谁要是捣蛋……"

说着，他接过了维伊塞尔递过来的茶。师傅问："那你是打算让他们走人了？"

工头恨恨地说：

"让他们马上走人。可没有可以顶替他们的人哪！要是能找到顶替他们的人，俺知道该咋办！"

说完，他怒气冲冲地喝起了茶。

师傅像看笑话似的一直在他细细的小胡子下面偷笑着，而最让工头别扭的就是师傅的这种样子。他本该跟自己站在一边，帮着自己，可他倒好，要么袖手旁观，要么像是跟泽伊奈尔站在一边似的一直在笑。

当然，即便如此他也不愿意跟师傅闹僵。

"维伊塞尔，"工头说，"给师傅也换杯新茶！"

师傅直起身说：

"不要了。"

"为啥不要?"

"喝了茶脑袋不舒服。"

说着,他慢慢地走了。

维伊塞尔凑到了他舅舅的身边,朝着师傅慢吞吞离开的背影看了一阵,然后说:"舅舅,这哪儿像个师傅啊?本来应该跟你站一边的,可……"

工头被戳到了痛处:

"去跟苦力们站一边了!"

"这家伙还坏笑呢。"

"真让俺恨哪。"

"看起来,是泽伊奈尔不让苦力们开工啊。"

"当然啦,你当俺不知道吗?"

"让他走人!"

"再等等看。"

说着,工头朝远处看去。一条大狗正在阳光下用三条腿从田的一头往另一头跑去。工头看到了这条狗,可没放在心上。他脑子里想的是泽伊奈尔、师傅、泽伊奈尔,然后是"光头"夏穆丁。要是没有泽伊奈尔,夏穆丁根本不在话下。但那个跟瘟疫和毒蛇般的泽伊奈尔……他很清楚,泽伊奈尔的那双手并不可怕,可怕的是他那股不要命的劲儿。他是迟早得让泽伊奈尔滚蛋的,不过得想个办法。不然,那家伙可是会把人掐死的!

想着,他掏出了怀表。

19

工头因为把午休的时间推后了一小时,感到很满意。这样,早上工间休息时那被迫延长十分钟的伤痛得到了补偿,他心安了。

民工们聚到了盛着碎麦粒饭的铜盆跟前,随之而来的是一片食欲旺盛的嘴巴"吧唧"声。没有人说话。所有的人都拿着木勺,眼睛盯着饭盆,顾不上炎热和疲惫吃着,不停地、狼吞虎咽地吃着。面包是干的、霉的,甚至已经长了虫,碎麦粒饭里几乎看不到油……但所有这些对民工们来说根本就不重要了,每个人想的都是最大限度地去填饱自己的肚子。

库尔德人泽伊奈尔突然"嘎嘣"一声咬到了一粒石子。他本来就已经意识到午休被推迟了的问题,石子正好给了他一个发作的机会。于是,他骂了一句相当难听的脏话,把木勺扔进了饭盆。

他的咒骂实在是太难听了,以至于一个年纪大的民工脱口而出:"积点德吧。"

泽伊奈尔看了他一眼。他的目光让那人为自己的话感到无比后悔,赶紧低下了头,而"光头"夏穆丁仿佛是在等候着他的命令,他些许的暗示,或者……

泽伊奈尔问:"积啥德?"

年纪大的民工正处在恐惧中。

"没啥。"他轻声嘟囔道,"为了你的健康……"

泽伊奈尔吼了起来:

"还积德呢。他们把骂人说成是罪过。要真是罪过,也是俺的罪过。要是俺的牙被磕掉了,谁来可怜俺啊?一天干上20个钟头,再贴上个牙齿。他们还有良心吗?他们自己吃着白面面包、吃着肉,吃着有奶皮子的酸奶。可咱们呢?咱们吃的是没有油的抓饭,长了虫的面包和没有半点奶油的酸奶!"

年纪大的民工已经被吓得胆战心惊,可他并不是不赞成泽伊奈尔。泽伊奈尔说的一点儿都没错。他之所以要说"积德",是因为泽伊奈尔连安拉都骂了。

留着黄胡子、长得像蜈蚣的"勇敢的"凯马尔在一边接过了话茬:"没错。说得一点儿都不错。本来咱就没日没夜地在干活,再碰上……"

泽伊奈尔没搭理他,自顾自地重新拿起了木勺。

可凯马尔没有闭嘴,还在说着:

"他们难道不是吃着白面面包、肉,还有带奶皮子的酸奶吗?他们跟咱们有啥不一样啊?他们是在娘肚子里待了9个月生出来的,咱们也一样啊!"

泽伊奈尔指着在火辣辣、明晃晃的太阳底下看起来像是油光光的抓饭说：

"大伙儿都瞧瞧，半点油星子都看不到！"

确实，抓饭就跟没放过油差不多。因为抓饭做的时候，是把碎麦粒连着土和石子一块儿放进水里煮，就放了少得不能再少的草籽油。为了让抓饭看起来油光光的，饭快煮好的时候会加进去一点点酸奶。

泽伊奈尔接着说：

"你们去看看，他们现在肯定是在吃着带肉的抓饭呢。这些不把安拉放在眼里的家伙们。可这安拉也是，难道就只是他们的安拉吗？眼睁睁地看着咱这些穷人受苦……"

年纪大的民工这回在心里默念了一句"积点德吧"。

可泽伊奈尔说的没错。此时，师傅，师傅的助手和工头已经盘腿坐在装着带肉的大米抓饭和冰镇酸奶的锡盘边了。"开吃！"脱粒机师傅说着，拿起了木勺。

工头提溜着银表链从口袋里拽出怀表放在地上，朝锡盘凑了凑。三个人便"吧唧吧唧"地就着冰镇酸奶吃了起来。吃是吃着，可工头满脑子想的都是泽伊奈尔。他现在肯定是拿他们在这里吃肉抓饭、喝带奶皮子的冰镇酸奶说事儿呢。自己还不知道他吗？"自家养的猪还不知道是啥脾气吗？那个狗崽子，老是在民工们跟前煽风点火……"

想着，工头忍不住说了出来：

"泽伊奈尔肯定在嚼咱的舌头呢！"

而脱粒机师傅的思绪则早已回到了很多年前吃过的一

顿肉抓饭，还有请他吃抓饭的那个农庄女佣。女佣的名字叫凯兹邦，从来就不把自己的丈夫放在眼里，成天跟脱粒机师傅、助手、工头，还有民工们……

听见工头的话，师傅问："为啥？"

"还不是说他们吃的是碎麦粒抓饭，咱吃的是大米做的肉抓饭嘛。"

师傅知道工头说这话的目的，便说："他说这话没道理吗？"

工头也知道师傅会这么说的："当然没道理。"

"为啥没道理？"

"还能为啥？他们是民工，是苦力！"

"他们不也是人吗？"

"那又咋样？"

"他们就不能吃你吃的那些东西吗？"

"要是他们有本事，可以吃得比咱还好！"

"这不就得了？他们现在吃不上，当然要发牢骚啊！"

工头对眼前这家伙很是恼火。居然把自己跟那些民工、苦力相提并论。好歹自己现在是个工头，他也是个师傅，怎么能和民工们一样呢？

工头正准备继续唠叨下去，把"摔跤手"阿里和希达耶提的儿子从农庄带过来的干瘪男人凑到了他们跟前：

"吃得好香啊！"

吃饭的几个人几乎异口同声地说：

"欢迎啊，快请坐！"

干瘪男人一点儿也不见外：

"让俺坐哪儿啊？你们这帮家伙，把抓饭都吃光了。"

工头一边把木勺伸进抓饭里，一边说："你这疯子，倒是早点来呀。对了，你干吗来了？"

干瘪男人倒背着双手回答说："比拉尔先生问你好呢。给你派了俩人过来，说是让他们帮着你打谷。"

工头感到一阵不快。都是些什么人啊？这是打谷场，可不是开玩笑的。又不像当账房，从大街上随便找个人来往他手里塞上纸和笔，让他坐到桌边就能行的。

干瘪男人觉察到了工头的想法，便说道："那俩都很有把子力气。比拉尔先生说了，你不是要找人顶泽伊奈尔和夏穆丁的差吗？只要你稍微教教他们，就可以让另外那俩滚蛋了。"

工头这才想起自己还真找过比拉尔，让他找俩能顶替泽伊奈尔和夏穆丁的人。

"你刚才说，那俩人都有把子力气？"

"瞧你，这还用问吗。"

"他们能干坐台工吗？"

"肯定比另外那俩强。当然啦，他们都是生手，得教教他们。"

"人在哪儿呢？"

干瘪男人指了指站在麦田另一头的"摔跤手"阿里和

希达耶提的儿子。

工头,还有其他几个人,都转过头,顺着他指的方向看去。工头说:"把他们叫过来。"

干瘪男人用两只手围成了个喇叭筒喊了起来:

"喂——你们那两只熊,快过来!"

两人跑了过来。工头以买主的眼光打量了一下。他更看好"摔跤手"阿里。这小子膀大腰圆,肌肉鼓鼓的,只要出了徒,绝对不在泽伊奈尔和夏穆丁之下的。

"不错。"工头说,"回去替俺谢谢比拉尔先生。"

干瘪男人凑到工头的耳朵跟前,轻声说了些什么。工头吃惊地看着"摔跤手"阿里:

"你是说他?"

干瘪男人回答说:"就是他。"

"摔跤手"阿里不乐意了:

"朋友,啥是他不是他的?你干吗要指俺?说出来让俺也听听!"

干瘪男人没搭理他。只是说了句"他要是干坐台工,会是把好手!"

为了给这个仰着脖子的"熊"来个下马威,工头厉声说道:

"你别给俺来这副熊样。听说你还去勾搭人家女人了?"

阿里感到很没面子:

"啥女人?谁勾搭了?"

"你啊!"

"俺勾搭哪个女人了?"

干瘪男人说:"你没去勾搭傻丫头吗?"

阿里叹了口气说:

"算你说对了,俺勾搭了。可到底是俺勾搭的她,还是她勾搭的俺,鬼才知道!"

工头问他老家在哪里。阿里把一只手伸到无领的褂子里面"沙沙"地挠着痒说:

"你是问俺?"

"不是问你,难不成俺是问邻居家的狗崽子不成?还说你是问俺吗。问的就是你!"

"俺老家在锡瓦斯那边。"

"你在打谷场干过没?"

"摔跤手"阿里回答:"没。"

"从来没干过?"

"从来没干过。"

"你他妈的为啥没干过?"

阿里朝两边瞧了瞧说:"俺是今年第一次来屈库鲁瓦。其实俺原来是三个人。可怜的哈桑死了,尤素福当了泥瓦匠。是他说的,他叫希达耶提的儿子……"

工头既没有时间,也没有兴趣听阿里的长篇大论。他转身对脱粒机师傅说:"还真是,这小子以后肯定是个干坐台工的好把式。"

师傅可不像他那么想。

"他干不了。"师傅摇了摇头,"你当了是个人就能干那活?"

"当然不是现在啦,俺说的是以后!"

"以后嘛,可能。要是他能出徒的话。"

工头又重新把阿里上下打量了一番,然后问道:

"你不会是摔跤手吧?"

阿里满头大汗地笑了:

"凑合吧,能来几下。"

"你以前常跟人比试不?"

"比试的。"

"俺要教你当坐台工。你愿意不?"

师傅依旧说:"他不成!"

工头强压着怒火悻悻地说:"俺知道他现在还不成。"说着,他转头对阿里说,"这活不容易,赚钱可不少!"

"摔跤手"阿里虽然不明就里,可还是说了声:"谢了!"

干瘪男人知道没自己的事了:

"俺走了。"

"走好啊。"工头说,"回去替俺问比拉尔先生好。还有,替俺亲亲赛奈姆的眼睛,让她别忘了咱!"

干瘪男人笑了:

"真要俺这么说?"

"这么说咋了?"

"俺敢打赌,她听了得翘辫子!"

"让她翘辫子好了。"

"那好吧,罪过可不在传话的人身上啊。好了,回头见!"

"回头见。"大家伙儿齐声说道。

干瘪男人在火辣辣的日头下朝农庄走去。

过了会儿,工头说:"你们俩居然敢对比拉尔的姘头下手啊。"

师傅和他的助手大笑了起来。师傅说:"为啥不能?你瞧瞧他俩,个个都像头狮子!"

他们俩是像狮子那么壮实,可那是没有的事啊。"摔跤手"阿里莫名其妙地看了看希达耶提的儿子问:

"俺的狮子,有他说的那回事吗?咱俩勾搭比拉尔的姘头了?"

希达耶提的儿子苦笑着说:

"俺的乡亲啊,哪儿来的女人?女人是谁,俺是谁?俺想的就是填饱肚子,哪儿来的功夫去勾搭女人啊?"

"摔跤手"阿里来了气:

"呸!你就直说嘛,他把咱耍了。对不?那个比拉尔,一看就不是好东西。不过,算了。"

工头怒了:

"说哪个比拉尔呢?"

"账房比拉尔。"

"账房比拉尔?你这只熊,你得叫他比拉尔先生!还比拉尔呢。比拉尔也是你配叫的？快给俺滚，赶紧！"

俩人走了，工头还在他们身后不依不饶地吼着：

"这两个龟儿子！"

两个伙伴来到其他民工们跟前。每个人都自顾自地埋头吃着。

"勇敢的"凯马尔偶然一抬头，发现了他俩。"又来了俩外乡人。"他说。泽伊奈尔正背对着他们，所以没看见："在哪儿呢？"

"就站你背后呢！"

泽伊奈尔转身看了看。从他们盯着饭盆的眼神里他知道，这俩人饿坏了！

"请吧，朋友们。"他招呼着他俩。

"摔跤手"阿里尽管已经饿得不行了，可还是耸了耸肩膀。泽伊奈尔有点来气了：

"还不快来？"

说着，他把自己的半个面包和木勺递给阿里，然后站起身。他一起来，夏穆丁也跟着站了起来。于是，两个新来的伙伴坐到他们空出来的位置上用他们的木勺狼吞虎咽地吃了起来。没过多久，两人填饱了肚子，并且开始回答起周围人的问题。不是希达耶提的儿子，而是阿里在不住地唉声叹气，跟人抱怨着自己是如何被人用伎俩赶出农庄的：

"没错，俺们是没有结婚证，可她就是俺老婆啊。要不是俺老婆,她干吗要跟俺来这儿扛锄头呢?唉,那个比拉尔啊,那边有个家伙还非让俺叫比拉尔先生。他哪儿有半点先生的样子啊。还是账房呢。这样的账房真该下地狱。把俺的女人成天拴在庄园里,后来就……说这些有啥用呢?得动脑子啊。俺真该把他这么拦腰一抱,摔他个结结实实。这个王八蛋!"

烈日下,那些被碎麦粒撑大了肚子的民工们谁也没有兴趣来听他的故事,三三两两地走开了。可阿里对此毫无察觉,他满脑子想着法提玛,不停地讲啊讲。终于,希达耶提的儿子忍不住了。"够了,你这家伙。"他说,"你把大伙儿都给吓跑了!"

阿里环顾了一下四周,还真是,身边的人走得已经一个不剩了。

希达耶提的儿子也放下木勺站了起来:

"快起来了。你瞧,人家都围在那棵桑树下面了,也不知道在干吗。咱也瞧瞧去!"

阿里也丢下了木勺。两人一起来到了"黑桃"维伊塞尔的茶摊跟前。白铁皮的茶炉前已经聚满了人。两个伙伴谁也不认识,只好坐到了一边。

这时,"无赖"内齐尔兴致勃勃地走了过来:

"维伊塞尔,快把色子拿来!"

"黑桃"维伊塞尔正吹着茶炉里的火。听见内齐尔这一说,便直起身,从黑色免裆裤的口袋里掏出了硕大的色子:

"咋？你们人齐了？"

"齐了，兄弟！"

"都有谁呀？"

"俺，萨尔曼，海达尔，夏穆丁，泽伊奈尔，库尔邦，卡迪尔，还有费尔霍。"

"黑桃"把色子递了过去。内齐尔接过色子，带着一帮赌徒走远了。内齐尔和费尔霍身上没钱，又走了回来。他们打算问维伊塞尔借点。不过，他们借的不是钱。因为在赌局里，是不给赌徒现钱的。念珠、小刀、烟嘴、梳子……所有这些都被分别估了价，在赌局里被当成了筹码。

维伊塞尔从黑色免裆裤的口袋里掏出了一大堆杂七杂八的东西：一黄一黑两串念珠，刀柄用骨头做的三把弹簧刀，红、绿、白、蓝四种颜色的四个烟嘴，还有脏兮兮的三把梳子，等等。

琥珀烟嘴相当于10里拉，念珠每串是5里拉，刀子每把是2里拉，梳子是1里拉。

在赌局中不断转手的这些杂物，最后都会重新回到"黑桃"维伊塞尔的口袋里。因为今天输了的人，转天总还是要来借的。

维伊塞尔把东西借给内齐尔和费尔霍之后，立刻对自己的儿子说："儿子，快记上，内齐尔借10块，费尔霍借5块！"

小亚森熟练地翻开硬壳的小本子记好了账。他爸骄傲地说:"快算算,让大家都知道自己欠了多少。"

亚森很快就算完了:

"内齐尔总共欠了 30 里拉。"

"他刚才买的大麻和两杯茶的钱也都记上了吧?"

孩子自豪地说:"这还用问吗?"

"真棒!"

从排水沟那边传来了赌徒们的声音,赌局已经开始了。过了会儿,工头和脱粒机师傅也走了过来,在桑树底下盘腿坐下。听着赌徒们的声音,工头的脸上露出了笑容。不管是赌博,还是卖茶水和大麻挣来的钱,他都是和自己的外甥分账的。他抬起一只肮脏的手,用黑漆漆的指甲剔掉了卡在牙齿缝里的肉屑,然后对自己外甥的儿子招呼道:

"亚森——"

跟个小精灵一样的小家伙在茶炉边上答应了一声:

"在这儿呢。"

"你爹呢?"

小家伙指着赌徒们聚集着的排水沟回答说:

"在那儿。"

"他在那儿干吗?"

"在抽头呢。"

"他不会也在赌吧?"

"瞧你说的,舅爷。俺爹又没疯。他会赌吗?"

"那你赶紧给俺们来两杯茶吧。"

"这就来。"

民工们大多都分散在排水沟的沟坎上、沟里休息着。他们当中也有人在喝茶。因为他们相信,茶是能败火的。

尽管他们信,可太阳如同敞开着口子的烤炉包裹着赤裸的平原燃烧着,燃烧着平原上的一切。连天空的蓝色,也在热浪中褪了色。

过了一会儿,留着一道细细的黄色小胡子、长得像蜈蚣的凯马尔凑到工头跟前说:"爷,瑞苏尔又打摆子了!"工头不相信:

"要是俺现在过去抽他几棍子的话……"

"俺可一点都没骗你啊,在一个劲儿地发抖呢!"

"还一个劲儿地发抖呢。不就是打摆子吗?有啥呀?打个摆子就可以躺倒不干吗?"

凯马尔笑了。他是另有目的的,便朝工头身边又凑了凑,像闻气味似的环顾了一下周围,然后悄声说:"你那个泽伊奈尔呀。"

工头关心了起来:

"他咋了?"

"他又在背地里说坏话了。"

"他说啥了?"

"就是刚才吃饭的时候。他在饭里吃出了粒石子,啥脏话都说了!"

"他咋说的?"

"骂了半天,连安拉都捎进去了。他是不当回事,可听的人也被他连累着揽上了罪过。俺这气啊。人哪,就是因为这些混蛋才会惹上麻烦的。对了,他还说你的坏话了呢!"

"真的?"

"他说,他们吃的是大米做的肉抓饭,给咱吃的是掺了石子、一点油都不放的碎麦粒。简直就是挑拨嘛。他老是这样。俺当时差点就跟他说,你他妈的有完没完?不过,俺还是忍住了没出声。"

工头说:

"你可千万别说啊!别干傻事,你不是他的对手。你就只管把他说的话来告诉俺,这就够了。千万别跟他当面顶撞!"

"为啥啊,爷?"

"俺不是说了吗?你不是他的对手!"

"你说俺?"

"行了,别摆出这副流氓样。他可是泽伊奈尔。"

"勇敢的"凯马尔不乐意了:

"去他的,爷。他是泽伊奈尔,俺也不是吃素的!"

"那又咋样?你听俺的。"

这时,师傅插话进来:

"你们就别斗气了。出啥事了?"

工头说:"还不是你那个泽伊奈尔嘛。"

"俺知道说的是他。他咋了?"

"没咋了。就是在背后说咱的坏话呢。"

"他说啥了?"

"他骂咱是混蛋。说什么咱吃的是大米做的肉抓饭,给他们吃的是掺了石子的碎麦粒。"

"不就是这样吗?"

工头怪怪地看了看师傅:

"啥不就是这样?"

"咱吃的是大米做的肉抓饭。"

"是没错,可……"

"可啥?"

"可这轮得到他来管吗?"

"朋友,人家长着嘴呢,不是布袋子,是用来说话的。他跟咱一样也都有七情六欲。他也是人,不比你我差!"

"话是这么说。"

"咱好吃好喝。可他们干的是比咱重得多的活。咱吃着喝着,还不让那些家伙发发牢骚,咱可没这个权力啊!"

"他们是民工。"工头说,"是民工!"

"那你呢? 俺呢?"

"你可是师傅,俺是工头!"

"要是没有你、俺,甚至是没有东家,活照样能干。可没了他们,是不行的!"

"好吧。要照你这么说,那就让东家也从饭店里给他们点菜来吃。"

"就算不给他们饭店里的菜,至少也得让他们跟咱吃得一样。"

"那你去跟东家说,让他照你说的办。你是想改改屈库鲁瓦规矩吗?你想来点新鲜的?告诉你,这可是这么多年的老规矩了,以后还得照这个规矩办!"

"是老规矩了,可以后就没准了。"

工头盯着师傅看了半天。没错,他说的是对的,而且他也确实是个有胆量的人。可有必要这样有胆量吗?每只羊最后都是被自己的腿吊着死的。替民工们着想,替他们撑腰,能有啥结果呢?要是由着他们,今天他们要吃肉抓饭,你供他们吃了肉抓饭,明天他们就会问你要肉煮豆子和带奶皮子的酸奶。到了后天,他们还会问你要甜点和千层饼。

"算了。"工头说,"这些都不是你和俺该操心的事。咱也是这儿的民工,也是奴隶,也是东家的马和狗。"

师傅也怒了:

"你可别把俺给扯上!"

"你不也是拿工钱的吗?"

"俺是拿工钱的,这没错。可说到马、狗、民工和奴隶……"

"难不成你不是?"

"当然不是。俺是劳动者,不是奴隶!"

工头朝火辣辣的太阳下一望无际的田野看去。他心里很不高兴。眼前这家伙已经太过分了！他用手背抹了抹额头的汗。太阳耀眼的光芒仿佛把山和石头都熔化成了烟雾。他嘟囔道：

"他把本来跟羊一样听话的民工们的脑子给搞乱了，想挑事呢。"

"那就赶他走。"师傅赌气地说，"既然他在民工当中挑事，既然他很危险，既然他不安分，那就让他走人。你还等啥？"

工头叹了口气说：

"总会有这么一天的，会有这么一天的啦。"

"那你打算啥时候赶他走呢？"

他实在没脸说出"俺害怕！"这句话。

于是，他只好说："这家伙以前烧过麦仓。"

师傅好奇地问：

"他烧过麦仓？"

"烧过。"

"起因呢？"

"没有起因。他可是泽伊奈尔。啥时候一根筋搭错，他连自己的亲爹都能不认，而且他还是个铁石心肠。"

"没由来就烧了？"

"没由来就烧了。"

"他是个疯子吗？"

"反正脑子不太对劲。"

"这里面肯定有原因。"

"当然是有原因的啦。那已经是 12 年前的事了。那时候俺跟他一起在多卢萨普干活。事情的起因是工钱。麦仓是东家自己的。他们克扣了俺们的工钱,还把俺们开除了。"

"那你们?"

"俺们恼了,就点了把火!"

"那就是说,是你跟他一起烧的麦仓?"

工头后悔了,赶紧往回找补:

"也不能这么说啦。那时候俺啥也不懂,就听了他的。"

这时,有一个身材瘦小的民工从他们跟前经过,工头借机转移了注意力:

"嗨,居尔多,你在这儿瞎溜达个啥?"

"俺还能干啥?"

"你可以去喝茶,去抽大麻,去赌啊,王八蛋!"

居尔多不好意思地笑了:

"爷啊,俺没钱。"

"你没钱?为啥没钱?"

"钱是有过的,都输光了!"

"啥时候输光的?"

"爷啊,是昨晚赌钱的时候输光的。"

"亚森!"

"黑桃"维伊塞尔的小儿子答应了一声:"在呢。"

"借点钱给居尔多,让他去喝茶,去赌……"工头的话

还没说完,那孩子便像机关枪一样说了起来:

"舅爷,他可欠了不少钱了。茶钱,大麻钱,还有赌的时候借的钱。俺爹说了……"

工头打断了他的话:

"别拿你爹来说事儿。居尔多可是咱自己人!"

居尔多毛茸茸的脸上露出了自豪的笑容。

小娃子亚森依旧很不安。不答应自己爹的舅舅的要求不要紧,他怕的是会被自己的爹臭骂一通。

工头的语气强硬了起来:"俺这是在跟谁说话呢?亚森!"

亚森朝他爹待的排水沟那边跑去。他肯定是把事情说了,很快,从沟里伸出了"黑桃"维伊塞尔的脑袋:

"舅舅,你要俺干啥?"

"你借点钱给居尔多,让他也去赌赌!"

说着,工头推了下脸上毛茸茸的居尔多的肩膀:

"快去,他会借给你的!"

居尔多兴高采烈地朝沟边跑去。师傅很想知道烧麦仓事件的结局,便接着问道:

"那后来呢?"

工头已经忘了:

"啥后来?"

"他们克扣了你们的工钱,还把你们开除了。"

"哦,对。"工头说,"你说的是那事啊。亲爱的,被逼急了的驴子比马还厉害!"

"俺知道了。那照你的说法,现在泽伊奈尔也有理吧?"

"咋会?"

"这还用问吗?那家伙现在也是被逼急了!"

"那俺就不知道了。"工头无可奈何地说,"像这样的混蛋,是不能让他混在民工堆里的。你要问为啥的话,从前俺在一个农场里干过。要说起俺那个活,真是好得没治了。俺的那些民工啊,不管你是揍他们的脖颈儿,还是抢掉他们已经吃进嘴里的面包,他们吭都不会吭一声,像小羊羔一样乖。他们都是些库尔德人,可听话着呢。你就是把他们塞进麻袋,让他们一天24个钟头连轴干,他们也会二话不说地照办。不光照办,他们还会跟你点头哈腰。要是你想去拉屎撒尿,他们会替你提溜着马桶跑在你的前头。民工嘛,就得是这样的!"

"后来呢?"

"后来嘛,有个跟泽伊奈尔一样的狗东西混进了他们当中,不出三天就把他们给洗脑了。"

这时,小亚森正好从他们身边经过。工头便把喝空了的茶杯递了过去说:

"给咱再满上!"

说完,工头在一个大的白铜盘子上卷了一根粗粗的烟,然后把盘子递给了师傅:

"1928年的时候,俺跟弹棉花的买买提一起带过一帮民工。全都跟小羊羔一样,不管你是揍他们的脖颈儿,还是抢掉他们已经吃进嘴里的面包,他们吭都不会吭一声。可后来不知咋的,他们当中就混进了一个捣蛋鬼。俺一瞧,他这个折腾啊。吃的喝的,没一样是他看得上的。眼看着民工们要明白过来了,俺赶紧把他拉到一边,跟他说:小子,别再折腾了,别把民工们都整成你那德性。那家伙偏不听,天生就是个捣蛋坏子。俺一瞧,小羊羔一样的民工们开始不安分了。俺就对自己说:既然这样,就别怪俺不客气了。"

"你咋办的?让他走人?"

"别急嘛。俺找到东家,一五一十地说了。东家说:给他点颜色看看。俺一听,找了根麻绳把他绑了个结结实实,塞进了麻袋。然后给他一顿痛打。打着打着,俺发现那家伙没了动静。俺这才知道不好,打开麻袋一看……"

"他死了?"

"早死透了。那家伙是贝斯尼人,已经没了人样了!"

师傅的脸因愤怒而拧了起来:

"后来呢?"

"后来你也猜得出来。东家听说了这事,提溜着裤腿就跑来了。俺问他:这是干吗?他说:你为啥要这么干?咱咋向政府交代啊?俺定了定神说:东家啊,你就甭操心了,保管你没事。找个僻静的地方就成。东家一走,俺就喊了一句:你们这些家伙,快过来。他们马上就来了。这些听话的库尔德人个个都像头狼。俺跟他们说:你们看着办吧。"

说这话的时候,工头的眼睛因为自豪而亮了起来。

师傅的愤怒已经到了极点。不过他还是压住火问:

"他们听你的了?"

"那还用问?"

"他们咋办的?"

"绑了块石头扔河里了。"

"然后呢?"

"咕咚一声。"

"没有发臭?"

工头依旧自豪地笑了:

"俺的师傅啊,咋会发臭呢?俺不是跟你说了嘛,俺找了个僻静的地方。谁会去啊?俺要说的是,有不少民工是很听工头的话的。过了三天,宪兵来了,没少逼问。可又有啥用呢?民工们个个都说:俺没看见,不知道,听都没听说过!"

"宪兵咋会知道的?"

"尸首被水冲到别的地方去了。天知道!这水呀,也不知咋的,守不住秘密,也不收纳尸首!"

说完,工头看了看怀表。休息的时间应该是 45 分钟,离开工还有 5 分钟。可工头没有等,立刻吹响了哨子。

20

"摔跤手"阿里和希达耶提的儿子被分配去当了扛工。

他们的任务是把田边的麦捆扛到脱粒机跟前,递给"坐台工",也就是泽伊奈尔和"光头"夏穆丁。无论是阿里,还是希达耶提的儿子,干这活一点儿都没觉得吃力。一人高的麦捆,他们俩扛起来就跑。开始的时候,他们干得生龙活虎。但后来,随着时间一点点过去,太阳不断地爬升,工作的性质变了。他们汗流浃背,一刻不停地跑着、跑着。再加上飞舞的麦秸屑粘在湿漉漉的身体上带来的奇痒,他们感觉自己的身体要炸了。

他俩失去了刚开始时的生龙活虎,开始变得懒散起来,于是便遭到了工头的痛骂!

烈日、麦秸屑、汗水、瘙痒,再加上失去法提玛的痛楚开始涌上心头,阿里几乎要崩溃了。很多时候,瘙痒比失去法提玛更加令他无法忍受。有一次,他实在忍不住后背的奇痒,扔下肩上的麦捆用力挠了起来。尽管有脱粒机作掩护,可他还是被在脱粒机背后的工头发现了。工头举着棍子向他走来:

"你这个混蛋,在这儿干吗呢?"

"头儿爷,俺背上痒。"

"王八蛋,在俺面前,你给俺放端正点!"

阿里左右张望了一下:这是啥意思呀?啥叫放端正点呢?

"他妈的,还不赶紧给俺放端正点?"

"头儿,啥叫放端正点啊?"

工头一棍子打在了阿里的肩膀上,接着又抡了一棍:

"狗崽子,连放端正点都不懂!"

过了一阵,阿里适应了现在的工作。他唯一适应不了的,是身边没有了法提玛。他的心在燃烧。尤其是夜晚,望着满天的星斗,他并不是不想傻丫头,但法提玛的滋味是不同的。法提玛是他从她男人那里夺过来的。在工地上的时候,嗬……羞羞答答,扭扭捏捏……"难缠的"欧梅尔借走两张10里拉,赌上一整夜……他们咋会闹到现在这个地步的呢?"法提玛原本是不会甩了俺的,可现在就是甩了。是他们让她甩的。唉,这个比拉尔啊,真该让他变成瞎子。把俺发配到了这里,让这个女人咋办?这儿要是有女人能干的活,她早就跟来了。俺还不知道法提玛吗?她骂俺混蛋,说俺是猪,捏俺的肉。不过,这婆娘的手还真圆。傻丫头的手也是圆滚滚的。傻丫头捏自己的时候是一个样子,法提玛还是跟她不一样。可傻丫头也……她为啥没跟俺来呢?先别去说法提玛,咱来说说她。是因为俺没叫她吗?还真是,要是俺叫了她……这还用说?要是俺叫了的话,她肯定会跟来的啦。哎哟,是俺对不起她了。俺跟法提玛说了这个那个,没跟她说。她肯定是生俺的气了。俺对不起她啊,真对不起她。她也是个好女人呢……"

那也是一个满天星斗的夜晚。他把傻丫头放倒在洋葱地里。傻丫头就那么脸朝天躺着。然后他把她的两条腿并拢,那个贱女人就突然笑了。可他没有挠她的痒痒啊……

阿里在麦捆边上想到这里,心里感到很奇怪,扑哧一声笑了出来。

他的笑又被工头逮了个正着。工头嚷嚷道:"你这只熊,又在笑个啥?"

阿里挺直了身子,他已经回过神来了。他正要去干活,工头走了过来:

"问你呢。"

"没啥,头儿,就那么一笑。"

"啥叫就那么一笑?"

"……"

"看看别人,谁像你自个儿跟自个儿笑?"

阿里扛起麦捆,朝脱粒机跑去。阿里这种没有听到命令就跑开的做法让工头很不满意。于是,等阿里再次从他身边经过的时候,工头喊道:"你过来!"

阿里走上前:"头儿爷,你有啥吩咐?"

"你刚才为啥笑?"

阿里耸了耸肩膀:"没啥,就那么一笑。"

"能这样吗?谁会没事瞎笑啊?难不成你是疯子?"

工头的火气发泄掉了,便吼了一声:

"赶紧,干你的活去!"

阿里跑开的时候,工头又补充了一句:

"可别再让俺看见你笑!"

阿里那令人奇痒和烦心的工作重新开始了。有一段时间,他努力不去想法提玛和傻丫头,可不成。不管他如何不想想,可她们俩还是从两个方向同时出现在他的脑海里,在那里扭动。这不,那个夜晚,就是他把傻丫头放倒在洋葱地里的那个夜晚,一颗流星划过了夜空,那个骚货说:"快看,快看,星星!……你知道吗?这个世界上每个人都有自己的一颗星星,谁的星星从天上掉下来的话,他就完了。俺要求安拉别让人的星星掉下来。"

阿里叹了口气。不过,法提玛真是不一样的。她不会像傻丫头那样躺着不动,而是跟水车似的扭个不停!

他想起了自己用两个半里拉把欧梅尔支出去的那个晚上。"就两个半里拉呀,零头都不止这么多。"他想,"一个男人,咋能为了两个半里拉把自己的婆娘丢给一个活蹦乱跳的男人呢?那家伙一看就知道是个狗娘养的。要换了是俺,不是俺说大话,打死俺也不会那么干的。这可是自己女人,自己的老婆呀。他活该……"

还有,法提玛的皮肤是热的,很水灵,嘴巴也不臭。不像傻丫头。傻丫头说是肚子里有毛病,可医生也没办法。屁话。这还用看医生吗?肯定是受了风寒了。来一粒泻药,再喝上一杯浓浓的茶……

当扛起又一捆麦子的时候,他把傻丫头给忘了。法提玛这时也应该在庄园里,跟他在同一个日头底下。可法提玛,法提玛可没有第二个了呀!

他心事重重地扛着麦捆跑到脱粒机跟前,夹杂在其他人中间把麦捆递了上去。泽伊奈尔用熟练的双手接过去,传给了守候在脱粒机喂料口边的夏穆丁。夏穆丁接过麦捆,就势塞进了喂料口。

如同一只巨型知了的脱粒机向周围挥洒着金粉般的麦秸屑,开足马力运转着,震耳欲聋的轰鸣声弥漫在黄色的热浪中。

阿里回到麦堆前,正准备扛起新的一捆麦子时想到了工头:"妹子,他说法提玛是他的妹子。勾搭自己妹子的人肯定是个不信神的家伙。不对,他们肯定没有勾搭法提玛,法提玛一定是在那里干活的。一个人对自己叫妹子的怎么会……更别说少爷了。人家可是少爷,有靴子穿,有汽车开。他是不可能去勾搭法提玛的。他为啥要勾搭法提玛呢?难不成城里还没有少爷看得上的女人吗?城里有的是女人。城里的女人更漂亮,嘴唇上抹着口红,穿着花花绿绿的长裙子。放着这样的女人不去勾搭,少爷会看上法提玛?不会,亲爱的,打死俺都不相信。大清早的,可别让俺犯下罪过。要是这儿有她能干的活,他们肯定会派她来的。这儿没有女人可以干的活。不是吗?俺再到哪儿还能找得到法提玛这样的女人啊？"

工头怒气冲冲的声音又响了起来：

"你这个王八羔子！你等着，看俺过去咋把你骂个狗血喷头！"

"摔跤手"阿里脑子里的一切再一次被抹去了，他扛着麦捆朝脱粒机跑去。

就这样，这样的事情在整个工作时间里不断重复着。工头已经死盯上阿里了。只要阿里抬眼，总能碰到工头严厉的目光。

下午休息的时候，苦力们喝完稀酸奶，吃完黄瓜，便一个挨一个地躺在了田里收割之后留下的短而硬的麦茬上。

希达耶提的儿子仰面朝天躺着，头枕着两只手，看着已经柔和了许多的天空。疲惫如同潮水般在他的体内流淌着。

"摔跤手"阿里则是趴在田里，双手垫在下巴底下，望着远处那遥遥的地方。农庄就在远处，远处的农庄里有法提玛！他轻声嘟囔着：

"不知道她现在在干吗呢？"

希达耶提的儿子想的则是自己还没有完全填饱的肚子：

"你说谁？"

"她呀！"

"哪个她？"

"她中了他们的邪了。还叫她妹子呢。"

希达耶提的儿子不再理会他。要是知道秃毛瘸子怀里没钱的话，说啥自己都不会掐死他的。自己又没疯，为啥要让他把命搭上呢？"不过，那个王八蛋是有钱的，可就是没在他身上找到。鬼知道他把钱都藏哪儿了。咱把他掐死了，倒便宜了别人。要是有一天有个人找到了他藏钱的地方，那个人就发财了。可咱呢？就只剩下挨过的揍了。不过在警察局……特别是那个粗眉毛的警察。那帮狗娘养的，逼着俺发誓，可俺就是没承认。俺是没承认，可那个混蛋警察就是不相信，一双眼睛就没离开过俺的眼睛。看就看嘛！到最后又咋样了呢？他们让俺承认掐死瘸子了吗？不过可怜的瘸子，喉咙被掐断的时候两只眼珠子那叫鼓啊……"

"知道俺咋想的吗？"

希达耶提的儿子恼了，可没表现出来：

"你咋想的？"

"俺想，要是找个晚上上路的话……"

"去哪儿？"

"就是去农庄的路嘛。"

"然后呢？"

"要是到了农庄……"

希达耶提的儿子怒气冲冲地说：

"要是到了法提玛跟前。对不？"

阿里笑得眯缝起了眼睛：

"嘿嘿,是呢。她一看到俺,肯定会说:啊哟,俺的爷呀……"

说着,他激动地一骨碌爬起来盘腿坐在了地上:

"然后吊在俺的脖子上不撒手。肯定是这样的。俺就跟她说:法提玛呀,他们给你吃了迷魂药了,一定是他们给你吃了迷魂药了。她会说:你说的对,爷,他们让俺吃了迷魂药了……"

希达耶提的儿子苦笑了一下。他已经厌烦了这小子的这种臆想,不过,他还是忍了。

"你别笑啊。"阿里说,"俺就是打个比方嘛。没准她真的会这么说呢。要是她跟俺说:带俺从这里逃走吧。要是俺也答应了她,从农庄里一起偷偷跑出来的话,你说比拉尔会发现吗?"

希达耶提的儿子没有听见他说的。其实,他听得清清楚楚,可根本就没听进去。是他掐死了秃毛癞子,难不成能让别人把癞子藏的钱给吞了?早知道这样,他就应该先跟癞子交朋友,探听出钱藏在了哪里,然后再把癞子掐死。他知道自己犯下了罪孽,以后到了另一个世界安拉会找他算账的,可自己已经干了蠢事。既然已经干了件蠢事,既然要被打进地狱里被火炼,能把钱弄到手也行啊!"要是俺现在能知道钱藏在哪里,然后拿了钱回到乡下的话就好了。那可是一大捆钱哪。在乡下,谁会知道俺杀了人呢?俺会跟大家说,俺在外面这么多年,这些钱是俺干活挣来的。

然后，俺再盘下个跟'卫士'阿里一样的店铺……嗨！只要俺有了店，俺那个舅舅肯定会二话不说，就把海迪耶许给俺的。他以前总是骂俺是个猪狗不如的废物，不吉利的赌棍。去他妈的，你大爷才不吉利呢……"

"你会跟俺一起去接法提玛的，对不？"

"……"

"是不是呀，兄弟？俺在跟你说呢，咱俩一起去接法提玛……哪个女人能比得上法提玛呢？俺们那个尤素福，就是个笨蛋……老把他大伯的婆娘挂在嘴上。他可不知道俺们逮住她跟那个货郎在一起的那天晚上……货郎吓跑了，可杜杜没跑。你瞧，她没跑，是她胆子大，也是因为她很老套啦。她骂俺跟哈桑是混蛋，还说要是俺们跟别人说了这事，非把俺们杀了不可。"说到这儿，阿里想起了哈桑：

"可怜，分手的时候他一直念叨着艾米娜、艾米娜的……"

他的目光移到了希达耶提的儿子身上，发现他正笑眯眯的，便问道：

"你小子笑啥呢？"

另一个耸了耸肩膀回答道：

"没啥啦。"

"咋会没啥？你这只熊。谁会没事瞎笑啊？"

"为啥就不能笑？"

"当然不能笑啦！"

"俺想笑就笑，别人管不着！"

"对,你说的都对。你说,俺回到乡下该咋跟哈桑的闺女和老婆说啊?"

这话希达耶提的儿子也没听见。阿里也不在意,自顾自地继续说着:

"俺总不能说他病了,俺把他一个人丢在秃毛瘌子的房子里不管,自己去工地上干活了吧。这可不像男人干的事呢。话是这么说,可咱又能咋办呢?病是安拉让他得的。俺说得没错吧?俺们也被他们耍了,被他们开除了。他死了,也是安拉让他死的,又不是俺们杀了他!这是他的命。先不说这些了。等俺这儿的活干完了,兜里有了几个钱,咱就去找法提玛,咱仨一起进城。你在不在听啊?"

希达耶提的儿子看上去是在听,可实际上一句都没听进去。他在幻想着自己跟海迪耶成了亲,生了孩子,老丈人也死了,一家人带着海迪耶分到的那份家产一起搬到开塞利,开了个熏肉店。

"摔跤手"带着一股新的激动继续说着:"咱买条上好的长裤,一双新鞋,再买点内衣内裤、西装和帽子啥的……对了,还得买一个煤油炉!俺娘肯定会被吓着的。俺那可怜的娘啊,俺得大方点,给她买上两块印花布,好让她给自己做两身衣裳。一定要的。俺娘不容易,又当娘,又当爹,俺得让她高兴高兴。煤油炉一定不能少,她会当那玩意儿是蛇。没事儿,吓就吓吧。当初尤素福他大伯回乡的时候,可神气着呢。说起尤素福他大伯,俺就想起了可怜的哈桑,他跟尤素福他大伯一样死在了外乡……"

过了一会儿,他又想起了农庄里的工头。

"你倒是说说。"他说,"他把法提玛叫做妹子。他能对自己的妹子动歪脑筋吗?"

他等着希达耶提的儿子回答,可没等到。于是,他又问了一遍:

"要是你,你会对自己叫妹子的女人……"

"……"

"是不是呀?"

"……"

"啥?"

希达耶提的儿子想心事想得出了神,眼睛一眨不眨地睁着。阿里摇了摇他:

"你倒是说话呀!"

希达耶提的儿子的思绪被他打断了:

"你在说啥呢?"

"俺在说,你会对你叫妹子的女人……"

"咋样?"

"动歪脑筋吗?"

希达耶提的儿子被他问得懵懵懂懂:

"啥歪脑筋?"

"工头不是说法提玛是他的妹子了嘛。"

"他这么说了又咋样?"

"当然就不会动歪脑筋了嘛!"

希达耶提的儿子怒了:

"你这个嫩犊子!"

阿里吃了一惊:

"为啥这么说俺?"

"还问为啥呢。还能为啥?让法提玛上了比拉尔当的,就是这个混蛋的工头!"

"你说是工头?"

"就是工头!"

"怎么会是工头?"

"阿里啊,你真是个嫩犊子。俺说了你可别介意啊……"

"可他说她是他的妹子的……"

阿里眼中原本充满希望的那道鲜亮的光突然熄灭了,仿佛他的内心有一盏灯被拧灭了。他弯下了身:

"可他就是这么对俺说的呀:法提玛是俺的妹子,你就别操心她了,她是俺妹子,你压根就不用替她操心……"

他伤心地望着远方、很远的远方,那个他抛下法提玛离开了的地方。这么说,一个人是可以对自己称作"俺妹子"的女人动歪脑筋的。"唉,这城里呀。"他在心里叹道,"瞎了眼的城里。城啊,你把俺的胳膊和翅膀都弄折了。唉,城啊城,真他妈的是个鬼地方。一个人竟然可以对自己称作'俺妹子'的女人……呸!呸!呸!要是换了俺这个蠢货,只要管哪个女人叫了妹子,别说动歪脑筋,就是瞄都不会瞄一眼的。连俺这样的人都不会，可为啥那么大的一个工头，一个账房却会？唉，这城里啊！"

此时，他想起了跟法提玛睡在一起的那些夜晚里，法提玛在黎明前的黑暗中的那种女人所特有的气味和扭动。难不成法提玛的那种呻吟和扭动现在落在了比拉尔的怀里吗？

他正要再次感叹"唉，城啊城"的时候，突然耳边响起了工头怒气冲冲的粗嗓门：

"他妈的，你俩为啥没去赌？"

他们俩同时转过了身。随即，希达耶提的儿子站起了身。工头用脚尖踢了踢阿里：

"你这只熊！看见自己的长官来了，咋不站起来啊？"

阿里涨得满脸通红地站了起来。工头又问了一遍：

"说话啊。你俩为啥没去赌？"

希达耶提的儿子回答：

"头儿，俺是想赌，可俺没钱！"

"你没钱？"

"你又不是不知道……"

工头上下打量了他一番之后说："俺借你，咋样？"

"那当然好啊，头儿。"

"你不会欠了钱就溜吧？"

希达耶提的儿子"啊哟"了一声说："咋会呢。再说了，你还是头儿呢！"

他们算个啥呀？他们在俺眼里算个屁！他们的爷也算个屁。俺要把法提玛扛走。俺就扛了。俺一定要扛。俺怀里好歹还有几个钱……"

突然，他又想起了另外一个问题：希达耶提的儿子会跟他一起去吗？他朝着远处眨了眨眼：

"他会去的。一定会去的。俺们俩一起去，带上法提玛重新回到城里。反正尤素福已经是泥瓦师傅了，总能给咱找个活干的……"

他又突然想起了"难缠的"欧梅尔那双缩在鼻梁根后面的斜眼，立刻变得兴致全无。他可从来没有把他考虑进来过的。他用力连吸了几口烟。那好，咱就瞧瞧，欧梅尔是不是还在那里。他可能已经辞了工，到外面去找法提玛了。最好的办法是先让希达耶提的儿子到工地上去，自己和法提玛等他的消息。欧梅尔不在最好，要是在的话……

工头吹响的开工哨把阿里的思绪抹得干干净净。他立刻站起了身。没过多久，繁重的工作重新开始了。阿里一边扛着麦捆奔跑，一边想着如果欧梅尔不在的话尤素福可能给他们安排的活。要是欧梅尔走了的话……

一会儿，他看见希达耶提的儿子正在自己跟前，便问：

"你说是不？"

"啥？"希达耶提的儿子反问道。

希达耶提的儿子的脸色很难看。阿里明白了，问道：

"赌得咋样啊？"

"啥咋样?"

"赢了,还是输了?"

"输了。真够倒霉的。俺哪儿来的运气啊?要是有运气,俺娘生的就是丫头了,那样俺也就找个好男人舒舒服服地吃现成了。"

"你输了多少?"

"10里拉。"

他们的交谈又被工头逮了个正着:

"你们这两个狗东西!看俺不过去把你们的脑袋拧下来!"

他们赶紧闭上嘴溜了。

劳作一直持续到了天黑。要是月光好的话,可能还会继续的。不过,因为月亮出来得晚,到了快九点才停工。

如同巨型知了般轰鸣了一整天的脱粒机,在向蝙蝠如子弹般穿梭着的夜晚吐出最后一声轰鸣之后,终于在满身的尘土和到了极点的劳累中闭上了嘴。

疲惫不堪的民工们盘腿坐在了盛着糊糊汤的饭盆周围。糊糊汤是用碎麦粒加上红甜椒炸过之后放上水,再加一点点植物黄油做成的。

木勺在饭盆里伸进伸出,民工们嘴巴的"吧唧"声在星星越聚越多的清凉的夜色中飘散开来。

脱粒机师傅、助手和工头在水手灯跳动的黄色光芒中吃着。他们面前摆着的依旧是白面的面包,白铁皮的碗里盛的依旧是肉煮扁豆,还有稀酸奶。

工头大声地擤了擤鼻涕,把手在黑色的免裆裤上擦了擦,然后开始埋头吃饭。这时,从夜色深处传来了一阵马达声。声音越来越大,看来是一辆卡车,或者是小汽车,也可能是摩托车,正朝着这边驶来。工头仔细听了停,然后看着脱粒机师傅。师傅点了点头说:

"是他。"

来的是小东家。果然,没过多久,他飞驰而来,停在了麦田的另一头。他把手电筒对着麦田,用一道强烈的光柱在田里来回扫了几遍。光停住的地方出现了工头。工头正向小东家跑去。跑的时候,工头不住地踉跄,喘着粗气。过了一会儿,他看到小东家的那辆跑车重新启动,开进了麦田,慢慢地移动着,便停下了脚步。小东家也早就看见了他,把车开到他身边停了下来。

"你好啊。"小东家说。

"你好,爷!"

"还都好?"

"谢谢爷!"

"活干的咋样?"

"比你想的还要好。俺刚刚让他们歇下。"

"上回已经跟你说过了,俺再说一遍,要是你在20天之内把这儿的活干完,你要啥,就只管说!"

工头点着头说:

"只要你高兴就好。你还不知道俺这个人吗？俺要么不答应啥，要是答应了，就没的跑。"

"民工们也都没事？"

"没事。你别怕这些民工。谢天谢地，民工市场里有的是民工。俺清楚得很。要是这儿的活拖到 20 天，俺就不做人了。不过，到时候你也得说话算话哦！"

"这你不用担心。"

说完，小东家的跑车朝照着脱粒机师傅和助手吃饭的厚玻璃罩的水手灯跳动的灯光慢慢开去。

师傅和助手站了起来。小东家说："祝你们胃口好！"

师傅嘟囔了一句，可小东家没听见。

"活干得咋样啊？"

"还成。俺们都在尽力。"

"20 天能干完不？"

师傅看了看工头。工头赶紧回答说："你不用担心。这些民工，俺连气都不让他们喘。你就放心吧。"

"那就好。你们抓紧啊。"

"别担心。只要俺跟师傅联手……"

"那好吧。"

说完，小东家钻进了车里。跑车在田里拐了一个大弯，然后开上了路面，慢慢远去了。工头走到师傅身边说：

"你赶紧让那俩新来的熟悉一下狗娘养的泽伊奈尔和夏穆丁的活，也好让这两个混蛋赶紧走人。这俩是俺的心病，他们一走,咱就踏实了。你说呢?"

师傅既没有说是,也没有说不。

他们重新坐下来开始吃饭。

填饱了肚子的民工们大多四散开来,三三两两地把自己劳累的身体扔在打谷场上的干麦秸上,很快就入睡了,而那些赌瘾大的,则聚在了"黑桃"维伊塞尔那边。

"黑桃"的茶炉向夜色中喷吐着欣喜的热气,热水在壶中沸腾着。排水沟下面传来赌徒们的喊叫。

"摔跤手"阿里和希达耶提的儿子也在茶炉附近躺下了。阿里说:"要是有张 5 里拉的钞票,你还会去赌吧。"

希达耶提的儿子叹着气说:

"唉——阿里啊,那还用说?"

"要换了是俺,就是知道自己肯定能赢,俺还是不会去赌的。"

"你呀,还算是个男人吗?"

"俺不是男人吗?"

"你就不是个男人!"

"为啥这么说俺?"

"笨马走得乖,蠢人去摔跤。你是摔跤手,也就是蠢人。"

原本侧身躺着的阿里脸朝地翻转身,膝盖抵在地上,把那张圆脸埋进了两只大手掌里:

"别说那些没用的,知道俺咋想的吗?"

希达耶提的儿子没搭理阿里。他满脑子想的就是赌。要是再有 5 里拉,要是再有 5 里拉,把昨天赔的连本带利都赚回来就好了!

"你听见没有啊?""摔跤手"阿里又问了一句。

"听见啥?"

"知道俺咋想的吗?"

"你咋想的?"

"俺觉得人得变成鸟,就是大家都知道的鸟。长一对翅膀,随便飞,想去哪里就去哪里。"

希达耶提的儿子说:"你当然是要飞到法提玛那里的啦。"

阿里像孩子般"咯咯"地笑了。

"你这家伙,咋就知道俺心里咋想的呀?"

"你这只熊,这还用问吗?你的魂早就被法提玛勾去了。有种的小伙子是不会拜倒在女人的脚下的!"

"那该拜谁?"

"得让女人拜在自己的脚下。男人啥叫有种?有种,就是让女人拜在自己的脚下!"

说着,他突然话锋一转:

"俺觉得这个'黑桃'钱不少呢。你说呢?"

阿里恼火地看着他:

"这关你啥事?"

"不关俺的事啊。"

说完，他猛地坐了起来：

"你还等啥。你倒是拿出点男人的样子让俺瞧瞧啊！"

"比方说呢？"

"你会借俺5块钱吗？"

阿里早就明白了他的意思，可就是装糊涂。他的目光停在了"黑桃"咕嘟咕嘟滚开着的茶炉上。这小子真够混蛋的！

"你会吗？"

阿里的目光一直都没有离开茶炉：

"会啥？"

"你会拿出点男人的样子借俺5里拉吗？等发工钱的时候，这钱还是你的，而且会变得更多！"

阿里耸了耸肩膀。希达耶提的儿子火了：

"为啥不借？"

"你还会输掉的。"

"输了也是俺输的，兄弟，关你啥事？你的钱一分不会少！"

阿里没有回答。

希达耶提的儿子等了半天，然后问：

"看样子你是不借了？"

阿里依旧耸了耸肩膀。希达耶提的儿子没有看见，可已经明白了阿里是不会借钱给自己的。他真想给阿里来上两刀，可这家伙太壮实了。

"不给就不给……"

说着,希达耶提的儿子站起身,朝赌徒们吵吵嚷嚷着的排水沟走去。

阿里没跟他计较,也站了起来,一边想着法提玛,一边在田里走着。没走两步,他又停了下来。萤火虫忽闪忽闪地从他眼前飞过。他坐在了地上。地是滚烫的,可他根本就不在意。他觉得某一天自己必须单独去找法提玛!

他朝着法提玛此时待着的农庄方向望去。可农庄的方向是浓浓的夜色。

要是四周嗡嗡地飞着的蚊子能放过他的话,他一定会继续想法提玛的。可蚊子们没有放过他。蚊子是硕大的,无情的。要是他没有不停地驱赶,蚊子们就会用有力的针刺进他的皮肤,让他疼得要命。挠吧,很麻烦,可不挠又不成。一挠,被挠的地方就立刻会鼓起豆粒大的包。

一会儿,他听见身后传来一阵脚步声,便转过了身:一个矮矮墩墩的黑影正朝他走来,在他身边停下,弯下了腰,朝阿里的脸上看了看问:"他妈的,你是谁?"

"摔跤手"阿里报了自己的名字。来人问:

"你有火柴吗?"

"有。"

说着,阿里掏出火柴盒递了过去。

来人接过火柴划着了。阿里借着火光认出了泽伊奈尔的伙伴"光头"夏穆丁那张胡子拉碴、丑陋的脸。

"光头"夏穆丁把火柴还给阿里的时候,偷偷留下了三根藏在了手心里。他走到大田的另一头,在硬硬的麦茬上面铺上一块线毯,盘腿坐了下去,赶紧脱下了贴身的汗衫。汗衫已经湿透了。他把汗衫摊开在地上。蚊子在他的周围像搬迁的蜜蜂般不停地嗡嗡叫着。

他开始用脏乎乎的长指甲沙沙地挠了起来。他的背、肩和胸脯上长满了汗毛。尤其是他的胸脯,看上去就像是一张黑羊皮。汗毛的根部早就沾满了整整一个白天里脱粒机扬起的麦秸屑。可他不管是对麦秸屑也好,还是对飞舞的蚊子也好,根本就无动于衷。

他干这行已经有20年了。他也跟自己伙伴泽伊奈尔一样至今还是单身,既没有老婆,也没有缠着他的孩子。

他在布满老茧的大手掌里用两层纸把已经烧得剩下了一点的大麻卷成了烟,用从"摔跤手"阿里那里顺来的火柴点着,然后侧身躺在布满星星的天空下,开始用蹩脚的土耳其语哼唱起了一首民谣:

姑娘啊,你的头发黑又亮
哎呀哎呀哎
在你的肩头飞呀飞
哎呀哎呀哎

姑娘啊,我想把你带上一起去远方

哎呀哎呀哎

你的兄弟们哪，就是不答应

哎呀哎呀哎

正唱着，他突然听见自己的伙伴泽伊奈尔粗鲁的咳嗽声，便闭上了嘴，扭头朝咳嗽声传来的方向看去。泽伊奈尔慢吞吞地走过来，用库尔德语跟他打了个招呼："兄弟，你在干吗呢？歇得挺好？"

"挺好，兄弟。"夏穆丁回答道。

泽伊奈尔也侧身躺在了线毯上。

夏穆丁把大麻卷的烟递了过去。泽伊奈尔接过来，可并没有马上就抽，而是等着烟灭，这样劲就会小点。泽伊奈尔看起来满腹心事。过了一会儿，他说："这师傅可是个纯爷们。真是千金难买啊！"

"光头"夏穆丁用疲惫的双眼盯着泽伊奈尔的嘴唇。

泽伊奈尔接着说：

"你知道那个'勇敢的'凯马尔吧。"

"知道。"

"咱还觉得他人挺正的。"

"他不正吗？"

"他到工头那里去嚼咱的舌头了！"

"光头"夏穆丁问：

"你这是听谁说的？"

"听师傅说的。他把俺拉到一边,对俺说:泽伊奈尔,你当着这小子的面说话留点神。"

夏穆丁吸了口烟:

"你就是说了些啥,那个混球去嚼了舌头,那又咋样?"

"也没咋样。"

说着,泽伊奈尔突然来了气:

"咱伙计之间就不能私底下说点话了吗?可俺本来还以为俺让他死,他都会干的呢。他还跟俺说过呢,泽伊奈尔大叔,俺要是对你不死心塌地,俺就不是人养的!"

说到这儿,泽伊奈尔把牙齿咬得嘎嘎响:

"凯马尔啊,你这个狗娘养的,俺只要还是泽伊奈尔,你就等着瞧吧!"

夏穆丁问:

"你打算咋办?"

泽伊奈尔摇了摇头:

"再说吧。俺还没想好该咋办。"

"你骗人!"

"真不骗你。不然的话,俺干吗不告诉你?俺啥时候瞒过你啊?"

说着,他把大麻卷的烟递了过去。夏穆丁接过烟说:

"要不你把这事交给俺吧。"

"啥事?"

"凯马尔的事呀。"

"这不成，兄弟。你别乱来啊。"

"俺是说真的呢，泽伊奈尔。"

"不成，不成。等俺想好了，再让你帮着干。俺得把这事办得神不知鬼不觉。"

"那好吧。"夏穆丁说，"要是有啥事要俺做的，尽管吩咐！"

"谢了。其实，俺该教训的是那个婊子养的工头。你知道俺想啥吗？俺真想给他腰里插上两刀，然后把他推进麦仓，再点上一把火，让那个王八蛋跟麦仓一起烧掉。"

"那以后呢？"

"以后就好说了。这个国家里少了个王八蛋。实在不行，俺就跑到加乌尔山，从那里再跑到叙利亚去。俺家里又没人了，到哪儿不都一样嘛。不过，这师傅真有种，是个爷们！他告诉俺，工头跟他说了，俺以前放火烧过麦仓。一点儿都没错，俺是烧过。要是把俺惹急了，俺照样还烧！俺对师傅说，俺是个重情谊的人，为了朋友，俺可以两肋插刀。俺是放火烧过麦仓。那是因为他们扣了俺们的工钱，还搬出一大堆理由，让俺们没法活了，俺就只能让他们没法活！"

大麻卷的烟在田里的一块泥块上冷却着。

夏穆丁点了点头说：

"没错。"

"师傅跟俺打听了工头的事。"

"你该把他的事一股脑儿都说了。"

"俺说了呀。俺说,在屈库鲁瓦这个地方,再找不出第二个像他这样不要脸的混蛋了。"

"他把自己的闺女卖了的事,你也说了吗?"

"咋能不说啊?"

"说了他大闺女赛尔维被卖到妓院的事了吗?"

泽伊奈尔吃了一惊:

"你是说赛尔维?"

"是呀。"

"她被卖到妓院了?"

"你不知道吗?"

"不知道呀。"

"啊哟,你也是的。不光是赛尔维,还有她妹子赛伊让呢。"

泽伊奈尔的心揪了起来。他和赛尔维之间曾经有过一段故事,可赛伊让呢?

"唉。"他说,"赛伊让最多也才十五六岁啊!"

"那又咋样?"

"她这么大年纪的娃子妓院也收?"

"你去瞧瞧她们拿着的身份证就知道了。上面写的都是二十四五呢。"

泽伊奈尔无论如何也无法相信。

"才过了多久啊?她那时候给她姐送饭,俺还给她零花钱呢。唉，老天爷呀！"

说完，他垂下了双眼。他想起了托斯巴阿区歪歪斜斜的小巷，如同熊窝一般的土坯房，站在屋门口对着太阳梳着脏兮兮的头发的姑娘们，当着来来往往的行人给自己的孩子洗澡的女人们，还有穿得破破烂烂的孩子们。即便不是赛尔维，赛伊让也原本应该是他们中的一个，手里拿着小石块或者是根绳子，成天在小街里跳绳或者玩扔石块的游戏。她啥时候就长高了，啥时候就沦落到了妓院呢？

他曾经钟情于赛尔维。他们一起在棉纺厂干活的那些年里，几乎每天晚上下班回家的时候，只要他给一点暗示，赛尔维就会立刻领会，跟着他一起到德国工厂后面的沟里。她是个非常温顺的女孩。他带她去哪儿，她就会跟着去哪儿。他让她来，她就会来。让她走，她就会走。让她躺下，她就会躺下。让她站起来，她就会站起来。她长了嘴巴，可没长舌头。有一次，他从她的手里抢走了一个装着钱的信封，这丫头一声都没吭，只是低下了头。

泽伊奈尔叹了口气：

"唉，赛尔维呀！"

他的睫毛被泪水打湿，在星光下闪闪发着光。

而"光头"夏穆丁则凝视着远方。一轮血色的月亮正在升起，月亮红色的光环已经出现在夜色中黑漆漆的山头的边缘。

泽伊奈尔又叹了一口气。

"可怜的赛尔维啊!"

他想起了自己第一次和她在沟里约会的那个晚上。快要下班的时候,他对她说:"在外头等俺。"他对她是不是会等,其实并没有抱什么希望。如果她不愿意的话,她完全可以不等。可她却等在那里了。于是,他牵起她的手,穿过黑漆漆的小巷,把她带到了德国工厂的背后。那天夜里,天很凉,还刮着风。周围连个鬼影子都看不到。他把那丫头一把拉过来,疯狂地搂抱了起来。要换了别的女孩,早就咿里哇啦地叫起来了,可她没有。

"可怜的赛尔维!"

后来,他俩下到了沟里。沟里很潮湿。他的头上是月亮、星星和凉风,身下是赛尔维滚烫而又带着孩子气的胴体。

想到这儿,泽伊奈尔突然骂了一句极其恶毒的脏话。

夏穆丁转身看着他问:

"你这是骂谁呢?"

"俺骂的是工头。"泽伊奈尔说,"你当俺骂的是谁?"

夏穆丁并不知道他骂的是谁。可既然泽伊奈尔骂了,那肯定就是有个应该被骂的害人精。如果有必要,他会帮着泽伊奈尔去把那个家伙痛打一顿。

"说呀,你当俺骂的是谁?"

"俺咋会知道,亲爱的?"

说着,他重新躺了下去,从泥块上拿起了大麻卷的烟,用布满了硬邦邦的老茧的手掌捂着深深地吸了一大口,然后用力抿着嘴唇，尽可能不让烟从嘴里跑掉。抽完，他把烟又放回到泥块上。

泽伊奈尔脑子里想的是赛尔维，全是赛尔维，连赛伊让他都没想。赛伊让是还小，可赛尔维更可怜。原来她是落到了某个狗娘养的手里，最后又被卖到了妓院！

他不住地叹着气。

他现在心里只装着赛尔维。他甚至想着要在这大夏天里，从此时抽着烟的地方走上几公里的路，去阿达纳市里的妓院找到赛尔维，把她解救出来。

想着，他从泥块上拿过了大麻卷的烟。

21

月亮消失了，星星显得越发的大和亮。

从某个角落里传来一阵猫头鹰哀怨的鸣叫。

泽伊奈尔猫着腰穿过麦田，来到"勇敢的"凯马尔睡的打谷场。他停住脚步，久久地听着周围的动静，然后弯下腰，迅速地凑到了凯马尔跟前。

留着蜈蚣般黄色小胡子的年轻人四脚朝天地睡着，星光微微地照亮着他的脸和浅黄色的小胡子，而成群的蚊子围着他嗡嗡地叫着。

泽伊奈尔单膝跪下，满怀仇恨地盯着凯马尔的脸看了很久。他完全可以趁着他正睡着的工夫就地把这家伙掐死，或者用弹簧刀割下这家伙的脑袋。

"勇敢的"凯马尔在睡梦中翻了个身。

泽伊奈尔推了推他的肩膀。

熟睡中的那个身体微微停顿了一下，似乎要听他说话。

泽伊奈尔等了等，又推了推他：

"凯马尔！"

叫着，泽伊奈尔又再次推了推他：

"凯马尔，嗨嗨，凯马尔！"

留着黄色小胡子的那张蜡黄的脸皱了皱，脑袋像是跟脖子分了家似的左右摆动了几下。泽伊奈尔更加用力地推了起来，凯马尔终于哼唧了一声，睁开疲惫的眼睛，睡眼惺忪、可怜兮兮地看了看泽伊奈尔。

"跟俺来！"泽伊奈尔说。

眼前的小子没听明白：

"啥？"

"跟俺来！"

凯马尔这才突然认出是泽伊奈尔，赶紧坐起了身：

"是你呀，泽伊奈尔大爷！"

"勇敢的"凯马尔满怀恐惧地跟着泽伊奈尔，来到了百米开外的排水沟前。看见泽伊奈尔跳下了沟，凯马尔也跟着下到了沟底。他的心狂跳着，知道等着自己的肯定没好事。

泽伊奈尔突然从黑色免裆裤的口袋里掏出了一把锃亮的弹簧刀，咔嚓一下弹出了刀刃。

"勇敢的"凯马尔更加害怕了：

"泽伊奈尔大爷，你这是要对俺干吗呀？"

"闭嘴！"泽伊奈尔说："你这个混账王八蛋！你瞧见这个了吗？"

凯马尔极度恐惧地看着他高高举起的刀子。

"……"

"你他妈的瞧见了没有？"

"瞧见了，俺的泽伊奈尔大爷。"

"你要是不老老实实地回答俺的问话，那俺就不客气了，非把这家伙捅进你喉咙里不可！"

"泽伊奈尔大爷呀，你说啥，俺一定照办！"

"你会老老实实回答俺的问话吗？"

"一定老老实实地回答，俺的泽伊奈尔大爷。"

泽伊奈尔怒气冲冲地拽着他的衣领晃了晃问：

"你跟俺说，俺有没有亏待过你？"

"你是说俺？是说俺吗，泽伊奈尔大爷？俺对天发誓，你没有半点亏待过俺。"

泽伊奈尔又晃了晃他的衣领：

"你不是说要老老实实地回答吗？"

"俺可没有撒半点谎啊，泽伊奈尔大爷，真的没撒谎。"

"你他妈的，真是个胆小鬼！俺都听说了，你居然连俺都敢骗!"

"这话打哪儿说起呀,泽伊奈尔大爷?俺对谁都说,要是没有泽伊奈尔大爷,咱就没了主心骨了。安拉保佑,让泽伊奈尔大爷好人有好报。你要是不信,去问好了。你一直都在帮着俺们呢。要是没有你,俺敢打赌,那个工头会让咱干上20个钟头,可能还不止呢!"

泽伊奈尔把骗子从老娘到小娃子都骂了个遍。"勇敢的"凯马尔吓得浑身筛糠似的发着抖,上牙打下牙地说:"你说得对,泽伊奈尔大爷。要是俺骗了你,让俺的老娘、老婆和小娃子都不得好死。"

泽伊奈尔对他的无耻实在是忍无可忍,挥起拳头把他打翻在沟底:

"你这个不要脸的东西!比婊子还无耻。你给俺站起来!"

"勇敢的"凯马尔像一条被打折了脊梁骨的蛇似的在地上爬着,抱住泽伊奈尔的两条腿:

"泽伊奈尔大爷啊,你饶了俺吧,泽伊奈尔大爷!"

泽伊奈尔一脚踢去:

"他妈的,你给俺站起来!"

"泽伊奈尔大爷……"

"站起来!"

凯马尔捂着挨了揍的嘴巴站了起来。

泽伊奈尔说:

"你回答俺。看见这把刀了吗？俺发誓，你再不老实，俺非给你来个白刀子进，红刀子出不可！"

"俺保证，泽伊奈尔大爷。俺对安拉起誓，要是俺在别人面前说了你半点坏话，就让俺的婆娘守活寡，让俺的两个娃子不得好死！"

泽伊奈尔再也无法忍受：

"你这个王八蛋！你在工头面前说了：泽伊奈尔大爷在背地里把你大骂了一通，俺实在看不过去了，差点就跟他闹起来。俺说得没错吧？"

凯马尔崩溃了。是他说的，这些话都是他说的。他知道否认是毫无用处的，最好的办法是闭嘴，可他想要闭嘴还不成，因为泽伊奈尔像头愤怒的狮子般站在他的面前，等着他回答。

"说话呀。"泽伊奈尔吼着，"这些话是不是你说的？"

凯马尔两眼发黑，两条细腿已经无法支撑住他的身体了。他不由自主地"扑通"一声跪在地上：

"泽伊奈尔大爷呀，你就饶了俺吧……你这是听谁说的？"

"你赶紧回答俺：这些话你到底是说了，还是没说？"

"看在安拉的分儿上，是谁告诉你的？"

"王八蛋！俺在问你呢，你到底是说了，还是没说？"

凯马尔再一次抱住了泽伊奈尔的腿，在他的鞋子上吻着，用脸和眼睛蹭着：

"泽伊奈尔大爷啊,俺给你当看门狗。你大人不计小人过,别跟俺一般见识,泽伊奈尔大爷!"

泽伊奈尔厌恶地说:"你起来!"

那家伙艰难地站了起来。

"看样子还真是你说的?"

"……"

"你为啥要这样说?"

"俺是一时糊涂啊,泽伊奈尔大爷。俺本来想……"

"想讨好工头?"

"是呢。俺想讨点小便宜……"

"啥便宜?"

"俺不是一时糊涂嘛,泽伊奈尔大爷。"

"去他妈的一时糊涂。想讨啥便宜?"

"也不算啥啦。就是想以后还能跟着他混口饭吃……都是因为穷啊,拖家带口的,不然的话,俺怎么会对你这样的人……你说让俺死,俺要是不死的话就……"

"够了。"泽伊奈尔打断了他的话。

凯马尔来了劲:

"不信你试试,泽伊奈尔大爷,要俺不死心塌地跟着你,让俺的下场比狗还不如!可从今往后……"

面对自己面前这个浑身发抖、缩成一团的男人,泽伊奈尔有点可怜他了。他的这种两面三刀,全是为了钱,为了摆脱贫穷的一点点希望。

泽伊奈尔抬起手：

"算了，别再说了！一个大男人，你就不觉得丢脸吗？两面三刀，可不是男人做的事。改改你这个毛病吧。你瞧瞧，咱俩现在待的地方多僻静。不是吗？"

"是，泽伊奈尔大爷。"

"在这里，俺想把你咋样就能咋样。你信不？"

"俺信，泽伊奈尔大爷！"

"俺给你腰上扎上两刀……"

"没错。"

"俺再把你扔进麦仓，把火柴这么一划，你就跟着麦仓一起烧个精光吧。他们能说啥？他们最多也就说是哪个民工抽烟的时候乱扔烟头引了火……"

"你说得都没错，泽伊奈尔大爷。不过，俺想斗胆问你句话，成不？"

"问吧。"

"俺说的这些，你是听谁说的？"

泽伊奈尔又把手抬了起来：

"这关你屁事！"

"看在安拉的分儿上，你就告诉俺是听谁说的吧。"

"你甭管是谁说的，反正俺听到了。"

"勇敢的"凯马尔哀求了半天，还握着泽伊奈尔的手使劲亲吻着。

"你就告诉俺吧，俺发誓对谁都不会说的！"

"你倒是说去啊!他妈的,只要你敢说……"

"这不就结了吗?俺说了,又有啥用呢?早晚还不是会传到你的耳朵里吗?"

"当然会传到俺的耳朵里!"

"就是嘛。要是那样,你想对俺做啥,随你便!"

"打今儿起,俺说啥,你都会照办吗?"

"俺都会照办。"

"要是俺让你从宣礼塔上跳下来呢?"

"俺肯定跳,泽伊奈尔大爷。要是俺眨一下眼,就让俺的眼珠子掉出来!"

泽伊奈尔想了一想,然后问:

"你自己猜猜,俺是从谁那里听说的?"

凯马尔一边琢磨,一边嘟囔着:

"那天就只有师傅和工头在。师傅是不会说的。工头嘛……"

泽伊奈尔笑了。"勇敢的"凯马尔满怀疑虑地问:

"不会是工头吧?"

泽伊奈尔意味深长地点了点头:

"你管他叫做工头的人,可是俺 20 年的乡亲,老邻居了。你别看现在俺们俩合不来。可你瞧瞧,俺跟'光头'夏穆丁铁吧?当年俺跟他也是这样的,甚至比俺跟夏穆丁还要铁!"

"你是说,是工头跟你说的?"

"没听见俺说啥了?俺跟他,比俺跟'光头'夏穆丁还要铁，铁得能穿一条裤子。"

"勇敢的"凯马尔愈发郁闷了：

"唉，这人哪！可他平时总在背后说你的坏话的呀……"

"你别看他那样，他那是做做样子。他自己可以说俺的坏话，可容不得别人说俺半句。从今往后，你好好做人，千万别出卖朋友。你看看，饭菜里面有虫子，面包都长了毛。俺是为自己在争吗？面包、饭菜……再看看咱干的这个活。原本该45个人干的活，现在让35个人在干。咱一天得干20个钟头。这算啥呀？咱又不是机器。俺骂，是为了咱大家。要是连俺都不吭声的话，你想想会是啥结果？"

"没错，泽伊奈尔大爷。你不骂，俺们就连主心骨都没有了。"

"就是嘛。你听好了，赶紧到大伙儿当中去悄悄地……你知道了吧？"

凯马尔明白了，语气坚定地说："行。算他欠俺的。既然他不知好歹，那就别怪俺不客气了。"

"这个礼拜就算了。咱下礼拜开始，先过两天，到第三天俺会掀翻掉饭盆，你们给俺撑撑腰，剩下的就不用管了。"

"勇敢的"凯马尔一下子清醒了。因为害怕，他肚子里咕噜地响了一声。他已经明白泽伊奈尔想干啥了，可尽管如此，当泽伊奈尔问"成不？"的时候，他还是回答说："成呢，爷！"但是，他心里很清楚，这事儿干不得。

泽伊奈尔继续说道：

"你悄悄地跟大家说,泽伊奈尔要掀翻饭盆,咱得给他撑腰。明白了吗?"

"明白了。"

"还有,你可千万别跟工头搞僵,管好你的舌头!"

这可正合了凯马尔的心思:

"这你不用担心,泽伊奈尔大爷。有安拉照应着呢。"

那道黄色的小胡子停住不动了。此时,他已经不再发抖,恢复了常态。

泽伊奈尔折起锃亮的弹簧刀放进口袋:

"那俺走了。"

"走好,泽伊奈尔大爷。"

泽伊奈尔跳上沟坎,迅速离去。

过了一小会儿,凯马尔也从沟里爬了出来,可是……这事儿可干不得!宪兵可不是闹着玩的。要是被他们逮着了,那就完了。

他停住脚步,观察了一下四周,然后蹲下身哗哗地撒了泡尿。接着,他站起身朝打谷场走去,自言自语地说:"他们会把俺往死里整的!"他走到打谷场,所有人都依旧睡得很死,有的打着呼噜,有的磨着牙。他躺倒在干麦秸上,头顶上是布满了星星的夜空。可他根本看不见,他还在想着宪兵。不成,这事说啥也不能干:"他们会把俺往死里整的。泽伊奈尔可以不在乎,他是穷光蛋一个,啥牵挂也没有。可俺还有娃子呢。他把大家煽乎起来,然后就可以拔腿走人。到头来,倒霉的是俺们!"

他打了个哈欠,用布满老茧的手心擦了擦打哈欠流出的眼泪,然后挠了半天痒……离天亮还有几个钟头呢?他环顾四周,像是要找个有表的人问下时间,然后重新把目光移向了天空。这回,他看到了闪烁的星星。星星在天空中闪烁着。他开始在天空中寻找起北斗星,他找到了。他又接着找别的星,找着找着,他开始去找银河,从银河又想到了小时候他奶奶跟他说过的"大盗"阿巴斯。听奶奶说,阿巴斯是一个小偷,有一次偷了一大筛子麦子,逃跑的时候把麦子撒了,天上的银河就是这么来的。这是有一年夏天在阿达纳的时候,奶奶晚上在房顶上跟他说的。那时候,他爹还活着。他爹是监狱里的书记员,常常告诉他在监狱里打犯人的事。如果"大盗"阿巴斯被抓住的话,也会变成犯人的。谁知道呢,也许阿巴斯像座塔一样壮实,长着一双大手和一双大脚。他要是打起人来……想到这儿,凯马尔记起了泽伊奈尔打他的那一拳,便在心里骂了一句:"狗东西!""他居然一拳把俺打翻在地上!不过,工头也是个狗娘养的,把俺说的话都告诉了那个畜生。等等,不对劲啊。工头为啥要告诉泽伊奈尔呢?这对他有啥好处?不对,不是工头,肯定是师傅告诉他的。这就对了,就是师傅。他从来就没正眼瞧过俺!"

不管咋样,他还是把泽伊奈尔的祖宗八代都骂了个遍。居然一拳把俺打翻了!俺真该还手,给他也来上一拳的。

可要是俺也打了他，那俺就死定了。他手里拿着刀呢，锃亮锃亮的，他真会杀了俺的。也没准他不会杀。杀人就这么容易吗？俺可以叫，拼命地叫。民工们被吵醒了就会跑过来的。就算"光头"夏穆丁也跑来，其他民工还是会知道泽伊奈尔要杀人的……

想着，他坐了起来。

他们会跟泽伊奈尔对着干吗？不会，他们很可能会跑开。要是换了俺，就会跑开的。关俺啥事啊？说到泽伊奈尔交代他的事，"俺既不会照他说的办，也不去得罪他。关俺屁事！俺也不告诉工头。要是泽伊奈尔问起来，俺就说：瞧你问的，爷，俺能不照办吗？俺当然得这么说。俺得装着站在他的一边，等他掀翻了饭盆，俺就来个脚底抹油。他有啥本事，就让他使出来。等宪兵来了，俺就来个一问三不知。关俺屁事。只要蛇不咬俺，就让它长命百岁好了。没错，饭菜根本不是人吃的。可他把饭菜掀翻了，就能变？泽伊奈尔也好，工头也好，都去死吧……"

想到这儿，他又一头倒在了麦秸上。

22

地平线上还没有任何破晓的迹象。布满星星的天空闪烁着向远方延伸着，田野里和麦场上酣睡着的民工们的呻吟声、磨牙声和呓语声此起彼伏。

仿佛是被什么人一把一把地撒在了空中的蚊子,在疲惫的民工周围嗡嗡地飞舞,用它们有力的针深深地扎进咸咸的皮肤。不时会有人咒骂着蚊子,"呦呦"地挠起痒。

如子弹般在夜空中穿梭的蝙蝠数量是如此之多!

膀大腰圆的守夜人凑近脱粒机边的蚊帐,撩开蚊帐的一角推着睡在蚊帐里的工头:

"头儿。嗨嗨,头儿!"

工头从睡梦黑暗的深处浮了上来:

"啥?"

"起来了,头儿,该起来了,到点了!"

"他妈的,到啥点了?"

"开工的点啊。"

"才几点啊。"

工头嘟囔着,从枕头底下摸出了夜光怀表,用一双得了沙眼的眼睛凑了上去:三点一刻。

工头打了个响响的哈欠,伸了个懒腰。他感到像被人揍过一样浑身发疼。于是,他点上了一根烟。

守夜人依旧站在蚊帐跟前。

工头问:

"你把'光头'夏穆丁叫醒了没有?"

守夜人说:"你自己去叫他吧。"

"为啥?"

"俺怕那个家伙。他看人的时候像头疯牛。狗娘养的,简直就是抽风!"

工头笑了:"你把泽伊奈尔给俺盯住了。你在盯着吧?"

"盯着呢。"

"你可得盯住了啊。特别是夜里。听说他又开始不老实了。这个混蛋,想让俺吊死在他这棵树上……"

这回,守夜人笑了:

"看你被他吓的!"

"俺这不是怕,你不懂的,你还是个娃娃呢。别啰唆,照俺说的去做就是了。"

"那家伙有啥可怕的?"

"你这个臭小子,别这么一根筋,行不?"

说着,工头在蚊帐外面的地上掐灭了烟,迅速把黑色免裆裤套到腿上,钻出了蚊帐。蚊子立刻将他团团围住。工头对此早已习以为常,他解开系着蚊帐的绳子,把蚊帐收好塞到枕头底下,再把褥子折好,用线毯裹了个结结实实。

大田的另一头传来了一阵吆喝。工头朝那边看了看,立刻明白了:

"面包送来了!"

他带着守夜人朝送面包的人走去。水箱边上停着一辆装满了麻袋的牛车,面包就在牛车上的麻袋里装着。

"你好啊。"工头打了个招呼。

车夫假惺惺地回答：

"谢谢你，头儿。赶紧把这些东西给卸了吧！"

"你们赶紧，卸货了。"

麻袋从车上卸了下来。

等牛车一走，工头对守夜人说："俺去把'光头'夏穆丁叫起来。"

东边的山头上此时渐渐泛起了鱼肚白。

工头来到夏穆丁身边。这个库尔德人为了不让蚊子咬，用线毯把自己裹得严严实实，缩成一团躺在麦田正中，浑身上下都浸在了汗里。

工头站在他跟前，先是用一只脚捅了捅他：

"夏穆丁！"

疲惫不堪的脱粒机工根本没搭理他。于是，工头蹲下身，用手推了起来。可另一个还是没反应。工头只好更加用力地推啊晃啊，夏穆丁翻了个身。他每次都是这样，很难被叫醒。一旦醒过来，就会瞪着眼珠子大发雷霆。

这回也不例外。他怒气冲冲地掀开裹着的线毯，用一双通红的眼睛盯着工头看了半天，然后重新倒下，立刻又睡着了。

"夏穆丁。"工头半开玩笑半认真地喊道，"喂喂，夏穆丁！起床了嗨！快起来了！赶紧，赶紧！你一起来，大家看见夏穆丁大爷都起来了，也就跟着起了。快起了，俺的爷！"

"光头"夏穆丁浑身是汗,迷迷糊糊地翻了个身。

"起来,快起了,俺的爷。你起来了……"

许久,"光头"夏穆丁终于坐了起来,用两只大拳头揉了半天眼睛,边揉边用库尔德语骂着娘。昨夜抽的大麻的劲还没有过去,舌头肿着,像是锈在了嘴里。嘴里的唾沫黏糊糊的,渴得要命。

他一半库尔德语,一半土耳其语地问:"几点了?"

工头说:"都快四点了。"

"光头"夏穆丁吃了一惊:

"啊哟!"

他已经回过神,彻底清醒了。他跳起来,拿过晾在田里矮矮的麦茬上的汗衫。汗衫被露水打湿了,可他并不在乎,一股脑套在依旧又痛又痒的身上,然后拿起防尘镜和用来裹脖子的布,把线毯甩到肩上朝着脱粒机走去。

东边的远山上蒙上了一层灰白的光,星星慢慢地消失了,蝙蝠的穿梭也稀疏了下来。一阵凉爽的风轻轻吹过,随即响起了一个民工的梦呓。

蚊子包围着裹紧被子睡着的"摔跤手"阿里。阿里嘟囔着在地上翻来覆去。希达耶提的儿子在他身边脸朝下睡着。一会儿,希达耶提的儿子说了句梦话:

"别攥着色子,朋友,赶紧扔啊!"

正巧在这个时候,工头凑到了他们跟前。工头先是用脚踹了踹希达耶提的儿子说:"起了,快起了。瞧瞧你们这些小子,都快中午了。你们这些混蛋,夏穆丁大爷都已经起了!"

然后,工头又挨个踹了踹阿里和其他的民工,反反复复地说着同样的话:

"你们这些混蛋,都快中午了,还睡?他妈的,连夏穆丁大爷都已经起了!到发工钱的时候,你们可别来求俺啊!"

踹,骂……

脱粒机师傅的助手也醒了,正打着哈欠对师傅说:"师傅啊,俺还困着呢。又热,还有蚊子……"

师傅说:"要怪,就怪你爹去。"

"为啥?"

"要是他当初读点书,成了个人物的话……"

"也好给俺留下个大宅子啥的,对不?"

"你咋知道的呀?"

"俺爹又不是老爷啥的。"

"那是啥?"

"他跟俺一样,就是个穷光蛋。"

"那就去怪你娘!"

"是怪她跟了俺爹吗?"

"没错。"

助手没有接茬。他把沾满了机油的粗麻布裤子套到腿上的时候说:"你知道俺在想啥吗?"

"俺咋知道?"

"俺想啊,要是到了夜里,收工了以后,能舒舒服服地洗个澡,该有多好啊!人嘛,就应该洗得干干净净,穿着睡衣躺到床上。那多舒服啊!你说是不?"

师傅叹了口气,因为这也是他所渴望的生活。助手见师傅不回答,又问了一遍:

"是不,师傅?"

"没错,小子。"

"最好有个澡堂子……"

师傅狡黠地问:

"为了净身?"

"当然啦。"

"你不会是夜里又梦见你老婆了吧?"

"没有啦。"

"那你梦见谁了?"

"梦见的是别人。"

"她漂亮吗?"

"俺哪儿知道啊?"

"看来你得洗洗。那现在你咋办?"

"不咋办。"

"你就这么脏兮兮地去出工?"

"没法子。"

师傅逗着他:

"这不是罪过吗?"

"就算是罪过,也落不到俺头上啊。"

"那该落在谁的头上?"

"要是有水,俺不洗,脏兮兮地去出工,那才是俺的罪过。再说了,又不是俺让那女人到俺梦里来的!"

师傅突然正色道:"你别在意。"

助手把铺盖卷叠好,然后怀着因为无法净身来摆脱不洁的不安走到拖拉机跟前。拖拉机还是平日里的拖拉机,可此时看起来却变得十分巨大。因为从现在起,拖拉机已经承载起了即将持续18小时的充满了机器轰鸣的漫长一天全部的重量。

助手对着拖拉机打了个哈欠,对着拖拉机身上弥散着的铁所特有的沉寂气鼓鼓地看了半天,然后用巴掌拍打着拖拉机,咒骂起发明这机器的人。可他立刻为自己的咒骂感到了后悔,便忙不迭地道起了歉。

"你可是俺的饭碗啊,要是没有你……"

他抬起头。几乎已经没有了星星的天空从东边开始亮了。

"老天爷,求你别把俺的罪过记下。俺没有净身就来上工,也是没法子啊。"

说着,他突然来了气:

"又不是俺让那女人到俺的梦里来的!"

这时,身边响起了师傅的声音:

"你自说自话地在干吗呢？"

助手转过头，看见是师傅，便笑了。

师傅说："发动吧！"

助手拿起摇柄走到拖拉机前，把摇柄插进拖拉机，转了半圈。于是，拖拉机马达排气孔里冒出的一股充满了柴油味的浓烟在清晨湿漉漉的空气中弥漫开来。师傅打开了油阀，马达便像受了惊似的用强有力的轰鸣声打破了清晨的宁静。接着，师傅把连接拖拉机和脱粒机的皮带推上了转轴，布满了粉尘的皮带便疯狂地转动起来。立刻，脱粒机那填满了整个平原的轰鸣淹没了拖拉机马达的声音。

枯燥得不能再枯燥的工作开始了。麦场上一人多高的麦捆被扛了起来，随着蚂蚁般没有丝毫停顿、无休无止地奔跑着的民工被送向脱粒机。当一捆捆麦子被扔给泽伊奈尔和"光头"夏穆丁之后，民工们又奔向麦场，去扛下一捆麦子。事实上，这就是一场奔跑，一场不知停顿、没有穷尽的奔跑。因为奔跑者很快就变得浑身大汗淋漓，由脱粒机周围飞扬的麦秸屑引发的令人疯狂的瘙痒便开始了。

"摔跤手"阿里夜里也梦见了法提玛。当扛着麦捆朝脱粒机奔跑着的时候，昨夜的梦的作用依然在持续，让阿里开心地笑着。法提玛这女人哪，真是没得挑！他妈的，自己咋就没早点看到她的好呢？

他在梦里看见自己在一个像森林里的地方，那儿有水。

突然，法提玛从树丛里冒了出来。

"啊呀，法提玛，真是你吗？"

法提玛冷冰冰地看着他。

他跑过去抱住了法提玛。

"丫头，你生俺的气了吗？"

"俺是生你的气了。"

"娘哎，为啥要生俺的气呀？"

"你把俺扔给了那帮狗娘养的，自己跑这儿来了！"

"俺没办法呀。是他们逼俺来这儿的。"

"你胡说。他们咋逼你了？"

"当然逼了啦。俺骗你了吗？那时候你不也在吗？"

"哪儿有啊？俺也在？"

"你也在。"

"那时候俺又不是法提玛。"

"那你是谁？"

"那时候俺是傻丫头。"

就在这时，他突然醒了。可是，这个梦里肯定有名堂。那丫头在梦里说自己那时候不是法提玛。她是不是法提玛，他还不知道吗？他跑去找她的时候，她还对自己瞪眼睛了呢。他让她跟着走，她不肯。他知道，那是法提玛。可不管咋样，这个梦里肯定有名堂。

这时，阿里突然发现希达耶提的儿子正在自己的身边，便说道：

"听俺说。"

希达耶提的儿子已经又扛起了一捆麦子,听见阿里跟自己说话,便冷冷地看着他。他原本已经打定主意,不再跟着个狗娘养的说话。他妈的,连5块钱都不肯借!

"你猜俺在梦里看见谁了?"

"你?"

"对。"

"你梦见谁了?"

"俺在梦里看见法提玛了!"

希达耶提的儿子知道阿里几乎每天夜里都会梦见法提玛。

"那你还不好好骑骑她?"

阿里没听懂。

"她在梦里对俺说:俺那时候不是法提玛,是傻丫头。你听见了吗?她说自己是傻丫头!"

这时,工头那响亮的哨音响了起来,接着就是一连串的咒骂:

"你们这两个狗东西!给俺等着!"

希达耶提的儿子拔腿就跑,来到工头身边:

"头儿,这可不是俺的错啊。是那个狗娘养的阿里非缠着俺的。"

"俺早晚得把你们的下巴给打掉!"

"他说在梦里看见了他扔在农庄里的女人。"

"谁？你是说他？"

"是他，头儿。他天天晚上都梦见，还从来不净身。你得跟他说说，要么就别梦见，梦见的话就净净身。这么脏兮兮的，咋能出工呢？"

工头说："还做梦哪。让他别做。这里哪儿来净身的水啊？"

当阿里经过的时候，工头嚷嚷道："他妈的，你这只熊！"

"头儿，有啥吩咐？"

"你小心俺揍你！你这个狗东西，做啥个梦啊？就你，也配做梦？只有那些家里有澡堂，有水，能舒舒服服地躺在床上的人才配做梦。你这条饿狗，还做梦？真是吃饱了撑的！"

阿里扛着麦捆说："谢了！"

23

原本应该一周干完的活五天半就完成了。在被称作"分红日"的周三，民工们从下午2点开始便陆陆续续朝城里涌去，去领他们辛辛苦苦挣来的工钱。

工头也在离收工还有一刻钟的时候，乘着小东家那辆锃亮的汽车进城了。打谷场和城里之间有一段相当长的距离，民工们进城全靠两条腿。土路在被五天半的劳作折磨得不成人样的民工们的布鞋或者是赤裸的脚下尘土飞扬。从其他打谷场和棉田出来进城领钱的民工队伍的不断涌入，让土路变得越来越拥挤。他们的头顶上是晃眼的烈日，脚下是如同烤炉里的灰烬般灼热的土路……人们的叹息声此起彼伏，中间不断地夹杂着一两句怒气冲冲的咒骂，还会出人意料地传来几句蹩脚的歌声。

这些嘴唇干裂、吐着白沫、疲惫不堪的人们，为了领取一个星期所付出的劳动的回报而走着。他们两眼凹陷，面如土色。时常会有一个因为得了疟疾而浑身发抖的民工离开人群，瘫倒在水沟边，或是树荫下。没有任何人有能力帮助别人。留下的就留下了，死了的就死了，而能够走的则继续走着！

在屈库鲁瓦肥沃的土地上，这些如蚂蚁般向城里汇聚着的民工们，为了能够走到那里，走到石桥那边他们可以领到工钱的民工市场而拼命地咬牙坚持着。

他们走着，别无选择。他们将在那里领到一周的工钱，然后如果能为下一个星期找到工作，便会挤在笨重的卡车里重新回到农庄，开始另一个五天半的工作。

"摔跤手"阿里和希达耶提的儿子并肩走着。希达耶提的儿子吊在阿里的臂膀上。走了一会儿，希达耶提的儿子说："俺眼睛发黑了。"

阿里的情况跟他没有两样。

"哎呀,兄弟啊,俺也是呢……"

"俺快走不动了。肚子也咕咕叫呢。"

"为啥咕咕叫?"

"还不是饿的嘛。你身边没有面包吗?"

"俺身边哪儿来的面包呀?"

"他们那儿没有吗?"

"这俺就不知道了。"

"要有一块面包就好了,救个急。咱问问人家?"

"问谁?"

"随便问谁。"

"那你还等啥?还不快去试试?俺也饿得眼睛发黑了。要是能要来,俺也吃两口。"

他们放慢了脚步。

"摔跤手"阿里突然发现了"光头"夏穆丁。

"来得正好。"阿里说,"那家伙问俺借过火柴。"

说着,阿里凑到了夏穆丁跟前:

"俺说兄弟,你带面包了吗?"

夏穆丁还处于抽了一路的大麻烟的作用之下,诧异地看了看阿里,并没有完全理解阿里说的话,只是说了句:"去,去。"

阿里不高兴了:

"俺还借过火柴给你呢。"

"光头"夏穆丁撇下他走了。

阿里尴尬地看着希达耶提的儿子：

"真是个狗娘养的。俺把火柴借给他了，可现在俺问他要面包都不肯给。早知道，俺就不借给他火柴了。"

希达耶提的儿子没搭理他。

阿里向一个陌生人问有没有带面包，那人说没有。阿里又接连问了几个，都说没有。希达耶提的儿子实在忍不住肚子里的咕咕叫，一屁股坐到了路边。阿里也跟了过去，茫然地望着路上。那些从他面前经过的人们跟他俩没啥两样，根本就没有人停下脚步看阿里和希达耶提的儿子一眼。因为在路上有太多的人因为饥饿、疲惫和各种各样的疾病而再也走不动了。在这条路上，每个人能依靠的只有他自己。头顶上是烈日，脚底下是阳光下如同烤炉中的灰烬般滚烫的土路。路上时常有卡车和轿车来来往往，而每一辆车驶过，都会扬起一阵让人睁不开眼的漫天尘土。

阿里也在希达耶提的儿子身边坐了下来。他还能咋办呢？他嘴上泛着白沫，双眼黯然无光……

过了一会儿，他突然问：

"你说，法提玛会不会在他们当中呢？"

希达耶提的儿子本来就已经累得不行了，听他这一问，气就不打一处来：

"到现在还在念叨着你的法提玛，看俺不骂死你！"

"咋了啦？"

"你真够混蛋的……"

尽管忍受着饥饿和疲惫,"摔跤手"阿里把全部希望都寄托在了今天。今天是发工钱的日子,法提玛也应该进城的。那个农庄的工头曾经说过:"法提玛是俺妹子!"一个人能对自己的妹子动歪脑筋吗?即便他动了歪脑筋,法提玛也不会被他吃了呀。法提玛永远是那个结实的法提玛。他还能到哪儿找到另一个法提玛呢?突然,他想起了另一件事,便捅了捅希达耶提的儿子:

"嗨嗨!你听俺说。"

希达耶提的儿子用布满血丝的眼睛看了看他:

"又咋了?"

"等到了城里,咱一起去找尤素福吧,行不?"

"你是说去工地?"

"是呀。"

"行啊。"

阿里高兴了:

"太好了。到了工地上,俺在外面待着,你去把咱那尤素福叫出来!"

"你干吗不进去?"

"怕万一嘛。"

"你是怕法提玛的男人吧?"

"俺咋会怕他?"

"你既然不怕他,干吗要让俺去?""摔跤手"阿里没有回答。他本来是想回答的,可这时候,库尔德人泽伊奈尔来到了他们身边。泽伊奈尔也跟他们一样疲惫不堪,他的嘴唇也白糊糊地裂着口子。

泽伊奈尔问:"你们累了吧?"

希达耶提的儿子回答:"累坏了。"

阿里问:"你带着面包啥的了吗?俺饿得都快喘不过气来了,眼睛也直发黑。"

泽伊奈尔吃惊地说:

"你们出来前没吃面包吗?"

"没吃。他们也没给呀。"

"他们给的本来就没法吃,连狗都不会吃的!"

"这人哪,一歇下来就变得怪怪的。"

"没错,变得没力气,没胃口……"说着,泽伊奈尔掏出用手帕包着的面包,掰成两半,一半递给了阿里,另一半给了希达耶提的儿子:

"稍微垫一下吧,空着肚子咋能走路呢?人会不行的。空肚子走路的时候,总觉得会摔跤。你们也是这么觉得的吧?"

不管是希达耶提的儿子,还是阿里,根本没留意他的问题。两人向恶狼一样向手里的面包发起了攻击。在用强壮的牙齿嚼着面包的时候,他们非常享受地闭上了眼睛。

泽伊奈尔知道他们的感受,所以对他们的无理并没有介意。他在两人的面前蹲下,开始欣赏他们的吃相。两人的食欲是如此旺盛,吃起来简直就是狼吞虎咽……"摔跤

手"阿里在咽下最后一口面包之后说:"真好吃呀。总算活过来了!"说着,他用孩子气的目光充满感激地看着泽伊奈尔:

"兄弟啊,真得好好谢谢你。俺要让安拉保佑你一辈子平平安安!"

"不用这样的啦,兄弟,不就是半个面包嘛,还是干透了的面包。"

"干面包也好啊。"希达耶提的儿子说,"俺总算活过来了!"

"……"

"……"

过了一会儿,他们站起身,重新踏上了土路。泽伊奈尔问:

"你们这个礼拜还干吗?"

"这得看运气了。"阿里说,"要是他们用咱……"

"要是他们用咱,咱就干。"希达耶提的儿子接过了话茬。

"他们会用你们的。"泽伊奈尔说,"他们干吗不用你们呢? 可那个混蛋肯定不会用俺了。"

"摔跤手"阿里说:"他也不会用俺。"

"为啥?"

"俺不赌钱,也不抽大麻。他可生气呢!"

泽伊奈尔用库尔德语骂了一声,然后说:

"不用就不用嘛。看看他们给咱吃的,连狗都不会吃的。饭里面有石子,面包里长了虫。俺的牙都差点被崩掉了。兄弟们哪,别的打谷场上的民工都比咱有脑子。他们从来就不吃这样的饭!"

阿里好奇地问:

"他们不吃吗?"

"就是不吃啊!"

"那他们不就饿肚子了吗?"

"哪儿能哪,他们会掀翻饭盆!"

阿里吃了一惊,吹了个口哨。希达耶提的儿子也吃了一惊,跟阿里对视了一下。泽伊奈尔加上了一句:"他们二话不说,就会掀翻的。"

"那他们不就犯法了吗?"

"他们不会犯法。"

"要是宪兵来了咋办?"

"宪兵来了,有罪的也是工头他们那些人。再说了,宪兵不会为了这点小事来的。"

"为啥工头他们那些人有罪呢?"

"因为他们让大伙儿吃有石子的饭和长了虫的面包嘛。宪兵也是人。他们来了一看,就会说:哦,原来他们让大伙儿吃有石子的饭和长了虫的面包,大伙儿当然不会买他们的账嘛。"

"宪兵可真好!"阿里兴奋地说,"那这么一闹,饭菜能好点?"

"能好点。"

说着,阿里用胳膊肘捅了捅希达耶提的儿子:

"你听见了吧,他说能好点!"

希达耶提的儿子说:

"可那个黄胡子的凯马尔说……"

泽伊奈尔一下子警觉了起来:

"你说的是哪个黄胡子的凯马尔?是'勇敢的'凯马尔吗?"

"就是他。"

"他咋说的?"

"他说要是咱把饭盆给掀了,宪兵就会来,会把咱们往死里打!"

泽伊奈尔心里蹿起了一股怒火:他想起了那天晚上在排水沟里的那一幕。

"他啥时候对你们说的这些?"

希达耶提的儿子回答:

"就昨晚上,俺们在维伊塞尔那里喝茶的时候……"

泽伊奈尔气得面色铁青,胡子拉碴的脸一下子变得十分狰狞。看样子,那个凯马尔真是死不改悔。"那天晚上,俺真该割掉他的鼻子和嘴巴!"他在心里对自己说。然后,泽伊奈尔环顾了一下四周,没发现凯马尔。于是,他对阿里他们说:"他那是编着瞎话吓你们呢。"

凯马尔的无耻令泽伊奈尔忍无可忍。于是，他跟阿里他们俩告了个别，拔腿去找凯马尔。

希达耶提的儿子眨了眨眼，对阿里说：

"你弄明白泽伊奈尔的心思了吗？"

阿里回答："没弄明白。"

"他是想让民工们去掀翻饭盆，去造反。他说宪兵不会打咱。就算他说的没错，可凯马尔说了，东家有枪，会二话不说就用枪打人的。再退一步说，就算东家不会开枪，可咱到这儿干吗来了呀？还不是为了挣几个钱吗？俺说得没错吧？"

"摔跤手"阿里想的却是另一回事。

"他们给的饭可真没法吃。"阿里嘟囔道。

希达耶提的儿子担心地看着他：

"你啥意思？你不会是想跟泽伊奈尔一起干吧？"

"泽伊奈尔可是个有种的人。有种的人啥时候都不会亏待咱的！"

"可你没听见吗？宪兵会把咱往死里打的！"

阿里耸了耸肩膀。这下，希达耶提的儿子真的担心了：

"就算宪兵不打人，可东家的枪呢？你疯了吗？"

阿里看起来已经打定了主意："泽伊奈尔是个有种的人。"

"你真的打算跟泽伊奈尔一起干吗？"

"只要伙食能好点……"

"啊哟,阿里啊,你动动脑子吧。人家可是东家。你见过有哪个东家会对苦力低头的呀?他会把你和俺开除了,让别人来顶替咱的。咱到这儿是干吗来了呀?是为了来掀饭盆呢,还是为了多多少少挣点钱?你可别听泽伊奈尔的。想想凯马尔是咋说的吧。你没听见他说吗?泽伊奈尔是光棍一条,咱不能听他的。"

他把阿里仔细地打量一番。"法提玛。"他说,"你忘了法提玛吗?掀翻了饭盆,你得去坐牢。那法提玛咋办?她不就没人管了吗?"

这是阿里最大的软肋。

"没错。"阿里点了点头,"法提玛就没人管了。咱能在城里找到法提玛的,对不?"

希达耶提的儿子狡黠地笑了:

"当然啦,你这个疯子。咋能找不到呢?可你要是掀翻了饭盆,别说法提玛,别的啥也都没有了。那女人没人管,多可怜哪。这像是男人干的事吗?"

"没错,是不像男人干的事。她不也在城里领工钱吗?"

"当然。"

"要是俺能见到她的话……"

"你会咋样?"

阿里淌着汗、疲惫的脸变得柔和了,两眼发直。

"唉,只要能见到她。"阿里喃喃自语着,"俺就再也不离开她了。俺那尤素福,不是当了师傅了吗?要是他愿意,好歹总能给咱找个活干的。你说呢?"

"他可没给俺找活!"

"那是对你。俺跟他可是比亲兄弟还亲呢。"

"你们以前是比亲兄弟还亲,那你们为啥还杀了哈桑呢?"

"哪里是俺们杀了他呀?"

"那是谁杀的他?"

"是安拉让他死的。"

"话是这么说,是安拉让他死的。可要是你们那时候肯搭把手,他也不会死。你们倒好,把他一个人扔下不管……"

阿里的心里涌起一阵悲伤:

"好端端的,你干吗要提哈桑的事呢?"

他思念起了哈桑,想起了他们抛下重病的哈桑去工地的那天。确实也是,他们抛下了那个可怜的病人。要是他们不离开他,或者把他也一起带上的话……

"工头不许的!"他脱口而出。

希达耶提的儿子没听见。

他们一直走到了天黑。终于,灯光璀璨的城市出现在了他们眼前。空气已经变得柔和,满载着装满麦子的麻袋的卡车来来往往,扬起满天的尘土,将疲惫的民工们淹没其中。

离城越近,卡车的数量也明显增多。民工们在道路的两侧从城市的一头走到了塞伊汉河边的墓地。墓地里挤满了先于他们到来的民工。男男女女，老老少少……

"摔跤手"阿里和希达耶提的儿子也融入了人群。

墓地里粗大的树在风中沙沙作响。

两个伙伴在墓地一角找了块躺倒着的墓碑并肩坐下，用手掌支着不住淌汗的脑袋，呆呆地看着不断涌入的疲惫不堪的民工们。

过了一会儿，阿里说："你瞧瞧，跟蚂蚁一样！"

希达耶提的儿子点了点头：

"没错，真跟蚂蚁一样。人这么多！"

"你说，法提玛是不是也在他们当中呢？"

"那还用说？"

"你说，俺能找到她吗？"

"不可能。你肯定找不到她！"

阿里叹了口气：

"要是她知道俺在这儿的话……你说是不？要是她知道俺在这儿，她肯定会来的！要是她对俺说：阿里啊，俺错了，你别记恨俺。要是她求俺的话……俺得先不答应她，对她板起面孔。你说是不？知道俺会咋说吗？俺会说：俺不要你了，你走吧，去找比拉尔……"

希达耶提的儿子笑了。阿里不乐意了：

"你笑个啥？"

"没啥。"

"其实啊，你别看俺现在这么说。俺也就是打个比方啦。要真是见到了法提玛呀，嘿嘿，就是她让俺死，俺都心甘情愿呢！"

希达耶提的儿子叹了口气：

"唉！俺想说的不是这个。你猜猜，昨晚俺梦见谁了？"

"梦见谁了？"

"俺梦见秃毛癞子了。"

阿里瞬间忘了法提玛：

"你梦见他咋了？"

希达耶提的儿子梦见了自己走进马厩，准备掐死秃毛癞子的那一刻。梦里的秃毛癞子就跟被掐死的那天晚上一样，用被子蒙着头躺在床上。等他走近床的时候，癞子突然掀开了被子，正准备叫唤，喉咙就被他掐断了。

不过，希达耶提的儿子隐去了这一段，只是说：

"他们冤枉俺了，凭空把俺关进了牢里！"

阿里早就忘了跟希达耶提谈论的事情，问了一个跟他的梦毫不相干问题：

"你说，要是法提玛原来的男人，那个'难缠的'欧梅尔看见俺，他会说啥？"

希达耶提的儿子恼火地说："你脑子没问题吧？"

"你是说俺吗？"

"说的就是你。"

"为啥这么说俺？"

"你看看，俺说的啥，你说的又是啥！"

两个人就这样想了一阵各自的心事。过了一会儿，希达耶提的儿子突然说："那人的身上肯定有钱！"

"要是有钱，会干啥？"

"去买热乎乎的面包和奶酪吃！"

"再去买点李子、桃子啥的！"

"或者买点芝麻酱和果酱……"

"酥糖可不能少……"

说着说着，两个人的嘴里都涌出了口水，便吐到了地上。

墓地前面的路上，满载的卡车发出的轰鸣声和小汽车的嘎吱声无休无止地回荡在夜色中。一轮呆滞的月亮挂在墓地的上空。

"你看这月亮。"阿里说。希达耶提的儿子抬头看了看，问：

"月亮上有啥？"

"有咱的安拉……"

"呸呸！你真是造孽啊。"希达耶提的儿子说。

"为啥是造孽？"

"你咋能在月亮上找咱的安拉呢？"

"为啥不能？"

"这还用问吗？你当咱的安拉是小丑吗？"

"啥是小丑？"

"小丑就是专门逗人笑的人。"

"你是说咱的安拉?"

"呸呸!真是造孽啊……"

"兄弟,你可别把咱的安拉扯进来啊,小心俺骂你个狗血喷头!"

"是你扯的!"

"俺可说了啊,非把你骂个狗血喷头不可!叫你别把咱的安拉扯进来。谁能比得上咱的安拉呀?"

"谁也不能跟咱的安拉比!"

这时,阿里想起了少东家,便问:"咱的安拉有枪吗?"

"你管他有没有呢。"

"安拉想要有,就能有。对不?"

"这还用你说?"

"俺愿意给咱的安拉当牛做马。你呢?"

"俺也一样啊。瞧你问的……"

"只要咱的安拉想,就能马上替俺找到法提玛。对不?"

"当然。"

"唉,要是他替俺找到的话……"

"要是替你找到了,你用啥来报答咱的安拉呢?"

"安拉要俺这些零七八碎的东西干吗呀?卡夫山①的背后有他的宝库呢。"

---

① 卡夫山:伊斯兰教传说中的翡翠山。此山环绕地球,山体布满祖母绿,山后有各种奇异的生物。

过了一会儿,他们俩躺下准备睡觉。希达耶提的儿子立刻就打起了呼噜。阿里也一边想着法提玛,一边舒展了一下手脚。这时,他感到背上有个东西硌着自己,以为是块石头,摸出来一看,才知道是斜插在地上的一根骨头。

他抬头望向布满星星的纯净的夜空。

他幻想着自己领完了工钱,和希达耶提的儿子一起去了工地,见到了尤素福。尤素福已经成了真正的师傅……"难缠的"欧梅尔出外寻找法提玛,再也没有回来。他们再这么一看,瞧见了法提玛!

他对这个场景并不满意,便重新设想起来:

法提玛比他们先到了工地,向尤素福打听起阿里。尤素福说:"妹子呀,他们一点儿消息都没有。他们没来过这里!"正当法提玛不知道该咋办的时候,阿里及时赶到。法提玛转身一看见阿里,立刻就叫着"哎呀,俺的阿里啊,俺的阿里啊",搂住他的脖子痛哭了起来。阿里瞪着眼说:"你不是跟了比拉尔了吗?那还不快点滚回他那里去?"可法提玛哭成了个泪人说:"阿里啊,俺错了啦,你就原谅俺吧。以后他们就是把金子铺在路上,俺也不会再离开你了!"

想到这儿,阿里点了根烟,在吞云吐雾中让自己的思绪信马由缰。墓地里高大的桉树在风中缓慢地摇晃着,成群的蚊子嗡嗡地叫着盘旋在疲惫的民工们周围。

阿里对身边的这一切无动于衷。他仰望着天空中,却根本就没有注意到满天的群星，甚至连从天空中划过一颗明亮的流星都没有发现。他那么对法提玛说话，不是很可笑吗？是谁说哪个女人能比得上法提玛的呀？他是会对法提玛发怒，可当她哀求他的时候……

他打了一个寒战。

他会把她紧紧地抱在怀里，然后把她带到没人去的僻静地方。比拉尔那些人嘛……这可是个活生生的女人哪。对女人该咋样？那么年轻，水灵……不过，他知道自己该做啥。他会骂她一声"臭婊子"，然后把她打得浑身发紫，嗷嗷直叫。他得让她知道，甩了阿里去跟比拉尔会是个咋样的下场。他会让她一五一十地交代……要是她提起傻丫头呢？让她说好了。哪儿来的傻丫头啊？要是他用傻丫头顶替了法提玛，傻丫头就应该在他身边的嘛！

他凑着手里的烟头又点上了一根烟，然后把烟头弹了出去。

傻丫头的嘴巴难闻得要命。法提玛跟她可不一样。到了那时候，去他的希达耶提的儿子。只要有了法提玛，还要他干吗？还有就是尤素福。尤素福肯定会给自己找个活干的。那个"难缠的"欧梅尔可能早就下了地狱了。要是他还在那里，自己少不了跟他干架。自己有啥好怕他的呢？只要有了法提玛……

他一根接着一根地抽着烟，开始幻想起自己带着法提玛回村的情景。他的娘，还有跟他订了婚的姑娘。是呀，那个跟他订了婚的姑娘,他从来就没想过她。法提玛就是他的全部。即便他娘开始的时候会不愿意,可等她看见了法提玛,一定会同意的。其实他一点儿也不想自己的娘。他觉得自己唯一该做的,就是明天去工地上见法提玛!

夜很深的时候,他不由自主地闭上了眼睛。法提玛已经进入了他的梦境。在梦里,法提玛到工地来找阿里。尤素福耸了耸肩。这当口,他悄悄地走近法提玛,从背后一把抱住了她……

当阿里在梦中看到这些的时候,又有一群民工疲惫不堪地来到了墓地,让自己躺倒在墓地潮湿的土地上,立刻进入了梦乡。

只有一个女人,阿里的法提玛,在离"摔跤手"阿里和希达耶提的儿子只有三步远的地方跪在一块长满了青苔的墓碑跟前,把热得阵阵发疼的头抵在墓碑上。

正在发作的疟疾让她睁不开眼,不住地呻吟着。

不远处,传来两个正在抽大麻的男人的交谈声:

"你看月亮!"他们当中的一个说。

另一个看了看月亮问:

"月亮上有啥?"

"肯定要下雨了。"

"你咋知道的?"

"月亮上的晕越来越浓了!"

说"你看月亮"的那一个瘦高个扔掉烟头站起身,伸

了个懒腰。突然,他发现了法提玛,便仔细观察了一会儿,然后弯腰对身边的男人说:

"你看,有个女人在那儿!"

另一个矮胖的男人朝法提玛看了一眼说:

"看起来像是病了。"

"应该是。"

矮胖子也站起身,跟着瘦高个来到了法提玛身边。瘦高个问:

"姑娘,你这是咋了呀?"

法提玛满怀希望地回答:"俺快要死了。"

"这是啥话?你咋了?"

"俺也不知道。"

瘦高个蹲下身,握住了法提玛的手腕。手腕滚烫滚烫的。

"你这是在打摆子呢。"瘦高个说。

矮个子说:

"你说她在打摆子?俺应该带着药呢。让俺找找……"

说着,矮个子从口袋里掏出了一个火柴盒打开。里面是黄色的奎宁片……他取出两片,递给法提玛:

"接住。这药可跟安拉一样,吃下去马上就好!"

法提玛接过药片问:

"俺该咋吃呀?"

"就着水咽下去,保管你马上就好!"

高个子男人带着对女人的渴望轻声说:"去,你把她带去,让她把药吃了,也算积点德!"

另一个说:"你带她去吧。"

于是,高个子一把握住了法提玛的手腕。滚烫的手腕像心脏一样跳动着。高个子拽了一把说:

"起来,跟俺走!"

法提玛毫不抵抗地站了起来。在农庄里的时候,她早已习惯了这样的事。瘦高个用一只干瘪的手握着法提玛的手腕,拉着她走出了墓地。他们走到路的对面,下到石桥下的河边。浑浊的河水缓慢地流淌着,很深。两人蹲了下去。"把药片放在你的舌头上。"瘦高个迫不及待地说。

法提玛照他说的,把药片放到了舌头上。

瘦高个用双手捧起一捧水。法提玛喝了下去,这当中药片也跟着咽了下去。药片很苦,法提玛皱起了眉头。瘦高个依旧用充满欲望和急切的声音说:"可管用着呢!"

说完,他又捧起了水。法提玛咕噜咕噜地喝了很多。瘦高个把手心里剩下的水泼在法提玛的脸上,然后仔仔细细地替她洗了脸。洗的时候,瘦高个浑身颤抖着。洗完,瘦高个用干瘪的手掌在法提玛的太阳穴上搋了起来。女人非常享受地呻吟着:

"哦哟,哦哟,真舒服死了!唉,俺的脑袋呀,这个疼哪!"

瘦高个在地上坐下,把法提玛拉到自己胸前,用力搋紧了她的头。这样过了一会儿,女人彻底放松了下来,以至于根本就没有察觉男人的一只手从她的头上滑到了她的喉咙,然后又滑到了她的胸脯上。瘦高个知道女人的身体已经准备好了,便向四周张望了一下,他似乎看见了一个黑影。也许是他那个矮胖的伙伴。尽管如此,他觉得他们应该离开这里。于是,他站起身,拉着女人的手拐进了通向"祖国医院"的土路。路的尽头,是医院灯火通明的窗户。

路上,瘦高个问:

"你身边就没个亲人吗?"

法提玛说了声"没"。

瘦高个没听见。他本来也顾不上去听,他满脑子想的,就是把身边这个女人带到一个没人会去、没人会看见他们的僻静地方。这样的地方终于被他找到了,一个树和芦苇交织的地方。瘦高个在前,女人在后,两人走进了树丛,找了块平地坐下。男人点了根烟,然后把刚才的问题重复了一遍:

"你身边就没个亲人吗?"

这回,法提玛没有说"没",而是叹了口气说:

"有当然是有的,可现在没有。"

男人摇晃着脑袋说:

"你说有,可他们为啥把你一个人撇在这里了呢?还生着病。"

"不怪他们,要怪就得怪俺昏了头。俺现在这是在为自己的昏头受罚呢。俺把自己好端端的男人给甩了……"

她把剩下的话给咽了回去。

男人问:"然后呢?"

"这你还不明白?俺跟着另外的男人跑了呗!"

"那人年轻吗?"

"当然啦。跟俺一样。"

"后来呢?"

"后来你也猜得到的啦。"

"他把你甩了?"

"那个可怜虫能把俺甩了?是俺甩了他。俺不是说了嘛,俺昏了头!"

"原来你是把自己男人甩了,然后……"

"然后嘛,说来话长。俺原来的男人就在这里,在阿达纳的工地上。有个小伙子,大家都叫他'摔跤手'阿里,身体棒着呢。俺看上了他,跟他走了。要是俺跟定了他也好啊!可是不成。俺俩到了一个农庄。俺又看上了一个叫比拉尔的王八蛋,他跟俺说能让俺一直留在庄园里,还把摔跤手支到了打谷场……"

"那后来他把你留在庄园里了吗?"

"留到了他玩腻了俺。"

"后来呢?"

"后来,他就把俺派去锄地。俺这打摆子的毛病就是在那里得的。"

瘦高个怜悯地看了看法提玛。这个可怜的女人看起来受惊不小。可即便如此,她的手很小,很热。瘦高个先是用双手握住了法提玛一只,然后抚摸着,揉着,然后又亲吻了一下。

"都会过去的。"瘦高个说,"瞧你多结实啊。接着吃奎宁片,不管是打摆子也好,还是撒旦,都不能把你咋样的!"

法提玛笑了:

"俺现在还有半点结实的样子吗?你真应该瞧瞧俺在工地上时候的样子!"

说到这儿,法提玛想起了戴白蘑菇帽的工头。

"那时候啊,连少爷和工头啥的都整天跟在俺屁股后面跑呢!"

"他们还会跟在你屁股后面跑的。俺一点儿都不骗你,你现在还是个结结实实的女人。"

男人把一只毛茸茸的大手从女人的胳肢窝底下伸过,握住了她右边的乳房。

法提玛没有躲闪:

"你真该瞧瞧从前的俺。"

男人听见了,可没搭腔,而是用力揉捏着这个浑身散发着汗味、疲惫不堪的女人的胸脯。法提玛呻吟了起来。过了一会儿,她突然说:"你这个混蛋,快住手!"

男人根本就没听见。

"你这个混蛋,他妈的快住手啊!"

"……"

"会被人看见的。听见没有?会被人看见的……"

男人的双臂像钳子般用力夹着。女人接受了,只是呻吟着。她本来想说些啥,可立刻就放弃了。她实在太困了……她靠在瘦高个的胸口,低下了头。她听到了男人急速的心跳声。

后来,她突然被拉了起来。她发现自己正被两条强壮的胳膊拖向大树后面浓重的黑暗。她闭上了眼,然后又睁开。她看到了远处灯火通明的"祖国医院"。

她又闭上了眼,重新把头靠在男人硬邦邦的胸脯上。她早就习惯了"摔跤手"阿里、比拉尔,后来还有工头、秃头小子、哈姆扎、尤素福。她突然想起了尤素福咧着金牙的笑。在农庄的时候,也是这样一个夜晚,他就像现在这样把自己拖到远处的黑暗中的。

在她的耳边,瘦高个男人的心脏跳得越来越快,像怀表一样跳着。

24

位于城门的民工市场,一大清早就已经人头攒动了。

在屈库鲁瓦富饶的土地上辛勤耕耘，或是在打谷场上不分昼夜、竭尽全力的数以千计的民工，在这里等待着领取五天半劳作的回报。黑瘦的脸，爆裂的唇，褴褛的衣衫……可即便如此，他们的眼中依然闪亮着永远不会泯灭的希望之光，等待着。更准确地说，是烈日下比肩接踵、骚动喧哗的一个庞大的人群怀着同一个愿望、同一个期待，其中大多数人还怀着同一种愤怒，等待着。

等待着的，不仅仅是民工，还有众多依靠他们养家糊口的小贩。卖稀酸奶的，卖柠檬汁的，卖甘草糖水的，卖烤肉丸的，卖旧衣服的，还有小偷和骗子，甚至还有妓女……

时间一小时一小时地过去。在当头的烈日的烘烤下，人们已经大汗淋漓。可他们依然在等待着，等待着将给他们带来工钱的工头们。领工钱，是一件堪比在将富饶的土地变成了烤箱的烈日下奔跑工作五天半一样劳累的事。因为东家们在为即将开始的新的一周找到民工之前，是不会给已经为他们工作了的民工发钱的。所以，民工们必须等待，必须以十分的耐心、仇恨和喧哗等待！

"光头"夏穆丁和泽伊奈尔蹲在农民联合会的墙根下抽着烟。

一会儿，"光头"夏穆丁用库尔德语问自己伙伴：

"你在想啥呢？"

泽伊奈尔从沉思中回到了现实：

"俺在想那个叫凯马尔的混蛋呢。把他一顿痛打再杀了吧,太不值得;不把他杀了吧,他又在搬弄是非。俺是想让工友们擦亮眼睛,掀翻饭盆,不再吃那些狗食不如的饭菜。而他呢,在工友们面前把俺说成是个骗子!"

夏穆丁把充满倦意、布满血丝的眼睛转向泽伊奈尔:

"你昨天不是去找他了吗?找到了没?"

"找到了。"

"他咋说?"

"他能说啥?一见俺,连话都说不出来了。俺一把揪住他的领子说:你他妈的,又在背后这么这么说了,是不?他哼哼唧唧了半天。俺对他说:俺站不更名,坐不改姓,俺到哪儿都还是泽伊奈尔。你别忘了在水沟里的时候抱着俺的脚,像条被打折了脊梁的蛇一样求饶的样子。俺早晚会把你剁成一截一截的。他指天发誓说没这事,还说要死心塌地地跟着俺,可俺总觉得这小子会给俺带来麻烦!"

"光头"夏穆丁一下子站起身,面目狰狞地说:

"啥样的麻烦?"

"啥样的麻烦,俺还不知道。比方说在背后使坏,让俺被开除……"

"开除就开除。咱可以去塔尔苏斯!"

"问题不在这儿。只要俺肯当驴,还愁找不到挥鞭子的吗?问题是,不给他们点颜色,就这么走了,肯定不行。俺必须给他们点颜色看看!"

这时，工头出现了。他皱着的眉头上挂着汗，怒气冲冲地走在包括希达耶提的儿子和"摔跤手"阿里在内的一队人的最前面。

泽伊奈尔说："瞧那狗娘养的德性！"

夏穆丁骂道："就跟钱是从他爹的兜子里掏出来一样……"

当工头和他身后的那队人从他俩跟前经过的时候，泽伊奈尔实在忍不住，便咳了一声。工头从咳嗽声听出是泽伊奈尔，便转过了身。一看见他们，工头的脸色立刻缓和了下来，走到他俩跟前大声说道：

"哎呀，原来俺的夏穆丁大爷也在这儿啊。赶紧走吧！"

泽伊奈尔没有理睬他这副假惺惺的样子：

"干吗？"

"你们不想要工钱了吗？"

"你就在这儿给。你这个蠢货，难不成你也想像蒙他们一样来蒙俺们？"

工头心里恨得痒痒的，可脸上还是堆着笑说：

"好吧，泽伊奈尔大爷，你说啥就是啥，俺听你的。"

说着，他回身对那群人说道：

"你们先走，俺这就来。赶紧！"

于是，他身后的民工们便朝加菲利耶清真寺边泛着尿臭、肮脏昏暗的小巷走去。泽伊奈尔望着他们的背影说："真是些可怜人哪！"

工头怀疑地问：

"你这是啥意思?"

"这还用问吗?他们跟着你,还当你是人呢。"

"俺不是人吗?"

"你当然是人,还是个男人呢!"

突然,他想起一件事,便问道:

"听说你那个小闺女也进了窑子。真有这事?"

工头的脸色没有丝毫变化:

"你也真是的……"

"你也算是人?"

"泽伊奈尔啊,你说,俺有啥法子呢?俺还能咋办?俺已经把她嫁了出去,可她自己跑了呀!"

"你那哪是嫁呀?你明明是把她卖给了可以给她当爷爷的男人了嘛。"

"当然啦,俺是收了人家几个钱。可她自己跑了,找了一个又一个男人……"

泽伊奈尔点着头说:

"你就不配在这个世上做人!"

"俺早就不认她这个闺女了!"

"那她姐呢?"

"就是她把俺那小的带上邪路的!"

"你就一点错都没有吗?"

"哎呀,亲爱的泽伊奈尔……"

"当然啦,你是不会内疚的。"

"行了啦,泽伊奈尔,没听见俺跟你说……"

泽伊奈尔打断了他的话:

"算了。你把工钱给俺们付了,赶紧下地狱吧!"

工头从口袋里掏出他外甥"黑桃"维伊塞尔准备好的欠账单展了开来。

"那是啥?"泽伊奈尔问。

"俺得算算你们欠了多少钱。"

"啥他妈的欠的钱?你这个昧了良心的东西!"

"你跟夏穆丁大爷拿了大麻,喝了茶……"

"俺们拿就拿了,喝就喝了。你从大伙儿那里抽的头还不够这些吗?"

"那照你的意思,俺该咋办?"

"一笔勾销嘛。"

"好吧。"工头说,"这回,俺就不跟你们算了。"

"啥叫这回?以后都不能算。你们这些昧良心的,连安拉那儿你们都敢抽头!"

"难不成你们也想从俺这里抽头吗?"

"当然。这叫你不仁,就别怪俺不义!"

工头没有跟泽伊奈尔继续顶下去,可心里恨得痒痒的。这人哪,整个一个讨债鬼!

他把他们的工钱一分不少地发给了他们,然后说:

"行了吧,大爷们?"

"你才是大爷呢。"夏穆丁白了工头一眼说,"大家管你这样的畜生才叫大爷!"

工头就当他是在说笑:

"哦哟!"

泽伊奈尔说:"你这个龟孙子,赶紧给俺走人!"

工头拔腿走了。他走是走了,可心里已经盘算好了该咋对付这两个流氓。他必须把这事做得神不知,鬼不觉,让他们根本猜不到是自己干的!

想着,他从"摔跤手"阿里和希达耶提的儿子他们跟前走过。

两个伙伴正背靠着加菲利耶清真寺的围墙站着。希达耶提的儿子说:"那狗娘养的走了。"

阿里点了点头。希达耶提的儿子叹了口气:

"俺知道这回是拿不到钱了。"

阿里担心地问:

"为啥?"

"俺欠了不少债呢。赌钱输的,抽大麻的,还有喝茶的钱……"

"谢天谢地,俺还好没欠债。"

"还是你聪明。你瞧俺这个猪脑子!俺哪,简直就是个猪脑子,真该塞进石头缝里挤扁!"

"没错。谁让你去赌的?以后别再赌了!"

"俺已经赌了嘛。俺以后可不会再赌了。可现在咋办?等下回领工钱之前,你能先借俺5块钱不?"

"摔跤手"阿里心里很不舒服。

见阿里不回答,希达耶提的儿子不乐意了:

"俺在跟你说话呢!"

"你说啥了?"

"等下回发钱之前借俺 5 块……"

"你借钱干吗?"

"钱还能干吗呀?俺肚子可饿着呢……"

"肚子饿,咱可以一块儿吃。你要钱干吗?"

希达耶提的儿子笑了。阿里来了气:

"你笑啥?"

"没啥……"

"快说,你到底笑啥?"

"没啥啦。咱可以拿着钱去找女人啊……"

阿里的眼睛亮了:

"听说她们一个个都脱得精光地坐着的。多不要脸哪!"

"这有啥不要脸的嘛。其实她们比咱都有种。去了你就知道了。跟她们比起来,你那个法提玛差远了!"

"呸!"阿里无法接受他的说法,"她们咋能跟法提玛比呀?"

"去了你就知道了,傻小子。跟她们比起来,法提玛简直就是一文不值,差远了。她们的嘴巴那叫甜哪,俺咋听都听不够!"

"听说她们最好的得要 2 块 5?"

"是得要 2 块 5，可模样真没得说!"

"她们嘴巴上抹啥?"

"抹口红啊。"

"听说她们的嘴……"

"比蜜还要甜呢。只要她们一开口，是个男人就会丢了魂，说啥都不想走了，就想着要把她们给吃了，连为她们死都肯……"

"摔跤手"阿里张着嘴听着。

"她们穿的一水都是绸子。红的，绿的，白的……一片一片的，还闪光呢……"

这时，"勇敢的"凯马尔凑到了他们身边：

"你们在说啥呢?"

希达耶提的儿子回答："在说窑子里的姑娘呢!"

"他不知道吗?"

"他不知道。从来没去过。"

"从来没去过?"

阿里说："没。"

"那咱一起去。"凯马尔说，"等发了工钱咱一起去，你也见识见识。你一见哪，保管你再也不想走了……"

凯马尔津津乐道了起来。这时，工头皱着眉头过来了。工头在清真寺的墙根蹲下，背靠在墙上把账单铺在地上。因为每个人欠的钱在单子上写得明明白白，工头很熟练地扣除了他们欠的债后，发给了他们剩下的钱。

轮到"摔跤手"阿里了。大麻,赌博,茶,阿里啥都不欠,他该得到全部的工钱。这可让工头非常不舒服。这算咋回事啊?哪个苦力像他这样不赌、不抽、不喝的呀?

"下回可别让俺看见你这样子。"工头说。

阿里懵了,朝周围看了看,傻乎乎地问:

"头儿,那你说俺该是啥样子呢?"

"这还用问?你还是不是人哪?简直就是头熊!你就不想赌,不想抽,不想喝吗?怪物!"

阿里笑了。

工头问:

"你笑啥?"

"俺不抽不喝,头儿。"阿里说,"你还能逼俺不成?"

工头白了他一眼,正要发作,可阿里跟希达耶提的儿子已经并肩走远了。工头还是朝着他们的背影骂道:"兔崽子!"

这时,其他人走到了他跟前。工头气呼呼地扣掉他们欠的债,把剩下的钱几乎像是要扔到他们脸上那样给了他们。当"勇敢的"凯马尔最后一个站在他面前的时候,工头觉察到了凯马尔鬼鬼祟祟的样子,便仔细打量了一番,然后冲着凯马尔眨了眨眼,意思是问他"有啥消息?"

凯马尔这些天来总在怀疑工头和库尔德人泽伊奈尔是不是真的会串通一气,老想找个机会从工头这里得到确认。于是,他不请自来地在工头身边蹲下了身问:

"泽伊奈尔和夏穆丁的钱领了吗?"

工头的气还没消,没好气地回答:"你干吗要问这个?"

"也没啥,随便问问。"

"你管好你自己,别人领没领,关你屁事!"

凯马尔领了钱,数了一遍,然后走出了臭烘烘的小巷。他打算从散落在农民联合会周围的那些小店里挑上一家,把肚子填饱了。可那工头和泽伊奈尔串通一气的事情让他始终耿耿于怀。看样子,工头也是个不要脸的家伙!"俺还当你是个好人,把泽伊奈尔的事都跟你说了。你倒好,把俺跟你说的话都告诉了那个家伙。真不要脸哪!这不明摆着吗?俺问他泽伊奈尔和夏穆丁领了钱没有,他竟然冲俺发火。要是他没跟他们串通好了,为啥要发火呢?既然这样,就怪不得俺了。人家不是说了嘛,有了夏天,就有秋天。骆驼再大,总比不过大象吧。只要俺还叫'勇敢的'凯马尔……"

想着,他走进了一家小店。刚领了工钱的民工们围坐在脏兮兮的桌子周围,都在填着肚子。面包加奶酪,面包加酸黄瓜,面包加酸奶,或者是黑橄榄和酥糖……

凯马尔找了个空座坐下,要了 10 个库鲁士的面包,10 个库鲁士的酸奶,还有 10 个库鲁士兑了水的葡萄浆。他把酸奶和葡萄浆和在一起,用面包沾着吃了起来。他已经把工头和泽伊奈尔都看透了。这两个,都是又吃了别人的面包,又往别人饭碗里撒尿的主。这还不算,还隔三差五地拽着别人的领子威胁一番。那天夜里,自己睡得好好的,不就被泽伊奈尔拎起来带到沟里去了吗?要是他当时犯起浑来,一刀捅了自己呢?

这时,"摔跤手"阿里和希达耶提的儿子也走进了小店。

"大家胃口好啊!"希达耶提的儿子跟民工们打了个招呼。

吃着饭的民工们纷纷回应着他:

"来了呀。"

"欢迎啊,兄弟……"

"……"

"……"

希达耶提准备找地儿坐下的时候发现了凯马尔:

"哦哟,咱的凯马尔也在呢。"

于是,两个伙伴来到了凯马尔跟前:

"吃得挺香嘛。你吃啥呢?"

凯马尔坐了坐稳说:"兑了水的葡萄浆和酸奶。"

阿里咽了咽口水:

"这玩意儿好吃吗?"

希达耶提的儿子说:"这还用问吗?好吃得很呢。"

说完,希达耶提的儿子凑到阿里的耳朵边上轻声告诉他,去找女人之前吃点兑了水的葡萄浆和酸奶是能壮阳的。听了他这话,阿里也笑了。他一直在惦记着那些窑子的姑娘。她们能比法提玛还漂亮？可能吗？他得见识见识。

希达耶提的儿子问："咱来点啥？"

阿里耸了耸肩膀：

"俺可不知道啊。"

"今天你是爷。你知道的，俺今天可得仗着你填饱肚子了。"

正在这时，凯马尔对面空出了两个位子，他们俩便坐了过去。店主用苍老的声音问：

"两位爷，有啥吩咐？"

希达耶提的儿子看了阿里一眼，见阿里指了指凯马尔吃的东西，便立刻说道："面包，兑了水的葡萄浆，酸奶！"

过了没多久，加了葡萄浆的酸奶和面包用一个斑驳的蓝色搪瓷盆端了过来。于是，俩人便跟其他的民工一样吧唧着嘴巴狼吞虎咽地吃了起来。他们几乎把头埋进了搪瓷盆，仿佛怕被人抢走似的用一只手紧紧地抱着盆子。吃了一会儿，他们抬起头。正看着他们的凯马尔问：

"看样子，今天晚上你们想干坏事，是不？"

阿里被他问得莫名其妙，可希达耶提立刻明白了：

"哦，你说的是那事？当然啦，兄弟。阿里不相信嘛。你说说，那里的女人是不是个个都像天仙？"

"没错。"

说着，凯马尔转脸朝着阿里：

"俺一点儿也不诓你，漂亮得没得说！"

坐在凯马尔右手的一个身材瘦小的老汉听了这话不乐意了，白了他们一眼。希达耶提的儿子突然心里一紧，有那么一瞬间他把那个小老头当成了秃毛瘌子。当他的目光与小老头的目光相遇的时候，希达耶提的儿子说："啥意思？你看啥看？"

小老头愤愤地嘟囔道：

"别糟践天仙了！你们咋就不想着去寺里做做礼拜呢？"

"勇敢的"凯马尔一下子翻了脸：

"你管得着吗？凡事都有个时辰。你自己就没年轻过吗？"

"俺是年轻过，可……"

"可啥？"

"俺在你们这年纪的时候啊……"

"难不成你不用猎狗就能逮着兔子？"希达耶提的儿子讥讽道。

小老头生气了：

"不用猎狗逮兔子才是本事呢。有了猎狗，谁都能逮到兔子。你们放着安拉划定的正道不走，偏走邪门歪道。小心天上掉石头砸烂你们的头！"

"可千万别。"希达耶提的儿子说，"多替你自己的脑袋操操心吧。要是天上掉下石头，也是为了砸烂你这种整天把安拉挂嘴边的人的头。你自己小心吧！"

当小老头气愤地站起来，板着脸准备离开的时候，希

达耶提的儿子又补上了一句:

"你就是因为太知道安拉了,所以就吃点面包加酸黄瓜,还不如俺们呢!"

小老头趁着付账的当口反击道:

"你以为有钱人才是安拉亲爱的奴仆吗?"

"难不成是没钱的人吗?"

"你咋知道的呀?你别看他们有钱。他们也就只在这个世上是富人,到了另外个世上,俺们才是富人!"

说完,小老头出了店门。"摔跤手"说:"俺们尤素福的那个大伯也跟他一样,留着个山羊胡。不去说他了。你知道咱现在该干啥吗?"

"咱该干啥?"希达耶提的儿子问。

"咱现在就去尤素福那里!"

"去那里……"

"找到尤素福这小子!"

"行。"

"咱跟他讨个活儿……"

"再瞧瞧法提玛在不在,对不?"

阿里两眼放光地笑了,一张圆脸涨得通红。

"你这个浑小子。"希达耶提的儿子接着说,"瞧你笑的那样,就像只狐狸!"

"真有你的,穆斯特克,还是你知道俺哪。"

"要是法提玛不在,咋办?"

阿里的圆脸上掠过了一道黄色的波澜。"要是她不在那儿",他哪知道该咋办啊?希达耶提的儿子说:"照俺说,咱就去窑子。那里有比法提玛漂亮得多的女人……你听俺的,准没错。那儿的法提玛呀,个个都是天仙,天仙哪!"

"勇敢的"凯马尔连连点头:

"他说得没错。"

为了讨好凯马尔,希达耶提的儿子说:"那个泽伊奈尔啊,真是个没脑子的家伙!"

凯马尔的心里顿时涌起了一个疑团:

"他咋了?"

"他让俺们跟他一起把饭盆掀了。这是有脑子的人说的话吗?那可是安拉给的。俺瞧他是昏了头了!咋能把安拉给的东西掀翻到被人踩、被人尿的地上呢?"

凯马尔心里的疑团一扫而光。他向四周张望了一下,然后说:"你们可别听他的。要是宪兵来了,你们可就倒大霉了。不值当的。"

说着,凯马尔用最后一小块面包把搪瓷盆仔仔细细地抹了一圈之后扔进了嘴里,然后站起身说:

"夜里你们到农民联合会边上就能找到俺,咱一起逛窑子去!"

说完,他付了账走出了小店。

他来到了农民联合会的咖啡馆外。咖啡馆里,不时地响起地主们略带烦恼的阵阵欢笑。香烟的烟雾中，时常能看到一排黄镫镫的金牙。咖啡馆外的广场上，到处都是民工，还有卖汽水的、卖稀酸奶的、卖甘草水的、卖旧衣服的小贩们和骗子们……

每当满载的卡车轰隆隆地驶过，广场上便弥漫起漫天的尘土，之后，飞舞的尘土慢慢地落到敞开着卖的食品和人群上。凯马尔突然发现了小东家那辆蓝色的小轿车。小车不住地摁着喇叭穿过广场，停在了广场边的加油站前。小东家跟加油工说了些啥，然后下了车，走进了民工联合会的咖啡馆。

"勇敢的"凯马尔想起了泽伊奈尔和夏穆丁，尤其是那天夜里泽伊奈尔在沟里咔哒一声弹出的弹簧刀！

"俺得去告。"他在心里对自己说，"他又不是俺爹的儿子！要是哪天他再把俺拖到沟里揍一顿呢？或者揍完之后把俺推倒在麦仓里，再点上把火呢？其实俺最应该告的，还是那个工头！他对得起俺吗？对得起咱东家吗？凭啥让咱东家养着条白眼狼呢？咱把他当人看，跟他说了泽伊奈尔的那些话。他倒好，把俺说的统统都告诉了泽伊奈尔。他居然跟泽伊奈尔勾搭在一起。这对咱东家可不公平。咱还能到哪儿找到这么好的东家呀？这对咱东家的蓝汽车也不公平！"

想着，他不由自主地朝咖啡馆走去。到了门口，他停住脚步，环顾了一下四周。他害怕了。他突然想到了泽伊奈尔：要是泽伊奈尔正盯着自己呢？

他退后了几步，再一次环顾了一下四周。周围没有人注意他，可即便是这样，他必须保护自己。泽伊奈尔可比狼还精的呢。要是被他看见自己跟小东家说话，那自己的小命就完了。

于是，他离开了咖啡馆门口，久久地环顾着四周。当确认不存在任何威胁之后，他重新走近了咖啡馆。他不能待在这儿。要想做啥，就必须立刻行动，然后抬脚走人。

凯马尔迈进咖啡馆，看见了小东家。小东家正跟大东家说着话。凯马尔从桌子中间穿过，来到了两个东家的跟前，一只手搭在另一只手背上卑躬屈膝地站住。尽管他就在两个主子的眼皮底下，可两个东家并没有发现他。过了一会儿，还是小东家注意到了他。这个留着小黄胡子、看起来像条蜈蚣一样的苦力，让小东家突然感到非常不安。小东家紧锁着眉头，一只手抓住了自己正坐着的椅子的靠背。他必须以防万一。因为他听说过，以前有个民工因为工钱的事在曙光咖啡馆一枪打死了自己的东家，然后跳进塞伊汉河跑了。小东家怒气冲冲地问：

"你想干吗？"

"勇敢的"凯马尔浑身打着战：

"祝你健康。俺有话要跟你们二位说……"

两兄弟对视了一下。

肚子更大、身体更胖、肩膀更宽的老大开了口：

"说来听听。"

凯马尔打量了两个主子一会儿，然后像要告诉他们一个天大的秘密似的说道："你们哪，养了条白眼狼了！"

两个东家明白了，眼前的这个人是他们民工。小东家紧皱着的眉头放松了下来，好奇地问："咋回事？"

"你们不是有个工头吗？"

"哪个工头？"

"就是下面打谷场的工头。"

"你是说杰莫？"

"就是杰莫。"

"他咋了？"

凯马尔叹了口气，故意把牙齿咬得嘎嘎响，然后朝外面张望了一下说：

"还能咋了呀？他跟库尔德人泽伊奈尔混在一块儿了。"

两个东家被他说得一头雾水，便相互对视了一下。又是老大问：

"谁是泽伊奈尔？"

"就是脱粒机的坐台工啦，夏穆丁的搭档。他们俩都跟狼没两样。谁要是被他俩疯牛一样地看上一眼，肯定被他们吓得绷断裤腰带！工头就是跟他们俩勾搭在一起，挑唆民工造反呢!"

两个东家被他这话吓了一跳,可也感到很蹊跷。杰莫为啥要挑唆民工造反呢?他让32个民工干了45个人的活,剩下13个人的工钱落进了他的腰包,还让他外甥卖茶水,聚赌。他们对他这些都睁一只眼闭一只眼,他为啥还要挑唆民工造反呢?这么干,对他有啥好处呢?

小东家说:"俺一点儿也没听明白。"

老大也说:"俺也是。"然后看着凯马尔问:"你倒是说说,杰莫为啥要挑唆民工?他能得到啥?"

凯马尔争辩道:

"他就是挑唆了!"

大东家问:

"他咋挑唆的?"

"你是问杰莫?他自己倒没说啥。是泽伊奈尔说的……"

"他说啥了?"

"还能说啥?要是饭里吃到了粒石子,其实是不会的,泽伊奈尔就会立马跳出来。要是面包里吃到了虫子,其实是不会的,俺只是打个比方……跳出来的还是泽伊奈尔。要是稀酸奶稍微酸了点……这很平常嘛。可他不管这些!"

"那他说啥?"

"啥话脏,他就说啥。东家呀,他把你们祖宗八代都骂了!"

两个东家的火被他吊了起来，因为他们从来最恨这种事情：

"他居然敢骂俺们的祖宗八代？"

东家们的反应让凯马尔非常满意。他说：

"当然啦，东家，你们以为呢？"

"他妈的！"小东家骂道。

"他不光骂了你们的祖宗八代，连安拉都捎带上了呢！"

大东家问：

"他连安拉的祖宗八代都骂了？"

"简直就是把安拉骂了个狗血喷头！"

大东家气得脸色发青。他突然说：

"他骂的时候，你们这些狗娘养的，都干吗去了？你们就不会把他揍扁了吗？"

这话一点儿都不错。凯马尔想了想，用手背抹了一下像蜈蚣一样的小胡子。"你问得好。"他说，"俺们都干吗去了？俺们吃你们的，喝你们的，他骂你们和安拉的时候，俺们都干吗去了呢？俺们为啥不发火呢？东家呀，你问得真好。可你没看见那个工头有多混蛋呢！要不是有他在，俺还不知道自己该干啥吗？那些脏话呀，不光是骂的人，连听的人都有罪过呢。上回饭里吃出了粒石子。饭里当然会有石子的嘛。从来就有，俺爹、俺爷爷吃的饭里也有石子。这可是饭，能没石子吗？不可能的嘛。饭里有石子就该骂吗？俺们得知道自己是谁。总不能让你们叫曙光饭店给咱送饭吃吧！"

小东家听得不耐烦了：

"快说，然后呢？"

"然后你也猜得到啦。骂人的可是你的泽伊奈尔。俺听着，听着，一看，大家伙儿一个个跟母鸡一样老实，一点血性都没有。就算俺站出来让他闭嘴，一点儿用都不会有的。俺身上别说刀，就是针都没有一根。俺就跟自己说：凯马尔啊，放聪明点，别上了这个狗娘养的当。俺就去找了工头，对他说：你是这儿干啥的？他说：俺是工头啊。俺说：你说你是工头，那你就该干好自己的事情，不然的话，别怪俺对你不客气！他是知道俺的，怵俺呢。他问俺：凯马尔大爷呀，出啥事了？俺对他说：胡扯。俺这样当狗的人咋轮得到当大爷？知道俺为啥这么说吗？因为不知道自己是谁的人，就不知道头顶上还有安拉！"

"行了，别这么多废话。"

"你别急嘛，东家。俺说到哪儿了？对了，是说不知道头顶上还有安拉。俺对工头说：那个泽伊奈尔，骂了安拉，还骂了俺东家的祖宗八代。俺话说在头里，你要是不管，就别怪俺往后翻脸不认人！他倒好，转身就把俺说的这些告诉了泽伊奈尔！"

说完，他打量了一下两个东家，想看看自己的话产生的效果。

大东家更加火了：

"后来呢？"

小东家看起来很平静。

凯马尔继续火上浇油：

"后来嘛，俺当然是被蒙在鼓里啦。俺正睡着觉，你那个泽伊奈尔把俺闹醒了。俺睁眼这么一瞧，可不得了了！他一只手里是刀，一只手里是枪。身后还跟着光头夏穆丁，手里也拿着刀和枪……他们的刀有半米多长呢，要是砍起人来，跟剑一样一下子就能把人劈成两半。可惜俺运气不好，要是俺手里有把小刀，别说他们拿的是刀，就是拿着机关枪，俺也会……"

"……"

"俺说：泽伊奈尔，你这是啥意思？他说：俺跟你决斗来了，凯马尔大爷！俺问：为啥？他说：你不是跟工头说俺这个那个的了吗？俺当时就明白了。俺就对他说：你把那刀子放下咱再说话。你是知道的，那玩意儿对俺不管用！他当然就把刀子放下了。他说：要是跟他告状的是别人，俺早就把他给结果了。可偏偏是你。他对俺多少还是有点怵的。俺说：行了，泽伊奈尔，你现在知道了是俺告的状，你想咋办？他说：俺想做的你也知道，俺就是想让民工们把眼睛擦擦亮。只要咱俩联手，就是整个共和国的军队也挡不住咱。俺这么一琢磨,就知道那家伙起了坏心眼。俺对自己说:凯马尔呀,你可不能上他的当啊。你可不能朝你吃饭的家伙里撒尿!这可不是人干的事……"

小东家已经明白了眼前这个长得跟蜈蚣似的男人是在自吹自擂,可他没有戳穿:

"所以你就来告诉俺们了,是不?"

"你真是明白人哪!说得一点儿都没错。"

大东家点上了一根烟。

"勇敢的"凯马尔接着说道:

"可别说是俺说的呀。剩下的该咋办,可是你们的事了!"

小东家看出眼前这个长着副蜈蚣样的小子是个喜欢吹牛的家伙,可他还是明白了这小子说的话里有一些真实的成分。于是,他对凯马尔说:"去,把工头给俺找来!"

这可不是凯马尔所希望的:

"不成!你自己去叫,别把俺搅进去。连提都别提是俺说的。他可是个狗娘养的,会来跟俺啰唆的。俺脾气可不好,弄不好会把他杀了!"

大东家生气了:

"行了,行了,你赶紧滚!"

"勇敢的"阿里倒退着出了咖啡馆。

大东家骂了句:"臭狗屎!"

他弟弟倒是没在意,说:

"俺想的不是工头,而是另外一件事。"

"啥事?"

"咱一会儿就会明白了!"

说着,小东家站起身,高声叫着站在自己那辆停在加油站旁的车子边上抽着烟的司机。司机跑了过来:

"爷,你有啥吩咐?"

"你去把下面打谷场的工头给俺找来。"

"俺这就去,爷!"

司机跑着离开了,在人群里找了半天,终于找到了工头。听说小东家叫自己,工头十分不安:

"他为啥叫俺?"

司机耸了耸肩膀,就着抽剩的烟头又续上了一根。工头满腹狐疑地看了他很久,又问:

"他生着气没?"

"没有啊。"

"那你觉得他为啥叫俺呢?"

司机没搭理他,跟在从他们面前经过的一个漂亮女人身后走了。

工头在农民联合会下面的咖啡馆里找到了小东家。他掩饰着心里的恐惧,拉过一张凳子坐了下来。

小东家不动声色地问:"你好啊。"

"好着呢,谢谢爷。"

"工钱都发完了?"

"托你的福,早就……"

"你那些苦力没事吧?"

工头略加思索,想起了泽伊奈尔和夏穆丁。他想要他俩一块儿走人,可这话必须从东家嘴里说出来。这样的话,要是泽伊奈尔问起来,自己就可以说:"泽伊奈尔啊,这可是东家说的!"万一要是泽伊奈尔去问东家,东家也会说:"没错,是俺让你走人的。"

"没事。"工头回答道:"大多数没事。可……"

"可啥?"

工头叹着气,点上了一根烟,然后说:"俺的面包是你给的,东家,朝自己吃饭的家伙什里撒尿,可不是人干的事。俺就像是你的一条看门狗,俺过日子都是靠着你。"

心不在焉地听着他俩说话的大东家这时不耐烦了:

"别唠叨个没完。你想说啥,就直说!"

"俺唠叨这些,是因为……"

"因为啥?"

"俺对自己的那些苦力还算满意。就是出了两个刺头,在苦力们当中挑事呢。"

"他们是谁?"

工头提心吊胆地向两边张望了一下说:"夏穆丁和泽伊

奈尔!"听了这话,两个东家对视了一下。大东家说:

"你不是跟他们串通好了吗?"

工头一惊:

"你说俺?"

"没错,就是你!"

"俺跟泽伊奈尔串通好了?"

小东家插话道:

"你那打谷场上有个留黄胡子的小子,干干瘦瘦的,长得像条蜈蚣……"

工头一下子没想起来。

"亲爱的,"小东家说:"就是向你告了泽伊奈尔的状,你……"

工头突然想起来了:

"哦,俺知道了,是'勇敢的'凯马尔!"

"说对了。"

"是他说俺跟泽伊奈尔串通好了的?"

"就是他说的。照他的说法,他向你告了泽伊奈尔的状,你又把他的话都告诉了泽伊奈尔……"

工头跳了起来,然后又坐下:

"作孽呀,真是作孽,爷!俺——跟泽伊奈尔——泽伊奈尔踩过的地方俺都恨不得要挖出来扔掉,有一勺子水俺都恨不得把他淹死!"

"那你说说,'勇敢的'凯马尔在你面前告了泽伊奈尔的状了没有?"

"告了。"

"那咋会传到泽伊奈尔的耳朵里去了呢?"

"俺哪儿知道呀?都传到他耳朵里去了吗?"

"不光传到他耳朵里了,他还对凯马尔掏刀子了呢!"

"作孽呀,东家!"工头说,"俺这可是第一次听说啊。要真是传到了泽伊奈尔的耳朵里,掏刀子,打人啥的,他样样做得出来。他坏着呢,动不动就毛手毛脚的,连对他自己的爹都能翻脸不认!"

两个东家再一次意味深长地对视了一下。小东家点上了根烟。

工头还想为自己辩护,但小东家没给他这个机会:

"泽伊奈尔还说:俺跟工头是一伙的。"

看着工头满脸被冤枉的表情,两个东家知道凯马尔说的都是谎话,而工头也在琢磨着咋样回答才能让两个东家相信自己。这时,小东家问:

"凯马尔跟你告状的时候,谁在你们身边?"

工头想起了脱粒机师傅:

"师傅在呢。"

事情已经很明白了。小东家说:"那就对了。"

说完,小东家扔掉刚抽了一半的香烟,从屁股后面的裤子口袋里掏出一个精致的烟盒打开,先请工头拿了一根烟,又请自己的哥哥拿了一根,然后自己也拿起了一根。他用放在烟盒里的黄灿灿的打火机给每个人点上了烟,然后朝跑堂的喊:

"小子,快过来,看看这位爷要点啥!"

工头突然回过了神,"不敢当的!"他说。

小东家没听见他的话,问道:

"点吧。茶,咖啡,还是喝点凉的……"

工头高兴得轻飘飘地说:"一杯放糖的咖啡。"

"给俺来杯浓茶。哥,你来点啥?"

大东家站起身。他可不愿意在大庭广众之下让人看见自己跟工头一起喝茶,喝咖啡。

"俺走了。"大东家说。

就剩下小东家和工头的时候,两人都向前凑了凑。

"你现在听着。"小东家说,"对'勇敢的'凯马尔啥也别说。那小子不错。像他这样忠诚的人可不是啥时候都能找得到的。咱先把师傅给换了。你说呢?"

"听你的。"

"然后再把泽伊奈尔和他的搭档给换了!"

对工头来说,真正重要的是这俩。

"特别是他俩,东家。"工头说,"他们整个就是混在跟羊羔子一样老实的苦力们当中的俩病毒!必须把他俩给开了。不过,千万不能让他们知道是俺要开他们的。不然的话,他们还不得把俺给灭了啊!"

"你不用怕,俺有数。俺问你,你准备让谁来顶替他们?"

工头忧心忡忡地说:"找师傅的事归你。"

"行,师傅俺来找。"

"坐台工是现成的!"

"谁?"

"农庄的比拉尔先生送过俩小子到咱打谷场。一个是'摔跤手'阿里,另一个是他的朋友。"

"那好啊。可他们能干这活不?"

"这你不用担心。那个摔跤手跟只熊一样,一不抽大麻,二不赌,连茶都不喝!"

"不抽大麻可不好。他必须得抽大麻,这样干起活来才能顶得住!"

"这你根本不用担心。俺不光会让他抽上大麻,还会让他喜欢上赌钱。咱今晚就回去开工吗?"

"别,还是明儿早上吧。俺先回去派车来,你再把大伙儿拉回来!"

工头担心的样子没有逃过小东家的眼睛。

"你别担心。"小东家说,"让泽伊奈尔和夏穆丁走人的是俺,不是你!"

"你对俺真好。"工头说,"安拉会让你拣块石头都变成金子的!"

25

"摔跤手"阿里来到通往他曾经工作过的工地的道路时停下了脚步,对希达耶提的儿子说:

"听俺说,穆斯特克!"

希达耶提的儿子差点就想啐他了:"胆小鬼!"

"兄弟呀,俺不是因为害怕啦。"

"你要是不害怕,那为啥不一起去呢?"

"摔跤手"阿里朝路的尽头看了一会儿。他还真不是因为害怕,而是因为担心碰到"难缠的"欧梅尔。要是碰到了他,自己该跟他咋说呢?自己毕竟拐走了那家伙的婆娘。要是他问自己:"你他妈的把俺那年纪轻轻的婆娘咋了?啊?你把她咋了?俺把你当人看,让你住到俺家来。你就这样对俺吗?这是人干的吗?亏你还是个信安拉的人呢!"

他要是这么问的话,自己该咋回答呢?要是现在法提玛在身边,自己还多少有话可说。可自己已经让别人把法提玛抢走了。自己此时唯一的希望,是法提玛能在尤素福那儿。

"穆斯特克,俺就在这里等你。你去找俺们的尤素福,跟他把咱的事说说。你告诉他俺在这里等他,让他赶紧来!"

希达耶提的儿子又骂了一句:"胆小鬼!"

"俺真的不是胆小鬼,俺没怕!"

"要是他不来呢?"

"谁?"

"尤素福。"

"他会来的。"

"他不会来的,小子,你以为自己是谁?再说了,要是欧梅尔也在,见了俺问起你来,俺咋办?"

"你就跟他说,你不知道俺在哪儿!"

希达耶提的儿子还是骂了句:"狗娘养的胆小鬼!"

骂完,希达耶提的儿子径直走了。

工地上红砖砌的墙已经很高了,但四周却一个人影都没有,看起来像是停工了。墙上黑糊糊的窗洞,仿佛隐藏着某个秘密似的带着疑虑注视着希达耶提的儿子。

希达耶提的儿子跳到沟对面,在尚未完成的建筑的门前停住了脚步。他向周围张望了一下,还是没看到人,便喊了起来:

"嗨,有人吗?"

仿佛从很深的地方传来一声回应:

"谁呀?"

"是俺!"

"你是谁?"

"俺是希达耶提的儿子,想打听点事!"

一个他从没见过的黑瘦的人从通向建筑大门的台阶后的阴影里冒了出来:

"你要干吗?"

"你好啊,兄弟。这儿是停工了吗?"

黑瘦的男人把希达耶提的儿子从头到脚打量了一番说:

"你不会是来找活儿的吧?"

"不是啦。"希达耶提的儿子回答说,"俺有个乡亲在这儿干活。"

"你说的是谁?"

"尤素福,'无药可救'尤素福!"

那人紧绷着的脸立刻柔和了下来,带着几乎是敬佩的表情说:"哦。你说的是俺们的尤素福师傅啊。他跟你是乡亲?"

"差不多吧。"

"你不会是'摔跤手'阿里吧?"

希达耶提的儿子笑了。

那人更加怀疑了:"说真的,你是'摔跤手'阿里吗?"

"俺不是。你咋知道'摔跤手'阿里的呀?"

"这儿以前有个叫欧梅尔的小子,听说他婆娘被阿里拐跑了。大伙儿都这么说呢。"

"俺是来找尤素福师傅的。他人呢?"

"他们把他带去杰伊汉了。他可是个好师傅!来这儿的时候,他也跟你和俺一样,是干重活的,可人家最后成了师傅!"

"你是说,他们把他带去杰伊汉了?那这儿停工了吗?"

"停了。"

"为啥?"

"包工头、司机,还有工头勾搭在一起偷了水泥,被老板内夏特先生知道,统统都被赶走了。咱这儿可能下个礼拜能重新开工……"

"俺再打听件事。"

"问吧,兄弟。"

"那个欧梅尔后来咋样了?"

那人笑了:

"没咋样啊。他也把司机的婆娘拐走了。"

"啊?那司机没发脾气?"

"他干吗要发脾气啊?又没有成亲!"

"谢了,兄弟,那俺走了。"

"再见。"

希达耶提的儿子回到了"摔跤手"阿里的身边。已经等得望眼欲穿的阿里问：

"咋样？"

希达耶提的儿子把打听到的事情一口气告诉了阿里。"难缠的"欧梅尔干的事让"摔跤手"哈哈大笑。"真有你的，欧梅尔。"阿里说，"到头来把司机的女人……"

"拐了就跑！"

"这下好了，俺没啥可怕的了。现在就是见了他也不要紧了。要是他问俺：阿里，你还是个男人吗？俺把你当成了兄弟，让你住俺家里，你倒好，把俺的婆娘拐跑了。俺就对他说：你不也把司机的婆娘拐跑了吗？你这就算男人了？不说他了。照你这样说，尤素福还真成了个不错的师傅，到哪儿都有活干了呀。等回了村，你就听吧。他肯定见人就吹！"

说着，他突然来了气：

"让他吹好了！"

"你打算咋样？"

"俺就对他说：你吹啥呀？你敢跟俺比试比试摔跤不？当了师傅算啥本事？会摔跤才是真本事。当个泥瓦匠算个啥？你又当不了村长！"

希达耶提说："别唠叨了。咱还是赶紧去找'勇敢的'凯马尔吧！"

"走。"

于是，俩人朝农民联合会走去。

尤素福在阿里的脑海里挥之不去："他当不了村长，就是当不了！他当了师傅，那俺呢？别看俺没当上师傅，他敢跟俺摔跤？像他那样的，一下上来俩都不在话下。他能买煤油炉，俺也能买。可是，法提玛……俺还是没找到呀！要是找到了，现在该多好！也可能法提玛来过了，就是没看见尤素福。臭狗屎！还去了杰伊汉呢，去死吧！法提玛肯定来过了。可惜啊。没见到尤素福，就走了。要是她不走的话就好了，俺现在就能见着她了……俺就把她带回村里。俺娘一看见她呀……"想到这儿，他突然想起了自己的娘。这还是他离开村子以来第一次想起娘来。于是，阿里说："穆斯特克！"

走在他身边的希达耶提的儿子问："咋了？"

"你娘还在吗？"

希达耶提的儿子叹了口气说：

"在是在……"

"咋了？"

"你别问了。"

"为啥？"

"俺爹是个土匪，专在路上打劫，后来被他那些朋友出卖了。那时候俺还小，俺爹被枪毙了。俺娘又找了个男人。这女人真不要脸，俺爹死的那个礼拜就跟别的男人跑了！"

"俺娘可没找别的男人!"阿里自豪地说,"没人能跟俺娘比。俺娘可守规矩了。等俺攒了钱,俺要给她买件上好的褂子,让她也能在乡亲们面前显摆显摆。俺还要给她买只煤油炉。唉,说起煤油炉,俺就想起俺们那个哈桑。他真是不该死的。俺咋也忘不了他。"

说到这儿,阿里感到了一阵伤心。他叹了口气继续说着:

"俺真不知道回去了该咋跟他闺女说。可怜的丫头,她肯定会低着头问俺:俺爹咋没回来?"

时常有卡车从他们身边驶过,卡车扬起的尘土一次又一次地把他们笼罩。

希达耶提的儿子"噗"的一声吐了口痰说:

"小子啊,那是他的命。你又没害死他!"

"你说的是没错,他不是俺们害死的。可还是……俺告诉你件事吧。等回了村子,俺不会把煤油炉和给俺娘买的褂子拿出来显摆的。不然的话,哈桑家那俩可怜人会伤心的。别让她们觉得俺是专门做给她们看的!"

说到这儿,阿里想起了尤素福。

"不过,"他说,"尤素福肯定会显摆。他老想着要让大家高看自己!"

阿里心中刚才的那种忧伤已经被愤怒彻底取代了:

"狗娘养的,还跑杰伊汉去了。要是他不走,法提玛也就……"

希达耶提对他整天挂在嘴上的"法提玛"这个名字烦透了。一听见阿里又提，希达耶提的儿子停住了脚步：

"又是法提玛！"

"要是尤素福不去杰伊汉，那婆娘见了他肯定就留下了！"

"你听谁说了法提玛来过？"

"没听说又咋了？"

"那不就得了？"

"俺还不知道法提玛吗？"

"这儿哪儿来的法提玛呀？你那个法提玛，没准现在正从一个男人手里倒到另一个男人手里呢。"

阿里像丢了魂似的问：

"你是想说她进了窑子了？"

"为啥不会呀？"

阿里吼了起来：

"不会！"

"你咋知道不会？"

"法提玛不会进窑子！"

"就是没进窑子，她现在也是别人的女人。"

"别人的女人……朋友，这不能！"

希达耶提的儿子惧怕地看着阿里。他知道，这个小伙子是想让他自己相信法提玛不会变成别人的女人。即便法提玛已经成了别人的女人，他也情愿让自己相信这不是真的。

"好吧。"希达耶提的儿子说，"是不会。俺又没说啥。"

直到走到农民联合会，两人再也没有交谈。他们在农民联合会的咖啡馆门口碰到了"勇敢的"凯马尔。凯马尔看起来很害怕。

"跟你们说件事儿，行吗？"凯马尔说。

"说吧。"

"不知道是哪个婊子养的把泽伊奈尔那天骂的话都跟小东家说了！"

"后来呢？"希达耶提的儿子问。

"小东家把那俩家伙给开了……"

"摔跤手"阿里尽管没太听明白，可还是说："你说的是真的？真他妈是婊子养的！"

"俺心里这个别扭啊。咋能这么对俺的泽伊奈尔和夏穆丁大爷呢？俺真想去跟他们说，朋友，有人在背后说你们坏话，让你们被开了。可俺不能这么做。"

"为啥？"

"这又不是什么好消息，不该从俺嘴里说给他们听的！"

"作孽呀！""摔跤手"阿里说，"泽伊奈尔可是个有种的人！"

希达耶提的儿子点了点头：

"没错，他确实有种！"

"勇敢的"凯马尔朝地上啐了一口唾沫：

"俺对工头说：既然他们把泽伊奈尔和夏穆丁开了，那就让阿里和穆斯特克顶了他们的缺吧。俺说得在理吧？"

希达耶提的儿子一惊：

"你是说俺们？"

"咋了？"

"俺们可干不了！"

"有啥干不了的？你们能行。就是对那俩家伙太不公平了！"

"他们咋跟东家说的？"

"俺也不太清楚。好像是说，泽伊奈尔从饭里吃出了石子，就把东家祖宗八代都给骂了……"

"摔跤手"阿里吼了起来：

"婊子养的！"

"勇敢的"凯马尔点了点头：

"没错，说这话的就是婊子养的。像泽伊奈尔这么有种的人到哪儿去找？可这跟咱有啥关系？俺能咋办？"

阿里考虑再三说：

"让俺顶泽伊奈尔的缺，俺不干！"

"为啥？"

"就是不干!"

"可这是为啥呀?"

"摔跤手"阿里没有回答。希达耶提的儿子却说:"俺干,朋友。只要对俺有好处,俺就干。"

"勇敢的"凯马尔点了点头:

"没错。要换了是俺,俺也干。人嘛,就该知道啥是对自己好的。你不干,自然有别人干。俺觉着这事不错。俺这可是替你们着想啊。不错,泽伊奈尔是个好汉。可关俺和你们啥事呢?不信你问他要块面包试试,看他会不会给你。"

"摔跤手"阿里狠狠地盯了他一眼:

"他会给的!"

说完,他问希达耶提的儿子:

"他没给吗?路上俺们没吃他给的面包吗?"

"给是给了,咱也吃了,可那面包干得绷绷硬!"

"要是不硬,他是不会给你们的。""勇敢的"凯马尔说。

"你别管硬不硬,他可给了呀。别人连这样的面包都没给咱。就算他没给……"

"就算他没给,咋了?"

"朋友,俺说啥也不能顶替有种的人。好汉就是死了,名声也会留下的!俺就是不干!"

希达耶提的儿子和"勇敢的"凯马尔都没接他的茬。

"摔跤手"阿里便在墙边蹲下,脱掉了衬衫。他那肌肉发达的胳膊,毛茸茸的胸脯和健壮的体格让周围的人羡慕不已。

凯马尔低声说:"这小子真壮实!"

希达耶提的儿子点了点头:

"是壮实。可有啥用?"

"为啥这么说?"

"倔着呢。你没听他说嘛,他不肯顶泽伊奈尔缺呢。泽伊奈尔就是好汉,跟俺有啥关系?俺说的有错吗?"

"一点儿都没错。"凯马尔说,"泽伊奈尔能给你们带来啥好处?他可是个害人的人。他要掀翻饭盆的事东家也听说了!这咋对得起东家呢?他可给了咱大把大把的钱……"

"他就是只熊,没脑子的熊。人家咋说的?笨马走得乖,蠢人去摔跤。"

说着,两人相视而笑。

正埋头在贴身衣服上抓虱子的阿里抬起头,用那双棕绿色的眼睛看着他俩,傻笑着问:

"有啥好笑的?"

在墙根下站了一排的农工们也都脱了衣服,有的在抓虱子,有的在补衣服。不抓虱子,也不补衣服的,就在一边看着他们。一个头发上沾满了麦秸屑、满头大汗的民工正起劲地搓着右脚脚趾中间的泥。

一会儿,工头又出现了,身上黑色的免裆裤上布满了尘土。他急急忙忙地从民工们面前经过的时候,突然停下了脚步。因为他看见了"勇敢的"凯马尔和希达耶提的儿子。

"你那个搭档在哪儿呢?"工头问希达耶提的儿子。希达耶提的儿子用下巴指了指阿里。工头看了阿里一眼,然后说:"你们听着。东家让夏穆丁和泽伊奈尔走人了,打算让你们俩顶他们的缺!"

阿里低下头,绷起了脸。工头本以为他会高兴,可一看他这样,便补充了一句:

"明天早上天一亮咱就走!"

希达耶提的儿子是满意的。

"谢了,头儿!"他说。

"活是不好干,可钱不少啊!"

说完,工头依旧像来的时候那样急急忙忙地走了。

希达耶提的儿子在阿里的对面蹲下身。凯马尔也凑了过来:

"工头说啥了?"

希达耶提的儿子把工头的话又说了一遍。阿里既没说好,也没说不好,一声都没吭。

"勇敢的"凯马尔说:

"多好的活啊。要是你们不干,抢着干的人多着呢。这儿可是屈库鲁瓦。东家们能给下人低头吗?"

希达耶提的儿子点了点头:

"没错。"

"摔跤手"阿里"噼啪"一声掐死了一只黑黑的虱子,然后说:"是没错。这俺也知道。可俺就是生气。哪儿能要么去勾搭有种的男人的女人,要么顶了他的位子呢?"

"欧梅尔不算有种吗?你为啥还要勾搭他的女人呢?"

"你提欧梅尔干吗?你说的那个欧梅尔就是个畜生。他能跟泽伊奈尔比吗?"

希达耶提的儿子说:

"算了吧,阿里。又不是咱把他开了的,是东家!有啥能比坐台工强啊?等咱回到村子里……"

"能有的说吗?"

"当然能有的说。不然的话,乡亲们都会问:尤素福当了泥瓦匠,阿里呢?尤素福能显摆,你呢?"

"摔跤手"阿里又一次想起了尤素福。眼前这小子说得没错。那个两面三刀的尤素福在村里肯定会逢人便吹自己当上了泥瓦匠,赚了多少多少钱,阿里啥也不是……

想着,阿里的眼睛里冒起了火:

"坐台工比泥瓦匠还被人待见吗?"

"这还用说!"

"这活是有种的人才能干的，对不？"

"当然是有种的人才能干的。"

"要是换了尤素福，他干不了吧？"

"他咋干得了呢？"

"他当了泥瓦匠，那咱呢？"

狡猾的希达耶提的儿子立刻明白了问题的症结所在，于是便投其所好地说："跟坐台工比起来，泥瓦匠算个啥？啥叫本事？本事就是能干别人不能干的活。泥瓦匠谁都能干，可坐台工呢？"

这话阿里可爱听了。

"没错。"阿里说，"还有……"

"还有啥？"

"坐台工可以在村子里当村长，对不？"

"太对了！"

"那泥瓦匠呢？"

"勇敢的"凯马尔也明白了，立刻说：

"泥瓦匠不行！"

阿里咯咯地笑了起来：

"那个没用的东西。等他在那里显摆自己当了泥瓦匠的时候，俺就挡在他跟前，对他说：你显摆个啥？泥瓦匠算个屁！有本事你去当当坐台工。俺可当了坐台工了！你们说咋样？"

"好得很!"

"俺这么一说,他肯定就被俺臊了。对不?"

"啥叫臊呀?他简直就得没脸见人了!"

阿里飞快地穿上刚刚找过虱子的贴身衣服:

"他肯定被臊得气都出不匀了。"

"这还用说,他得背过气去。"

"俺要是再买个煤油炉,你说俺那可怜的娘会咋样?"

"肯定会惊着。"

"看见煤油炉的火,她会当成啥?"

"当成蛇呗!"

"嗯呢。俺就对她说:娘啊,那哪儿是蛇呀?是煤油炉!等俺再把买的褂子给她这么一穿,俺们那些仇家会咋样?"

"肯定会气坏了。"

"让那些王八蛋气去吧!"

"坐台工的工钱可比泥瓦匠的要多得多呢。""勇敢的"凯马尔说:"今儿晚上咱是去逛窑子吧?没人反悔吧?"

"当然去啦。"阿里兴高采烈地说,"俺得去瞧瞧她们到底啥样!"

希达耶提的儿子也兴奋了起来:

"万岁,兄弟!"

阿里也站起身。于是,三个人在马路边的人行道上朝着市中心慢慢走了起来。被称作"凯鲁沙"的两匹马拉的马车和满载着粮食或者民工的卡车在路上来来往往。像他们仨一样无所事事的人则是一边走着,一边羡慕地看着道路两边商店外琳琅满目的橱窗。

"勇敢的"凯马尔把两条胳膊一边一个地搭在两个伙伴的肩膀上走着。

"要是咱碰到泽伊奈尔,你们可别多嘴啊。"他说,"可别让他从咱嘴里听到自己被开除的事!"

"为啥?"阿里问。

"他会翻脸的!"

"跟咱吗?"

"跟咱。"

"为啥跟咱翻脸?又不是咱开的他!"

"是不是咱开的他,可他还是会跟咱翻脸的,他就这脾气。"

"摔跤手"阿里叹了口气:

"他真是条好汉哪!"

"勇敢的"凯马尔脑子里闪过一个念头:

"那他也比不上你!"

阿里站住看了看他。凯马尔又补充道:

"他要是好汉,那让他跟你比试比试摔跤!"

希达耶提的儿子明白了凯马尔的心思,便在一边助起了阵：

"这不可能，亲爱的，他哪儿行啊？"

"要是他不行，就让他呆一边去。好汉得有力气，得是把摔跤的好手。不然的话，就不算是好汉。"

说着，凯马尔拍了阿里的后背一巴掌：

"这才是好汉呢！好汉是从来不会在别人背后骂人，也不会当面骂的。好汉更不会把至高无上的安拉赐给咱的面包和饭菜扔到地上。这人会干这种事？"

"这人又没疯！"希达耶提的儿子说。

"这人当然没疯！要是有了他做靠山，俺敢对着安拉发誓，俺别的啥都可以不要。一个人哪，就是再有钱，也不如有阿里这样的朋友强！"

阿里宽大的胸膛因为自豪带来的兴奋像风箱一样一起一伏着。过了一会儿，他若有所思地说："你这话得跟尤素福去说。他亏得有个大伯。整天就知道'俺大伯说这，俺大伯说那'。还有就是他大伯的婆娘咋样咋样守妇道。说出来不怕你们笑话，俺跟哈桑有一次把她在卖布料的小贩怀里给抓了个正着……"

他这话把"勇敢的"凯马尔和希达耶提的儿子都吓了一跳：

"不会吧？"

"快说，阿里，后来呢？"

"别管后来啦。还好意思说'俺大伯的婆娘'呢,他妈的,你大伯的婆娘被俺们……"

说到这儿,阿里扑哧一声笑了出来。

另外两人明白了。凯马尔骂了句"你真不是东西!"一拳捶在了阿里的后背上:"真不是东西啊。这才叫好汉呢!"

将近傍晚的时候,他们又用面包、酸奶和稀糖浆填饱了肚子,朝妓院走去。阿达纳那被称为"塔什奇康"的红灯区,是夹在高大的宅子之间的一条深深的窄巷。被电灯照得如同白昼般的小巷,此时已经被熙熙攘攘的人群挤得水泄不通。大家都在推推搡搡地争相抢占有利地形,为的是能趴在一座座大宅子门上的小洞上,看看里面那些半裸的女人。

时常会有人用吸烟过度而变得嘶哑的粗嗓门喊:

"阿里——"

或者是"哈桑——"

阿里或者哈桑便会立刻应道:

"在这儿呢!"

"来两杯放一块糖的茶,送扎尔哈家!"

这是妓女们在向咖啡馆的跑堂吆喝着为自己的情人或者是客人叫茶和咖啡。

醉汉发出的尖厉的吼叫,会愤怒地将夜色撕碎;蹩脚的一句民谣会引发某个燃烧着的年轻的心发出阵阵哀叹。还有歇斯底里的大笑，推推搡搡的争执和肆无忌惮的辱骂。

突然，一声阿达纳独特的咒骂把塔什奇康的夜晚搅得天翻地覆：

"那些骑在咱头上的混蛋们哪，俺操你祖宗！"

随即，便是从巷子的另一头传来一声粗嗓门：

"闭嘴，狗娘养的！"

"你他妈的要是有种，就站出来，俺让你尝尝俺的利害！"

"……"

"……"

一场无休止的口水战。这些在这个叫塔什奇康的小巷里每天晚上司空见惯的事，让第一次见识的阿里大吃一惊。要是由着他的性子，他会一连几个钟头就那么趴在某扇大门的小洞上，看里面那些穿得暴露得不能再暴露的女人。可他正看得来劲，一头"猪"把他从洞口一把推开，而且还气哼哼地骂他：

"看够了吧，你这只熊！当心从洞里掉进去！"

可尽管如此，他不得不承认希达耶提的儿子和"勇敢的"凯马尔说的都没错。里面的那些女人可真了不得。她们比法提玛要漂亮得多，可哪个男人敢靠近她们呀。不管咋样，法提玛是跟自己差不了多少、可以听懂他的意思、会照他说的去做的女人，可现在这里的女人没准张口就会训他。

他们又来到了另一扇门前。阿里不好意思地朝里面看了一眼，立刻就退了回来。

"听俺说，穆斯特克！"

希达耶提的儿子没有听见。他正和凯马尔一起趴在门洞上朝里面看着。阿里自己跟自己笑了。因为知道没人注意自己，他的害羞一扫而空。不过，那婆娘穿没穿短裤呀？为了弄清楚这点，他从希达耶提的儿子肩膀上面探过头，重新凑到了门洞上。没穿，肯定没穿。那婆娘调换着双腿的时候他看得清清楚楚。要是他把这事回去说给村里人听，肯定没人会相信。尤素福知不知道这里的女人光着屁股坐在椅子上呢？他哪儿会知道呀？他可是个抠门的家伙，还整天把罪过和积德挂在嘴上。像这种又糟蹋钱，还会惹上罪过的地方，他是不会来的。他肯定又要拿他大伯说事儿。阿里又想起了尤素福他大伯的女人："还说她守妇道，两条腿夹得紧呢。狗东西。当个泥瓦匠算啥？他能当泥瓦匠，俺不也马上就当上坐台工了吗？俺连村长都能当上。不信咱来比比，到底是泥瓦匠值钱，还是坐台工值钱。当然是坐台工嘛。再说了，他还没见过窑子和光屁股的女人呢。要是他在村里吹牛，说当了泥瓦匠啥的，俺就让他闭嘴，问他有没有看见过窑子,有没有看见过光屁股的女人。他肯定会说没有。那俺就说,这不就得了。俺要臊他。当然要臊他。他又不是俺爹的儿子。他最多也就比俺多去了个锡瓦斯。锡瓦斯又不是屈库鲁瓦。俺没去过算啥?他还没见过窑子呢……还记得火车上的尤努斯师傅是咋把那个油头滑脑的小子给臊着的吗?俺也要那样去臊尤素福。有本事,在工厂里别让人扇耳光啊。瞧瞧俺,挨过吗?倒是他自己,多嘴多舌,最后挨了耳光。自找!"

这时,一只手在阿里的肩膀上用力一推:

"看够了吧,混蛋!"

另一个带领带的说:"瞧瞧这些家伙,扔下家里的母驴,到这儿装人样来了!"

"……"

"……"

他们仨吓得拔腿就跑,连那几个带领带的在他们身后发出的哈哈大笑声都没听见。跑了一会儿,阿里说:"你看见了没?穆斯特克,那婆娘光着屁股呢。"希达耶提的儿子扑哧一声笑了。

"勇敢的"凯马尔比他俩要有经验得多:

"这儿的婆娘们大多数都不穿短裤!"

"为啥呢?"阿里问。

"客人太多了嘛。短裤穿上脱下的,多麻烦。"

"不过，兄弟，那些婆娘还真没得说。"

"是吧。"希达耶提的儿子说，"俺不是早就告诉你了嘛。"

"比你说的还要强 5 倍呢，兄弟。真带劲！"

"法提玛跟她们没法比吧。"

"还真是。不过吧，穆斯特克，法提玛的味道可不一样的！"

三个伙伴一路走，一路把每扇门上透着光的洞都瞧了个遍。当他们折回到小巷的入口时，遇见了泽伊奈尔和"光头"夏穆丁。那俩都已经喝得醉醺醺的了。一见他俩，"勇敢的"凯马尔害怕得心狂跳了起来，可他也没别的办法，只好打了个招呼："你好啊，泽伊奈尔大爷！"

泽伊奈尔用一双通红的眼睛对着凯马尔看了又看。他还在恨着这小子，便倒背着双手怒气冲冲地问：

"是你把这俩傻小子带这儿来的？"

"勇敢的"凯马尔急了：

"可不能这么说，泽伊奈尔大爷！这不关俺的事啊。是他们自己要来的，俺就跟他们一起来了。俺说得没错吧？"

泽伊奈尔看了看希达耶提的儿子和"摔跤手"阿里。俩人点了点头，意思是说："他说得没错。俺们本来就想来的。"泽伊奈尔不再多说，只是问了句："你们打算进去不?"

希达耶提的儿子扑哧一声笑了。

一看他这样子,泽伊奈尔说:"要是这样,那你们就进蓝色大门的那家。你们那个工头的俩闺女在里面。一个穿绿衣服,一个穿红衣服。可怜的丫头们在给她们那个混蛋的爹长脸呢!"

说着,他眼里涌起了泪水,拔腿走了。他更多的是为了工头的小女儿感到心酸。夏穆丁也跟着走了。当两人踉踉跄跄、跌跌撞撞地消失在人群中时,"勇敢的"凯马尔又摆出了他那副流氓腔:

"还问是不是俺把你们带这儿来的呢。就是俺带来的,他能把俺咋样?"

"不能把你咋样。"希达耶提的儿子说。

阿里不干了:

"你这话为啥不敢当着他的面说?"

"当着他的面,俺也敢说。可说了有啥意思呢?他们是已经被开除了的人……"

"你这话要是让泽伊奈尔听见的话……"

这话让凯马尔很不乐意,可他还是掩饰着内心的不快,挽起两个伙伴的手,拖着他们朝泽伊奈尔刚才指点的那座蓝色大门的房子走去:

"行了。咱现在去瞧瞧工头的俩丫头吧!"

蓝色大门的房子里有五个姑娘。她们当中穿红色和绿色衣服的真是工头的闺女吗？

"那俩都还挺漂亮呢。"希达耶提的儿子说，"不过，俺觉得穿绿衣服的更……"

阿里说："俺觉得穿红衣服的好看。"

"这样好啊，你去找红衣服的，俺找绿衣服的。"

"勇敢的"凯马尔说：

"那俺就找穿黄衣服的……"

说着，他便一头扎了进去。

阿里和希达耶提的儿子则趴在门洞上看了起来。只见凯马尔在头里走着，穿黄衣服的姑娘站起身跟在他后面。两人一前一后消失在楼梯的尽头。

"摔跤手"阿里抓住了希达耶提的儿子的手说：

"俺也要进去！"

"要进就进呗，不过……"

"不过啥？"

"你不是说要借俺两个半里拉的吗？"

"俺当然会借你的啦，俺从来说话算话。可发工钱的时候……"

"发工钱的时候准还你。"

阿里便掏出钱给了他。希达耶提的儿子拿着两个半里拉，整个人就变成了一头发情的公牛。他不是生手，以前也逛过妓院，也跟女人出去过，所以一点也不害羞，走到了绿衣服姑娘身边。可跟在他后面的阿里不知所措了。这时，身材高大的老鸨给这个毛头小伙子解了围：

"你就点你朋友点的姑娘的姐吧。丫头，还不站起来？"

红衣服姑娘笑着站起身。在魁梧的阿里身边，这姑娘看起来十分瘦小。可阿里却以跟他高大的身材毫不相称的腼腆耷拉着脑袋。

姑娘中有人说了句："这下好了，你们俩朋友成了连襟了！"

另一个说："那就赶紧了，壮得像狮子的连襟，上吧！"

"你是说他像狮子？"

"肯定是挺机关枪……"

于是，在阿里的身后响起了一阵大笑。阿里转过身，不解地看着她们。

"快走吧。"有个姑娘说。

"丫头，小心点你的床啊！"

"肯定得把地板都压塌了……"

"他肯定野得很，瞧瞧他那身板……"

"……"

"……"

阿里惊慌失措地跟在姑娘的身后，来到了楼梯跟前。看着走在自己头里、手指间夹着根烟、嘴里哼着下流小曲的红衣服姑娘，阿里想：这个露着两条雪白大腿的姑娘过会儿就要当自己的女人了吗？

上了楼梯，阿里跟着红衣服的姑娘进了左手边一间狭窄的屋子。屋子的左边靠墙放着一张笨重的床，墙上贴满了从杂志上剪下来的裸体女人像，还有几张男人的照片。屋子的另一边，放着一只锈迹斑斑的水壶和一只脸盆，墙上的钉子上挂着一块肮脏的毛巾。地上是干那事时用过的布……

红衣服姑娘根本就不看阿里，继续哼着小曲，走到挂在墙上的镜子跟前，熟练地捋了捋头发，然后突然转身硬声硬气地问阿里：

"你还站那儿干吗？"

阿里像挨了一记耳光般吃了一惊：

"那俺该干吗？"

"撒泡尿好好照照自己，你这只熊！还好意思说俺该干吗呢……"

这下，阿里完全不知所措了。看见他这样子，女人用更加严厉的口气命令道：

"他妈的，赶紧脱！"

阿里傻笑了起来。女人高挑着细细的眉毛：

"还笑！你他妈的笑个啥？"

"没啥呀……"

"他死了?"

"死了。"

"他是自己死的?"

"自己死的,是老天让他死的,可还是死得太惨了。俺们是三个人一起来的屈库鲁瓦,离开乡下的时候俺们说好了要有福同享,有难同当的……"

女人对眼前这个年轻男子越来越有好感,她感到自己心动了。她在床上敏捷地翻了个身,用一只手撑着头侧躺着:

"后来呢?"

"俺们三个人当中,还有一个叫尤素福,也是俺村里的。不过嘛,他是个喜欢吹牛的家伙。要是他见了你……"

"他会说啥?"

"是俺会问他:她跟你大伯的婆娘比起来咋样?哪个更漂亮?"

"他大伯的女人很漂亮吗?"

"在他眼里,他大伯的女人又漂亮,又……"

"又咋?"

"守妇道!"

"你笑个啥?"

"就是把裤裆管得严啦。可哈桑最知道了。有天晚上,俺们俩把她和卖布的小贩逮了个正着……"

女人也笑了：

"你们让她知道厉害了？"

"这还用说嘛。"

"说真的，她漂亮吗？"

"漂亮，俺一点儿都没骗你……"

"那是俺漂亮呢，还是她？"

"宝贝呀，她哪里能跟你比呢？"

这时，楼下传来老鸹的声音。红衣服姑娘仔细听了听：

"是叫俺呢。咱赶紧把咱的事办了……"

听了这话，阿里贪婪地扑到了床上。等从床上下来的时候，阿里说："俺下礼拜还来。"

女人一边穿着红色的上衣，一边心不在焉地说："来呗。"

说着，她站到镜子前盘起了头发。阿里一边穿着衣服，一边羡慕地看着她，忍不住脱口而出：

"法提玛也好，傻丫头也好，都比不上你呢！"

女人满意地笑了。

这时，楼底下再次响起老鸹略带愤怒的声音。女人赶紧收拾停当说："咱该下去了。"

阿里还沉浸在女人盘在头顶上的头发、脖子和刚才躺在床上的滋味中："没人能比得上你。"

女人很满意。阿里又往她跟前凑了凑说:

"真的,没人能比得上你!"

"知道了,咱下去吧。"

"俺是说正经的呢,没人能比得上你!"

女人关了灯,两人一起走出房间。女人在楼梯口停下了脚步,搂着这个年轻、真诚、亲切和可爱的男人的脖子久久地吻着他,叫着"俺的心肝"。

"俺知足了。"

"以后要常来,行吗?"

"行呢,俺一定常来!"

"不管你身上有没有钱,都要来!"

阿里伸手去掏钱,手被女人抓住了:

"不用给了。"

"为啥不用给?"

"你把要给俺的钱拿去喝酒吧,想着俺就行!"

"俺不会喝酒。"

"那就买烟抽!"

"烟……行。为了你,俺烟也能抽,酒也能喝!"

楼下又传来老鸨嘶哑的声音:

"丫头,你不会被那只熊整死了吧?丫头哎!"

来到灯火通明的楼下时,红衣服姑娘气冲冲地说:

"你嚷嚷个啥呀?"

阿里走到门口的时候,老鸨问:"你收他钱了吗?"

"收了,收了。"红衣服姑娘说,"别去碰那小伙子,让他走!"

说完,她朝门口跑去,在正要迈出大门的阿里的后背上轻轻地拍了一下。阿里转过身,女人说:"别忘了俺说的话!"

门在阿里的身后关上了。老鸨问:

"你对他说了啥?"

"关你屁事!"

说着,红衣服姑娘点上一根烟,坐回了自己的凳子。这让身边的女人们倍感疑惑:

"丫头,你不会是爱上他了吧?"

红衣服姑娘没听见,满腹心事地大口大口抽着烟,两眼出神地盯着阿里——其实不是阿里,而是那个单纯得像小孩子一样的大男人——刚才消失的那扇门发起了呆。

"她肯定是爱上他了!"

"关你们屁事!"

"你是不是真的爱上那只熊了,姐?"

穿绿衣服的是她的妹妹。红衣服姑娘气得都快哭了,恨恨地站起了身,独自一人走上了刚才跟阿里一起走过的楼梯,走进了刚才跟阿里一起走进的房间,趴在了刚才跟阿里一起睡过的床上。别看身份证上写的年纪,她今年还不满20岁。她当然希望能够逃离这个肮脏的地方成为阿里的妻子。只要是跟着阿里,别说是去乡下,就是去地狱,她都愿意!

她坐了起来,两只眼睛是湿漉漉的。房间里没开灯。

"俺连他的名字都没问……"她自言自语地说。

她刚才没有问他的名字,没有问他是哪个村的,也没有问他家里还有谁。他好奇怪,多腼腆呀!看起来他这是第一次。跟小孩似的笑得那么天真……

过了一会儿,穿绿衣服的妹妹来了,打开灯,看见姐姐在哭,吃了一惊:

"疯了。"妹妹说。

姐姐没有回答。她依旧能够感受到天真的小伙子的身体那甜蜜的重量,依旧能闻到他身上咸咸的汗味,男人味。他刚才说了:俺娘要是见了你,肯定会喜欢的。他还说要买个煤油炉带回乡下,要给他娘买件褂子。自己为啥把他放走了呢?为啥就不让他留下来过夜呢?

妹妹把灯打开,又关上,然后又打开。

"起来,咱下楼吧!"

姐姐用力甩开了妹妹的手:

"俺不下去!"

"为啥?"

"俺心里难受。"

"丫头啊,你不会真的看上他了吧?"

"瞧你说的……"

"他是谁?"

"你,他,他们……"

"你真是疯了!"

老鸨嚷嚷着走上了楼梯,在门口站住,双手叉着腰问:

"丫头,你又犯啥毛病了?"

年轻女人看都没看她一眼。

老鸨走进屋子,来到了床边:

"俺在问你呢,犯啥毛病了?"

红衣服姑娘像是要吐她一身口水似的说:

"俺全身上下都犯病了!"

"那只熊把你的魂给勾走了,对不?真是个没脑子的婊子!这么丢了魂似的,早晚把自己喂了那些公马!"

见红衣服姑娘没搭理自己,老鸨一把拽起另一个姑娘的手:

"走,丫头,还是你有脑子。别去学这个没脑子的样儿!"

说着,老鸨关了灯,拖着绿衣服女孩走了。

26

除了泽伊奈尔和"光头"夏穆丁,上个星期一起工作的民工队伍在石桥边登上了一辆油漆斑驳、笨重的道奇卡车。拥挤不堪的卡车在一片疲惫倦怠的轰鸣声中上路了。

"摔跤手"阿里用两只大手紧紧地握着卡车的木围挡,带着无限的思念望着离自己越来越远的城市:"……她要俺以后常来,还抱着亲了俺。她嘴里有颗金牙,笑得多好看哪!俺说要带她回乡下,她看样子是愿意的。俺真该追问她一次,让她答应下来。她会跟俺去乡下吗?一定会的。要是她不愿意跟俺去乡下,她就不会搂着亲俺了。看起来她是对俺动心了。法提玛靠边站吧。俺知道下个礼拜该咋办。俺要买一个好的发卡,再买上点点心去。俺就买,关别人啥事呀?希达耶提的儿子啥的就算了,俺自己一个人去。他要是来叫俺一起去,俺就说俺没钱了,然后瞒着他自己去。只要俺买了发卡和点心,她肯定会更加动心。真是个好女人哪!跟她比起来,尤素福他大伯的婆娘算个啥?让他去吹自己当了泥瓦匠吧,俺不也当上了坐台工了吗?俺也算是师傅了,俺还要买煤油炉……"

这时，希达耶提的儿子把一只手搭到了他的肩上问：

"你小子在想啥呢？"

阿里抬起缺觉、疲惫的双眼看了看他：

"你问谁？"

"问你呀。"

"问俺？"

"瞧你这熊样。除了你，俺还会问谁？"

阿里不由自主地说："在想她。"

"在想法提玛？"

"不是啦。跟她比起来，法提玛根本就不算啥！"

说到这儿，他两眼发直，脸色变得异常的柔和：

"她把身上的那件红褂子那个一脱呀，嘿嘿，可真养眼哪。下个礼拜俺还要去，带上个好的发卡和点心啥的……顺便把俺的事搞搞定……"

希达耶提的儿子感觉到有蹊跷，便问："啥事？"

"俺问她，要是俺要带她回乡下，她会不会跟俺来。她就笑了……"

希达耶提的儿子突然来了气：

"你要带个窑姐回去？"

"那有啥？"

"呸呸！窑姐是不能带回去！"

"为啥不能？"

"那可是罪过,真真正正的罪过!"

阿里既不在乎罪过,也不在乎丢脸。可他不想再跟希达耶提的儿子纠缠,便没有反击。乡下有谁会知道她是个窑姐呢?

阿里指了指河对岸:

"咱在那儿洗过澡,对不?"

"没错。"

阿里轻声嘟囔了一句:

"她有颗金牙。"

说完,他又陷入了沉思。他想起了昨夜的塔什奇康,想起了自己跟她一起进屋时的样子,想起了那个女人在镜子前整理头发、脱掉红色的小褂扑到床上的样子,想起了她赤裸的身体,一只手枕在头下抽烟的样子,她的目光、笑容、睡姿、拥抱……还有后来从床上起来穿衣服、出房间、在楼梯口的拥抱和亲吻、大门口的送别……

如果不是"勇敢的"凯马尔来到了身边,他脑海里的电影是不会断的。凯马尔说:"你知道工头咋说泽伊奈尔和夏穆丁的吗?"

阿里根本不关心工头、泽伊奈尔和夏穆丁,可他还是问了句:

"咋说的?"

"工头说,他告诉那俩咱傍晚出发。可你瞧,咱现在就走了……"

听了这话,阿里咯咯地笑了。可希达耶提的儿子在一旁问:"也不知道咱俩能不能干得了坐台工?"

"有啥干不了的?咱用不了多久就能学会的。再说了,工钱不少呢。"

车在碎石路上行驶着,凉爽的风扑面而来。"摔跤手"阿里望着远处。远处是密集的树林,树林中间红砖的屋顶和平顶的房子时隐时现……

他注意到了身边人说的话:

"跟东家告了泽伊奈尔和夏穆丁的人也算是做了件好事,你说是不?"

"当然是好事。"

"只要是个人,就不会朝自己吃饭的盆里撒尿!"

"咋能呢?"

"还有宪兵呢,啊哟……"

"可他们肯定会火冒三丈的,对不?"

"那还用说?他们肯定气疯了!"

"他们会不会来打谷场呀?"

"来打谷场?"

"俺也说不好。可就算他们来,又能咋样?"

"要是他们看到俺们占了他们的位置咋办?"

"管他们呢。开除他们的又不是你们!"

阿里一直在朝城市那边望着。城离他越来越远,他也随着远离的城市在倒退,在缩小。

东方已经被染成了赤色。碎石路已经到了尽头,卡车开上了乡村的土路。轰鸣着颠簸前行的卡车在身后卷起的厚厚一层灰像幕布一般挡在阿里与渐行渐远的城市之间。过了一会儿,当城市在眼前消失的时候,阿里满怀惆怅地朝希达耶提的儿子和"勇敢的"凯马尔转过了身。

希达耶提的儿子说:"要是会开这卡车就好了。"

凯马尔耸了耸肩膀:

"开卡车有啥难的?"

"你会开吗?"

"差不多吧。俺有个朋友是在机械化部队当的兵。他开车开得可真不错……"

"摔跤手"阿里想起了在火车上认识的尤努斯师傅:

"俺认识一个叫尤努斯的师傅,那才叫是师傅呢。只要他一坐到舵前……"

"那叫方向盘。"希达耶提的儿子纠正道。

阿里不高兴了:

"舵就是方向盘嘛。只要他坐上去,车开得比火车还快呢!"

"比火车快?"希达耶提的儿子问。

"就是比火车快!"

"要比火车快,可不容易。"

"那要是路又平又直呢?"

"勇敢的"凯马尔说:"那就不一样了。"

阿里较上了劲:

"你以为尤努斯师傅就那么回事吗?那家伙能蒙着眼睛把机器拆了再装上呢!"

卡车在糟糕的乡村土路上猛地越过了一个大坑,车上的人顿时乱成了一锅粥。阿里也好,希达耶提的儿子也好,都把刚才争论的问题忘到了脑后。

太阳在如同雪白的棉花堆似的云层中露出了通红的面孔。随着太阳迅速地升起,伴着刺眼的阳光,炎热开始吞噬起空气中的凉爽和湿润。

卡车经过的路两边是绵延的棉花地,地里到处都是锄地的男男女女。所有的锄头以相同的节奏挥起、落下,没有任何人抬头朝路上看。

白天,干燥、炎热、金黄的白天,充满着知了声的白天,如同令人无法忍受的烦恼延伸着。

两小时之后,卡车来到了打谷场。阳光下仿佛正在融化着的民工们,汗流浃背地被从卡车上卸到了田边。几个小时的颠簸,让他们一个个看起来都像是酸黄瓜。

他们被送到了"黑桃"维伊塞尔那里。

白铁皮的茶炉依然喷吐着愉悦的蒸汽沸腾着。茶已经备好了。带着刚才接连抽了的大麻烟的晕眩,"黑桃"维伊塞尔对他的儿子说:"去,站茶炉边上去!"

孩子带着与其说是满意,不如说是自豪的表情站到了茶炉跟前。

疲惫的民工们瘫坐在地上。

"摔跤手"阿里和希达耶提的儿子也在离茶炉不远的地上躺了下去,要了茶。从现在起,两人就已经陷入了对接下来漫长的一个礼拜的担忧。这么长的一个礼拜可咋过呀!

希达耶提的儿子说:"下个礼拜,咱得来点刺激的。"

阿里没听明白:

"你说咱得干啥?"

"来点刺激的!"

"啥叫来点刺激的?"

"这你都不懂吗?"

"不懂。"

"就是喝酒嘛。要是你不喝白酒,就喝点葡萄酒。一杯25库鲁士。咱一人来上四杯,火候就到了!"

"俺从来没喝过。"

"你喝了就知道了!"

"喝了会咋样?"

"喝了，你就知道啥叫爽了。你全身的血都会沸腾起来。就是皇帝站在你跟前，你也不会把他当回事。你就晕吧……"

"要是省长站俺跟前呢？"

"省长不省长的，算个屁！耗子喝了，都敢跟猫叫板。别说是省长了……"

"俺们那个尤素福还把俺乡亲当成过省长呢。笨蛋一个……当了个泥瓦匠，牛个啥呀？"

说着，阿里突然来了气：

"有哪个女人让他常来了吗？"

希达耶提的儿子没听见阿里的话，他沉浸在他自己的世界里：

"不过呀，葡萄酒只会占肚子。要喝的话，还得喝白酒。虽说大麻也不错，可俺不敢想……"

"听人家说，抽了大麻，会把自己当成省长。有这事吗？"

"会把自己当成比省长还大的官。要是有钱，咱现在就该抽点……"

说着，希达耶提的儿子满怀希望地看了看阿里。

"摔跤手"阿里没有搭理他。茶已经送来了，阿里把糖放进茶里，不停地搅拌了起来。他无法忘记那个女人的金牙和笑容。她让他下个礼拜再去。她肯定会跟他回乡下的。

他自己还不知道吗？她会跟他回去的，肯定会的。那个混蛋小子，居然说带个窑姐回去会丢脸，是罪过。乡下有谁会知道她是窑姐呀？连尤素福都不会知道。只要自己不跟他说，他哪儿会知道呢？至于希达耶提的儿子，可不能让他跟着自己回乡下！

看见工头走过来，他们俩想站起来表示尊重，可被工头摁住了。工头在他们对面坐了下来：

"俺是相信你们，才让泽伊奈尔和夏穆丁走人的哦。你们可别给俺丢脸！"

两个伙伴对视了一下。

工头继续说道：

"俺跟东家们说，你俩比泽伊奈尔和夏穆丁还干得好。东家就说：那就让他们精神点儿，俺亏待不了他们。所以呀，你们得打起精神。泽伊奈尔和夏穆丁不是干五份工吗？那你们就干十份，咬咬牙干到十五份！这活难也就难在头一两天。不过，你们得抽大麻。只要抽了大麻，你们就啥都不怕了。就着大麻的劲儿，你们干起活来就会像机器一样！"

希达耶提满怀着感激对阿里说："俺说啥来着？俺说啥来着？"

可阿里此时虽然看着工头那张黑瘦、充满倦意的脸，却仿佛看到了妓院里那个红衣服的姑娘。红衣服姑娘长了一双跟她爹一样的黑眼睛和长睫毛。

"安拉会保佑俺们的,你不用担心。"希达耶提的儿子说,"俺们不会给你丢脸的。对不,阿里?"

阿里点了点头。工头便站了起来:

"那好啊。你们做出点样子让俺瞧瞧……"

说着,工头朝正走向茶炉的新来的脱粒机师傅迎了上去。

"摔跤手"阿里久久地望着工头的背影。

希达耶提的儿子"吃吃"地笑着说:"咱老丈人。"

说着,他沙啦沙啦地挠起了痒:

"阿里呀……"

"啥事?"

"俺这儿痒得厉害,你做做好事,帮俺瞧瞧……"

"摔跤手"阿里不太情愿地探过身看了看。希达耶提的儿子身上那件脏得像油毡布一样的内衣夹缝里趴着一只黑糊糊的虱子。阿里一下子抓住了虱子,用指甲"啪"的一声掐死,然后在希达耶提的儿子的内衣上擦掉了手指上的血。

"血都吸饱了。"

"让它吸吧。虱子专找好汉,不用管的!"

"没错。"阿里说,"虱子到了咱老丈人身上,肯定马上就变成头牛。"

"得变成骆驼。"

"没错。"

"他才是真好汉呢!"

他俩相视而笑。

27

将近半夜两点时,民工们被叫起来上工了。最早被叫起来的,是"摔跤手"阿里和希达耶提的儿子。起来之后,两人随着工头来到了脱粒机跟前。

工头把手里拿着的布片和防尘镜递给了他俩说:"你们把这戴在眼睛上,再用这些布片把脖子和嘴巴裹严实。打起精神来。这活儿难也就难在头一两天。东家可说了,他不会亏待你们的!"

这时,他们的身边出现了两个人影。

工头转身一看,原来是新来的脱粒机师傅和以前师傅的助手。工头立刻怀着敬意向新来的师傅打了个招呼:"你好啊,师傅。"

新来的师傅一脸严肃地问:

"这俩是生手吗?"

工头回答:"是生手。"

师傅吃了一惊:

"真是生手?"

"真是生手。不过没关系,师傅。"

"咋能没关系呢?生手咋能当脱粒机工呀?"

"话是不错。可以前的脱粒机工被东家开了,让他俩来顶的!"

师傅悻悻地笑着说:

"能少给点工钱,你也称心了吧?"

"俺有啥办法呢?这可是上头的命令呀,师傅……"

"你不是让32个人干着45个人的活吗?"

这话让工头听着很不舒服,不过他没吭声。师傅眨了眨眼:

"你知道俺心里明白就行了。"

"这好说,师傅。你只管下令就是!"

"不对,不对,你可别想歪了。俺可不是那种只为自己着想的人。俺是把话说在头里,如果到头来弄出个事故,人家来查的话,你可别指望俺替你说话!"

虽然心里恨得直痒痒,可工头脸上没有露出半点不满。他踩在脱粒机的铁轮上敏捷地爬了上去:"你们俩上来!"

"摔跤手"阿里和希达耶提的儿子爬了上去。

"你们看好了。看见这儿了没有?这是脱粒机的喂料口!你们看,这里面有刀子,转起来可快了。你们要把下面递上来的麦捆从这里塞进去。这就是你们的工作。不过,你们可得当心,得站稳了。千万不能开小差。就像俺说的,这活难就难在头一两天。过了这一两天嘛……"

"摔跤手"阿里觉得这活跟自己以前在工厂里干的"轧花工"差不多。这两种工作的原理确实也是完全一样的。工厂里的机器是用来处理棉花的,而脱粒机是处理麦子的。工厂里的机器是把棉籽跟棉花分开,脱粒机则是把麦粒与麦秆分开。只不过轧花工是在室内、在寒冷中工作,这儿则是露天,很热,而且像金粉一样细的麦秸屑将跟汗水混在一起,粘在他们的脖子上和嗓子眼里,让他们痒得发疯。

"把你们的脖子也裹严实了。"工头说。

他们俩用布片裹严了。

"戴上眼镜!"

他们把防尘镜戴上了。

现在,阿里和希达耶提的儿子已经跟泽伊奈尔和夏穆丁没有两样了。在黎明前的黑暗中,他们笔直地站在脱粒机顶上,如同两位飞行员,在灰色的晨光中显得异常高大。

工头对他俩进行了最后一次检查,然后跳下了地。

师傅还站在脱粒机边。看见工头跳下来,师傅便问:

"你们为啥把以前的脱粒机工打发走了?"

"不是俺打发走的。"工头说。

"别跟俺来这套。要不是你在东家面前说了啥,东家哪儿能知道他们?"

"随你咋想。"

"那原因是啥呢?"

"俺不知道。"

"勇敢的"凯马尔突然冒了出来说:"师傅,他们在民工们当中挑事。"

师傅转身看了看他,立刻就明白他是工头的马屁精。

"他们挑事?"

"是呢。"

"咋挑事?"

"也没啥。就是对饭不满意,对面包不满意,饭里吃出粒石子就骂咱东家。连安拉都骂呢……"

工头撇下他们,朝散在田里睡觉的民工们走去了。师傅问:"你是东家的啥人?""勇敢的"凯马尔耸了耸肩膀:"你问俺?俺不是他家的啥人……"

"俺还当你是他的代表呢。"

"哪儿轮得到俺当他的代表呢。师傅呀,俺就为自己着想。原来的坐台工要咱把饭盆掀了。这能行吗?咋能把安拉赐的东西掀翻到大家踩、尿的地上呢?"

"……"

"再说还有宪兵呢。俺不能为了他被宪兵往死里打呀!"

师傅不想再跟他啰唆了:

"行了,行了,你赶紧干活儿去!"

"勇敢的"凯马尔早就习惯了这种尴尬,便走开了。他在心里给这个师傅记上了一笔。他的想法很简单:作为一个师傅,咋能不护着东家而去护着民工呢?这个师傅不是好人!

凯马尔来到工头身边说:

"头儿,俺觉得这个师傅也没戏。"

"为啥这么说?"

"咱跟他好好地说人话,可他呢,像对狗一样训咱。他居然对俺说:行了,行了,你赶紧干活儿去。真是混账!"

见工头没把自己的话当回事,凯马尔又加上了一句:

"话说回来了,俺还没见过真正能对东家一心一意的好师傅呢……"

一刻钟之后,所有的民工都被叫醒了,工作即将开始。拖拉机马达的轰鸣声,带着浓烈的柴油味弥漫开来。工头跑向脱粒机,爬到了机器的顶端,对两位新坐台工进行最后一次演示:

"你们得从这儿接过麦捆,从那儿塞进去。这就是你们的活儿。可不能当儿戏啊,打起精神来,当心自己!"

这当口,连接着马达与脱粒机的长皮带也开始疯狂地转动起来。他们朝脱粒机四四方方、黑乎乎的喂料口里面望去，看见一大堆机械地运动着的明晃晃的刀具。

"看到了吧。"工头说，"转得多快。千万可别当儿戏啊。干活的时候开不得小差儿，要全神贯注，脑子里啥事都不能想。这活难就难在头一两天。"

工作已经开始了。

在看不见月亮、却已经明亮了的天空下，一大捆一大捆的麦子被奔跑着的民工们运向脱粒机。希达耶提的儿子在下面接过麦捆，递给站在机器顶部的"摔跤手"阿里，阿里接过之后塞进四方形的喂料口。

工头双手撑腰，看了大概一刻钟之后说："真棒，你们俩可真他妈的棒！"

现在，他已经没有什么可以给他们示范的了，从今往后就得靠坐台工们的专注、忍耐和协作了。

于是，工头从晃动着的脱粒机上跳到了地上。

几个钟头之后，一切进入了常态。泽伊奈尔和夏穆丁已经被人忘记。"摔跤手"阿里和希达耶提的儿子一点儿也看不出是刚干了几个钟头的生手，而是像已经磨炼了5年、10年的熟练工一样适应了工作的节奏，与整个工作流程融为了一体。

飞奔着运来的麦捆、废物的麦秸屑、淹没了一切的拖拉机的轰鸣和脱粒机的咔哒声……

当太阳爬上三杆、四周变成了一个大澡堂时，阿里和希达耶提的儿子开始感到晕眩。他们没有得到哪怕是片刻的喘息，不得不将接踵而来的巨大的麦捆填进脱粒机那永远也无法填饱的肚子。只要有片刻的耽搁，麦捆就会立刻堆积起来，整个工作就不得不停滞下来。这种状况会破坏所有人的机械的秩序，首先会引发扛工们的愤怒，那些原本就因为太阳的缘故神经绷紧到了极点的人们便会出口大骂。

下午两点多的时候，小东家坐着轿车来了。他走下车，倒背着双手观察了一会儿麦场上的工作情况，然后头也不转地问站在自己身边的工头：

"他们干得上手了？"

工头露着黄黄的金牙笑着说："多亏了你呀。他们干得好着呢！"

"挺好！就是说，该给他们发双份儿的工钱了。"

"俺替他俩谢谢你了。"

说到这儿，工头好奇地问：

"泽伊奈尔找你了吗？"

小东家笑了：

"找了。"

"那他说啥了？"

"他能说啥呀？俺跟他说，俺想干吗就干吗，用得着你管吗？俺不雇你，可以雇艾哈迈德、麦哈迈德。他还想跟俺闹。正好俺哥也在，忍不住开了腔。俺哥的脾气你又不是不知道。"

"俺咋能不知道呢。肯定把他赶走了。"

"而且是像赶狗一样把他和他那个朋友一起赶走的。"

这时，小东家注意到了新来的脱粒机师傅，便问：

"这个咋样？"

工头叹了口气。小东家看出了问题，便追问了一遍：

"到底咋样？"

"俺的东家呀，这还用问吗？师傅嘛，都是这副德行。你啥时候见过师傅跟东家一条心的？"

"这话没错。"小东家说。

"这不就结了？要是俺能有他一半儿的本事，俺早就自己干了，也用不着去闻这个狗崽子的臭嘴了，可不行哪！"

小东家朝师傅走去。师傅正悠闲地侧躺在脱粒机的阴影里，胳膊撑着头。见小东家走到自己跟前，师傅不情愿地站起了身：

"你好，东家。"

"这俩新坐台工咋样？"

师傅看了看脱粒机上正在工作的两个工人说：

"现在还算不错，可这活儿你也知道。"

"只要大家心往一处想,劲往一处使,就没啥事儿干不成。只要工头和你帮着点儿……"

"这俺可不敢当,东家,这不是帮忙,是俺的职责。可你也知道,那儿可是最危险,最容易出事儿的地方!"

"所以俺才要你们帮着点儿啊。"

师傅豁出去了:

"要是出了岔子,俺可不会担责任!"

小东家火儿了。火儿归火儿,可现在又不可能马上找到一个新师傅。但凡有这样的可能,他会二话不说就拎起这个板着脸的家伙的尾巴把他扔掉。

"不用你担责任。"小东家说,"真要是出了岔子,责任俺来担!"

说完,小东家用鄙视的目光看了师傅一眼,在工头的陪伴下走向自己的汽车。

"你可算让那家伙下不了台了!"工头说。

"臭狗屎!"小东家说,"他还把自己当人物了。"

"他算个啥呀,东家,不就是条不值钱的狗嘛……"

"算了,一时半会儿也找不到新师傅呀!"

"希望下个礼拜……"

"当然啦。就跟阿玛斯亚出的杯子,一只不行还有另一只呢!"

说完,小东家上了车。

工间休息的时候,工头把"摔跤手"阿里和希达耶提的儿子拉到了一边。"你们这俩小子,干得不错嘛!"工头说,"你们打起精神来,俺要看到你们一直这个样,别的都好说。俺会跟东家去说,让他给你们发双份儿的工钱。东家可说了,让你们好好干,他亏待不了你们。只要这个礼拜把这儿的活儿干完了,东家就再不会放你们走了!"

两个伙伴瞬间忘记了所有的劳累。看来东家对自己很满意,要发双份儿的工钱。

他们兴高采烈地来到"黑桃"维伊塞尔那里。"这下可好了,兄弟。"阿里说,"等到发钱的日子,咱只要进城拿了工钱……"

"拿了工钱咋样?"

"就直奔……"

"哪儿?"

"那儿呗!"

"是要去那儿。可咱不喝个痛快再去?"

"当然要喝个痛快的啦!"

"那咱是喝白酒,还是葡萄酒呢?"

"哪种更有劲儿?"

"啥能比得上白酒啊?那可是狮子奶,好喝着呢!"

说话间,两人在离茶炉不远的地方躺了下去。"摔跤手"阿里也好,希达耶提的儿子也好,脸上都不停地淌着汗。阿里说:"人哪,干活儿的时候脑子里还真是啥都不想,对不?"

穆斯特克听到了,可没明白。他说:

"最好是把葡萄酒跟啤酒掺着喝。你说呢?"

"那样好喝吗?"

"那还用说!"

"不过,葡萄浆和酸奶也很管用呢。真该现在来点……你说呢?"

穆斯特克馋得口水都要流出来了:

"是该来点,也好让咱好好补补……"

"很提神呢。"

"……"

"……"

茶来了。阿里一边不停地用小勺搅着茶,一边想起了心事。他是在想东家和东家对自己的满意。那可是东家呀。要是不满意,他咋会说满意呢?尤素福不当上泥瓦匠了吗?他的东家能对他说满意吗?咋会呀!

喝茶之前,阿里说:"东家对咱还挺满意嘛。"

希达耶提的儿子点着头说:

"还说不会亏待咱呢。"

"要是现在换了尤素福,会咋样呢?"

"他干不了咱的活儿!"

"为啥?"

"他受不了的。"

"肯定受不了。当个泥瓦匠有啥好牛的!"

两人闷不作声地喝了一会儿茶,然后阿里孩子气地笑了。他朝着城市的方向看着,眼里闪着光:

"她可比法提玛还要漂亮,更别说傻丫头了。要是眼下有人问俺:你是要法提玛呢,还是要傻丫头呢,还是要那个穿红衣服的呢?俺肯定会说要穿红衣服的。你呢?"

"俺要那个穿绿衣服的!"

"要是老天开眼,等到发工钱的日子,俺要买一个上好的发卡,还有一包点心,让她好好吃点儿。她让俺常去呢。你瞧见送出门的时候她在俺身后那眼神了吧?"

"那眼神没的说!"

"你就直说了嘛,她被俺迷住了。"

"俺?"

"你也把她迷住了?"

"其实还是俺把她迷住了。俺迷人的本事可没的说。"

"啥意思?"

"只要俺看上一眼,翘一下小胡子,随便哪个女人都经不住的!"

这话让阿里听着不乐意了,不过没打算跟他计较:

"俺迷住了她,你也迷住了她。你说,发工钱的那天她们会在门口迎咱吗?"

"她们当然会在门口迎的。"

"要换了尤素福,就不行了吧。"

"他不行。"

"咱呢?"

"谁能比得上咱呀。"

阿里叹着气说:

"不过说真的,穆斯特克,那女人真的没得说。她把衣服这么一脱,浑身上下都露了出来,那叫个白呀!你那个咋样?"

"俺那个嘛。"希达耶提的儿子贪婪地说,"俺用手把她这么一脱……"

阿里吃了一惊:

"你给她脱的衣服?"

"就是俺给她脱的!"

"咋脱的?"

"俺先把她的绿连衣裙脱了,再脱了她的丝短裤……"

"连她的丝短裤也是你脱的?"

"这才是本事嘛。咱小伙子就得亲手把女人的丝短裤脱了。那样女人才会浑身发烫嘛!"

"俺没脱,可她一样浑身发烫了呀!"

"不一样的。"

"后来呢,穆斯特克?"

"后来嘛,当然是嘿咻嘿咻啦,你知道的。"

阿里,连同他健壮的身体和淌着汗、涨得通红的圆脸,又重新回到了那个夜晚。他仿佛又听见床在他们身子底下叽嘎作响!

"你的床叽叽嘎嘎地响了吗?"

"那还用问吗?"

"后来呢?"

希达耶提的儿子正要回答这个"后来",可突然感到从背上传来的一阵奇痒。"摔跤手"阿里也不比他好到哪里。于是,两人脱掉了上衣,相互替对方把背和胸脯挠了半天。

接着,工头的哨音响了。繁重的工作重新开始:让人气喘吁吁、汗流浃背、头晕目眩的炎热已经笼罩四周。

日子一天天过去。

之后的某一天,师傅助手对师傅的谩骂再也无法忍受,甩手扔掉了自己正拿着给机器加油的油壶:

"这算啥呀?每天 20 个钟头拎着个油壶,累死了也白搭。你凭啥把别人的脸面踩在脚底下呀?"

说完,助手便朝城里走去。师傅从地上捡起油壶骂了句:"滚吧,你这个狗崽子!"便自己给机器加起油来。

工头看见这架势,便过来问,没想到被师傅呛了一句:"关你屁事!该干吗干吗去!"

工头怒气冲冲地离开了,心里想:下礼拜再跟你算账!俺倒要看看,到时候你还能不能在这里混口饭吃!

而师傅,一边提着油壶给机器上着油,一边涨得满脸通红。他对这个工作已经烦透了。在干桥,或是出租车站前用皮卡车改成的烤肉点里和朋友们喝酒的时候,他经常会忧伤,咒骂这个世道和主宰这个世界的人。他把自己看成是为了孩子和家不停劳作的一匹老马。要不是拖家带口,或者是能多赚点钱,他啥不会想啊!他首先希望能有一架钢琴。他觉得,要是有了架钢琴,就能够摆脱多年来萦绕在他心里的那个心病。他崇拜贝多芬。更准确地说,是崇拜贝多芬的那种高傲。他买了,并且一字不拉地读完了土耳其出版的所有有关贝多芬的书和文章。在因为一连几个星期没有停歇的雨而停工的冬日里,他会抓紧一切时间躲在自家土坯房某个光线比较好的角落里贪婪地阅读。但他读得最多的,还是关于贝多芬的文章。在那样的时刻,他觉得自己成了贝多芬。干活儿的时候不住地谩骂的这个粗野之人,曾经为了贝多芬的失聪而失声痛哭。

他朝路上看去,发现小东家的汽车正带着滚滚的尘土驶来,便重新埋头工作起来。

汽车在离脱粒机 20 米左右的地方停了下来。小东家从驾驶座上跳下。他穿着一件袖管浆洗得笔挺、随风飘荡的白色绸衬衫，一条淡黄色的绸布裤，头上戴着一顶宽沿的白草帽……

小东家两手握拳撑在腰上，在离脱粒机不远处停住了脚步，皱着眉头注视着打谷场上的工作。烈日下，扛工们已经大汗淋漓。炎热、汗水和瘙痒远远超出了人的忍耐力。尤其是从眉毛淌下来的咸咸的汗水烧灼着扛工们的眼睛，然后如同血一般掉落在火热的土地上。

小东家转身对着身边俯首站着的工头说：

"真有你的，杰莫。这个礼拜把这儿的活儿干完了，啥事儿都包在俺身上！"

"俺可是气都不让他们喘的。"工头自豪地说，"你就把心踏踏实实地放肚子里。有俺杰莫在，这儿的活儿这个礼拜肯定能完！"

"那俩新的坐台工咋样？"

"说实话，他们比泽伊奈尔和夏穆丁都强。"

小东家满意地看着来回奔跑的民工们。看了一会儿，小东家突然兴奋了起来：

"加油啊，弟兄们！"

民工们来了精神，一捆捆粗大的麦捆以更快的速度运向脱粒机。打谷场上的工作节奏变得如此之快，以至于连小东家都被感染了。他朝脱粒机跟前又凑了凑,根本就不顾飞舞的麦秸屑和炎热……

"加油啊,弟兄们!好样的,加油!!!这个礼拜把活干完了,只要俺还是人,绝对亏待不了你们!"

工头也被工作的节奏所感染。为了进一步加快节奏,好让小东家对自己刮目相看,工头也高喊了起来:"再快点!再快点!好样的,弟兄们,加油啊!"

"再快点!再快点!再快点!"

"加油啊!加油啊!加油啊!"

打谷场上的工作已经快得令人眼花缭乱了。

"再快点!再快点!再快点!"

"加油啊!加油啊!加油啊——"

一人多粗的麦捆,被源源不断地倾泻进脱粒机永远无法填满的口中。民工们带着愤怒、仇恨和怨恨工作着。仿佛他们身上的血管中流淌的不是血,而是上百万伏的电流。

"好样的!加油啊!"

这当口,一阵反向吹来的热风将如同闪着金光的烟一样的麦秸屑吹向了阿里和希达耶提的儿子。尽管他俩戴着防尘眼镜,可麦秸屑还是钻进了他们的眼里,火辣辣地刺痛了他们的眼睛。没过多久,麦秸屑和汗水让阿里已经睁不开眼了。尽管如此,眼花缭乱的工作节奏如同一种魔法,让他沉浸在其中,无法自拔……"再快点!再快点!再快点！"

阿里越来越眯缝的眼睛已经到了无法睁开的地步。因为一睁眼，眼睛就会火辣辣地疼。他已经陷入了一种叫"曼克"的深度恍惚之中。被汗水湿透了的布块也已经从他脖子上滑落了，飞舞的麦秸屑开始肆意地侵袭他的脖子、嗓子、胸脯和眼睛，仿佛他整个人都被浸泡在了红辣椒水中。

"快点，兄弟们，再快点！"

本该工间休息的时间至少已经过了半个钟头，可工头还在喊着："快点！再快点！再快点！"

阿里突然不由自主地踉跄了一下。当他正努力站稳的时候，一捆粗大的麦捆撞到了他，于是他彻底失去了平衡。谁也没有注意到他，连就在他跟前的希达耶提的儿子都没有。小东家还在不停地喊着："弟兄们，加油啊！加油——"麦捆依旧在源源不断地送来。突然，阿里高大的身躯消失在已经堆积起来了的麦捆之中。紧接着，是一声凄厉的喊叫。脱粒机剧烈地震动了一下，发出一声巨大的"咔吧"声后停了下来。希达耶提的儿子把防尘镜推到额头朝阿里看去，然后立刻用双手捂着脸蹲了下去。

"咋了？出啥事了？"

希达耶提的儿子呼地站起身，慌慌张张地跳下脱粒机，开始逃了起来。此时，师傅已经跑到了脱粒机跟前。眼前的情景让他立刻脸色煞白,赶紧跟着工头一起爬到了脱粒机的顶端。"摔跤手"阿里那已经血肉模糊的身躯盖住了脱粒机的喂料口。两个强壮的民工上来想把阿里抬起来。可昏迷中的阿里实在太沉。于是,又上来两个民工,这才艰难地把阿里从喂料口上抬开。炎热的空气中立刻弥漫起一股新鲜的血腥味。阿里的左腿已经整个被切断了,伤口像自来水管一样冒着血,伤口周围挂着一堆肉、神经、骨头和吸满了血的布片。

师傅发疯似的朝小东家走去:

"快点,再快点,再快点……结果呢?你这个狗娘养的,现在痛快了?"

说着,师傅双手抓住小东家的白衬衫摇晃了起来:

"还站着干吗?赶紧用你的车把他拉城里去!"

小东家满脸煞白,呆呆地看着,不停地咽着口水。师傅又摇了摇,接着又摇了摇,然后朝小东家的汽车边走边喊:

"赶紧,把他送城里的医院去,他的血止不住了!"

小东家结结巴巴地说:

"那个……那个……"

"啥那个那个的?瞧瞧你干的好事!"

"俺,俺,俺干啥了?俺干啥了?"

说着,小东家原地转了个身,像寻找救命稻草一样看了看周围，然后朝自己的汽车跑去。师傅在他身后喊：

"你要去哪儿？"

"去……去叫宪兵！"

"你是想逃吧？是想像头母牛一样逃吧？"

小东家突然恢复了神志。他知道，自己不能有丝毫的耽搁。于是，他跑到自己的汽车跟前，用发抖的手打开车门，然后钻进车打起火来。可没曾想，车子的火打不着。此时，他心中的恐惧已经接近疯狂的程度。他睁大了一双黑眼睛，朝脱粒机方向看去。那边，大伙儿正在努力地把阿里血肉模糊的身体从脱粒机抬到地上。

师傅喊着："让安拉保佑你吧，小伙子，只能让安拉保佑你了！那个混蛋，怕自己的车被弄脏，不肯用车送你呢！"

汗流浃背、疲惫不堪的民工中间响起了阵阵怒吼：

"说啥？"

"他不肯用车送？"

"是怕车被弄脏？"

"他妈的，这事是谁惹出来的呀？"

一个洪亮、浑厚的声音几乎是在下令似的说：

"去把那个王八蛋的车砸烂！"

于是，民工们拿起木块和拖拉机上的铁质工具朝汽车涌去，而小东家握着汽车的手柄，后退着逃到了汽车的另

一边。然后扔掉手柄,拔出了手枪:

"你们别过来啊。不然,俺可要开枪了!"

没有人理会他。于是,小东家便朝天开了一枪。愤怒的人群停下了脚步,从五米开外怒目圆睁地看着他。

小东家又重复了一遍:

"俺真的要开枪了啊!"

人群里没有任何人说话,他们的手臂仿佛凝固在了头顶上。他们就这么站着。突然,传来一阵哭泣声。愤怒的人们转过声。原来是希达耶提的儿子。他跪在地上,双手捧着头。

趁着民工们这片刻的停顿,小东家从地上捡起了手柄,来到车头边把手柄塞进去,转了四分之一圈,汽车的马达轰鸣起来。小东家知道,自己已经得救了,已经没有问题了。于是,他坐到驾驶座上,迅速地把车转了个小弯。然后,车几乎像蹿起来一样开动了。小东家逃跑了,抛下身后愤怒地浑身发抖、疲惫不堪、汗流浃背的人群逃跑了。

车开上了大路,消失在漫天的尘土中。

愤怒的人群如同被施了魔法般依然站着,仿佛已经凝固在了那里。过了一会儿,人群调转方向,来到脱粒机跟前。所有的人都低着头,心里感到了罪孽和无助。

这时,响起了师傅带着哭腔的声音:

"去找条线毯,给这个可怜人盖上吧。"

希达耶提的儿子跑到工头的床前,抽出卷成一团的线毯,然后跑回来用线毯盖住了自己伙伴的身体。站在脱粒机上看着这一切的工头,根本就没敢开口说一句话。因为他很清楚,自己哪怕说一个字,就会立刻被那些没能发泄出内心的愤怒的民工们当成攻击的目标。工头用双拳抵在额头。

"兄弟们!"师傅说,"这会儿,宪兵差不多该来了。他们会向大家录口供。大家要是还有良心,到时候就实话实说!"说着,师傅转身对着像在脱粒机上做了窝的工头:"还有你,杰莫。把你为了从东家那里讨点小费而不让大伙儿休息的事也老老实实地交代清楚!"

工头像蔫了似的一动不动。

"你现在用拳头抵着脑袋,早干吗去了?麦场上少了13个人,让大伙儿干了10个钟头,整整10个钟头。你的良心被狗吃了!你就是咱穷人的仇敌!"

"勇敢的"凯马尔在一边帮腔道:"没错!"

希达耶提的儿子守在阿里的身边。他慢慢地掀开线毯的一角:"摔跤手"阿里依然戴着防尘镜,看起来像是在笑。

"哎哟,兄弟呀。"希达耶提的儿子说,"咱拿了双份儿的工钱,本来是要去那儿的呀!"

师傅火了:

"你给俺站起来!"

然后,师傅对着人群:

"大伙儿都散了吧!"

谁也没有离开。所有的人都睁大着眼睛,不满地相互望着。

28

已经是夜里一点了。

天空中是闪烁的星星,星空之下是打着酣、疲惫不堪的民工们的世界。在这个世界里,有的是土地,温暖的土地和散落在温暖的土地上酣睡的人们,还有他们的鼾声、磨牙声……

夜色中传来一声狗吠。

蝙蝠如同子弹般穿梭往来。

泽伊奈尔和夏穆丁从麦田下方的沟中小心翼翼地爬了出来。在仔细观察了周围的动静之后,泽伊奈尔轻声对自己的伙伴说:

"你在这里等俺!"

夏穆丁希望自己也能为这事出点儿力:

"为啥?"

"在这儿等着!"

"兄弟,这是为啥?咱俩要死就死在一块儿。"

"对呀。可你还是得在这儿等着。"

"为啥呀,泽伊奈尔?"

"你别犟了。"

说着,泽伊奈尔搂住伙伴的脖子,在他那胡子拉碴的面颊上亲吻了一下:

"你就听俺的。别担心,他们这些人里没一个有胆子的。像他们这样的,就算来一个营,俺闭着眼睛也能对付。"

夏穆丁没有做声。

泽伊奈尔朝着高耸在没有月亮的天空下的脱粒机匍匐前行。他已经恼怒之极了。他恼的,除了自己被开除之外,更多的是自己被欺骗了。是的,他确实被欺骗了。因为他问过工头出发的时间,得到的回答是"将近傍晚的时候"。后来他才知道这是个谎言,纯粹就是为了骗他和夏穆丁的。实际上,民工们一大早天刚亮的时候就已经离开了。

他并不是不知道工头是个啥货色。那是一个对自己亲身女儿在窑子里当妓女都可以睁一只眼、闭一只眼的父亲,不讲信用、专门在人背后捣鬼、无理无耻的小人……所有这些也就罢了,想不到现在连对他泽伊奈尔都没有丝毫忌讳了。

泽伊奈尔在脱粒机边停了下来,没有发现守夜人的踪影。于是,他借着星光,仔细地观察了一下周围。他闻到了一股奇怪的味道,像是被太阳晒得发了馊的血腥味……他没有太在意,而是寻找起工头的蚊帐。可往常支蚊帐的地方空无一物。他又在附近找了找,还是没找到。"怪了。"他想,"不会是他听到风声逃走了吧。逃应该是不会逃的。可他去哪儿了呢?不会是躲起来了吧。"

没有发现工头的踪迹,让他感到很烦躁。他必须在今夜找到工头。要是找不到,他会气死的。必须找到工头!

他匍匐前行,在民工们中间转了又转。蚊子嗡嗡地飞舞着。民工们,疲惫不堪的民工们跟往日一样睡在收割过了的麦田里打着鼾,呻吟着。

泽伊奈尔没有找到工头。他知道,即使自己继续寻找下去,还是找不到的。这时,他注意到了从很远的地方传来的马达声。他仔细地听了听。没错,马达声正在向这里靠近。开始的时候,他没能分辨出马达声传来的方向,便用眼睛环顾了一下四周。他发现有一道微光在夜色中滑过。灯光是在通向城里的方向。于是,他目不转睛地朝那个方向看着。可能是汽车,也可能是摩托车。

那发馊了的血腥味又是哪儿来的呢?

马达声在逐渐接近。他再仔细听了听,发现不是一个,而是几个马达发出的声音。血腥味，工头的失踪，夜里这个时候正在驶来的机动车……

不会是出了人命吧？

泽伊奈尔重新朝城里的方向望去。没错，是几辆机动车正用自己的马达声打破着深夜的寂静朝这边开来。车灯已经越来越亮了。

他不安了起来，赶紧躲到了脱粒机的另一侧，跪立了起来……自己现在该干嘛呢？既然没找到工头，自己总该做点什么。他是不能空手而归的！可这血腥味是从哪儿来的呢？他靠着两个膝盖迅速地接近了脱粒机。血腥味加重了。于是，他又朝脱粒机挪近了一些，然后停了下来。在脱粒机的阴影里，似乎有个人盖着东西躺着。他探出身，用手摸索了一下。没错。当他掀开线毯的一角，血腥味比刚才更加令人作呕。他感到一阵恶心，朝地上啐了口唾沫。线毯下面会是谁呢？是被人用刀捅了吗？他重新把线毯盖好。也许真是被人捅死了。既然是被捅死的……那就对了，越来越近的机动车上很可能是宪兵！

突然，他的脑海里闪过一个念头：可千万别是出了事故啊。他明白了，没错，应该就是出事故了。肯定是出了事故，宪兵是要来接收这个打谷场。以前在杰伊汉的一个打谷场，就有过一个脱粒机工倒在喂料口上，右胳膊被机器里的刀整个切掉了……

正在这时，一道强烈的车灯扫过麦田，然后又转了几次方向，已经离这儿只有几百米的距离了。应该是宪兵们正在赶来。看样子，工头是在出事之后跟师傅等人去城里报信，现在一起回来了。既然不能空手回去，他必须做点啥。做点能让自己出出气的事……

他的脑子里突然闪现出一个念头。没错，他已经没有可以浪费的时间了。马达声已经离他很近了。于是，他趴在地上，如同一个冷静、漆黑的影子朝麦仓游动过去。他掏出火柴点着了。没过多久，从麦仓窜起一股橘黄色的火焰。紧接着，火焰变成了更加猛烈、通红的火柱。之后，连续不断、跳跃着的火光照亮了夜空。干透了的麦秆发出噼噼啪啪的声音贪婪地燃烧着，火光盖过了天上的星星。这当口，第二座麦仓也以同样的火光和噼啪声燃烧了起来。现在，两座麦仓，如同两个火山口，发着红色、橙色和黄色的光熊熊地燃烧着。在照亮了夜空的这些红色、橙色和黄色的火光中，慌张的人影开始四处逃散，那是受惊了的民工们在奔跑。

炎热的夜晚中弥漫着令人窒息的烟雾。到处是一片嘶哑、窒息和惊恐的喊叫：

"快去拉脱粒机！拉脱粒机！"

"师傅，你快把脱粒机拉开！"

"火要烧到脱粒机了！"

"内齐尔,维里,于泽伊尔!!!"

"快把箱子推过来!"

"哎哟,这是咋回事啊?真倒霉!"

"狗娘养的,看俺不抽你!"

"……"

"……"

突然传来的拖拉机愤恨的发动机声淹没了所有人的呼喊。脱粒机沉重的铁轮碾压着松软的土地,从"摔跤手"阿里的尸首边经过。阿里那被蓝条的线毯覆盖着的尸首,被麦仓熊熊燃烧着的火光照亮着。

"赶紧把死人也拉开!"

"毯子着了,赶紧把火灭了……"

"再不赶紧,那个可怜人的尸首会被烧掉的……"

"……"

"……"

突然,希达耶提的儿子出现在死去的阿里身边。他的那张圆脸被火光映成了橘黄色。希达耶提的儿子用脚踩灭了线毯一角的火,然后抱起尸首,走到火烧不到的地方。

汽车在田边停了下来。小东家第一个冲向燃烧着的麦仓,一群端着步枪的人影紧跟在他的身后。

有一个民工喊了起来:"宪兵来了!"

所有的人都停顿了下来。守在阿里尸首跟前的希达耶提的儿子朝跑来的宪兵们望去。他害怕了,他心里涌起一阵恐惧,仿佛自己是这一切的罪人。他莫名其妙地想起了秃毛瘌子,忍不住一激灵。

小东家像个疯子一样跑在最前面,丧失了理智似的叫喊了起来:

"你们把他们抓起来,统统抓起来。快点了,下士,你还等啥?赶紧把这些流氓抓起来,铐上铐子。嗨!俺在跟你说话呢,快掏枪!"

宪兵下士是一个留着一道细细的棕色胡子的年轻人。听见小东家的话,下士发火了:

"你给我闭嘴。轮不到你来教我该干吗!"

"你没看见他们把麦仓烧了吗?"

"我当然看见了。可我们来这儿,是为了那个断了腿的工人。他在哪儿呢?你刚才不是说民工们造反了吗?哪儿造反了呀?"

"他们确实是造反了,差点就把俺的车砸烂了,还放火烧了麦仓。俺要告他们所有人。要是跑了一个,你得负责!"

"行了,行了。"下士说,"那个断了腿的人在哪儿呢?"

这时,脱粒机师傅镇定地站了出来:"断了腿的人因为失血太多,已经死了。是被这个人害死的!"

小东家大叫了起来:

"他胡说。他在撒谎,在诬蔑俺。俺也要告他。挑动民工要砸俺汽车的就是他!"

师傅依旧保持着镇定:

"他让生手去干坐台工。这还不够,自己还跑来干扰这里的工作,一个劲儿地让民工们快点,快点。民工们被他催得像打冲锋一样。脱粒机上的生手没见过这种阵势,一慌就出事儿了……"

"他在撒谎,胡说。他想陷害俺!"

师傅没有理睬他,继续说道:

"第三,出了事故之后,要是他肯用他的汽车把受伤的人送到城里,那人就不会失血过多,就不会死!"

小东家还想要为自己辩护,被下士一挥手挡了回去。下士问师傅:

"那是谁放火烧的麦仓?"

"俺不知道。"师傅回答。

小东家说:

"是民工们放的火,是民工们在师傅的鼓动下……"

"勇敢的"凯马尔慢吞吞地走到下士的身边:

"长官,东家说得没错。是师傅鼓动民工们放火烧的!"

此前一直不敢出声的工头,这时也凑到了小东家的身边:

"是俺让凯马尔这么跟下士去说的。"

"很好。你们就这么一口咬定!"

"俺的东家呀,你就放心吧。"

"让'黑桃'也去录口供!"

"没问题,东家,包在俺身上了……"

"让他照着凯马尔一样说。"

"成。"

说完,工头悄悄地走开了。

宪兵下士能做的事情已经没有了。于是,他留下两个士兵守在尸体跟前,等待法医的到来,然后让民工们和在场的其他人上车,准备把他们带回宪兵队。

小东家的气没消。他觉得下士执行任务的时候很懈怠。照他的想法,下士应该一声令下,让士兵们瞄准民工,开枪把他们一个个地都杀了,然后再用刺刀把他们的头割下。这还不够,还得让士兵们把割下的脑袋上的眼睛挖掉,再把脑袋统统砸烂!

他对凑到自己跟前的工头、"勇敢的"凯马尔和"黑桃"维伊塞尔说:"现在的政府根本就不像政府。这不,接下来还得没完没了地审问,调查,还得让一堆人出来作证。政府得像个政府的样嘛……"

工头说:"你说的一点儿都不错。"

因为来的车没法装下所有的人,剩下的民工便在宪兵的押送下步行上了路。

泽伊奈尔和夏穆丁趴在离麦仓几百米开外的一棵桑树上注视着这里的一切，努力地想从眼前的情景中弄清楚到底发生了什么事。可他们啥也没弄清。只是从步枪辨认出来的是宪兵。

29

随着秋天的到来，屈库鲁瓦蔚蓝的天空中淡淡的白云开始变得烦躁不安。在一个刮着大风的日子里，"无药可救"尤素福拎着木箱走下了从杰伊汉开来的火车，站在阿达纳火车站的站台上东张西望。火车黑色的车厢一列列地排着，可哪一辆是开往锡瓦斯的呢？

看到有一位穿着蓝色制服的车站职员，尤素福便凑了过去。

"俺是个泥瓦匠。"他说，"哪辆车是去锡瓦斯的？"

瘦瘦小小、爱开玩笑的车站职员问："你说你是干吗的？"

尤素福以一贯的自豪回答说："俺是泥瓦匠！"

"原来你是泥瓦匠啊。"

"是呢，俺是泥瓦匠！"

"真不错。"

与第一次来屈库鲁瓦相比，现在的尤素福改变了许多。他穿着簇新的一身衣服，连帽子上的商标都没有摘掉，看起来干干净净。车站职员的一句"真不错"，让他兴奋了起来：

"俺这手艺是跟着克勒其师傅学的，可现在俺已经远远超过他了。俺砌的墙可不是随便哪个师傅能砌的呀。"

车站职员此时闲来无事，正准备去小卖部喝茶。于是，他上下打量起尤素福：藏青色的毛料库，上衣口袋里塞着的粉红色手帕和圆珠笔，跟裤子同样质地的西装，留着商标——特意没有摘掉商标——的灰色帽子，新刮过的脸……

"去锡瓦斯的火车还得等很久。跟我来，咱一块儿喝杯茶去！"

尤素福对眼前这个车站职员一下子感到很亲近，便说："咱话说在头里，茶钱俺来出。"

"不用。"

"这可不行，乡亲，得俺出。咱们既然是朋友，俺就该请你。在杰伊汉的时候，工地上的包工头跟俺比亲兄弟还亲。他跟你差不多，可是个好人，跟俺大伯一样。说起俺大伯，俺想起来了。从前俺一直以为没人比得上俺大伯。可这一年来，俺都超过俺大伯了……"

说到这儿，尤素福突然问：

"你老家是哪个村的?"

鼻子底下留着一道细细的小胡子的车站职员像一只硕大的狐狸般笑了:

"我老家是头顶上没盖子的村!"

尤素福略加思索,然后说:

"还有头顶上有盖子的村子吗?"

"没有吗?"

"有吗?"

"那你老家是哪个村呢?"

"你问俺?俺是C村人。俺这是第一次来屈库鲁瓦。俺们来的时候有三个人。可怜的'嘴上没毛'哈桑死了,'摔跤手'阿里为了一个骚女人跑了,就剩下了俺一个人。俺学了本事,成了师傅。为啥会这样呢?因为俺总是对自己说:尤素福,你为啥要从乡下到城里来呢?是为了能学点本事,多多少少攒下点儿钱。不然等回到乡下,会被人笑话的。俺就发了誓。这不,就当上了泥瓦匠!"

他们来到了小卖部咖啡厅的门口。风趣的车站职员彬彬有礼地给他让了路:

"请进,师傅!"

这一声"师傅"让尤素福很受用。可他嘴上却说:"这可使不得。"

"为啥?"

"只有安拉才配得上让你这样敬重！"

"你现在可是个大师傅了。有你在，我先进去，那儿能行啊？"

"你不也是个大职员嘛。"

"那又咋样？师傅可是了不起的。你请！"

尤素福说："能有几个师傅像俺这样呀？"

说完，尤素福一边念叨着"奉至仁至慈的真主之名"，一边抬腿走进了咖啡厅。职员跟在他的后面。咖啡厅里人很多，弥漫着香烟的烟雾。他们找了一张空桌，面对面地坐下。职员要了茶，尤素福便接着之前的话题继续说了起来：

"俺大伯常说：你们要好好做人，城里人长啥样的胡子，你们就用啥样的梳子给他们梳。城里人就喜欢被人家奉承。你们要好好做人，要对城里人有礼貌。这是一。第二，就是要见啥样的胡子用啥样的梳子。克勒其师傅手把手地教会了俺手艺。你以为随便哪个人他都会教吗？那是因为俺摸透了他的脾气。他不是要做礼拜吗？俺就一溜烟地去给他把跪毯拿来，铺好。他不是要洗手洗脸吗？俺就一溜烟地跑去把他的脸盆拿来。连他的尿盆俺都倒过。倒是倒过，不过他是个好人，不让俺倒。俺想说的是，这城里人哪，都是些笨蛋。俺说这话，你可别介意啊。你只要一个劲儿地拍他们的马屁，他们就会当成是真话，自以为是。俺大伯说过,让他们自以为是好了。要是让笨蛋们自以为是了,你们干啥就都顺了。"

用手撑着下巴听他说话的车站职员问:

"这么说,你当上泥瓦匠了?"

尤素福不乐意了。敢情刚才说了半天全都是白搭呀!

"当然当上了啦。对俺来说,城里人根本不在话下。就算现在克勒其师傅站在俺跟前,俺也敢跟他比试比试。克勒其师傅算个啥?根本没法和俺比。现在,该让那些新手给俺端尿盆了……"

职员越听越来气。

"真该让安拉不给你们这些狗娘养的任何机会!"职员在心里恨恨地说,可嘴上却说,"没错。"

"俺们的包工头和东家求了俺半天,让俺别走,说再也找不到像俺这样的师傅,可俺根本就没搭理他们。哪儿能比家乡好呀?俺已经打定了主意,谁也改不了。俺就对他们说,朋友们,你们求也没用。俺又不是大麻,绳子是拴不住的。俺得走,不会留下的!他们一瞧,也没办法了,只好说,那你走了,可得再回来啊。俺说,俺会回来的,一定会回来的。可俺丑话说在前头,回来的话,现在这点儿工钱俺可不干。跟你说实话吧,俺其实是可以不回家的,俺回去就是为了让大家瞧瞧。谁都有几个朋友和仇人。俺得让'长胡子'的儿子们和'嘚啵虫'瞧瞧。特别是那个

'嘚啵虫'……咖啡馆里放个留声机,鼻子就朝天长着。托安拉的福,来年俺也买一个。不就是花点儿钱嘛。"

两人各自点上了一根烟。车站职员又叫了两杯茶:

"这两杯我来买单,尤素福师傅。"

"不成。"尤素福说。

"那哪儿行啊?"

"俺如今成了师傅了,朋友。茶钱俺都包了。"

职员没有败他的兴:

"那好吧。"

尤素福已经又开始兴致勃勃地说了起来:

"说了这么半天,还没请教你的大名呢!"

"伊赫桑。"车站职员回答,"大家都叫我'棕色眼睛'伊赫桑。"

"应该是'栗色眼睛'。"尤素福纠正道,"俺们都叫'栗色眼睛'。这不打紧,兄弟。听俺说,伊赫桑先生,人嘛,活着就是为了别人,不然的话,索性就别来这个世上添乱!"

说完,他打量了一下职员,然后问:

"俺说的对不?"

职员没听明白:

"你说的意思是?"

"俺的意思嘛,打个比方说,俺这不是当上师傅了嘛。

你该说，没错！"

"没错。"

"那俺就应该把俺的手艺教给别人，教给一个生手！俺说的对不？"

"说的对。"

"俺学会这门手艺，还不到半年。可你得到工地上来，看看俺在脚手架上的样子。跟俺比起来，机器算个啥？啥也不是！俺现在已经把手艺传给了三个生手。俺在乡下有个闺女，还有老婆和两个儿子。闺女嘛，可别让她听见，迟早是要嫁人的。可儿子们就不一样了。"

说到这儿，他想起了两个儿子的样子，神色立刻变得黯淡。过了会儿，他叹了口气，接着说道：

"一个叫买买提，另一个叫阿里。买买提很瘦，很听话。阿里呢，可了不得，整个一个捣蛋鬼。你知道俺是咋想的吗？俺想让买买提去念书。俺村里没学校。要是有，俺早就让他去上学了。啥都比不上读书好。打个比方，你是读过书的人，你跟俺们一样吗？俺整天都是风里来，雨里去的。你呢？享福着呢！"

他的话，勾起了车站职员的烦心事。

"鼓声总是在远处听的时候才好听的。"职员说，"实际上可不是你想的那样。吃公家饭的，也分当官的和当小职员的。我属于小职员阶层。我的工作就是验票。只要一上班，20个钟头连轴转，没白天没黑夜的。"

"既然享不了福，你当初还傻念书干吗？"

"当了小职员，没人管你念没念过书。再说了，也不是所有念过书的人都有好日子过的。老话说得好，要是人人都当了地主，谁去给奶牛挤奶呀？"

尤素福笑了：

"咱一块儿挤嘛。可以轮流。"

职员想着自己的心事，又点上了根烟。

尤素福追问道：

"俺说错了吗？要是所有人都能齐心，山都能被推倒。就拿俺们盖房子来说吧。一个人能盖得了一座房子吗？不能。砌墙得有专门的人，运混凝土的得有专门的人，拌混凝土的还得有专门的人。工厂里不也一样吗？每人都有自己的分工。就跟咱乡下的合作社一样！"

两人的第二杯茶也已经喝了一半了。

"不过，"尤素福说，"你知道俺现在在想啥吗？俺琢磨着，让俺儿子念了书，又能咋样呢？还不如把他带在身边，把手艺传给他。俺说的对不对？"

"这样最好。"职员说。

"俺让他俩都跟着。俺把手艺手把手地教给他们。俺从小就没爹。俺一生出来，看见的是俺大伯。俺小时候，每天夜里睡觉，都看见俺大伯在俺家，跟俺娘面对面坐着说话。"

其实,有天晚上他睡觉的时候,看见过他们俩从另一间屋子一起洗完澡出来,可他觉得现在没必要提那事。

"大伯就等于是爹。俺刚生出来,看见的就是俺大伯。可现在呢,俺比俺大伯强得多了。要是他现在站在俺面前,跟俺说这说那,俺就会对他说:大伯,你就闭嘴吧。你当年在外面打工的时候,没摸过泥刀吧。可你瞧瞧,俺现在已经是泥瓦匠了。俺已经超过你了。"说着,他续了一根烟,然后又把话题转回到了自己的儿子身上:

"让他们当泥瓦匠,可书也是要念的。就拿俺来说吧,在乡下的时候,俺连一个字母都不会!"

"那现在呢?"

"现在嘛,一点儿点儿学呗。俺觉得,人得看得懂报纸,看得懂书。还有啥能比学会读书写字好呢?"

说完,尤素福朝小卖部的餐厅望去:穿得花花绿绿的女人们和色迷迷的男人们在那里吃着,喝着,还不住地哈哈大笑。尤素福看着,看着,突然说道:

"他们都是能读书写字的人!"

职员心不在焉地说:

"可能吧。"

"他们是在娘胎里就会的?"

"哪儿能呢。"

"那他们是在哪儿学的?"

"在城里呗。"

尤素福点着头说:

"托安拉的福,俺知道以后得干吗了!"

"干吗?"

"带上老婆孩子……"

"然后呢?"

"搬城里去!"

车站职员张大嘴打了个哈欠,他已经厌倦了尤素福,再也无法忍受尤素福没完没了地夸夸其谈。他不顾尤素福的阻拦,付了茶钱。

"你给我听着。"职员说,"你唠叨了这半天,别以为我会吃你这一套。我还要告诉你,别想着从乡下出来!"

这个小职员的真面目让尤素福大吃一惊:"为啥?"

"因为你们已经把城里弄得够脏的了!"

"城里是被俺们弄脏的?"

"少废话,别再跟我自作聪明。快滚!"

尤素福尴尬地离开了。离开是离开了,可他对职员的话根本就不以为然。他凭啥来管俺搬不搬进城里?他又不是最大的官!

他向另一个人打听到了开往锡瓦斯的火车。离开车至少还有七八个钟头。他拎着木箱,在站台上站了很久。他起初打算进趟城,后来又打消了这个念头。因为该买的,在杰伊汉的露天市场里都已经买好了,为啥还要进城破费呢?

他突然想起了装在木箱里的煤油炉,脑海里闪过了一道金黄的光。他那被阳光晒得黝黑、干瘪的脸变得很柔和,丑陋的脸上甚至露出了孩子般的可爱。他记起了杰伊汉露天市场里的那个人往炉子的盒子里倒进据说是酒精的紫颜色的水,然后用火柴点着、打气的样子。自己是不是该试试,看看有没有忘记了呢?

"看运气吧。"他对自己说,"试试就试试。东西不是俺的吗?不是俺付了钱的吗?俺试不试,谁能管得着呀?"

他耳边响起了蛇一样的"咝咝"声……他想起了哈桑。尤其是哈桑说的那些话:"兄弟们哪,俺是没的救了。要是俺再也回不去了,要是你们能平平安安地回到乡下,一定要替俺好好亲亲俺的艾米娜那两只黑眼睛。"还有递过绿发卡和红梳子时候的样子……

打那天起,尤素福一直像保护自己的眼睛一样珍藏着哈桑托付的发卡和梳子。

他叹了口气。

然后,尤素福拎着木箱,慢慢地走下了站台的台阶,穿过停满招揽生意的公共汽车、出租车和两匹马拉的马车的广场,来到被当地人称为"好莱坞区"的金融区高大的桉树下，加入了等候火车的民工们之中。这里的民工可真多呀！

尤素福穿行在民工们中间，感到无比自豪。他们当中能有谁像他一样当上了泥瓦匠呢？他们的怀里揣着几个钱呢？他们学会读书写字了吗？尽管现在他还不太会写字，可他已经发誓，来年一定要学会。

他走到了人群的尽头，开始折返回来。

女人，男人，孩子……所有这些人为啥没能开开窍，当上泥瓦匠呢？一定是他们没学会见啥样的胡子用啥样的梳子。

他又想起了自己的大伯，便在心里默念了一句："愿他安息吧！"眼前这些人就是因为没有个能教他们见啥样的胡子用啥样的梳子的大伯！"这样更好啊。要是人人都知道见啥样的胡子用啥样的梳子，就没俺啥事了！"

他找了一个人少的地方，坐在一棵高大的桉树下，背靠着树干。

他心满意足地闭上了眼睛。真好啊！明天这个时候，自己就该在家里跟孩子们在一起了。他会点燃煤油炉，把锅子放在上面。他老婆肯定会对水这么快就烧开了感到万分的诧异。她会说着"不得了啊"，不敢靠近煤油炉。一开始她肯定会害怕，会嚷嚷着："这是啥鬼东西？肯定不是人用的！"

之后就轮到邻居们了……他们会涌到他家，就为了看看煤油炉。不过他们肯定会问他老婆："真了不得呀，丫头，那是啥？"然后会念叨着"奉至仁至慈的真主之名"，说这一定是"撒旦的玩意儿"……

想到这儿，尤素福笑了。

"都是些笨蛋！"他在心里说，"真该让他们到城里来，看看城里的汽车、火车……村长应该知道的，村长肯定知道的啦，他可是那么大的一个村长呢……不过嘛，他不识字。光会在纸上盖个章有啥稀奇的？俺也会盖啊。别看俺不会写字，可俺多少也识几个字呢！俺这不当上泥瓦匠了嘛！"

尤素福用一只手掌抚摸了一会儿木箱，然后打开盖子，从放在里面的硬纸板盒子里取出了煤油炉。崭新的煤油炉像黄颜色的水一样闪闪发亮。尤素福自豪地笑了。他大伯当年能带这么一个东西回去吗？"那可不是开玩笑的，整个村子都会炸了锅。乡亲们都会说：'无药可救'的尤素福带了个玩意儿回来，可了不得呢。出的声跟蛇一样，放一盆水在上面，一眨眼的工夫就烧开了！"

当年，自己跟那个"长胡子"杜尔穆什说自己要去屈库鲁瓦，那家伙还笑话过自己呢。这回见了他，自己得跟他说："瞧见了没？当初你不是笑话俺来着吗？俺现在这不当上了泥瓦匠了吗？"他肯定还是瞧不上自己的。瞧不上，就瞧不上好了。有本事，他也去学门手艺给俺瞧瞧。再说了，俺还学会认字了呢！

想到这儿，尤素福放下煤油炉，拿起字母本，随便翻开一页，像是为了跟杜尔穆什赌气似的念了起来：

"爸—爸—给—我—买—蜜—糖！"

读完，他对自己眨了眨眼：

"过两个月，俺还要来屈库鲁瓦。下回，俺会带着书和报纸回家。非把'长胡子'杜尔穆什气死不可！就得气死他……"

一大群蚊子围着他嗡嗡地叫着。突然，他感到鼻尖像被火烧了一样疼了一下。他气呼呼地挠了起来……

尤素福就这么独自一人一直坐到了太阳下山。他本来还想继续坐下去，可蚊子搅得他不得安宁！

他重新拿起煤油炉。也许把炉子点着，蚊子就会散了。于是，他取出了一个小小的酒精瓶。他先从大瓶子里把煤油倒进炉子，然后往炉子的棉芯上倒了点儿酒精，划着了火柴。一股可爱的蓝色火苗从下往上欣喜地包围住了棉芯。尤素福陶醉地看着。这时，有个人来到了他的身边。来人先是在他身边站了一会儿，然后蹲下身：

"能借个火吗？"

尤素福抬起头。借着煤油炉的火光，两人认出了彼此。

"啊哟，穆斯特克，咋会是你呀？"

"原来是尤素福呀。咱兄弟可真有缘分!"

"真是你啊,穆斯特克。俺还当是个陌生人呢。"

"俺也当你是陌生人呢。这个煤油炉是你买的?"

"感谢安拉,是俺买的,兄弟。"

"你这是要去哪儿?回乡下吗?"

"是呀。你呢?"

"俺也是要回乡下,可你就当没听说啊。"

"为啥?"

"俺现在还是两手空空,没辙了。你咋样儿啊?"

"俺?俺当上师傅了,还是泥瓦匠呢。"

"这俺知道。"

"那你知道俺能认字了吗?"

"你能认字了?"

"瞧你问的……俺买了这些零七八碎的东西,买了个煤油炉,还给老婆孩子买了点儿衣裳……"

"你就不问问'摔跤手'咋样儿了?"

"你是说阿里?"

"俺说的就是阿里。可怜哪……"

尤素福不安了起来:

"他出啥事儿了?"

"死了!"

"啊!你说的是真的?"

"唉，阿里啊。"他说，"你说说，穆斯特克，俺回到村子里，有啥脸面去见乡亲们哪？"

"跟你有啥关系呀？"

"他们俩都是被俺骗进城里的。特别是阿里。他娘可是把他托付给了俺的。要换了俺是他娘，说啥也不会放他走的！"

"这是命！你能比安拉还清楚吗？"

"不能这么说！这可是大不敬哪……不过，婆娘能知道个啥？她肯定会问俺要她儿子的……唉，唉，唉，兄弟呀，你为啥就这么一下子死了呢？"

"真是一下子死的。俺俩是并排在一起干活的。俺俩也就刚开始干了两三天，都还是生手。俺俩经常念叨'奉至仁至慈的真主之名'。可念叨了半天，有啥用？一干起活来，俺就成了没人疼没人爱的机器，想停都停不下来。民工们这么一来精神哪……你是没瞧见俺们那个东家。他一喊'弟兄们，加油啊，加油啊'……俺还不知道俺们这些民工吗？你给他个板凳，他都会来劲，挡都挡不住！"

说着，希达耶提的儿子用力把烟头弹了出去。烟头像一只萤火虫一样飞向远处。

尤素福问："那后来宪兵来了吗？"

"来了呀。半夜里来的，把大伙儿统统带到了宪兵队。后来，他们把俺们放了，就留下了师傅，工头，还有东家。

听说法院还在审呢。结果咋样,俺就不知道了。"

"唉,阿里呀,兄弟欸!俺没跟你说过吗?你偏不听,要不然,你也不会死呀!"

"那是死神干的,朋友。你还不知道死神吗?人家都说:死神一来,想要谁的命谁就得死。鬼才知道这死神是个啥脾气!"

"俺咋对那个可怜人的娘说呀?她一直在盼着自己的儿子呢!"

"你又能咋办?原来你还真买了煤油炉呀。"

"行了。"尤素福说,"让煤油炉见鬼去吧!俺在想……"

"你在想啥?"

"俺在想别回去了!"

"你就想着这个?你能咋办?又不是你害死了他!"

"话是没错,他不是俺害死的。可是……"

"可是啥?"

"发现屈库鲁瓦的,是俺!"

有一段时间,他们俩谁也没说话。天已经很黑了,萤火虫在他们四周飞舞,不远处传来人们的轻声交谈。突然间,传来一阵哀伤的歌声。那是发自内心、充满着对自己的处境和这个世界的不满的歌声。顿时,尤素福的内心充满了悲伤。他双手掩面,肝肠寸断地失声痛哭了起来。可不知怎的,一会儿之后,他的情感发生了彻底的变化,眼泪的源泉仿佛骤然枯竭了。他甚至变得怒气冲冲。他仿佛看见"摔跤手"阿里的娘此时正站在他的面前,一边说着:"是你把俺的儿子带去屈库鲁瓦,骗他去打谷场上干活的。你把俺的阿里还俺!"一边想扑上来抓住他的衣领。于是,尤素福脱口而出:"关俺啥事?俺有啥法子?没错,是俺把他骗出来的,可俺那是为了他好啊。俺让他带着别人的婆娘跑去干农活了吗?他就不该去,不该去干啥农活。老老实实在工地上也学着当个泥瓦匠有多好。你说,穆斯特克,俺说的在理不?"

希达耶提的儿子说:"没错。"

"俺会跟她说:大娘啊,你儿子不是俺害死的。是他不听劝,昏了头。俺大伯说过,要是蚂蚁长了翅膀,就离自己的死期不远了。这话一点儿都不错。要是阿里不长翅膀的话……你说,俺说的对不对?"

"说得对,朋友,简直就是真理!"

"可俺不能这么说,穆斯特克。这可不是人干的。要问为啥嘛,因为人活在世上,就得为别人着想,不然的话就别给这世上添乱!"

尽管啥也没听懂,可希达耶提的儿子还是说了声:"没错。"

"最好的办法,就算她骂,俺也不跟她计较,就当没这事。那个可怜的婆娘已经够伤心的了……"

希达耶提的儿子想再点根烟，可他自己的烟已经抽完了，就让尤素福给他一根。尤素福把一整包烟和火柴一起递给了他。希达耶提的儿子抽出一根烟点上，然后把剩下的烟连同火柴一起塞进了自己的口袋。

30

原野上，凛冽的风席卷着 C 村。天空是黄铜色的，大地是灰色的。觅食的鸟在天空盘旋。附近应该是有死去的动物。

一个男人，一个瘦高个的男人，拎着一个木箱走在通向村子的路上。他竖起了藏青色呢子西装的衣领，把头缩在两只肩膀中间，身体微微向前倾斜。

他走着，迈着大步朝自己的村子走着，迎着风走着。他的耳朵，鼻尖，还有握着木箱铁把手的瘦骨伶仃的手已经冻得冰凉。可他丝毫没有感觉，继续走着，不停地走着，走着。无论是黄铜色的天空，还是布满了枯草的原野，还是觅食的鸟和凛冽的风，都无法让他停下。

他走着，拎着箱子，一步步走近自己的村子。是他发现了屈库鲁瓦，可他又没害死"嘴上没毛"哈桑和"摔跤手"阿里！

一望无际的原野上吹来的苦涩的风不断地在村里的土坯房上撞得粉碎。

母女俩在路上遇见了"摔跤手"阿里的娘。女人吃力地走着,破旧的头巾里散落出一缕白发。她在"嘴上没毛"哈桑的老婆和闺女跟前停下脚步:

"是真的吗?大家都在说尤素福回来了。那咱的人为啥没一起回来呀?"

"嘴上没毛"哈桑的老婆耸了耸肩膀,走了。

啥都没明白的老女人久久地望着母女俩的背影。然后,带着在寒风中飞舞的一缕白发,朝尤素福家走去。她要去问问自己的阿里在哪里。

天空染上了锈色。

而在近处,响起了"摔跤手"阿里总是挂在嘴边的那首民谣:

　　咱们的山啊又宽又高

　　咱们的家啊充满悲伤

　　咱们的妈啊,为什么要生下咱

　　……

　　……